EIN SCHATTENREICH VOLLER BLUT

DAS SCHATTENREICH DER VAMPIRE 2

BELLA FORREST

EBENFALLS VON BELLA FORREST

DIE SCHATTENREICH-SAGA

Das Schattenreich der Vampire (Teil 1)

Ein Schattenreich voller Blut (Teil 2)

Eine Burg aus Sand (Teil 3)

Im Schatten des Lichts (Teil 4)

Der Glanz der Sonne (Teil 5)

Das Tor zur Nacht (Teil 6)

Der Anbruch des Tages (Teil 7)

MACHTSPIEL DER GESCHLECHTER

(The Gender Game)

Machtspiel der Geschlechter (Buch 1)

Geheimnis der Geschlechter (Buch 2)

Die Geschlechterlüge (Buch 3)

Krieg der Geschlechter (Buch 4)

Untergang der Geschlechter (Buch 5)

Die Geschlechterstrategie (Buch 6)

Jenseits der Geschlechter (Buch 7)

DAS MÄDCHEN, DAS ZU DENKEN WAGTE

Das Mädchen, das zu denken wagte (Buch 1)

Die aktuelle Liste von Bellas Büchern: www.bellaforrest.de/bella

Tragt euch außerdem auf ihrer Mailingliste ein, um stets über ihre aktuellen Veröffentlichungen informiert zu werden: www.bellaforrest.de

Nightlight

Englischer Originaltitel: »A Shade of Blood«

Deutsche Übersetzung Daniela Mansfield 2015

KAPITEL 1: DEREK

Der kalte Wind heulte, als er durch die riesigen Rotbuchen hindurchpeitschte, die uns umgaben. Der Hafen kam in Sichtweite. Das Schlagen der Wellen gegen die zackigen Felsen der Insel war hörbar — selbst für menschliche Ohren.

Es würde nicht mehr lange dauern, bevor ich sie gehen lassen musste. Ich kannte die Risiken, ihr und ihrem Freund zu gestatten, das Schattenreich zu verlassen. Und doch hatte ich keine Wahl. Sie hatte beschlossen zu gehen, und ich musste diese Entscheidung respektieren. Es schmerzte, dass sie nicht genügend Vertrauen zu mir hatte, um zu wissen, dass ich sie beschützen würde; dass sie den menschlichen Burschen Ben mir vorzog, doch ich wusste, dass sie sicherer sein würde, wenn ich sie gehen ließe.

Und doch war ich mir jeder Kurve ihres schlanken, zerbrechlichen Körpers bewusst, der sich an meinen schmiegte, als ich sie in meinen Armen hielt, während ich auf meinen Lippen immer noch den Kuss schmecken konnte, den ich von ihr eingefordert hatte. Meine Finger hatten sich in ihren langen, weichen, kastanienbraunen Locken verfangen, und ihr süßer Duft benebelte meine Sinne. Noch nie zuvor hatte eine Frau mir das gleiche Gefühl gegeben wie Sofia Claremont, und in diesem Augenblick konnte ich den Gedanken nicht ertragen, dass sie mich verlassen würde.

Ihr wunderschönes, mit Sommersprossen besetztes Gesicht war an meiner Schulter vergraben, als sie aus Gründen, die ich nicht vollkommen verstehen konnte, in Tränen ausbrach. Jedes einzelne Schluchzen schnitt tief in mich hinein.

Zögerlich näherte Ben sich uns. Von dem Moment, in dem ich Sofia in meine Arme gezogen und meine Lippen auf ihre gepresst hatte, hatte er uns beobachtet. Ich musste ihn nicht anschauen, um zu wissen, dass er mir am liebsten den Kopf abreißen würde.

Ich ignorierte ihn. Der einzige Grund, warum er wichtig für mich war, bestand darin, dass er wichtig für *sie* war. Ich vertraute ihm nicht einmal, doch sie tat es, und das musste genügen.

Sofias Arme festigten sich um meine Taille herum und hielten mich auf die gleiche Weise fest wie ich sie. Diese Handlung gab mir die Hoffnung, dass sie vielleicht doch beschließen könnte zu bleiben.

»Sofia…« Meine Stimme klang wie ein heiseres, atemloses Flüstern.

Mir wurde das Herz schwer, als sie sich langsam von mir löste. Ich war überrascht, als sie beide Hände auf meine Schultern legte, sich auf ihre Zehenspitzen stellte und sich an mich heran lehnte, wobei sie ihre Lippen über meine gleiten ließ. All meine Sinne überhitzten sich, und meine gesamte Willenskraft war nötig, um mich nicht von meiner Leidenschaft überwältigen zu lassen. Ich wollte sie nicht ängstigen, also schloss ich meine Augen und ließ sie die Führung übernehmen. Ich ballte meine Hände zu Fäusten, als unsere Lippen sich voneinander trennten. Ich öffnete meine Augen, um festzustellen, dass der Blick ihrer smaragdgrünen Augen auf mich konzentriert war. Sie erforschte sehr genau mein Gesicht — als würde sie versuchen, mich in ihre Gedanken einzubrennen.

Ich tat das Gleiche. Ich speicherte jeden Teil ihres bezaubernden Gesichts — jede lange Wimper, jede Sommersprossen und jede weitere Einzelheit — in meiner Erinnerung ab.

Als ich spürte, wie viel sie mir inzwischen bedeutete, war ich unfähig, mich davon abzuhalten, laut auszusprechen, was in mir vorging. Ich wusste, dass es egoistisch war, doch die Worte sprudelten aus mir hervor.

»Sofia, bleib!«

Ich, der Prinz des Schattenreiches, flehte sie an — sie, die angeblich meine Sklavin war — mich nicht zu verlassen. Denn ich wusste zweifellos, dass ihre Abreise mich in eine tiefere Dunkelheit hinabstürzen würde, als die, die vor fünfhundert Jahren mein Leben verschlungen hatte, als mein eigener Vater mich in das Monster verwandelt hatte, das ich heute bin.

KAPITEL 2: SOFIA

Sofia, bleib!

Diese Worte verblüfften mich. Sie klangen wie ein Befehl, und für einen Augenblick hatte ich das Gefühl, keine andere Wahl zu haben, als zu gehorchen. Erst als ich in seine elektrisierenden blauen Augen schaute, erkannte ich die wahre Bedeutung dieser Aussage. Ich biss mir auf die Lippen. *Könnte es möglich sein, dass ich ihm wirklich* so *viel bedeute?*

»Ich verspreche dir, Derek, ich werde niemals etwas tun, um dich zu verraten oder dem Schattenreich zu schaden…«

Beleidigt verzog er das Gesicht und schüttelte seinen Kopf. »Darum geht es nicht, und das weißt du.«

»Worum geht es dann?« Es war wichtig für mich, dass er mir einen Grund gab zu bleiben. Ich wollte es aus seinem Mund hören.

Er biss die Zähne zusammen und ließ eine Hand durch sein dunkles Haar gleiten. Derek Novak war niemals gut darin, seine Gefühle in Worten auszudrücken — so viel wusste ich bereits.

Seine Handlungen waren dafür wesentlich besser geeignet, und dafür bewunderte ich ihn.

Er öffnete seinen Mund, doch jemand ergriff von hinten meinen Arm.

»Lass uns gehen, Sofia!«

Ben.

Mein Blick war immer noch auf Dereks ansehnliches Gesicht konzentriert, wobei seine blauen Augen und seine blasse Haut mir immer noch den Atem raubten. Seine Augen verdunkelten sich in dem Augenblick, als Bens Finger meinen Arm umschlangen. Seine Muskeln spannten sich an, als er seine Hände zu Fäusten ballte.

Ich versuchte, mich aus Bens Griff zu lösen, doch er hielt mich fest.

»Uns läuft die Zeit davon«, fauchte er. »Verabschiede dich, und dann lass uns gehen!«

Der Ausdruck auf Dereks Gesicht gab mir nicht sehr viel Zuversicht, was die Sicherheit meines besten Freundes anging. Immerhin war es noch nicht lange her, dass viel — meiner Meinung nach *zu* viel — darüber gesagt worden war, wem ich gehörte.

Derek. Lucas. Ben. Ich konnte mir beim besten Willen nicht vorstellen, was ich tun musste, um ihnen klarzumachen, dass ich weder ein Objekt noch ein Besitztum war. Ich gehörte keinem von ihnen.

Ich musste einschreiten, bevor ein mit Testosteron überladener Kampf ausbrechen konnte. Ich drehte mich herum, um Ben direkt in die Augen zu schauen.

»Lass mich los, Ben! Sofort.«

Bens Kiefer spannte sich an. Vor unserer Gefangenschaft im Schattenreich hätte ich alles getan, um das er mich bat, doch das Schattenreich hatte uns beide verändert.

Als sein Griff sich nicht einmal das kleinste bisschen lockerte, trat Derek einen Schritt nach vorn. »Du hast die Dame gehört.« Seine tiefe Baritonstimme nahm einen bedrohlichen Tonfall an.

Flehend starrte ich Ben an und hoffte, dass er Dereks Geduld nicht auf die Probe stellen würde. *Ist dir nicht klar, dass du nicht die geringste Chance gegen ihn hast?*

Während der letzten Tage, nachdem Derek Claudia — Bens Herrin im Schattenreich — gezwungen hatte, Ben seiner Obhut zu überlassen, hatte Derek sich große Mühe gegeben, zumindest höflich zu ihm zu sein. Ben jedoch hatte nichts anderes getan, als Derek finstere Blicke zuzuwerfen. Ich war schwer damit beschäftigt, sie auseinander zu halten, da ich Angst vor einem Streit hatte.

Dieses Mal waren meine Worte etwas sanfter. »Lass mich los, Ben!«

Er kam meiner Bitte nach, doch der wütende Blick, den er auf mich richtete, zeigte mir, dass er sich nicht einschüchtern lassen würde. »Denk nicht einmal daran hierzubleiben!« Er gab diese Worte durch zusammengekniffene Zähne hindurch und mit einem leichten Kopfschütteln von sich.

»Sofia...« Derek begann zu sprechen, als wollte er mich daran erinnern, dass seine Meinung ebenfalls zählte.

»Ich brauche Zeit zum Nachdenken«, sagte ich.

»Jetzt?«, protestierte Ben.

»Dafür ist jetzt keine Zeit«, unterstützte Derek ihn.

Endlich seid ihr beiden euch mal einig. »Nun, dann müssen wir uns die Zeit nehmen.«

Sie tauschten einen Blick aus. Es war schon fast reizend, wie hilflos die beiden aussahen. Fast hätte sich ein Lächeln auf meinem Gesicht ausgebreitet. *Und wer gehört jetzt wem?*

Es war Derek, der als Erster einlenkte. Es war mir immer noch nicht klar, was ihn ständig dazu brachte, mir nachzugeben. Immerhin war er derjenige von uns dreien, der die wahre Macht besaß. Er könnte einfach beschließen, dass weder Ben noch ich gehen dürften, und damit wäre die Diskussion beendet.

Und doch wurde sein Blick in dem Moment weich, als er sich mir zuwandte. Er nickte und sagte: »Also gut, aber nicht hier.«

Er blickte Ben finster an, als er seine Hand in mein Kreuz legte und mich nach vorn drückte.

»Unglaublich«, grummelte Ben und warf seine Hände in die Höhe, als er uns folgte.

Der Mond spendete das einzige Licht, das uns leitete, als wir uns unseren Weg durch den Rest des Waldes suchten, vorbei an Felsen und Büschen. Mein Verstand merkte sich die verborgenen Pfade, die uns zum Hafen führten. Als wir uns einer Lichtung näherten, wurden die Bäume immer kleiner. Das Rascheln der Zweige unter uns, die nahegelegenen Wellen und unsere leise, gleichmäßige Atmung waren die einzigen Geräusche, die die Luft erfüllten. Der Duft der Bäume um uns herum und das Meer nicht weit von uns entfernt vermischten sich mit Dereks berauschendem Moschus. Er ließ mich seine Nähe spüren, zusammen mit dem sanften Heben seines Brustkorbs und dem Gefühl seines Armes um meine Taille herum.

Mir wurde das Herz bei dem Gedanken schwer, ihm niemals wieder so nahe sein zu können wie in diesem Augenblick.

»Wir sind fast da.«

Ich wurde aus meinen Gedanken herausgerissen. Schon bevor wir im Wald angehalten hatten, um uns zu unterhalten, war der Hafen sichtbar gewesen. Doch nun, da wir auf eine Lichtung hinuntergeklettert waren, gab es nichts weiter als hohe, felsige Klippen zu sehen.

»Was zum Teufel geht hier vor sich?«, fragte Ben.

»Ich verstehe nicht.« Ich sah zu Derek, als ich mich umschaute. »Wo ist der Hafen?«

Ich versuchte, langsamer zu werden, doch Derek zog an mir, um mich zum Weitergehen zu bewegen.

»Hey, Hoheit. Wo bringst du uns hin?« Ben benutzte beide Hände, um Derek und mich auseinander zu drücken.

Ich stolperte zur Seite, doch Derek rührte sich nicht. Als der Prinz der Vampire sich herumdrehte, um Ben ins Gesicht zu schauen, erwartete ich halb, dass dieser vor lauter Angst tot umfiel. Derek sah äußerst bedrohlich aus.

Doch Ben stand seinen Mann. Ich denke, es war ihm egal, dass Derek fähig war, jeden einzelnen Knochen in seinem Körper zu brechen. Ben war noch nie jemand gewesen, der vor einem Kampf zurückscheute, und wie es aussah, wollte er jetzt nicht damit beginnen.

Ich konnte mich nicht daran erinnern, schon jemals von so viel Testosteron umgeben gewesen zu sein. Mir wich in dem Moment das Blut aus dem Gesicht, als — eine offensichtliche Herausforderung — Ben nach vorn trat und sagte: »Wir gehen nirgendwohin, *Vampir.*«

Ich wusste nicht, ob ich ihn bewundern oder ihm etwas Verstand einprügeln sollte. *Was in aller Welt tust du, Ben? Versuchst du, dich umbringen zu lassen?*

Derek starrte ihn mit festem Blick an. Die Macht, die seine Gegenwart ausstrahlte, erinnerte mich daran, wie er ausgesehen hatte, als er das Herz aus dem Vampirwächter herausgerissen hatte, der versucht hatte, von mir zu trinken.

»Derek«, brachte ich hervor, »wo gehen wir hin? Dort vor uns befinden sich nur Felsbrocken.«

Derek hielt seinen Blick auf Ben gerichtet. Ich war mir nicht einmal sicher, ob er mich überhaupt gehört hatte. Ein Dutzend Gebete gingen mir durch den Kopf. Das Letzte, was wir nun gebrauchen konnten, war ein Kampf — wenn man es überhaupt so nennen könnte.

Erleichterung überkam mich, als Dereks Blick wieder auf mich fiel. Er ignorierte Ben, nahm meine Hand, zog mich näher an sich heran und legte seine andere Hand um meine Taille herum. Offensichtlich fühlte er sich nicht genötigt, einem von uns eine Erklärung zu geben.

»Hör auf, dich zu wehren, Sofia! Folge mir einfach nur! Und bring deinen idiotischen Freund dazu, die Klappe zu halten, ansonsten schwöre ich…«, er hielt inne, um seinen Zorn zu besänftigen, »du hast keine Ahnung, wie nahe ich daran bin, ihn zu verstümmeln.« Sein Griff um mich herum festigte sich.

Derek. Immer der Autoritäre. Ich machte mir nicht die Mühe, mir Bens Reaktion anzuschauen. Ich wusste, er würde vor lauter Wut kochen, nachdem er auf diese Weise zur Seite gestoßen worden war.

Wir gingen auf eine solide Felswand zu. Derek sah nicht so aus, als würde er langsamer werden. Ich schaute einige Male zu ihm hinüber, um zu prüfen, ob er den Verstand verloren hätte, doch er konzentrierte sich nur auf das, was vor uns lag, und wurde nicht langsamer, obwohl wir scheinbar kurz davor waren, in eine Felswand hineinzulaufen.

Ich konnte nur noch nach Luft schnappen, als wir endlich auf die Wand auftrafen… war jedoch überrascht, als sie uns einhüllte und sich sehr wie Gelee anfühlte. Wir traten auf der anderen Seite wieder hervor und sahen eine Treppe, die sich nach unten wand. Wir waren gerade erst einige Stufen hinuntergegangen, als Ben aus der Wand hervortrat. Abgesehen von dem finsteren Blick auf seinem Gesicht schien es ihm gut zu gehen. Er war es nicht gewöhnt, ignoriert zu werden.

Am Ende der Treppe betraten wir eine geräumige Halle, die von Glasfenstern umgeben war und erkennen ließ, dass wir uns unter Wasser befanden. Ich hätte mit Sicherheit den Anblick der Meereslebewesen bewundert, wenn es draußen nicht dunkel gewesen wäre. In der Mitte des Raumes befand sich eine Art von Kontrolltafel, an der Sam und Kyle standen, zwei von Dereks treuesten Wächtern.

Da ich während der Zeit, die ich im Schattenreich verbracht habe, eine Verbindung zu ihnen aufgebaut hatte, waren die Blicke, die sie mir entgegenwarfen — sowohl liebevoll als auch neugierig — keine große Überraschung für mich.

Derek machte sich nicht einmal die Mühe, Ben anzuschauen. Er konzentrierte seinen Blick auf die Vampirwächter. »Kyle, bring den Jungen in das U-Boot! Sorg dafür, dass alle Vorbereitungen für seine Abreise getroffen werden. Sam, bring Sofia in eine der Aufbewahrungszellen! Ganz offensichtlich muss sie noch einmal über ihren Aufenthalt hier nachdenken.«

Ich runzelte die Stirn. »Aufbewahrungszellen?«

»Moment mal. Was für ein U-Boot?«, fragte Ben. »Ohne Sofia gehe ich nirgendwohin.«

Derek konzentrierte seinen Blick auf mich. »Du hast gesagt, du bräuchtest Zeit zum Nachdenken. Eine Zelle ist der sicherste Ort, um genau das zu tun. In der Zwischenzeit wird er in einem der U-Boote auf dich warten. Er wird betäubt werden, genauso wie du, solltest du dich entschließen zu gehen. Wir können es nicht zulassen, dass ihr euch an irgendetwas über eure Reise weg von der Insel erinnert.«

Der Gedanke, Derek niemals wieder zu sehen, ließ mein Innerstes verkrampfen, und ich kämpfte gegen das Bedürfnis an zu weinen, als ich ihm in die Augen schaute. *Wie konntest du es nur wagen, mich zu küssen, Derek! Ausgerechnet heute Nacht. Als wäre diese Entscheidung nicht schon schwer genug, du musstest auch noch den ersten Kuss von mir einfordern.*

»Ich werde ihn nicht wegschicken, bevor du nicht deine Entscheidung getroffen hast«, versprach Derek. Der Blick, den er mir zuwarf, war so hitzig, dass ich mir sicher war, ich würde schmelzen. Ich nickte nur.

»Was?«, begann Ben zu protestieren. »Sofia…«

Bevor er noch etwas anderes sagen konnte, stach Sam ihm mit einer Nadel in den Nacken, und er verlor das Bewusstsein. Achselzuckend schaute Sam mich an. »Was? Er sollte doch sowieso betäubt werden.«

Er hob Ben auf und legte ihn über seine Schulter. Kyle zupfte an meinem Ärmel und bedeutete mir, ihm zu folgen. »Es sieht so aus, als hättest du etwas zu überdenken.«

Ich seufzte schwer. *Das war die Untertreibung des Jahres.*

KAPITEL 3: DEREK

Wir brachten sie in einen der Räume, die normalerweise dafür benutzt wurden, menschliche Gefangene unterzubringen, bevor sie zu den Schwarzen Höhen transportiert wurden, wo die Menschen entweder den Zellen zugewiesen wurden — dem Gefängnis der Insel — oder ihr eigenes Quartier in den Katakomben bekamen, die das Zuhause für all die Menschen darstellten, die keinem Harem angehörten.

Da Sofia ein Teil meines Harems war, wohnte sie in meinem Penthouse im Pavillon, der aus üppigen Baumhäusern hoch über einem Netzwerk aus riesigen Rotbuchen bestand. Seitdem mein Bruder Lucas Sofia angegriffen und Gwen getötet hatte, hatte Sofia zusammen mit mir in meinem Schlafzimmer geschlafen. Die Vorstellung, sie später an dem Abend nicht in meinen Armen halten zu können, verdrehte mir den Magen.

Es fühlte sich wie eine Ewigkeit an, bevor Sofia aus dem Raum wieder hervorkam. Als sie es tat, wünschte ein großer Teil von mir sich, dass ich sie einfach wieder hineinschieben und sie zwingen könnte, ihre Entscheidung noch einmal zu überdenken. Nur ein Blick auf ihren bedauernden Gesichtsausdruck genügte, um zu wissen, dass ich sie verloren hatte.

Sie ging auf mich zu und legte ihre Arme um meinen Hals, zog mich nahe an sich heran, drückte ihre Lippen auf meine — und erwiderte die Leidenschaft, die Dringlichkeit und die Gier, mit denen ich sie überschüttet hatte, als ich zuvor im Wald ihre Lippen für mich beansprucht hatte. Ich liebte und hasste diesen Kuss zur gleichen Zeit. Er deutete so viel von dem an, was sie für mich empfand, und doch stellte er ganz klar einen Abschied dar.

Als unsere Lippen sich trennten, ließ sie ihre zarten Finger durch mein Haar gleiten, während sie mich mit ihren grünen Augen anschaute. Ohne ein Wort zu sagen ging sie davon, um die Wächter zu finden.

Ihre Wahl war eindeutig. Sie verließ mich. Ich wusste, dass ich sie aufhalten konnte. Ich hätte meine Macht und meinen Einfluss dafür benutzen können, sie bei mir zu behalten, doch ich tat es nicht. Ich beschloss, ihre Wahl zu respektieren.

Kyle trug ihren bewusstlosen Körper ins U-Boot. Die beiden Wächter sollten sie zum Festland bringen, wo ihre Körper an dem gleichen Strand zurückgelassen werden sollten, an dem sie damals entführt worden waren.

Das U-Boot verlor sich in der Ferne. Und einfach so war sie verschwunden. Mein einziger Lichtstrahl inmitten der ewigen Finsternis des Schattenreiches war für immer weg und ließ mir nichts anderes übrig, als mich in die Schwärze der Nacht zurückzuziehen, der ich während meiner gesamten Unsterblichkeit versucht habe zu entfliehen.

KAPITEL 4: SOFIA

Ich war von Dunkelheit und dem Pochen eines Herzens umgeben. Es wurde zunehmend lauter, so laut, dass ich mir sicher war, mein Kopf würde explodieren. Ich konnte nicht verstehen, was vor sich ging. Ich konnte nichts sehen, fühlen, tasten oder riechen. Mein einziger Sinn bestand in meinem Hörvermögen, und das wurde von diesem rätselhaften Herzschlag überwältigt.

Ich verlor fast meinen Verstand, als ein plötzlicher Lichtstrahl drohte, mich zu blenden. Es dauerte einige Sekunden, bis ich mich an das Licht gewöhnt hatte. Und dann sah ich ihn. Derek. Er starrte mich an, sein Gesicht bleich und seine Blick teilnahmslos. Er fiel mit weit geöffneten und starren Augen auf den Boden. Wo sein Herz sein sollte, befand sich ein klaffendes Loch.

Der hallende Herzschlag hatte seinen Ursprung hinter mir... und er kam näher und näher. Dann hörte ich ein Kichern und spürte einen kalten, bedrohlichen Atem in meinem Nacken. Es wurde von einem Flüstern gefolgt – nein, einem Fauchen – kaum hörbar. Und doch begann die Angst, mich zu umhüllen, und Panik breitete sich in mir aus, als ich die Worte der Schlange laut und deutlich hörte.

»Du bist die Nächste.«

Dann hörte ich das Schlagen der Wellen.

Es war die Flut, die mich dem ohrenbetäubenden Geräusch von Dereks Herzschlag und dem faulen Geräusch der Worte der Schlange entriss. Mein Puls schlug doppelt so schnell wie sonst, und ich konnte kaum atmen. Zuerst dachte ich, dass mein Gesicht nur aufgrund der warmen Welle des Salzwassers feucht war, die gerade über mich hinweggespült war.

Ein Name hallte in meinem Verstand wider: *Derek.*

Ich war es gewöhnt, in seinem Bett aufzuwachen, sodass ich mehrere Male blinzeln musste, bevor mir klar wurde, dass die Sonne gerade am Horizont aufging.

Die Sonne.

Mich überkam die Erkenntnis, dass ich mich nicht länger im Schattenreich aufhielt, denn auf der Insel ging die Sonne niemals auf. Dort war es ständig Nacht. Wenn ich nicht diesen Albtraum gehabt hätte, hätte ich den Sonnenaufgang bewundert. Und doch stahl meine Sorge um Derek mir all die Freude, die ich bei meinem Wiedersehen mit der Sonne empfand.

Obwohl die Sonne es nicht schaffte, meine Nerven zu beruhigen, brachte sie mich erfolgreich wieder zur Besinnung. Ich kehrte in meinen normalen Zustand zurück: Ich war mir allem um mich herum unsäglich *bewusst.*

Im Schattenreich hatte Corrine, die Hexe, die den schützenden Zauber der Insel aufrechterhielt, begonnen, ein spezielles Interesse an mir zu entwickeln, nachdem Lucas mich angegriffen und

Gwen getötet hatte. Bevor die Vampire sie in das Schattenreich gebracht hatten, hatte sie Psychologie studiert, daher war sie in der Lage gewesen, mich mit niedrigen latenten Hemmungen zu diagnostizieren, auch LLI genannt. Ich war unfähig, die meisten externen Impulse herauszufiltern. Das bedeutete, dass ich alles spüren und alles fühlen konnte. Ich fragte mich, ob das der Grund gewesen ist, warum meine Mutter den Verstand verloren hatte und mir weggenommen worden war — angeblich konnten nur Menschen mit einem bestimmten Intelligenzquotienten mit LLI umgehen, ohne verrückt zu werden. Ich hatte mich inzwischen an meinen Zustand gewöhnt. Er war nicht mehr so überwältigend wie er es gewesen war, als ich noch jünger war.

Das langsame Auftauchen der Orange- und Gelbtöne der Sonne über dem Blau und Grün des Meeres; das Krächzen der Seemöwen und die Wellen, die ans Ufer schlugen; der salzige Nachgeschmack des Meerwassers vermischt mit meinen Tränen; der weiche Sand unter meinen Füßen und die kühle Brise an meiner Haut; der Duft des Meeres, der sich mit der frischen Morgenluft vermischte — all das war mir bewusst.

Jemand näherte sich mir von hinten.

Das ist sicherlich Ben.

Eine Empfindung nach der anderen überkam mich, und doch war mein Verstand immer noch auf die Art und Weise fixiert, wie Derek mich in meinem Traum angeschaut hatte — blass, distanziert... herzlos. Zitternd zog ich meine Knie an meine Brust heran und sammelte den Sand unter meinen Fersen zusammen.

»Derek, ich hoffe, dass es dir gut geht. Und sorg dafür, dass das auch so *bleibt*!«, flüsterte ich und hoffte, die Morgenbrise würde diese Nachricht zurück ins Schattenreich tragen.

»Warum all das Flüstern?«

Ben sah zum ersten Mal, seitdem wir uns im Schattenreich wiedergefunden hatten, ruhig und entspannt aus. Und doch hatte trotz des leichteren Tonfalls jedes Wort, das er sprach, eine Schwere an sich, die ich nicht leugnen konnte. Er ließ sich neben mir im Sand nieder.

»Wo, glaubst du, sind wir?«, fragte er.

»Wir sind in Cancún.« Daran zweifelte ich nicht. »Es ergibt einen Sinn, uns dorthin zurückzubringen, wo sie uns gefunden haben.«

Le Meridien. Das war das Hotel, in dem wir gewohnt hatten, als wir von den Vampiren entführt worden waren. Bens Familie, die Hudsons, war aufgrund der erheblichen Geldsumme, die mein Vater für meinen Unterhalt geschickt hatte, in der Lage gewesen, sich diesen lang erwarteten Urlaub leisten zu können. Als ich meinen Vater zum letzten Mal gesehen habe, hat er mich in der Obhut seines besten Freundes — Bens Vater, Lyle Hudson — zurückgelassen. Das war vor acht Jahren gewesen. Der einzige Hinweis, den ich hatte, dass er immer noch irgendwo am Leben war, war der Scheck, den er den Hudsons alle drei Monate schickte, damit sie sich auch weiterhin um mich kümmerten. Der Scheck war nicht einmal auf meinen Namen ausgestellt.

Die Erinnerung an unseren Urlaub, den wir an den weichen Sandstränden von Mexiko verbracht hatten, gab mir das Gefühl, das wäre schon vor einer Ewigkeit gewesen — und als wäre es einer anderen Version von mir passiert. Die Eifersucht, die ich empfunden hatte, weil Ben mit einer umwerfenden Blonden zusammen war, Tanya Wilson, erschien mir nun hohl und oberflächlich zu sein. Selbst meine Bitterkeit meinen Eltern gegenüber schien angesichts dessen, was ich durchgemacht hatte, unwichtiger zu werden.

Ich erinnerte mich an eine Zeit, als ich den Boden angebetet habe, auf dem Ben wandelte. Mein heißer und beliebter bester Freund, der Quarterback mit dem charmanten Lächeln und der sonnengeküssten Haut… Der junge Mann, der hier neben mir saß, war dem überhaupt nicht ähnlich.

»Was tun wir jetzt?«, fragte ich.

Wir waren so versessen darauf gewesen, dem Schattenreich zu entkommen, dass wir uns eigentlich überhaupt keine Gedanken darüber gemacht haben, was wir tun würden, sobald wir es verlassen hätten. Es dauerte mindestens eine halbe Minute, bevor Ben mit den Schultern zuckte.

»Ich glaube nicht, dass uns im Moment irgendetwas anderes übrig bleibt, als einfach nach Hause zu gehen.«

»Richtig.« Ich nickte und fragte mich, wo »Zuhause« war. Die Vorstellung, in das Haus der Familie Hudson in einer kalifornischen Vorstadt zurückzukehren, machte mich krank. Dieser Ort hatte sich niemals wie mein Zuhause angefühlt. »Doch ich glaube nicht, dass ich schon bereit dafür bin, Ben.«

Ich war erleichtert, als er nickte. »Ich empfinde genauso.«

Eine angenehme Stille folgte, während der wir beide uns auf die Sonne und ihr langsames, unaufhörliches Aufsteigen konzentrierten. Der Anblick war unglaublich, doch diese Ablenkung genügte nicht, um die Gedanken zu beruhigen, die mir im Kopf herumschwirrten.

»Vielleicht sollten wir für ein oder zwei Tage hierbleiben, um wieder zu uns selbst zu finden«, schlug Ben vor. »Dann können wir nach Hause gehen.«

»Das klingt gut.«

In dem Augenblick schaute ich mir an, was ich trug. Meine Kleidung bestand aus dem Bikini und der dünnen Jacke, die ich schon getragen hatte, als Lucas mich vom Strand entführt und ins Schattenreich gebracht hatte. Ben trug eine schwarze Weste und rote Shorts. Ich fragte mich, ob er das ebenfalls getragen hatte, als er vom Strand entführt worden war. *Haben sie uns mit nichts weiter als den Kleidern an unserem Leib zurückgebracht?*

»Entspann dich! Sie haben uns nicht mit leeren Händen zurückgelassen.« Er nickte in Richtung einer Stelle weiter oben am Strand.

Ich folgte seinem Blick zu einem schwarzen Rucksack auf dem Sand. Erleichtert atmete ich ein. Der finstere Blick auf Bens Gesicht verwirrte mich. *Warum scheint er so verärgert zu sein?*

»Hast du gesehen, was sich darinnen befindet?«

Er schüttelte seinen Kopf. »Ich bin nicht unbedingt scharf darauf herauszufinden, was ich ihnen jetzt schuldig bin.«

Du und dein Ego. Es sah Ben ähnlich, zu stolz zu sein, um Hilfe von anderen anzunehmen. Und natürlich machte die Tatsache, dass diese Hilfe von den Vampiren kam, die ihn hatten durch die Hölle gehen lassen, das Ganze noch sehr viel schlimmer. Das Entsetzen, das er im Schattenreich erfahren musste, schwebte fortwährend über ihm… über uns.

»Lass uns nachschauen, was uns zur Verfügung steht!« Ich ging hinüber zu dem Rucksack, da meine Sorge über unsere derzeitige Situation größer war als mein Stolz.

Ich war bereits bei dem Rucksack angekommen, als ich merkte, dass Ben sich nicht einmal die Mühe gemacht hatte, mir zu folgen. Ich kniete mich auf den Boden und untersuchte den Inhalt der Tasche. Ich fand nur wenige Gegenstände: je ein Satz Kleidung für Ben und für mich, ein Geldbündel und einen versiegelten Umschlag mit meinem Namen darauf. Zufrieden, dass wir genügend hatten, um klarzukommen, schloss ich die Tasche und schlang sie über meine Schulter, bevor ich zu Ben zurückging.

»Und?«, fragte er.

»Wir haben Kleidung und genügend Geld, um uns einen Flug in der Ersten Klasse von Mexiko nach Indien leisten zu können. Eine Rundreise. Zweimal.«

Ich erwartete, dass er zumindest etwas erleichtert war, doch nein. Er schnaubte nur.

»Sie werfen uns ihre Almosen vor die Füße und erwarten von uns, dass wir dankbar sind. Das ist nicht annähernd genug, wenn man bedenkt, was sie uns angetan haben.«

Ich wusste, dass er Recht hatte, und ich wollte auf seiner Seite sein, doch egal, wie sehr ich es auch versuchte, ich konnte mich nicht dazu überwinden, das Schattenreich so sehr zu hassen wie er. Zu dem Zeitpunkt wagte ich es nicht, mich zu fragen warum.

»Das ist also alles?«, fragte Ben und starrte finster auf den Rucksack.

Ich dachte an den Umschlag, der an mich adressiert war. Dann nickte ich. »Ja, das ist alles.«

Es folgte ein angespannter Augenblick, bevor er seinen Fuß in den Sand stieß. »Also gut. Wir sollten gehen und uns mit Hilfe des ach so großzügigen Vermögens verwöhnen lassen, dass sie uns gegeben haben.«

Als wir uns in Richtung des eleganten Hotels drehten, das den weißen Sandstrand säumte, blieb ich lange genug zurück, um auf das Meer zu schauen und zu flüstern: »Danke, Derek.«

KAPITEL 5: DEREK

Konzentriere dich, Derek! Ignoriere alles andere!

Mit meinen Füßen schulterbreit auseinander stand ich reglos dar. Meine linke Hand ruhte entspannt auf dem Griff meines silbernen Bogens. Ich holte einen Pfeil aus dem Köcher, den ich über meinen nackten Rücken geschlungen hatte.

Verdränge alles! Das Einzige, was jetzt wichtig ist, ist, dass du das Ziel triffst.

Schweißperlen liefen an meinen Schläfen hinunter. Ich war schon die ganze Nacht dabei. Ich hatte mit Boxen angefangen, bevor ich mit Schwertübungen fortfuhr, dann mit Schießübungen weitermachte und mich schließlich mit all den anderen Übungen, die das Gelände der Roten Festung zu bieten hatte, beschäftigte, bis ich schließlich die Bogenschießanlage erreichte.

Die dicken Wände der Roten Festung ragten mindestens dreißig Meter über mir auf. Sie umgaben die Insel und beschützten uns vor allen, die im Laufe der Jahrhunderte versucht hatten, uns zu überfallen. Allein der Gedanke daran drohte, eine ganze Reihe dunkler Erinnerungen in mir zu wecken, die ich schon lange vergessen wollte. Ich räusperte mich und konzentrierte mich wieder.

Verdränge es! Lass dich nicht von der Vergangenheit heimsuchen! Nicht jetzt.

Ich schloss meine Augen, als ich den Pfeil anlegte und seinen Schaft im Bogen positionierte. Ich atmete tief ein.

Lass deine Instinkte die Führung übernehmen!

Ich brachte die Waffe in Stellung, um ein Ziel zu treffen, das ich nicht einmal sehen konnte. Mithilfe meiner Rückenmuskeln zog ich meinen rechten Ellbogen nach hinten, bis meine rechte Hand fest an meinen Kiefer gepresst war. Ich hielt diese Position einige Sekunden lang bei und vertraute meinen Instinkten, genau zu zielen.

Dann ließ ich los. Der Bogen drang durch die kalte Nachtluft, und ich hörte einen lauten Aufprall. Bevor ich noch meine Augen öffnen konnte, hörte ich hinter mir Beifall.

Ich öffnete meine Augen. Der Pfeil hatte tatsächlich ins Schwarze getroffen und die ersten beiden Pfeile in der Mitte geteilt. Ich sehnte mich nach der Befriedigung, die ich nach einem Schuss wie diesem spüren sollte. Nichts. Es erinnerte mich nur auf eine grausame Weise daran, dass ich mir das meiste meiner Kampffertigkeiten mithilfe von Jägern angeeignet hatte — damals, als ich noch einer von ihnen war, bevor ich der Herr der Vampire und der Prinz des Schattenreiches wurde.

»Sehr gut, Hoheit«, dröhnte die bekannte Stimme von Cameron Hendry mit seinem schweren, schottischen Akzent über den Übungsplatz. »Es scheint, als hätte Euer vierhundertjähriger

Schönheitsschlaf Eure Kampffertigkeit nicht ein bisschen getrübt.«

Ich zuckte zusammen. Das Letzte, was ich im Augenblick wollte, war Gesellschaft, doch es schien, als wäre ich von einer ganzen Flanke von Soldaten umrundet. Ich versuchte, mich zu entspannen, als ich mich zu meinem guten Freund hindrehte. Cameron und seine Frau Liana waren zwei der grimmigsten Krieger des Schattenreiches und hatten zusammen mit mir schon viele Male auf dem Schlachtfeld gekämpft und geblutet. Der Hendry-Klan war einer der wenigen Klans unter den Höhergestellten, dem ich mein Leben anvertrauen würde.

»Hendry.« Ich nickte in seine Richtung. »Schon so früh auf?«

»Früh?«, höhnte er, wobei sein Haar so wirr war, als wäre er gerade erst aus dem Bett gefallen. »Wenn das Schattenreich eine Sonne hätte, wäre es jetzt Mittag. Yuri hat gesagt, du hast während der vergangenen achtzehn Stunden jede einzelne unserer verfügbaren Waffen dafür benutzt, irgendeine unbekannte Macht zu ermorden. Was oder wen würdest du gern umbringen, Derek?«

»Mittag, ach ja?«, fragte ich, begierig darauf, das Thema zu wechseln. »Seit wann beginnen wir erst mittags damit, die Truppen zu trainieren?«

»Um ehrlich zu sein, haben wir überhaupt nicht sehr viel trainiert, seitdem der Krieg geendet hat und du in deinen Schlaf versunken bist.« Der große Mann, der erst achtundzwanzig Jahre alt war, als er verwandelt wurde, warf seine Arme mit einem Schulterzucken in die Höhe. »Es hat keinen großen Angriff auf das Schattenreich mehr gegeben, seitdem deine Hexenfreundin Cora es damals mit Hilfe ihres Zaubers verborgen hat.«

Mein Kiefer verspannte sich. »Das wird sich vermutlich ändern.

Wir werden nicht mehr lange in Sicherheit sein. Wir können es uns nicht leisten, untrainierte Truppen zu haben. Unsere Gegner erneuern ihre Waffen und verbessern ihre Fähigkeiten, während wir hier faul herumliegen, als gäbe es kein Morgen mehr.«

Sorge breitete sich in Camerons braunen Augen aus. Er trat einen Schritt nach vorn und sprach mit leiser Stimme — gerade laut genug, sodass nur ich ihn hören konnte.

»Was geht hier vor sich, Derek?«

»Ich bin immer noch der oberste Befehlshaber der Armee des Schattenreiches, richtig?«

»Natürlich.«

»Nun, dann beginnt heute die Initiative. Ich erwarte, dass jeder einzelne Vampir, der auf dieser gottverlassenen Insel lebt, innerhalb der nächsten zwei Wochen zum Dienst eingezogen wird.« Wenn ich nicht so eine schlechte Laune gehabt hätte, wäre ich bei dem Anblick von Camerons schockverzerrtem Gesicht in schallendes Gelächter ausgebrochen. Doch ich meinte es todernst. Ich stellte mich aufrecht hin und sammelte die Macht, die ich hatte. »*Das* geht hier vor sich, Cameron.« Ich schaute all die Männer an, die unserer Unterhaltung zuhörten. Es war ein sehr erbärmlicher Haufen, schwach und verwelkt. »Wagt irgendjemand es zu widersprechen?«

Das wurde mit auf den Boden gerichteten Blicken und einer angespannten Stille beantwortet.

Ich lächelte zynisch. »Natürlich nicht.«

KAPITEL 6: DEREK

Gleichmäßige Schritte hallten durch die mit Fackeln beleuchteten Flure des Westturmes der Roten Festung. Ich war gerade dabei, mit Cameron zu besprechen, was in den nächsten Wochen geschehen musste, während wir uns in Richtung der Großen Kuppel begaben, wo das meiste der militärischen und strategischen Planung vorgenommen wurde. Der Westturm, ganze fünfzig Meter hoch und von einem spitzen Kreuzgewölbe überdacht, war eines der ersten Gebäude gewesen, das in der Festung gebaut worden war und hatte bereits viele Schlachten zur Verteidigung der Insel erlebt.

»Wir werden den Rat der Höhergestellten und die Ritter zusammenrufen müssen.«

Der Rat der Höhergestellten bestand aus zwanzig Individuen, die jeden einzelnen Klan der Höhergestellten repräsentierten. Liana, Camerons Frau, war eine von ihnen, ebenso wie meine

Schwester Vivienne. Die Ritter auf der anderen Seite waren Mitglieder der Sippen der Höhergestellten, die der Armee des Schattenreiches freiwillig beigetreten waren. Sie bestanden vorwiegend aus hochrangigen Offizieren in unseren Garnisonen. Soviel ich wusste, hatten wir einundzwanzig Ritter.

»Nicht viele von ihnen werden es verstehen, Derek. Das Schattenreich ist zu einer kleinen Version des alten Roms geworden. Wir sind selbstgefällig und machttrunken geworden. Einige der Höhergestellten nennen unsere Bürger die Unberührbaren.«

»Und dem stimmst du zu?«

»Nein«, Cameron schüttelte seinen Kopf, »uns geht es schon zu lange zu gut. Irgendwann wendet sich das Blatt immer.«

»Genau. Du verstehst also, warum wir unsere Leute vorbereiten müssen?«

»Natürlich. Wir haben vor langer Zeit Seite an Seite gekämpft. Du weißt, dass ich es spüre, wenn sich ein Sturm nähert. Ich sage dir nur, wie es ist. Nicht viele werden es verstehen.«

»Wir werden sie dazu bringen, es zu verstehen«, sagte ich durch zusammengekniffene Zähne hindurch. »Wir haben keine Wahl.«

Bevor Cameron antworten konnte, hallte eine wohlbekannte, schrille Stimme durch die geräumigen Korridore.

»Derek! Was glaubst du, tust du da?«

Ich drehte mich herum, um zu sehen, wie meine Zwillingsschwester Vivienne in vollem Tempo heranmarschierte. Als die Seherin des Schattenreiches war Vivienne sowohl gefürchtet als auch respektiert. Viele ihrer Visionen und Prophezeiungen hatten im Laufe der Geschichte das Schattenreich gerettet. Einige ihrer Prophezeiungen haben mir jedoch nur Schwierigkeiten eingebracht — besonders mit meinem Vater und meinem Bruder.

Speziell eine belastete mich jedes Mal, wenn ich sie mir in Erinnerung rief: *Der Jüngere wird über den Vater und den Bruder herrschen, und nur seine Herrschaft allein kann seiner Art wahren Schutz bieten.*

Als meine Schwester auf mich zugestürmt kam, hallten diese Worte in meinem Geist wieder. Manchmal wünschte ich mir, dass sie damit aufhören würde, in meine Zukunft zu schauen, und mich einfach leben lassen würde, ohne dass ich von dem, was sie gesehen hat, unter Druck gesetzt würde.

»Hallo, Vivienne.«

»Was geht hier vor sich, Derek?«

Cameron fühlte sich mitten in einer Konfrontation mit einer Frau immer unwohl und verlagerte sein Gewicht von einem Fuß auf den anderen. Ich konnte mir ein Grinsen nicht verkneifen. *Einige Dinge ändern sich nie.*

»Hendry, du kannst schon vorausgehen. Du musst bei diesem Blutbad nicht anwesend sein.«

Erleichterung breitete sich auf seinem Gesicht aus. Er beugte seinen Kopf. »Prinzessin«, verabschiedete er sich, bevor er sich eilig in Richtung der Großen Kuppel davonmachte.

»Also? Worüber bist du so sauer, meine liebste Schwester?«

»Komm schon, Derek! Eine Mobilmachung? Eine Zählung? Warum?«

»Du bist während meines Schlafes zu locker mit unseren Bürgern umgegangen. Sie wurden schwach und selbstgefällig. Vater, Lucas, du… wie konntet ihr das zulassen? Was geschieht, wenn die anderen Zirkel beschließen, dass es uns zu gut geht, und uns angreifen?«

»Während wir uns hier unterhalten, tut Vater alles Notwendige, um den diplomatischen Weg zu gehen.«

»Diplomatie, Vivienne?«, höhnte ich. »Sag mir, führt dieser diplomatische Weg zu Borys Maslen?«

Sie erblich. Die Maslens gehörten zu unseren heftigsten Gegnern, und ganz besonders Borys Maslen hatte eine besonders dunkle Vergangenheit mit meiner Schwester. Ihre Unfähigkeit, mir eine Antwort geben zu können, genügte, um die Bedrohung zu bestätigen, die die Maslens für uns darstellten.

Ich lächelte grimmig. »Das dachte ich mir. Ich habe große Schwierigkeiten, mir vorzustellen, dass Borys Maslen einen unserer Abgesandten mit offenen Armen empfangen würde. Nicht, solange *du* nicht ein Teil des Abkommens bist.«

Viviennes Ausdruck verhärtete sich. Mein Magen zog sich zusammen, als mir bewusst wurde, wie unsensibel meine Worte waren. Ich konnte immer noch nicht verstehen, durch welche Hölle dieses Monster Borys sie einst gezerrt hatte. »Vivienne… ich…« Meine Entschuldigung blieb mir im Halse stecken.

»Er hat ein neues Mädchen, weißt du. Vielleicht würde er mich jetzt nicht mehr so sehr wollen.«

»Ein neues Mädchen?«

»Ingrid Maslen. Bisher hat sie noch niemand gesehen. Borys hält sie hinter Schloss und Riegel, sie ist sein größtes Geheimnis. Es wird gesagt, dass sie irgendeine Art von Macht besitzt, und das sei der Grund, warum Borys sie in eine Vampirin verwandelt hat. Wenn man den Gerüchten Glauben schenken will, ist sie umwerfend schön.«

»Sei keine Närrin, Vivienne! Borys ist der festen Überzeugung, dass du ihm gehörst. Nur zwei Dinge werden ihn davon abhalten können, dir nachzustellen: dein Tod oder dich wieder zurück in seinem Besitz zu haben.«

»Wir werden immer noch von Coras Zauber beschützt.« Nach

all dem Gerede über ihren ehemaligen Verlobten hatte sie sich wieder gefangen.

»Und wie lange noch, Vivienne? Corrine ist nicht Cora. Sie ist uns gegenüber nicht so treu ergeben. Glaubst du wirklich, dass der Zauber einer Hexe das Schattenreich für immer beschützen kann? Was geschieht, wenn wir diesen Schutz nicht länger genießen? Wie sollen wir uns vor den Jägern absichern? Verdammt, Vivienne, wie sollen wir uns vor dem Rest der Welt schützen, wenn die herausfindet, wie viele menschliche Sklaven wir innerhalb unserer Mauern ausgebeutet und ermordet haben?«

Ihr Schweigen ermutigte mich, weiter zu sprechen.

»Du hättest dem Schattenreich niemals gestatten dürfen, *so* schwach zu werden.«

Ihr wunderschönes Gesicht verhärtete sich, als sie einen Schritt nach vorn trat, um mich herauszufordern. »Wir haben uns geweigert, einfach nur zu überleben. Wir sind gewachsen und erblüht. Was ist so falsch daran?«

»Der Preis dafür war zu hoch. Wie viele sind auf dieser Insel gestorben, Vivienne? Wie viele?«

»Wenn ich mich recht erinnere, sind so einige von ihnen unter deiner eisernen Herrschaft gestorben, Derek. Weißt du noch, wie blutverschmiert deine Hände waren, während du diese Festung hast bauen lassen?«

Sie hatte ihre Grenzen überschritten, und sie wusste es. Sie schwankte und wich unter dem mörderischen Blick, den ich ihr zuwarf, einen Schritt zurück. Eines musste ich ihr lassen: Sie wusste, wie sie mich treffen konnte.

Doch zu meiner Überraschung fuhr sie damit fort, ihre Grenzen auszutesten. »Du hast sie gehen lassen, oder nicht? Sofia und ihren Freund, den, den du Claudia abverlangt hast… Ben, richtig? Du hast sie gehen lassen.«

Wie hat sie das herausgefunden? Ich hatte Sam und Kyle den strikten Befehl gegeben, niemandem auch nur ein einziges Wort zu verraten. Nicht einmal die Mädchen, die in meinem Haus lebten, wussten bis zu diesem Zeitpunkt, dass ich Sofia und Ben hatte entkommen lassen. Nur Corrine war informiert worden, doch nur weil Sofia — aus Gründen, die mir nicht ganz einleuchten wollten — darauf bestanden hatte.

Ich erinnerte mich selbst daran, mit wem ich sprach. Vivienne hatte die Gabe zu prophezeien und zu urteilen. *Natürlich wusste sie es.* Es war nicht einmal nötig, dass ich ihre Frage beantwortete.

»Ist das der Grund, warum du all das hier tust? Um dich von deinen Gedanken an Sofia abzulenken?«

Ich packte den Kiefer meiner Schwester, wobei sich jeder einzelne meiner Muskeln anspannte, als ich sie anstarrte. Nach dem Ausdruck in ihren Augen zu urteilen sah sie in mir den Derek, der vor mehr als vierhundert Jahren existiert hatte — denjenigen, dessen Unbarmherzigkeit das Schattenreich und all seine Befestigungsanlagen ohne Rücksicht auf das vergossene Blut tausender von Menschen erschaffen hatte. Zum ersten Mal seit sehr langer Zeit kauerte meine Schwester sich nieder.

Ich lehnte mich näher an sie heran, sodass mein Mund sich direkt vor ihrem Ohr befand. »Der Name Sofia Claremont darf dir niemals wieder über die Lippen kommen. Nicht in meiner Gegenwart. Es sei denn, ich gebe dir die Erlaubnis. Hast du mich verstanden?«

Sie nickte.

Ich ließ sie los, woraufhin sich rote Spuren auf ihrer porzellanfarbenen Haut abzeichneten.

»Ohne sie in ihrem Leben wirst du dich in genau das hier verwandeln. Es kann nur noch schlimmer werden. Das ist der Grund, warum du sie brauchst.«

Sie erlangte ihre Haltung zurück, stellte sich aufrecht hin und streichelte mit ihren langen Fingern zärtlich mein Gesicht.

»Du hättest sie niemals gehen lassen dürfen.«

KAPITEL 7: SOFIA

Ben und ich mieteten in dem gleichen Hotel ein Zimmer, in dem wir mit seiner Familie zusammen gewohnt hatten. Von dem Moment an, als wir unser Zimmer betraten, konnte keiner von uns beiden es abwarten, es wieder zu verlassen. Es spielte keine Rolle, wie hübsch die Suite war — verglichen mit den üppigen Penthouses im Schattenreich verblasste ihre Schönheit — denn uns war die Sonne wichtiger. Wir befanden uns in Cancún und hatten uns zu lange in der Dunkelheit aufgehalten, als dass wir diesen hellen Tag drinnen verbringen wollten.

Es wurde zu einer unausgesprochenen Regel zwischen uns, dass wir an diesem Morgen weder über das Schattenreich noch über irgendetwas Dunkles oder Schweres sprachen. Einige Stunden lang versuchten wir, das zu sein, was wir das Recht hatten zu sein — Teenager, die an einem der schönsten Strände der Welt Spaß hatten.

Ohne es zunächst zu merken vermieden wir jegliche Art von Schatten. Wir wollten das Sonnenlicht auf unserer Haut spüren, daher wichen wir Sonnenschirmen und Dächern und allem anderen aus, was die Sonne hätte verdecken können. Ich war mir sicher, dass ich am Ende des Tages einen heftigen Sonnenbrand haben würde, doch es war mir egal. Ich konnte mich nicht einmal daran erinnern, wie ein Sonnenbrand sich überhaupt anfühlte.

Das Frühstück bestand aus frischem Obst und alkoholfreien Piña Coladas draußen in einem Restaurant am Meer. Danach sprangen wir ins Wasser. Irgendwann baute ich ganz allein eine Sandburg, während Ben seine Zeit im Wasser verbrachte und ein gutes, langes Bad genoss. Rechts neben mir lag eine Tüte mit Muscheln, die wir eine halbe Stunde lang gesammelt hatten. Keiner von uns hatte auch nur die geringste Ahnung, was wir mit diesen Muscheln anstellen würden, doch zu dem Zeitpunkt schien es eine gute Idee zu sein. Auf dem hellroten Handtuch, das wir in dem Geschäft des Hotels gekauft hatten, lagen eine Handvoll Aufnahmen von Ben und mir, wie wir uns in einen Fotoautomaten gezwängt und dort herumalbert hatten.

Das zauberte ein Lächeln auf mein Gesicht. Wir bemühten uns sehr, die Stimmung zu heben und unser früheres Selbst wiederzufinden. Wir wollten vergessen, obwohl wir wussten, wie unmöglich das war. Und doch war es die Mühe wert, es zumindest zu versuchen — selbst wenn ich nur das Lachen meines besten Freundes wieder hören und das gewinnende Lächeln auf seinem Gesicht wieder sehen würde.

Er stieg aus dem Wasser und kam auf mich zu. Mehrere Mädchen in der Nähe starrten unverhüllt auf sein hübsches Gesicht und seinen schlanken, muskulösen Körper. Als die Sonne auf ihn herunter schien und die Wassertropfen an ihm zum Glitzern brachte, sah er so aus, als wäre er gerade einem Katalog für Bademoden entstiegen.

Natürlich wusste ich es besser. Unter dem Hemd, das er trug, war sein Oberkörper von sehr vielen Narben gezeichnet, die ein Hinweis auf das waren, was er im Schattenreich hatte ertragen müssen. Mir verzog sich der Magen.

Ich versuchte, mich an die Zeit zu erinnern, als ich mich noch in Tagträumen verlieren konnte, die davon handelten, mit ihm zusammen zu sein. Merkwürdigerweise raubte er mir nicht mehr den Atem, wie er es früher einmal getan hatte. Er sah zwar unglaublich aus, doch er hatte nicht länger die gleiche Wirkung auf mich.

Es dauerte nicht lange, bis er bei mir ankam und sich direkt auf die Spitze meiner wunderschönen Sandburg fallen ließ.

»Ben!«, schrie ich.

Er lachte. »Sandburgen fallen immer in sich zusammen, Sofia. Ich dachte, es wäre besser für dich, dich so schnell wie möglich von ihr zu verabschieden.«

Das Lächeln auf seinem Gesicht ließ mich erstarren. Mir wurde klar, wie sehr ich ihn vermisst hatte — seine alte Persönlichkeit.

»Was?«

Ich schüttelte meinen Kopf. »Du scheinst glücklich zu sein.«

Das Lächeln auf seinem Gesicht blieb, doch seine Augen verrieten seine Gefühle — keines von ihnen bestand aus Freude. Ich griff nach seiner Hand, doch er wich vor meiner Berührung zurück. Es war eine grausame Erinnerung daran, dass ich niemals bis ins Letzte verstehen würde, was er im Schattenreich hatte durchmachen müssen.

Ich wollte ihn fragen, doch Ben gehörte nicht zu der Art

Menschen, die über ihre Gefühle sprachen. Wenn es andersherum gewesen wäre, hätte Ben bereits eine Möglichkeit gefunden, mich zum Lachen zu bringen. Ich fragte mich, ob ich genau das tun sollte — ihm eine Muschel an den Kopf werfen oder etwas Ähnliches — doch die Zerrissenheit seines Auftretens ließ das unpassend erscheinen. Also saß ich einfach nur da und hoffte, dass meine Gegenwart ihm irgendwie Trost spenden würde.

»Ich fühle mich taub«, bekannte er einige Minuten später. »Einfach nur taub.«

Was hat sie ihm angetan? Ben hatte mir bereits erzählt, wie die umwerfende, blonde Claudia ihn erst gefoltert und dann geheilt hatte, indem sie ihn gezwungen hatte, ihr Blut zu trinken, nur um ihn dann wieder von vorn zu foltern. Das war die Bestrafung gewesen für seinen Versuch zu fliehen. Irgendetwas sagte mir, dass das nur ein kleiner Teil von dem war, was Claudia meinem besten Freund angetan hatte.

»Was ist mit dir geschehen, Ben? Ich meine im Schattenreich?«

Ich werde niemals den Blick auf seinem Gesicht vergessen, als ich die Insel erwähnte. Alle Spuren des Charmeurs, der mein bester Freund früher gewesen ist, verschwanden. An seiner Stelle existierte nun ein dunkles und gebrochenes Wesen, dessen Gesichtszüge Unaussprechliches schrien.

»Möchtest du das wirklich wissen?«

Ich zögerte. *Wollte ich das?* Ich nickte zurückhaltend. »Erzähl mir alles!«

»Du hast es so gewollt.« Er stand auf und streckte mir seine Hand entgegen. »Dann lass uns einen Spaziergang machen!«

Ich ergriff seine Hand, und er zog mich hoch. Als er mir seine Geschichte erzählte, wünschte ich mir — um seinetwillen— dass ich niemals gefragt hätte.

KAPITEL 8: BEN

Als wir über den weißen Sand schlenderten, der perfekt zu dem klaren, blauen Meerwasser passte, erzählte ich Sofia meine Geschichte, wobei ich nicht erwähnte, dass sie mich zwang, den Horror meiner Existenz im Schattenreich noch einmal zu durchleben.

Ich war verstört. Ich hatte Sofia schon wieder enttäuscht. Sie an ihrem Geburtstag für Tanya allein zu lassen — für dieses vollkommene Kleinkind — befand sich ganz oben auf meiner wachsenden Liste von Mist, den ich verbockt habe, wenn es um meine beste Freundin ging, die ich immer wie selbstverständlich ansah. Es fühlte sich schrecklich an, den verletzten Blick in Sofias Augen zu sehen, doch ich ging davon aus, dass sie nur spazieren gehen und dann darüber hinwegkommen würde. Immerhin tat sie das immer.

Am nächsten Tag schlich ich mich kurz vor Sonnenaufgang in ihr

Hotelzimmer und erwartete, sie noch im Bett vorzufinden, während meine fünfjährige Schwester Abby sich an sie herankuschelte. Ich war enttäuscht zu sehen, dass stattdessen meine Mutter neben Abby lag. Selbst im Schlaf hatte meine Mutter einen verdrießlichen Gesichtsausdruck.

Ich schüttelte sie wach. »Mom, wo ist Sofia?«

Meine Mutter blinzelte einige Male und schaute mich finster an. »Ich habe keine Ahnung, wo sie ist. Wie spät ist es? Sie hätte eigentlich hier sein sollen. Abby hatte große Angst, allein hier schlafen zu müssen.«

»Vielleicht geht sie nur draußen spazieren oder so etwas...«

»Zu dieser Stunde? Was ist nur in sie gefahren?«

»Ich werde sie suchen.« Ich begann über das, was ich Sofia am Abend zuvor angetan hatte — oder eben nicht getan hatte — ein noch schlechteres Gefühl zu bekommen. Es war untypisch für sie, einfach davonzulaufen. Sie war schon immer die Verantwortlichere von uns beiden gewesen.

Krank vor Sorge und in dem Bewusstsein, dass ich mich ihr gegenüber wie ein Idiot benommen hatte, ging ich zum Strand, um nach ihr zu suchen. Ich ging über einen halben Kilometer am Ufer entlang, bevor mir klar wurde, dass ich meine Zeit verschwendete. Wieder und wieder versuchte ich, sie auf ihrem Handy anzurufen, wurde aber stets zu ihrem Anrufbeantworter umgeleitet. Ich war bereit umzukehren, als ich auf ein wunderhübsches, blondes Mädchen stieß, das ausgerechnet einen schwarzen Trainingsanzug aus Leder trug.

Sie näherte sich mir mit einem sinnlichen Blick.

»Ich heiße Claudia. Und wer bist du?«

Abgelenkt durch ihre Schönheit vergaß ich meine Suche nach Sofia. Ich vergaß Tanya. Ich zeigte ihr mein schönstes Lächeln.

»Ich heiße Ben.«

Zu meiner Überraschung griff sie nach meinem Hals und zog meinen Kopf nach vorn, um mich zu küssen. Zweifellos war es der beste Kuss, den ich je erfahren hatte. Als unsere Lippen sich voneinander lösten, lächelte sie. Fänge ragten unter ihrer Oberlippe hervor.

»Du bist perfekt«, fauchte sie, bevor sie mich mit einer Spritze in den Hals stach.

Es dauerte nur wenige Sekunden, bis ich bewusstlos auf den Boden fiel. Das letzte Geräusch, das ich wahrnahm, war das Lachen in ihrer Stimme, als sie sagte: »Ich werde so viel Spaß dabei haben, mit dir zu spielen, Ben.«

Als ich wieder zu mir kam, fand ich mich in einem großen Bett wieder, und meine Handgelenke waren an das Bettgestell gefesselt. Sie saß auf mir und küsste meinen Hals und meine Schultern. Obwohl ich so viel größer war als sie, fühlte ich mich vollkommen hilflos.

»Was tust du da? Wer bist du? Wo bin ich?«

Sie kicherte. »Oh, so viele Fragen, mein Haustier.«

Ich verzog bei diesem Wort das Gesicht und drehte meinen Mund von ihrem weg, als sie versuchte, mich zu küssen. Sie ergriff meinen Kopf mit ihren beiden Händen, bevor sie mir einen Kuss aufzwang. Als unsere Lippen sich voneinander lösten, neigte sie ihren Kopf zur Seite und spitzte die Lippen.

»Ich bin so guter Stimmung, dass ich beschlossen habe, deine Fragen zu beantworten. Was tue ich hier? Ich küsse dich. Wer bin ich? Ich bin Claudia, deine Herrin. Wo bist du? Du befindest dich in meinem Schlafzimmer.«

Ich konnte ihre Lippen und ihre Hände überall auf meinem Körper spüren, und das Einzige, woran ich denken konnte, war die Art und Weise, wie sie mich am Strand angelächelt hatte. »Du bist eine Vampirin.« Diese Worte laut auszusprechen gab mir das Gefühl, verrückt zu sein.

»Kluger Junge.« Sie setzte sich rittlings auf meine Hüften und stützte sich mit den Armen auf meinem Oberkörper ab, als sie mit dem gleichen

wahnwitzigen Lächeln auf ihrem Gesicht auf mich hinabblickte. »Und nun möchte ich, dass du die Klappe hältst.« Sie knebelte mich, versenkte ihre Zähne in meinem Hals und trank zum ersten Mal von meinem Blut.

Sobald sie gesättigt war, hob sie ihren Kopf an, wobei mein Blut immer noch aus ihren Mundwinkeln heraustropfte. »Du bist genauso süß wie er gewesen ist. Der Herzog...« Klauen traten aus ihren Fingern hervor, und sie begann, eine von ihnen über meinen Oberkörper gleiten zu lassen. »Hast du auch nur die geringste Vorstellung davon, was er mich hat durchstehen lassen?«

Natürlich nicht, du verrücktes Miststück. *Ich wehrte mich gegen mein Verlangen zu schreien, als ihre Klauen in meiner Haut versanken und eine blutende Wunde hinterließen. Die Art und Weise, wie ihre Augen vor Freude aufleuchteten, war widerwärtig.*

»Weißt du, meine Mutter war eine Hure. Wir waren so arm, und sie war so krank, also beschloss sie, mich an den Herzog zu verkaufen. Ich war erst sechs Jahre alt.« Sie begann, ihre Hand durch mein Haar gleiten zu lassen, bevor sie etwas davon mit ihrer Faust packte. »Du erinnerst mich so sehr an ihn.«

Mir wurde das Herz schwer.

Ich spürte, wie ich mich in ihr befand, während jede Faser meines Wesens sich gegen die Fesseln wehrte, die sie mir angelegt hatte, und gegen die Erniedrigung ankämpfte, die sie mir zukommen ließ. Doch all das war umsonst.

Sie schlug mir mit der Hand ins Gesicht, während sie kicherte. »Ich habe mich auch gewehrt, weißt du. Ich habe geschrien und gekratzt und gekämpft, und doch setzte er sich durch. Er setzte sich immer durch. Ich werde mich bei dir ebenfalls durchsetzen.«

Und das tat sie. Alles an ihr ließ meinen Magen verkrampfen. Ihr Stöhnen, die Dinge, die sie sagte... Wenn sie hechelnd auf meinem Körper zusammenbrach, hätte ich sie umbringen können.

»Nachdem ich in einen Vampir verwandelt wurde, habe ich ihn bitter für das bezahlen lassen, was er mir angetan hat.« Ihre Augen glitzerten. »Du hättest sein Wimmern und seine Schreie hören sollen. Er war schwach. Genauso wie du. Doch nun habe ich die Macht, und niemand wird mir jemals wieder schaden können.«

Als sie in dieser ersten Nacht im Schattenreich endlich genug von mir hatte, war ich geschlagen, verletzt und erschöpft, und ich blutete. Und doch ließ sie mich auch weiterhin ans Bett gefesselt und mit dem Knebel in meinem Mund liegen.

Es dauerte Stunden, bevor jemand das Zimmer betrat. Als ich das Knarren der Tür hörte, zuckte ich zusammen. Ich war erleichtert, als ein hübsches Mädchen mit rabenschwarzem Haar mir bedeutete, still zu sein. Sie nahm den Knebel aus meinem Mund, bevor sie damit begann, die Schlösser der Handschellen zu öffnen, die mich am Bett festhielten.

»Du musst ganz leise sein!«, flüsterte sie sanft, sodass ich kaum verstand, was sie sagte.

»Wer bist du?«

»Ich heiße Eliza.« Sie schaute auf meinen ausgelaugten Körper. »Kannst du aufstehen?«

Ich nickte. »Ich bin größtenteils nur wund.«

»In Ordnung. Wir werden von hier verschwinden.«

Ich war geschockt, wie schnell sie es geschafft hatte, die Handschellen zu lösen. Ich setzte mich im Bett auf und rieb mir die Handgelenke, als sie begann, im Schrank nach einigen Kleidungsstücken zu suchen, die sie mir zuwerfen konnte.

»Wie heißt du?« Sie warf ein paar Boxershorts und eine dunkelblaue Kapuzenjacke in meine Richtung.

»Ben.« Ich zog die Boxershorts an. »Wie bist du hierhergelangt?«

»Ich bin Claudia gefolgt. Ich habe gesehen, wie sie sich dir am Strand

genähert und dich betäubt hat. Ich hätte dich gerettet, doch sie war zu schnell.« Eliza warf mir eine Jeanshose zu.

Ich zog sie an und war überrascht, wie gut diese Hose mir passte. »Mich gerettet? Wie hättest du…«

»Dafür haben wir jetzt keine Zeit. Wenn du es ohne mich hier herausschaffst, suche nach Reuben! Er ist genauso wie ich ein Jäger. Er wird dir helfen.«

Sie sorgte dafür, dass ich mir eine Nummer merkte, während ich mir die Kapuzenjacke über den Kopf zog. Wir schlichen uns aus dem Zimmer heraus und vergewisserten uns, dass uns niemand folgte.

Ich war fassungslos, als mir klar wurde, dass Claudias Penthouse sich auf der Spitze von riesigen Bäumen befand. Es war ein erstaunlicher Anblick.

Eliza zeigte auf einen Fahrstuhl in der Nähe. Wir schlichen uns an einem Typen vorbei, der eine weiße Tunika aus Wolle trug. Aufgrund der Überlieferung, dass Vampire eine höhere Sinneswahrnehmung haben, war ich mir sicher, dass wir entdeckt würden. Ich war erleichtert, als wir es an dem Typen vorbei schafften, und fragte mich, ob Vampire vielleicht doch nicht so gute Sinne haben oder ob dies ein Mensch war.

Wir schafften es, in den Fahrstuhl hineinzugelangen, und drückten auf einen Knopf, um nach unten zu fahren. Als die Türen des Fahrstuhls sich öffneten, verdrehte es mir den Magen.

Dort wartete Claudia kichernd auf uns. Neben ihr standen zwei Vampirwächter.

»Hast du wirklich geglaubt, du könntest entkommen?«

Die zwei Wächter fesselten Eliza, während Claudia mich zurück in den Fahrstuhl stieß. In dem Versuch, mein gesamtes Kampfsportwissen anzuwenden, machte ich eine Bewegung, um Claudia zu treffen, doch sie wich meinem Schlag aus. Nach nur einem Stoß von ihr prallte ich gegen die Fahrstuhlwand, fiel auf den Boden und verlor das Bewusstsein.

Als ich wieder aufwachte, befand ich mich in einem kleinen, düsteren Zimmer ohne Fenster und war mit nacktem Oberkörper an die Wand gekettet. An verschiedenen Stellen des Raumes befanden sich unterschiedliche Ketten und Peitschen und Vorrichtungen, die mir den Magen verdrehten. An einer Seite war eine Überwachungskamera an der Wand angebracht, die das Bild eines großen Bettes zeigte. Mitten darauf lag Eliza.

Mir gegenüber saß Claudia — die recht entspannt aussah — auf einem Stuhl aus Metall und schärfte einen Dolch.

»Was willst du von mir?«

Claudia schaute auf. Ihre Augen glitzerten.

»Oh, gut, du bist wach. Das bedeutet, wir können jetzt mit deiner Ausbildung beginnen.«

Sie stand auf und ging zu mir hinüber. Sie begann, die Spitze ihres Dolches über meinen Brustkorb streifen zu lassen. »Nach allem, was ich getan habe, um dich zu erfreuen, willst du mich so einfach mit diesem Miststück verlassen?« Sie zeigte auf den flackernden Bildschirm. »Ich bin so enttäuscht von dir, Ben.«

Mit einem verrückten Ausdruck in ihren Augen benutzte sie ihren Dolch, um in der Haut unter meinem linken Schlüsselbein einen langen, flachen Schnitt zu hinterlassen. Ich biss die Zähne zusammen. Ich weigerte mich, ihr die Genugtuung zu geben, mich schreien zu hören. Ich wollte sie nicht einmal sehen lassen, dass ich mich vor lauter Schmerzen wandte.

Sie schien erfreut zu sein. »Du hast eine hohe Schmerzgrenze, das gefällt mir.«

»Du Miststück.«

Sie schlug mich und warf meinen Kopf damit grotesk auf die Seite. Ihr Schlag war so fest, dass ich überrascht war, dass er mir nicht das Genick brach. Ich schmeckte Blut auf meinen Lippen, und ihre Augen weiteten sich. Ihr Blick wechselte manisch zwischen meiner aufgeplatzten Lippe und dem Schnitt auf meinem Oberkörper hin und her.

Sie probierte das Blut sowohl an meinen Lippen als auch auf meiner Brust, bevor sie mir einen weiteren Schnitt zufügte, dieses Mal etwas über meiner Taille.

Meine Atmung wurde schwer, als ich versuchte, eine Reaktion zu unterdrücken, während sie mir einen qualvollen Schnitt nach dem anderen zufügte, bis mein Oberkörper nichts weiter war als eine blutige Masse. Der Schmerz war kaum zu ertragen, und ich flehte mein Gehirn an, mich das Bewusstsein verlieren zu lassen, doch mein Körper verwehrte mir selbst diese Flucht.

Als sie aufhörte, mich zu schneiden, hoffte ich, das würde bedeuten, sie war fertig. Falsch. Claudia ergriff mein Haar und zwang mich, auf den Bildschirm zu schauen.

»Richte deinen Blick auf deine kleine Freundin dort! Sie ist eine Jägerin und hat sich der Ausrottung unserer Art verschrieben. Ich hatte vermutet, dass mir am Strand jemand gefolgt war. Wie sie mich gefunden hat, werde ich niemals erfahren. Als ich dich betäubt habe, konnte ich ihr Keuchen aus einem Kilometer Entfernung hören. Dummer, geistloser, kleiner Wurm. Sie hielt sich wahrscheinlich für unglaublich klug, als sie uns den ganzen Weg hierher ins Schattenreich folgte, doch ich gestattete ihr die Illusion einer Flucht, um deine Treue mir gegenüber zu testen.« Sie grinste. »Doch nun, da du dich als untreu erwiesen hast, kann ich damit beginnen, dich zu bestrafen.«

Sie warf einen manischen Blick auf meinen Oberkörper. »Oh, warte, das habe ich ja bereits getan!« Zu meiner Überraschung schnitt sie sich in die Handfläche und presste sie auf meinen Lippen, die sie zum Öffnen zwang, indem sie mir die Nase zuhielt. Ich hatte keine andere Wahl, als das Blut aus ihrer Handfläche meine Kehle hinunterlaufen zu lassen. Ihr Griff an meinem Kopf festigte sich. »Natürlich ist deine Bestrafung noch längst nicht vorüber. Ich habe gesagt, ich möchte, dass du deine Freundin beobachtest.«

Ich richtete meinen Blick auf den Überwachungsbildschirm. Ein großer Mann näherte sich Elizas bewusstlosem Körper. Sie sah so zerbrechlich aus, als er sie packte und gegen seine Brust presste. Der dunkle Ausdruck in seinen Augen war unmissverständlich, als er ihren milchig-weißen Hals betrachtete. Er war ausgehungert. Ich wollte wegschauen, als er seine Fänge entblößte und in Elizas Hals hineinbiss, doch Claudia hielt meinen Kopf fest, während ihr Blut begann, durch meine Adern hindurchzufließen. Während ich gezwungen war, Claudius Blut zu trinken, war ich ebenso gezwungen, einen anderen Vampir dabei zu beobachten, wie er eine unschuldige junge Frau entleerte.

Als der Vampir mit Eliza fertig war, zog Claudia ihre Handfläche von meinem Mund weg. Sie schaute auf meinen Körper, der zu meiner Überraschung begonnen hatte zu heilen.

Mir wurde das vollständige Ausmaß ihres Irrsinns erst bewusst, als sie sagte: »Perfekt. Du wirst schon bald wieder wie neu sein, und dann kann ich dich wieder von vorne aufschneiden.«

»Claudia war sadistisch und geistesgestört«, erzählte ich Sofia. Ich wollte nicht länger mit den blutigen Einzelheiten der Folter und Erniedrigung fortfahren, denen Claudia mich ausgesetzt hatte, also entschied ich mich einfach für: »Sie hat mich durch die Hölle geschickt.«

Es folgte Stille, als wir beide uns in unseren eigenen Gedanken verloren.

»Und?«, fragte ich mit einem bitteren Lächeln, »war deine Erfahrung im Schattenreich meiner ähnlich?«

»Nein.« Sofia schüttelte ihren Kopf und neigte ihn nach unten.

»Derek war in keinster Weise wie Claudia. Es war Lucas, der versucht hatte, mein Leben dort in die Hölle zu verwandeln. Wenn Derek nicht gewesen wäre, hätte er Erfolg gehabt, doch Derek tat alles, was er nur konnte, um mich vor seinem älteren Bruder zu beschützen.«

Ich fand die Art und Weise widerwärtig, wie sie über Derek sprach, als wäre er irgendeine Art von Held. Vielleicht konnte er sie zum Narren halten, doch mit mir gelang ihm das nicht.

Tränen füllten ihre Augen, als sie sich schließlich dazu überwinden konnte, mich anzuschauen. »Es tut mir so leid, Ben. Wenn ich an dem Abend nicht davongelaufen wäre, hättest du nicht…« Sie verschluckte den Rest ihrer Worte und biss sich auf die Unterlippe. Sie ergriff meine Hand und drückte sie.

Ich wollte sie trösten. Sie hätte das nicht wissen können. Sie war ebenso ein Opfer. Und doch war ich zu sehr damit beschäftigt, mir über das Gedanken zu machen, was ich ihr bisher nicht hatte erzählen können.

Ich konnte ihr nicht sagen, dass nach allem, was Claudia meinem Körper angetan hatte, mein Sinn für Empfindungen so abgestumpft war, dass ich Sofias Hand kaum auf meiner spüren konnte. Ich wollte nicht noch mehr von ihrem Mitleid haben.

Und ebenso wenig konnte ich ihr sagen, dass Derek der Vampir war, der Eliza getötet hatte, denn trotz allem, was wir erlebt hatten, war ich mir ihrer Treue nicht länger sicher. Die Vorstellung, dass sie Derek mir immer noch vorziehen könnte, machte mir große Angst.

KAPITEL 9: DEREK

Du hättest sie niemals gehen lassen dürfen.

Ich tat alles, was ich nur konnte, um die Worte meiner Schwester zu verdrängen, doch es war nicht möglich. Sofia war nicht länger bei mir, und egal, mit wem ich mich umgab oder womit ich mich beschäftigte, ich konnte ihre Abwesenheit immer noch mit jeder Faser meines Wesens spüren.

Natürlich hatte ich schon lange genug gelebt, um zu verbergen, was ich durchmachte, während ich mit meinem strikten Zeitplan bestehend aus Besprechungen fortfuhr. Am Ende des Tages hatte sich die Neuigkeit bereits überall auf der Insel verbreitet: *Der Prinz ist hellwach. Er hat seine Ruhepause beendet und ist dabei, sich um die blutige Angelegenheit zu kümmern, das Schattenreich in Sicherheit zu wahren.*

Ich hasste es, es zuzugeben, doch Vivienne hatte Recht. Es war alles nur ein Trick, eine Show, die ich aufziehen musste, um mich von der Leere abzulenken, die sich nach Sofias Abreise in mir aufgetan hatte.

Nachdem ich die letzte Besprechung des Tages beendet hatte, zog ich Cameron zur Seite. »Ich kann dir vertrauen, oder nicht?«

Er nickte. »Du weißt, dass du das kannst.«

»Ich möchte, dass du meinen älteren Bruder findest. Wir haben uns entzweit.« *Er hätte Sofia fast getötet.* »Es war ein ziemlich heftiger Streit, und er ist in Panik geraten. Du weißt, was für ein Feigling Lucas sein kann.«

Ein selbstgefälliges Grinsen formte sich auf Camerons Lippen. Eine Handvoll von uns war sich darüber bewusst, dass Lucas nicht der Art von *Krieger* war, mit dem wir gern in eine Schlacht ziehen würden. Er würde uns den feindlichen Kanonen entgegenschleudern, wenn das bedeuten würde, er könnte seine eigene Haut retten.

»Was soll ich tun, Derek?«, fragte Cameron.

»Du musst ihn für mich finden! Er versteckt sich irgendwo auf der Insel, oder vielleicht ist er auch mit einigen der Späher unterwegs und sucht nach neuen Sklaven. Ich weiß es nicht. Ich weiß nur, dass ich herausfinden muss, wo er sich aufhält.«

»Was soll ich tun, wenn ich ihn gefunden habe?«

Ich zögerte erst, doch nickte dann. »Sperr ihn ein! In die Zellen.« *Ich kann es nicht verantworten, dass er sie verfolgt.* »Und dann setze dich umgehend mit mir in Verbindung!«

»Dem König wird das nicht gefallen. Und deiner Schwester genauso wenig.«

»Vivienne wird es verstehen. Sie ist schon immer auf meiner Seite gewesen. Und was meinen Vater angeht, um den werde ich mich kümmern, wenn er hier eintrifft. Im Moment ist es von äußerster Wichtigkeit, dass ich jederzeit weiß, wo Lucas sich aufhält.«

Cameron nickte. »Ich werde mich auf die Suche nach ihm machen.«

Überzeugt, dass die Suche nach meinem älteren Bruder sich in guten Händen befand, zog ich mich für eine wohlverdiente Pause in mein Penthouse zurück. In dem Moment jedoch, als ich mein Haus betrat, wurde mir klar, dass mein Tag noch keineswegs vorüber war. Ashley, Paige und Rosa, die drei Mädchen, die zusammen mit Sofia meinen Harem gebildet haben, warteten auf mich.

Harem. Bei diesem Wort verzog ich das Gesicht. Das war noch so eine Erfindung, die sich das Schattenreich während meines vierhundertjährigen Schlafes ausgedacht hatte. Ein Haus voller junger, hübscher, menschlicher Sklavinnen zu halten war ein dummer Luxus, den die Höhergestellten und einige der Bürger — eingebürgerte Bewohner des Schattenreiches — genossen. Ich war noch nie ein Fan davon gewesen, doch es war genau dieser Luxus, der mir Sofia gebracht hatte.

Ich warf den drei lieblichen Teenagern, die dort in der Mitte der Halle auf meine Rückkehr warteten, einen finsteren Blick zu. Sie zu sehen erinnerte mich nur an Sofia. *Verdammt, alles an diesem Ort erinnerte mich nun an Sofia.*

»Wo ist Sofia?« Es war die Blonde, Ashley, die diese Frage stellte. Von den dreien war sie schon immer die Mutigste gewesen.

Ich wollte eigentlich nur an ihnen vorbei direkt in mein Zimmer gehen, doch sie folgte mir, also setzte ich mich auf eines der Sofas im Wohnzimmer. »Ich weiß nicht genau, wo sie ist, aber sie ist nicht länger hier.« Ich bedeutete ihnen, mir gegenüber Platz zu nehmen. Die Mädchen tauschten Blicke aus, als sie sich nebeneinander auf das größte Sofa setzten.

»Ist sie entkommen?«, fragte Ashley.

»Ja, sie und dieser Ben, mit dem sie zusammen ist.«

»Sie ist nicht mit Ben zusammen«, sagte Rosa, die hübsche Zierliche mit dem kurzen, gewellten, schwarzen Haar. Sie war diejenige, die immer so aussah, als würde sie vor Angst sterben, wenn ich mich in ihrer Nähe aufhielt. Ich musste ihr Anerkennung dafür zollen, dass sie zum ersten Mal etwas sagte.

Verärgert atmete ich aus, bevor ich mit einer Hand in der Luft herum wedelte. »Das ist mir egal.«

Eine Lüge.

Paige, die sportliche Brünette, höhnte. »Ja, sicher, du machst dir nichts aus ihr. Schau, wir kennen Sofia. Sie würde niemals ohne uns gehen. Sie würde uns nicht auf diese Weise verraten.«

»Und doch hat sie es getan, oder nicht? Sie ist nicht länger hier.«

»Was hast du ihr angetan?«, fragte Ashley, wobei ihre Stimme eine Mischung aus Vorwürfen und Angst ausdrückte.

»Ich habe ihr geholfen zu entkommen.« Ich verzog das Gesicht, als ich Ashley anstarrte, um sie herauszufordern, mich anzuzweifeln. »Schaut! Wenn es ein Trost für euch ist, sie hat mich angefleht, euch mit ihr gehen zu lassen. Doch ich wollte nichts davon hören. Ich konnte das Schattenreich nicht in Gefahr bringen, indem ich euch auch befreite.«

»Doch du vertraust Ben genug, um ihn gehen zu lassen?« Paiges Stimme verriet ihren Frust.

Ich war Derek Novak. Ich musste mich nicht vor drei Teenagersklavinnen rechtfertigen, und doch merkte ich, wie ich ihnen meine Handlung erklärte. »Ich hatte keine Wahl. Sofia wäre nicht ohne ihn gegangen.«

»Aber sie ist ohne *uns* gegangen«, stellte Rosa fest.

»Diese Unterhaltung führt zu nichts.« Ich rollte mit den Augen und stand auf.

»Was hast du jetzt mit uns vor?« Ashleys Gesicht war blass.

Ich setzte mich umgehend zurück auf meinen Platz und schaute eine nach der anderen an. Ich konnte mit ihnen tun, was auch immer ich wollte… ich konnte sie benutzen, sie brechen, mit ihnen ins Bett gehen. Niemand würde etwas Schlimmes über mich denken. Niemand außer Sofia.

»Es ist mir wirklich egal, was mit euch geschieht. Im Moment ist es nur wichtig, dass ihr dafür sorgt, dass niemand herausfindet, dass Ben und Sofia weg sind. Niemand. Ich habe bereits Sam und Kyle gewarnt, dass sie niemandem auch nur ein Sterbenswörtchen davon erzählen dürfen. Soweit es alle anderen im Schattenreich angeht, befinden sie sich entweder irgendwo eingesperrt in diesem Haus oder sie sind tot. Und was euch drei betrifft, der einzige Grund, warum ihr überhaupt wichtig für mich wart, bestand darin, dass ihr Sofia wichtig wart.«

»Was gibt dir den Eindruck, dass wir ihr nicht länger wichtig sind?«

»Was verstehst du nicht, Ashley?«, fauchte ich sie an. »Sie ist nicht länger hier! Ich könnte dich über meinen Rücken schwingen, dich in mein Schlafzimmer tragen und dir die abscheulichsten Dinge antun. Sie würde es nicht erfahren.«

Eine eisige Stille folgte.

Es war Rosa, die die Stille durchbrach. »Doch du wirst das nicht tun, denn es ist dir immer noch wichtig, was Sofia darüber denken würde.«

»Vielleicht, doch was soll's?«

Ashley schmunzelte. Sie lehnte sich zurück und schüttelte ihren Kopf, als sie ihre mandelförmigen Augen auf mich richtete. »Das ist lustig.«

»Ach ja? Was ist lustig?«

»Du hast so viel Zeit mit ihr verbracht, du hast praktisch über ihre Zeit bestimmt, und trotzdem hast du immer noch nicht die leiseste Ahnung, was für eine Art von Mädchen Sofia wirklich ist.«

Ich setzte mich aufrecht hin. »Wovon redest du?«

»Da es hier immer noch Menschen gibt, die sie von ganzem Herzen mag — uns, dich — würde Sofia zurückkommen wollen.« Ashley stand auf und starrte mich an. »Wenn du sie während all der Nächte, die sie in deinem Schlafzimmer verbringen musste, tatsächlich kennengelernt hättest, würdest du das wissen.«

Ashley stürmte aus dem Zimmer. Paige folgte ihr auf dem Fuße. Es war jedoch Rosa, die mir die Hoffnung gab, Sofia zurückbekommen zu können. Sie zeigte mir ein zögerliches halbes Lächeln und sagte: »Sofia mag dich wirklich sehr.«

Ich wollte das glauben und hoffen, doch die allgegenwärtige Stimme der Dunkelheit fauchte mich an. *Schau dir nur an, wo sie diese Fürsorge hingebracht hat!*

Ich schüttelte den Gedanken ab und verdrängte alle Hoffnung, sie noch einmal in den Armen halten zu können. *Sie hier zu behalten hätte sie nur in Gefahr gebracht. Lass sie einfach gehen, Derek!*

Lass sie einfach gehen!

KAPITEL 10: SOFIA

Nur während der Nacht beschlossen Ben und ich, drinnen zu bleiben. Wir hatten entschieden, uns im Hotel eine Suite mit nur einem Schlafzimmer zu mieten, weil wir als beste Freunde schon viele Male zusammen in einem Einzelbett geschlafen hatten. Aus irgendeinem Grund hatten sich die Dinge jedoch geändert, und zusammen im gleichen Bett zu schlafen fühlte sich unbehaglich an — als würde ich Derek betrügen.

Im Schattenreich, nachdem Lucas Gwen getötet hatte, hatte Derek mich gebeten, in seinem Schlafzimmer zu schlafen. Auf diese Weise konnte er mich besser beschützen. Ich könnte nicht einmal erklären warum, doch es erschien mir vollkommen natürlich zu sein. Ich hätte eine gewisse Verlegenheit erwartet, da er ein attraktiver junger Mann und ich selbst, nun, eine junge Frau war. Ich war überrascht, wie gut wir uns einander anpassten. Es war wie ein Tanz. Wir wussten genau, wie wir uns umeinander herum zu bewegen hatten. Er hatte mich verstanden, und ich bildete mir gern ein, dass ich ihn ebenfalls verstanden hatte.

Ich konnte nicht verstehen warum, doch etwas hatte sich zwischen Ben und mir verändert. Das harmonische Verhältnis, das zwischen uns geherrscht hatte, war verschwunden. Ich ging davon aus, dass das Problem von mir ausging, also versuchte ich, die Gedanken an meinen Entführer aus meinem Kopf zu verdrängen. Immerhin hatte Derek es auf diese Weise überhaupt erst geschafft, zu mir vorzudringen — als ich mir selbst gestattet hatte aufzuhören, für Ben zu schwärmen.

Als ich auf meiner Seite des Bettes saß und mich leicht hinüberbeugte, um nach einem Kissen zu greifen, seufzte ich und zeigte Ben einen leichten Schmollmund.

»Was?«, fragte er.

»Ich hasse das.«

»Du hasst was?«

»Das hier. Diese Spannung. Seit wann sind wir in der Gegenwart des anderen so verkrampft?«

Der Ausdruck in seinen Augen wurde weicher. Ich wusste, er könnte es nicht leugnen, dass zwischen uns eine gewisse Verlegenheit bestand, da er seit unserer Reise in die Vergangenheit am Strand kaum ein Wort mit mir gesprochen hatte. Er setzte sich neben mich und grinste, als er seinen Kopf zur Seite beugte. »Ich verstehe einfach nicht, wie du immer noch so hell und rosa und weich aussehen kannst trotz der Tatsache, dass wir den ganzen Tag in der Sonne verbracht haben.«

»Hell und rosa und weich? Das klingt ja fast so, als wäre ich ein Schwein.«

»Nein, du bist hübsch, Sofia. Es ist nur merkwürdig, dass du scheinbar niemals einen Sonnenbrand bekommst.«

»Das bedeutet allerdings auch, dass ich niemals so perfekt gebräunt bin wie du.«

Mir war nicht klar, wie sehr ich das überhebliche Grinsen auf seinem Gesicht vermisst hatte. »Ja, ja… die Sonne liebt mich. Wie hast du mich einmal beschrieben?« Er zwinkerte mir mit einem Auge zu. »Ich glaube, du hast mich einen griechischen Gott genannt.«

Ich rollte mit den Augen. »Es wird dich wohl niemals langweilen, das zu erwähnen, oder? Das war sarkastisch gemeint.«

»Natüüürlich… versuche nur weiterhin, dich selbst davon zu überzeugen!« Ein selbstzufriedenes Lächeln formte sich auf seinen Lippen, als er sich flach auf seinen Rücken aufs Bett legte.

Dies war ein kleiner Eindruck von dem Ben, den ich vermisst habe. Spaßliebend, unbekümmert und niemand, der jemals an einem Problem verzweifeln würde. Ich lächelte, während ich ihn dabei beobachtete, wie er einschlief, und kicherte, als er wieder einmal begann zu schnarchen. Ich rollte mich auf die Seite und versuchte einzuschlafen.

Genau um Mitternacht gab ich meinen Versuch auf. Ich stand auf, zog einen Bademantel über und holte den versiegelten Umschlag aus dem Rucksack. Ich hoffte, dass er von Derek war. Nach allem, was Ben mir von seinen Erfahrungen im Schattenreich erzählt hatte, wollte ich nicht, dass er herausfand, wie sehr ich Derek vermisste. Ich wollte mich nicht schuldig fühlen, dass meine Erfahrungen auf der Insel nicht so schlecht waren wie die von Ben.

Ich ging hinaus auf die Terrasse und genoss die kühle Brise, die den salzigen Geschmack des Meeres mit sich trug. Ich öffnete den braunen Umschlag und merkte, wie ich gegen die Tränen ankämpfte.

Das Paket war nicht von Derek. Es war von Corrine, der Hexe. Während der Zeit, die wir miteinander verbracht hatten, war sie so etwas wie meine ältere Schwester geworden. Das Paket enthielt das Handy, das ich dazu benutzt hatte, um Derek beizubringen, wie man ein Mobiltelefon benutzt, mein Lieblingsfoto von uns, nachdem ich ihm gezeigt hatte, wie man eine Kamera bedient, einen silbernen Ring, der mit etwas besetzt war, das wie ein Rubin aussah, und einer Nachricht, auf der stand: *Das Handy und das Foto sind für dich, damit du niemals vergisst. Der Ring ist ein Geschenk von mir. Möge er dir helfen, deinen Weg nach Hause zu finden. Die Insel ist ohne dich sehr viele Nuancen dunkler. Wir werden dein Licht vermissen. Alles Liebe Corrine.*

Ich presste den Umschlag an meine Brust. Es war noch nicht einmal viel Zeit vergangen, seitdem wir das Schattenreich verlassen hatten, und schon merkte ich, dass der Schmerz in mir überwältigend war. Ich hätte dankbar sein sollen, dass wir dem Schattenreich entkommen konnten, und doch konnte ich nur daran denken, wie gern ich zurückgehen wollte.

»Sofia?«

Bens Stimme hinter mir erschreckte mich. Ich wischte mir die Tränen aus den Augen.

»Was ist das?«

»Es ist… nur… es ist nichts.«

»Wie könnte es nichts sein? Lass mich mal sehen!« Er trat neben mich und forderte mich auf, ihm den Umschlag zu überreichen.

»Sei nicht böse!« Ich gab ihm den Umschlag voller Sorge darüber, wie seine Reaktion ausfallen könnte — besonders in Bezug auf das Foto, auf dem ich lächelte und direkt in die Kamera schaute, während Dereks Blick sich auf mich konzentrierte.

Ben verkrampfte sich, als er sah, was sich darinnen befand. Er gab den Umschlag an mich zurück, als wäre er davon angeekelt. »Wo hast du das her?«

»Ich habe es im Rucksack gefunden.«

»Ich verstehe nicht, wie du ihm vertrauen kannst.«

»Er hat mich so viele Male gerettet... Ich...«

»Warum will dir das nicht in den Kopf, Sofia? Wenn es ihn nicht gegeben hätte, hättest du gar nicht gerettet werden müssen!« Dieser Ausbruch war seit langer Zeit der erste. »Es war Derek. Er war der Vampir, der Eliza getötet hat.«

Seine Worte waren wie ein Schlag in die Magengrube, und mir stockte der Atem. Ich erinnerte mich an den Abend, an dem Derek ins Penthouse zurückgekehrt war, wie das Blut von seinen Lippen tropfte und wie bedrohlich er aussah...

»Du scheinst nicht überrascht zu sein.«

»Einige der anderen Vampire bieten ihm ihre Sklaven an... damit er von ihnen trinken kann.«

»Hat er jemals von dir getrunken?«

»Nein, niemals.«

»Also, was genau willst du damit sagen, Sofia? Solange du gesund und munter bist, ist es in Ordnung, dass er ein Mörder ist, der sich von dem Blut anderer Menschen ernährt?«

»Nein, Ben, so ist es nicht. Du kennst ihn nicht so wie ich. Du hast nicht miterlebt, wie er gekämpft hat, um die Kontrolle zu bewahren.« Meine Argumente schienen nur sehr flach zu sein.

»Wie in aller Welt kannst du diese Dinge einfach so ignorieren, Sofia? Wann bist du zu dieser Art Mensch geworden, der einfach zuschauen kann, während du gemütlich in irgendeinem Penthouse mit dem Feind schläfst, während überall um dich herum andere Menschen ermordet werden?«

»Ich habe niemals auf die Weise mit Derek geschlafen, die du andeutest.«

Ben gab ein gequältes Lachen von sich. »Richtig, aber darum geht es hier nicht, oder? Wenn der Vampirprinz auftauchen — genau hier und jetzt — und dich in seine Arme nehmen und dich küssen würde, würdest du dich sträuben?«

Ich öffnete meinen Mund, um zu antworten, doch nichts kam heraus.

»Das dachte ich mir.« Ben lächelte bitter. »Deine Vernarrtheit in ihn hat dich zu sehr geblendet, um ihn als das anzusehen, was er wirklich ist.« Er betrachtete den Umschlag, den ich immer noch umklammerte. »Er ist ein Monster.«

Er drehte sich zurück in Richtung des Schlafzimmers. »Zuhause ist in Kalifornien bei der Familie, mit der du die letzten acht Jahre verbracht hast. Du benötigst keinen Hexenring, um den Weg dorthin zu finden. Gleich morgen früh werden wir uns auf den Weg nach Hause machen.«

Noch während der Nacht rief Ben seine Eltern an und ließ sie wissen, wo wir waren. Die einzige Erklärung, die er ihnen gab, bestand darin, dass wir Geschmack an Unabhängigkeit gefunden und beschlossen hatten wegzulaufen.

Ich fürchtete, dass wir eine Lüge nach der anderen würden erzählen müssen, doch ich wollte mir darüber keine Gedanken machen. Die einzige Lüge, die mir immer wieder im Kopf herumging, war die, von der ich mich selbst überzeugen wollte. Ich wollte, dass Ben sich in Bezug auf Derek und seine Anschuldigung, ich würde die Wahrheit ignorieren, irrte, doch ich wusste, dass er Recht hatte.

Ich wusste nicht, ob es mein Selbsterhaltungstrieb oder etwas anderes war, doch im Schattenreich hatte ich mich in dieser kleinen Blase vergraben und mich wegen Dereks Schutz und unbegründeter Zuneigung sicher gefühlt. Ich hatte gesehen, wie andere menschliche Gefangene von anderen Vampiren behandelt wurden, doch ich hatte mir niemals die Mühe gemacht zu helfen. Ich hatte einfach nur den höheren Mächten gedankt, dass nicht ich es war. Ich war egoistisch und blind gewesen. Ich war so sehr mit meinem eigenen Überleben beschäftigt gewesen, dass ich es nicht geschafft hatte, die Unermesslichkeit der Dunkelheit zu sehen, die das Schattenreich durchdrang.

Es war nur natürlich, so wie Ben die Insel zu hassen. Ich war gefangen genommen worden. Ich war fast vergewaltigt und dann getötet worden. Eine Freundin von mir war ermordet worden. Ich hatte allen Grund, das Schattenreich zu hassen und es zerstören zu wollen.

Doch ich tat es nicht. Und ich konnte nicht verstehen warum.

KAPITEL 11: LUCAS

Atemlos rollten Claudia und ich uns auf ihrem großen Himmelbett auf unsere Seiten. Ich zog meinen Arm unter ihrem nackten Körper hervor, sodass ich den Tisch erreichen konnte, auf den ich eine Packung Zigaretten gelegt hatte. Ich stützte mich ab und lehnte meinen Rücken gegen das Kopfende, bevor ich mir eine Zigarette ansteckte.

Ich konnte Claudias Blick auf mir spüren. Sie war das Mädchen, zu dem ich jedes Mal lief, wenn ich mal kurz mit jemandem ins Bett steigen wollte. Sie erfüllte ihren Zweck. Natürlich habe ich während der ganzen Zeit, die wir miteinander herumgetollt sind, nicht an Claudia gedacht, sondern an Sofia.

Vom ersten Moment an, in dem ich sie erblickt hatte, hatte die Sklavin meines Bruders sich für immer und ewig in mein Unterbewusstsein gegraben — und doch musste ich feststellen, dass sie niemals mir gehören würde. Nachdem ich schließlich ihr Blut gekostet hatte, war ich verloren. Ich konnte sie nicht mehr aus meinen Gedanken verdrängen. *Der zerbrechliche, dünne Zweig.*

»Es geht das Gerücht um, dass Derek Cameron auf eine Hetzjagd nach dir ausgesendet hat. In genau diesem Augenblick wird nach dir gesucht.« Die sechshundert Jahre alte Claudia rollte ihren siebzehnjährigen Körper über das Bett, sodass sie auf ihrem Bauch lag. Sie griff nach der Zigarette, die ich gerade angezündet hatte, bevor ich beginnen konnte, sie zu rauchen, und nahm einen langen, tiefen Zug.

Ich warf ihr einen finsteren Blick zu. »Das gefällt dir, oder nicht?«

Sie lachte. »Du solltest mich gut genug kennen. Könntest du mir das verdenken? Du stellst Dereks kleinem, kostbarem Haustier nach… Derek lässt dich jagen… und du, Prinz des Schattenreiches, selbst eine königliche Hoheit, versteckst dich bei mir und hältst dich für mein Bett bereit, wann auch immer es mir gefällt. Wie tief die Mächtigen doch gefallen sind.«

Ich starrte sie finster an, befand mich jedoch nicht in der Position, ihr zu widersprechen. Ob es mir nun gefiel oder nicht, ich war ihr vollkommen ausgeliefert. Ich hasste es, Claudia irgendetwas schuldig zu sein, doch sie war das einzige Wesen unter den Höhergestellten, das ähnlich verdorben und egoistisch war wie ich — oder vielleicht sogar noch mehr. Wir hatten uns bereits jahrhundertelang den Rücken gedeckt, ganz einfach weil wir es uns gegenseitig gestatteten, uns unseren dunklen Seiten hinzugeben. Zum Teufel, ich war mir nicht einmal sicher, ob Claudia eine Seite hatte, die nicht aus reiner Bösartigkeit bestand. Sie würde mich nicht betrügen, indem sie mich an Derek auslieferte.

Ich steckte mir eine weitere Zigarette an und hielt sie an meine Lippen.

»Glaubst du wirklich, Derek hat das Zeug dazu, dich zu töten?«, fragte Claudia.

»Er hatte es vor. Ich konnte es in seinen Augen sehen. Das Menschen-Mädchen hat ihn davon abgehalten.«

»Oh, ausgerechnet sie hat dich gerettet. Nun schuldest du ihr dein Leben.«

»Ich schulde ihr gar nichts.« Verärgert blies ich den Rauch aus. Ich war es gewesen, der Sofia gefunden hatte. Sie hätte mir gehören sollen. Ich hatte das Recht, alles mit ihr zu tun, was mir in den Sinn kam.

»Wenn du meinst. Doch sei es, wie es ist, du kannst dich hier nicht für immer verstecken. Was hast du vor, nun, da du gejagt wirst?«

»Ich weiß es nicht.«

»Du könntest fliehen.«

»Ach ja? Und wo soll ich hingehen?« Ich nahm einen weiteren Zug von meiner Zigarette. Claudia hatte ihre bereits ausgedrückt.

»Nun, es gibt nur einen anderen Zirkel, der es fast genauso gut hat wie wir.«

Ich knurrte. »Niemals.«

»Wo willst du sonst hingehen? Die Oase ist die einzige logische Möglichkeit.«

Ich dachte über diese Vorstellung nach. Eigentlich reizte mich diese Aussicht aus zwei Gründen: Erstens würde ich die legendäre Oase sehen, und zweitens würde ich endlich Borys weibliche rechte Hand Ingrid kennenlernen. Ihr wurde nachgesagt, unvergleichlich schön zu sein.

»Obwohl es seinen Reiz hätte, mir das mysteriöse Haustier anzuschauen, das Borys gerade seiner Sammlung hinzugefügt hat, hast du wahrscheinlich vergessen, wer ich bin, Claudia. Ich bin

Lucas Novak. *Novak*. Die Maslens würden mich in dem Moment köpfen, an dem ich in Kairo eintreffe.«

Claudia zuckte mit den Schultern. »Nun, das ist wirklich nicht mein Problem, oder? Ich weiß nur, dass du von hier verschwinden musst, denn wenn sie herausfinden, dass ich einem Kriminellen Hilfe und Unterschlupf gewähre, wird Derek nicht zögern, mir das Herz herauszureißen.«

Ich warf ihr einen finsteren Blick entgegen. *Claudia... was für eine mitfühlende Freundin.* Ich warf meine Zigarette in einen nahestehenden Aschenbecher und drückte mich gegen die Frau neben mir. »Manchmal frage ich mich, wo deine Loyalitäten liegen, Claudia.«

»Das ist einfach«, lächelte sie einfältig, »ich bin nur mir selbst treu.«

»Natürlich bist du das.« Ich rollte mit den Augen. »Ich werde dir schon bald nicht weiter auf die Nerven gehen, Claudia, doch im Augenblick...« Ich küsste sie fest. Sie schmeckte nach Blut und Nikotin. Ich lenkte mich ein letztes Mal mit der Freude ab, die sie mir gab. Ich hatte noch ein paar Tage Zeit. Die wirkliche Gefahr begann erst dann, wenn die ungestüme und verrückte blonde Vampirin, die sich unter mir wandte, schließlich keine Lust mehr auf mich hatte.

Doch bis dahin würde sie mich in Sicherheit wahren. Bis dahin konnte meine Flucht warten.

KAPITEL 12: DEREK

Ich spuckte auf den schmutzigen Boden und warf meinem Gegner einen angewiderten Blick zu. Mir gegenüber in dem provisorischen Kreis auf dem Übungsplatz versuchte Xavier Vaughn, zu Atem zu kommen, während sein rechter Arm schlaff an seiner Seite herunterhing und er den Griff seines Katanaschwerts umklammerte, als würde sein Leben davon abhängen. Er war erschöpft, blutverschmiert und voller Prellungen.

Ich konnte seinen Anblick nicht ertragen. Vor meinem Schlaf hätte er mich in neun von zehn Schwertkämpfen besiegt. Nach vier Jahrhunderten waren nur ein halbes Dutzend Schläge nötig, um ihn fertigzumachen.

»Wir sind noch nicht einmal zehn Minuten dabei, Vaughn.«

Die frische Wunde, die mein Katana ihm zugefügt hatte, schloss sich schnell und verheilte.

»Ich habe dies schon seit Jahrhunderten nicht mehr gemacht,

Novak.« Xavier redete mich niemals mit meinem Titel an. Das war etwas, das ich an ihm mochte. »Ich bin etwas eingerostet.«

»Etwas? Soll das ein Witz sein? Wo ist der Krieger, den ich einst kannte? Wenn du während der Schlacht des Ersten Blutes so gekämpft hättest, wären wir schon alle tot.« Belustigung tauchte in den Winkeln seiner müden, stahlgrauen Augen auf. Er hob sein Katana an und sprang nach vorn, um mich anzugreifen.

Ich brauchte etwa eine Minute, um eine bösartige Wunde auf seinem Rücken zu hinterlassen und ihn mit dem Gesicht nach unten auf den Boden zu werfen. Das Blut, das aus seinem Rücken floss, färbte den Boden und vermischte sich mit dem der anderen, die mich vor ihm bekämpft hatten.

Was haben sie während der letzten vierhundert Jahre bloß getan? Mein gnadenloses Starren folgte Xavier, als er sich aus der Arena herausschleppte. »Es sieht so aus, als hätten wir viel Arbeit vor uns. Wer ist der Nächste?«

Eli Lazaroff betrat die Arena und sah mehr wie ein Bibliothekar als ein Krieger aus. Ich empfand wahres Mitleid für einen der wertvollsten strategischen Köpfe der Höhergestellten, denn als Eli sich mir näherte, zitterte er wie Espenlaub.

Ich spannte meine Nackenmuskeln an, bevor ich einen Schritt auf ihn zutrat. Das brachte ihn dazu zusammenzuzucken. Das genügte, um mein schlechtes Gewissen in Bezug auf das, was ich ihm antun würde, zu beruhigen. Ich hob meine Waffe und setzte zum ersten Schlag an.

Ob es mir nun gefiel oder nicht, als Herrscher des Schattenreiches musste ich meine Untertanen daran erinnern, was Schmerz bedeutete. Sie durften nicht vergessen, wie es sich anfühlte, um ihr Leben zu kämpfen und für eine Sache zu bluten.

Wir schrieben das Jahr 1512. Diese Schlacht würde für immer als die Schlacht des Ersten Blutes in Erinnerung gehalten werden. Es war die allererste Schlacht, die auf der Insel stattfand, an dem Tag, an dem wir aufgehört hatten wegzulaufen. Wir waren uns alle darüber einig, dass es an der Zeit war, uns entweder zu wehren oder zu sterben.

Wir bestanden aus einem armseligen Haufen, zusammengepfercht in den Höhlen, die schließlich die Schwarzen Höhen werden sollten, die Unterbringung der Gefangenen und Sklaven des Schattenreiches.

Es war bereits zwei Jahre her gewesen, als ich auf dieser Insel gestrandet war und gedacht hatte, dass ich all meine Angehörigen an einen weiteren Angriff der Jäger verloren hatte. Die einzige Gesellschaft, die ich während des ersten Jahres hatte, in dem ich auf dieser Insel ausgesetzt gewesen war, bestand aus einer Schönheit mit olivfarbener Haut, braunen Augen und schwarzem Haar. Ihr Name war Cora, und sie war der einzige Grund, warum ich in der Lage war, meinen Verstand zu bewahren, nachdem ich alles verloren hatte, für das es sich zu kämpfen gelohnt hatte. Ich hatte zu dem Zeitpunkt keine Ahnung, wer sie war oder wie nützlich sie schließlich sein würde.

Während ich in dieser Höhle saß, wurde mir klar, dass es immer noch sehr viel gab, für das es sich zu kämpfen lohnte.

Ich saß auf dem Boden und lehnte mich gegen die Wand der Höhle, während Cora direkt neben mir hockte. Mein Vater, Gregor, saß uns gegenüber. Er warf Cora einen gefräßigen Blick zu.

Cora war das einzige menschliche Wesen inmitten einer Höhle voller hungriger Vampire. Nichts von alldem störte sie. Sie grinste nur selbstgefällig.

In der Nähe des Höhleneinganges saß Liana Hendry. Sie zog ihre Knie an ihren Brustkorb und zitterte aufgrund der Kälte. Ausdruckslos starrte sie auf die Öffnung der Höhle. Cameron hatte schon vor Stunden zusammen mit Lucas und Xavier die Höhle verlassen, um den Aufenthaltsort der Jäger aufzuspüren.

Neben Liana saß Vivienne und sah beunruhigend gelassen aus, während ihr Kopf auf Lianas Schulter ruhte. In den Tiefen ihrer blauvioletten Augen gab es Geheimnisse, von denen wir nur Andeutungen kannten, denn ich konnte mich nicht einmal an das letzte Mal erinnern, dass meine Zwillingsschwester etwas gesagt hatte.

Etwa einen Meter entfernt zeichnete Eli mit einem Stock eine Art von Karte auf den Boden. Er konzentrierte sich so sehr darauf, dass er kaum wahrnahm, wie verärgert sein jüngerer Bruder Yuri war, als Claudia begann, ihn anzubaggern und zweideutige Gesten in seine Richtung zu machen. Yuri fauchte sie schließlich an, und das war das erste Mal, dass ich einen mörderischen Glanz in ihren hübschen Augen entdeckte.

Mit mir hatten sich nur einige der zwanzig Vampirzirkel in den Berghöhlen versteckt. Die meisten von ihnen hatten große Angst vor dem, was der Tagesanbruch bringen würde. Sie hatten es gerade so auf die Insel geschafft, während sie erbarmungslos von den Jägern verfolgt wurden. Die Sonne war kurz davor aufzugehen, und die Jäger hatte nicht die Absicht aufzugeben, bevor nicht jeder einzelne von uns vernichtet war.

In Fällen wie diesen war die Sonne unser schlimmster Widersacher. Wie sollten wir uns wehren, wenn wir uns tief in der Dunkelheit der Höhlen verbergen mussten?

Außerhalb der Höhle heulte der Wind, doch dann näherten sich Schritte. Ich stand auf und ergriff mein Schwert. Erleichtert atmete ich aus, als Cameron, Lucas und Xavier die Höhle betraten. Ihre ernsten Gesichtsausdrücke ließen mich jedoch wissen, dass ich keinen Grund zur Erleichterung hatte.

»Sie nähern sich in genau diesem Augenblick«, verkündete Cameron.

»Wie viele?«

Sie tauschten besorgte Blicke aus.

»Vier- oder fünfhundert«, schätzte Xavier. »Vielleicht sechs.«

»Wie viele von uns sind hier?« Ich richtete meine Frage an Eli.

Er schaute nicht einmal auf. »Sechsundsiebzig. Siebenundsiebzig, wenn du sie mitzählst.« Er bezog sich auf Cora.

Ich richtete mich zu meiner vollen Größe auf und sammelte all den Mut zusammen, den ich besaß. »Wie viele von uns können kämpfen?«

»Das kann doch nicht wirklich dein Ernst sein!« Lucas trat einen Schritt nach vorn. »Sie sind uns mindestens fünf zu eins überlegen. Wir haben keine andere Wahl, als zu fliehen.«

»Fliehen? Fliehen wohin?«, entgegnete ich. »Falls du es vergessen haben solltest, dies ist eine Insel. Wenn wir das Schiff erreichen wollen, das uns hierhergebracht hat, müssen wir mitten durch die Jäger hindurchlaufen.«

»Die meisten von uns können nicht kämpfen«, fuhr Lucas mit seinem Einwand fort.

»Vielleicht werden sie uns einfach nur verbrennen«, sagte Yuri.

»Genau das werden sie tun, wenn wir einfach nur hier herumsitzen und auf sie warten.«

»Was schlägst du vor, Junge?«, fragte Cameron.

»Ich weiß nicht, wie es bei euch ist, doch ich kann nicht länger weglaufen. Ich schlage vor, wir kämpfen um diese Insel und machen sie zu einer Zuflucht.«

Die anderen Vampire begannen, sich um uns herum zusammenzudrängen und uns neugierig zuzuhören.

»Und wie sollen wir das tun, Bruder?« Lucas spuckte diese Worte förmlich aus.

»Wir werden an diesen Jägern ein Exempel statuieren. Wir werden eine deutliche Nachricht senden. Jedes menschliche Wesen, das diese Insel betritt, darf sie niemals wieder verlassen.« In dem Moment, als ich diese

Worte aussprach, sah ich einen Schock in Coras Augen. Ich versuchte, mir keine Sorgen darum zu machen. Es musste eine Entscheidung getroffen werden, und ganz offensichtlich war ich der Einzige, der den Mut dazu aufbringen würde. Für mich gab es kein Zurück mehr. »Wir müssen uns wehren!«

»Und wenn wir keinen Erfolg haben?« Dieses Mal sprach mein Vater, als er sich erhob. »Was, wenn die Sonne aufgeht, während wir kämpfen? Das wäre das Ende für uns alle.«

Ich zuckte mit den Schultern. »Ich weiß nicht, wie es euch geht, doch ich würde lieber im Kampf sterben als auf der Flucht.«

Und so geschah es, dass wir zur dunkelsten Stunde der Nacht die Offensive ergriffen und geradewegs auf die Jäger zuliefern. Deren Überraschung gereichte uns zum Vorteil, doch sie wussten, dass wir diese Schlacht niemals vor Sonnenaufgang beenden konnten. Als wir jedoch gegen die besten und furchterregendsten Jäger, die ihr Orden auf uns angesetzt hatte, um unser Leben kämpften, stellte es sich heraus, dass unsere Furcht vor dem Sonnenlicht unbegründet war. Wir hatten bereits stundenlang gekämpft — so lange, wie es dauerte, um jeden Jäger zu vernichten, der es wagte, uns zu überfallen — doch der Tagesanbruch kam nicht.

Nach der Schlacht des Ersten Blutes wurde die Insel dauerhaft in Dunkelheit gehüllt. Der Mond wurde zu unserer Sonne. Erst Jahre später fanden wir heraus warum. Selbst nachdem ich erfahren hatte, dass Cora dafür verantwortlich gewesen war, konnte ich nicht verstehen, warum sie unsere Leben gerettet hatte, obwohl das den Verlust von Hunderten von Jägern bedeutete.

Die anderen priesen dieses merkwürdige Vorkommnis als ein Wunder. Sie glaubten, dass die Insel wahrlich dafür auserkoren war, zu unserer Zuflucht zu werden, und feierten mich als denjenigen, der diesen Ort gefunden und sie während des Kampfes angeführt hatte.

Ich konnte nicht ganz mit ihnen übereinstimmen. Ich sah es eher als ein dunkles Vorzeichen an.

Ich werde niemals vergessen, wie Vivienne und ich noch bis tief in die Nacht in den sternenbedeckten Himmel hinaufstarrten, während die anderen wie Babys schliefen. Die Angst in ihren violetten Augen war unübersehbar. Nach Jahren der Stille blickte sie in den Nachthimmel hinauf, ergriff meine Hand und sagte: »Die Finsternis naht.«

Ich fragte sie nicht, was sie damit meinte. Für viele von uns war es das erste Mal, dass wir absichtlich Menschen getötet hatten. Es war die Nacht, in der das erste Blut floss.

Als ich des Kämpfens überdrüssig wurde, war der Boden der Arena mit Blut getränkt und erinnerte mich stark an die Schlacht, die wir vor vierhundert Jahren geführt hatten. Von all den Kriegern, die sich in dem Kreis aufhielten, war kein einziger in der Lage, mich zu verwunden, geschweige denn, mich zu schlagen. Es waren die gleichen Männer und Frauen, die zum ersten Mal Blut mit mir vergossen hatten – nur dieses Mal waren sie schwächer, stolzer und weniger belastbar. Während des Kampfes konnte ich sie kaum wiedererkennen.

Ich warf meine Waffe auf den Boden und verließ den Übungsplatz, als Cameron sich mir näherte.

»Bist du bereit für einen Kampf, Hendry?«

»Nicht heute, Prinz« Er schüttelte seinen Kopf, wobei sich ein belustigtes Lächeln auf seinen Lippen formte. »Ich bin hier, um dich zu fragen, ob du immer noch die Besprechung mit dem Rat in der Großen Kuppel führen möchtest.«

»Natürlich«, ich zuckte mit den Schultern, »warum sollte ich das nicht?«

Er lächelte.

»Wenn wir keine Vampire wären, hättest du bereits mehr als zwei Drittel des Rates der Höhergestellten getötet«, er lächelte, »Hoheit.«

Ich unterdrückte meinen Drang zu lachen. Der Rat der Höhergestellten bestand heutzutage aus einem recht erbärmlichen Haufen. Ich rollte nur mit den Augen und zog mich schnell um, bevor ich mit Cameron in Richtung Kuppel ging.

»Was wissen wir über Ingrid Maslen?« Etwas an der Nachricht, dass Borys ein neues Mädchen hatte, gefiel mir nicht. Er war schon seit so langer Zeit hinter Vivienne her, und er war stets besessen davon, das zu bekommen, was ihm gehörte. Ich konnte nicht glauben, dass er Vivienne einfach durch jemand anderes ersetzen würde, es sei denn, Ingrid Maslen besaß eine Eigenschaft, von der wir nichts wussten.

Cameron zuckte mit den Schultern. »Ich bin mir nicht sicher, ob es ihr schon gestattet war, die Oase zu verlassen, seitdem Borys sie verwandelt hat. Sie ist sein bestgehütetes Geheimnis.«

»Hast du irgendeine Ahnung, warum er so ein Geheimnis aus ihr macht?«

»Nur Gerüchte. Einige sagen, Ingrid ist für die Oase was Vivienne für das Schattenreich ist.«

»Sie ist eine Seherin?«

»Möglicherweise. Warum sonst sollte Borys so von ihr besessen sein? Wir wissen beide, wie krank dieser Mann ist – wenn man ihn überhaupt so nennen kann. Er würde einen Menschen wie Ingrid nicht verwandeln und sie zu einem Teil seiner Sippe machen, es sei denn, sie hätte etwas Besonderes an sich.«

Ich konnte mir ein Stirnrunzeln nicht verkneifen und fragte

mich, warum mich das so sehr beschäftigte. Borys war nicht länger hinter meiner Schwester her. Ich hätte froh sein sollen. Und trotzdem, etwas stimmte nicht. Für den Augenblick gab es andere dringende Dinge, um die ich mich kümmern musste, doch eines Tages würde ich Borys Maslen wieder Auge in Auge gegenüberstehen.

Und eine dunkle Vorahnung verriet mir, dass ich diesen Tag bereuen werde.

KAPITEL 13: SOFIA

Der Sonnenraum war voller Blut. Die LED-Leuchten, die die Sonnenstrahlen imitierten, waren zerbrochen. Die einzige Lichtquelle bestand aus einer flackernden, fluoreszierenden Lampe, die darum kämpfte, weiter zu leuchten. Ich wurde gegen die Wand gepresst. Ich konnte mich nicht bewegen. Ich konnte nichts hören. Mein Tastsinn war verschwunden.

Eine dunkle Präsenz betrat den Raum. Ein Schatten. Ich versuchte zu sprechen, doch meine Stimme klang nur wie ein Krächzen.

Der Schatten näherte sich. Seine Gegenwart war so stark, so mächtig, so finster. Er hielt direkt vor mir an. Blut begann, sich an der Stelle auf dem Boden zu versammeln, wo das Wesen stand. Ich erwartete, Lucas zu sehen, und schnappte nach Luft. Es war Derek. Leblose blaue Augen. Entblößte Fänge. Bereit, mich anzufallen. Er griff nach mir. Seine Fänge wollten sich gerade in meine Haut hineinbohren. Dann nichts. Nichts außer einer Leere und einer weiblichen Stimme, die flüsterte: »Die Finsternis naht.«

Schwitzend, angespannt und atemlos wachte ich im Hotelzimmer auf. Ich klammerte mich verzweifelt an das Bettlaken, voller Angst, dass ich wieder in den Albtraum hineingesogen würde, wenn ich das Laken losließe. Ich zuckte zusammen, als die Tür zum Badezimmer sich öffnete. Ich konnte Bens Rasierwasser vermischt mit dem Duft von Shampoo und Seife riechen. Ich regte mich auf dem Bett und versuchte, den Albtraum abzuschütteln. Ich hatte Angst um mich selbst. Ich hatte Angst um Derek.

»Das Frühstück steht auf der Terrasse bereit«, rief Ben. Er rieb sich sein Haar trocken, ohne mein Zittern zu bemerken.

Ich schleppte mich aus dem Bett. *Ich kann nicht jeden Morgen so aufwachen.* Vielleicht hatte ich das Schattenreich verlassen, doch die Insel und all ihr Grauen waren immer noch bei mir.

Ich steckte mein Haar in einem unordentlichen Knoten zusammen, während ich auf die Terrasse ging. Ich brauchte Sonnenlicht. Das Frühstück bestand aus Müsli, Kaffee und Obstsalat. Ich hätte etwas Toast mit Marmelade und Butter vorgezogen, doch ich befand mich in keiner wählerischen Stimmung. Kurz nachdem ich es mir auf meinem Stuhl bequem gemacht hatte, gesellte Ben sich zu mir.

»Mom und Dad sind auf dem Weg, um uns abzuholen. Es ist möglich, dass wir noch ein paar Tage länger bleiben. Scheinbar haben sie bei der Polizei ein großes Aufhebens veranstaltet, als wir verschwunden sind.« Er setzte sich mir gegenüber hin und sah besorgt aus.

Ich erschauerte. »Das habe ich befürchtet. Wir werden mit der Polizei sprechen müssen, vielleicht sogar mit einem Sozialarbeiter…«

»Also, wie soll unsere Geschichte aussehen?« Er lehnte sich in seinem Stuhl zurück und rollte eine Weintraube auf seinem Teller herum. »Wir sind weggelaufen? Ist das alles?«

»Vielleicht können wir es uns so einfach wie möglich machen, indem wir einfach unsere Klappe halten. Wir sind weggelaufen. Punkt. Es besteht keine Notwendigkeit, ihnen irgendwelche Einzelheiten mitzuteilen.«

»Es sei denn…« Ben begann, mit seinen Fingern auf den Tisch zu trommeln.

»Es sei denn was?« Ich schob meine Schale zur Seite. Es schien, als hätte keiner von uns an diesem Morgen großen Appetit.

»Es sei denn, wir erzählen ihnen die Wahrheit. Die ganze Wahrheit.«

Ich wusste, das war eine Möglichkeit, doch etwas in mir drinnen wehrte sich dagegen. »Das können wir nicht tun.«

»Warum nicht?«

»Was sollen wir ihnen denn sagen? Wir wurden von Vampiren entführt und auf eine unsichtbare Insel gebracht, um dort als ihre Sklaven zu dienen? Wir wissen nicht einmal, wo das Schattenreich liegt. Sie werden glauben, wir sind verrückt.«

»Ja und? Wir haben dort Menschen getroffen. Ich bin mir sicher, dass irgendjemand sie als vermisst gemeldet hat. Sie werden uns glauben, denn wie sonst hätten wir von den Vermissten erfahren sollen?«

Ich schüttelte meinen Kopf. »Das können wir nicht tun. Derek hat uns vertraut. Wir können ihn nicht hintergehen…«

»Nun, da ist es endlich. Die Wahrheit. Du willst *seinetwegen* nicht über das Schattenreich sprechen. Was hat er dir nur angetan, Sofia? Es ist fast so, als wärst du von diesem unerklärlichen Verlangen besessen, ihn zu erfreuen.«

Diese Worte stachen. Ich konnte Ben nicht in die Augen schauen. Ich wusste nicht warum. Ich wünschte mir, ich wüsste es. »Es ist nicht nur Derek. Es tut mir leid Ben, doch ich kann es einfach nicht. Nicht auf diese Weise.«

Ein Klopfen an der Tür unterbrach unsere Unterhaltung. Bens Blick hätte sich am liebsten durch mich hindurchgebohrt, doch er stand auf und öffnete die Tür. Von der Terrasse aus konnte ich das Schluchzen seiner Mutter Amelia hören.

»Wo ist Sofia, Ben? Ist sie bei dir?« Die kleine Abby klang misstrauisch.

Wenn sein Vater Lyle ebenfalls bei ihnen war, sagte er nicht viel. Ben kam heraus, um mich zu holen. »Die Polizei ist hier. Sie wollen uns einige Fragen stellen.«

»Und wie wird unsere Antwort aussehen?«

Er knirschte mit den Zähnen, bevor er antwortete. »Wir sind weggelaufen.«

Sie verbrachten eine beträchtliche Menge Zeit damit, uns zum Sprechen zu bringen. Sie erklärten uns immer wieder, dass wir ihnen die Wahrheit erzählen könnten und dass wir keine Angst haben müssten. Sie versuchten ihr Bestes, uns Informationen darüber zu entlocken, wo wir gewesen waren, wie wir es geschafft hatten, uns im Verborgenen zu halten, wie wir überlebt hatten. Ben spielte kein einziges Mal auf das Schattenreich an. Genau wie ich schwieg er, und dafür war ich ihm dankbar. Ich wusste, er konnte nicht verstehen, warum ich mich weigerte, das Schattenreich zu verraten — verdammt, ich verstand es nicht einmal selbst — doch er unterstützte mich, und dafür würde ich ihm ewig dankbar sein.

Die Polizei gab schließlich auf. Wegzulaufen war kein Verbrechen, und solange sie uns nicht offiziell beschuldigten, hatten wir keinen Grund zu reden.

Es dauerte drei Tage, bevor all der nötige Papierkram erledigt war, damit Ben und ich nach Kalifornien zurückkehren konnten. Die körperlichen Untersuchungen brachten einen Ansturm an Fragen mit sich. An mir gab es nichts auszusetzen, doch die Narben auf Bens Körper ließen sich nicht verbergen.

Ich werde niemals den Blick auf Amelias Gesicht vergessen, als sie diese Narben sah. Es fühlte sich so an, als würde sie in Stücke gerissen, als sie schrie: »Wer hat das getan? Warum willst du uns nicht sagen, wer das getan hat?«

Es war das erste Mal, dass ich Lyle so ärgerlich erlebt habe. »Sofia, wo wart ihr? Was ist euch beiden zugestoßen?«

Bens Blick auf mir bereitete mir ein schlechtes Gewissen. »Es tut mir so leid«, war alles, was ich hervorbrachte, während ich meinen Kopf nach unten neigte und mir die Tränen die Wangen hinunterliefen.

Ich erwartete, dass Ben ihnen alles erzählen würde, doch er stand zu seinem Wort. Lyle und Amelia versuchten, uns Informationen zu entlocken. Sie schrien, sie bettelten, sie drohten uns. Doch weder Ben noch ich erzählten ihnen irgendetwas über Vampire.

Schließlich kam alles zu einem Ende, als Ben voller Verzweiflung seufzte und sagte: »Können wir bitte einfach nach Hause fahren? Ich bin erschöpft.«

Seine Aussage pflasterte den Weg zu der angespanntesten Reise, die es jemals gegeben hatte. Ben schlief die meiste Zeit über. Ich beneidete ihn; so sehr ich es auch versuchte, ich konnte während der gesamten Fahrt nach Hause kein Auge zu tun.

Ihr Zuhause. Nicht meines.

Erst als wir ihr Haus erreichten, zog ich Lyle zur Seite und stellte ihm die Frage, die mir seit seinem Auftauchen im Kopf herumgegangen war.

»Wusste mein Vater, dass ich weg war?« *Hat es ihn interessiert?*

Der Blick auf Lyles Gesicht war herzzerreißend. »Die Schecks kamen pünktlich.«

Ich wusste, was das bedeutete. Es spielte keine Rolle, ob mein Vater es wusste. Soweit es Aiden Claremont betraf, begann und endete seine väterliche Verantwortung mit den vierteljährlichen Schecks, die er den Hudsons schickte.

Ich wusste nicht, warum ich überrascht war. In dem Moment, in dem meine Mutter den Verstand verloren und er sie in einem Heim untergebracht hatte, heiratete er seine Arbeit als der Gründer einer kleinen Heimsicherheitsagentur, die sich dann zu einem größeren Unternehmen entwickelte. Um ehrlich zu sein war der Betrag, den er den Hudsons schickte, nur ein Bruchteil von dem, was er tatsächlich wert war. Er war ein erbärmliches Exemplar eines Vaters.

Lyle rieb mir unbeholfen über den Rücken. »Der Aiden, den ich einmal kannte, hat dich angehimmelt.«

Ach ja? Stell ihn mir vor, wenn du diese Version wiederfinden solltest. Ich lächelte Lyle einfach nur an. Es war nicht richtig, meinen Frust an ihm auszulassen. An dem Tag, an dem ich meinen Vater verloren hatte, hatte auch er seinen besten Freund verloren.

Amelia hielt mich zusammen mit ihr für den Rest des Abends mit der Zubereitung des Essens in der Küche beschäftigt. Das Abendessen war angespannt. Abby war die Einzige, die gute Laune hatte. Wir versuchten, ihr einen Gefallen zu tun, doch niemand von uns löste die Spannung.

In dieser Nacht wälzte ich mich in meinem Bett hin und her

und konnte nicht schlafen. Ich hielt meine Augen geschlossen. Während ich mich im Schattenreich aufgehalten hatte, hatte ich oft darüber nachgedacht zu fliehen. In meinem Hinterkopf hatte ich die unbestimmte Idee, das Schattenreich zu entblößen und all seine menschlichen Gefangenen zu befreien. Genau das hätte ich von mir erwartet, nachdem ich die Insel verlassen hatte. Doch stattdessen war ich nach Kalifornien zurückgekehrt, aß mit den Hudsons zu Abend und sprach — recht unbehaglich — darüber, wieder zurück zur Schule zu gehen.

Ich musste mich zwingen, ein Lachen zu unterdrücken, als Amelia sagte, sie würde von Ben und mir erwarten, umgehend zur Schule zurückzukehren. Ben hatte nichts gesagt. Er schien wie benommen zu sein, seitdem wir zurückgekehrt waren.

Ich war davon überzeugt, dass ich den Rest der Nacht damit verbringen würde, wie besessen über ein Leben mit den Hudsons während der nächsten Jahre nachzudenken, als ich ein Klopfen hörte. Ich setzte mich im Bett auf, und Ben öffnete meine Tür.

»Hey.«

»Ich wollte nur...« Er schien aufrichtig verlegen zu sein. »Würde es dir etwas ausmachen, mit mir in meinem Bett zu schlafen? Ich möchte nicht gern allein sein.«

Ich brauchte keine weitere Aufforderung. Ich stand auf, griff mir mein Kissen und meine Decke und folgte Ben. Wir schlichen uns durch den Flur, bis wir in seinem Schlafzimmer ankamen. Wir kuschelten uns unter den Laken aneinander, doch ich konnte das Gefühl nicht abschütteln, dass es nichts von der Sicherheit und dem Trost spendete, die ich mit Derek empfunden hatte.

Selbst zusammen blieben Ben und ich aus Angst vor den Albträumen noch lange wach.

»Mom will morgen zur Schule fahren, um herauszufinden, was

wir tun müssen, um den Stoff aufzuholen.«

»Bist du tatsächlich bereit, dieses High School-Ding durchzuziehen?«

»Ich denke, ich schulde es meinen Eltern — vielleicht sogar mir selbst — es wenigstens zu versuchen. Und außerdem, was sollen wir sonst tun?«

Das war ein weiterer kleiner Blick auf den Ben, den ich früher kannte — den Ben, der seine Eltern verehrte und in der High School gern den beliebten Typen spielte. Wieder diese Seite an ihm zu sehen war der einzige Grund dafür, dass ich sagte: »Also dann, High School.«

Es gab eine lange Pause, während der wir beide unseren eigenen Gedanken nachhingen.

Schließlich durchbrach ich die Stille. »Ben?«

»Ja?«

»Danke.«

Er fragte nicht warum. Er wusste es. »Sie haben im Schattenreich etwas mit dir gemacht, Sofia. Ich weiß nicht was, doch ich hoffe, du kannst dich von dem lösen, was auch immer sie getan haben, und ein Einsehen haben. Ich werde bis zu meinem Abschluss warten. Danach werde ich mich an der Insel rächen, und ich werde es tun, ob du an meiner Seite bist oder nicht.«

Die Kälte in seiner Stimme ängstigte mich, doch nicht so sehr wie die Tatsache, dass ich plötzlich das Bedürfnis verspürte, das Schattenreich zu beschützen — komme, was da wolle.

Ben hatte Recht. Sie mussten mir im Schattenreich etwas angetan haben, denn egal, wie weit entfernt ich mich von der Insel aufhielt, ich blieb doch ihre Gefangene.

Das Schattenreich war zu einem Teil von mir geworden, und es zu zerstören fühlte sich so an, als würde ich mich selbst zerstören.

KAPITEL 14: DEREK

Die Große Kuppel war eine riesige, runde Halle auf der höchsten Ebene des Westturmes der Roten Festung. Sie hatte ihren Namen der kuppelförmigen, höhlenartigen Struktur ihrer Decke zu verdanken. Im Laufe der Jahre war sie zum Zentrum all unserer politischen, rechtlichen und militärischen Versammlungen geworden.

Die Kuppel war so gestaltet, dass sie die Hierarchie der Höhergestellten im Schattenreich darstellte. Direkt vorne im Raum gegenüber den großen Eichentüren standen vier Stühle auf einer erhöhten Plattform. Auf einem Podest, einen Meter über dem Boden, war der Stuhl meines Vaters des Königs. Zu seiner Rechten, einen halben Meter über dem Boden, war mein Stuhl. Rechts und links von mir standen Viviennes und Lucas Stühle, etwa dreißig Zentimeter über dem Boden.

Direkt in der Mitte des Raumes befand sich eine runde Bühne, die als Podium für denjenigen diente, der sich an den Rat wendete oder vor Gericht stand.

Rechts und links von der Bühne, dem Podest zugewandt, befanden sich zwanzig Sitze für die Vampirklane der Höhergestellten. Über und um die Sitze für den Rat herum waren fünfundsiebzig Plätze in Form eines Amphitheaters für die Höhergestellten. Nur selten wurde jemand, der kein Mitglied der Höhergestellten war, in die Große Kuppel gebracht — es sei denn, er stand vor Gericht.

Bevor ich die Kuppel nach meinem Schlaf das erste Mal besucht hatte, war sie im Laufe der letzten Jahre nur selten benutzt worden, was eine Menge darüber aussagte, wie das Königreich in meiner Abwesenheit geleitet worden war.

Ich gab Vivienne die Aufgabe, die Kuppel zu modernisieren, da wir diesen Ort in Zukunft sehr viel mehr benutzen würden. Dank ihres geübten Blickes für Gestaltung und ihrer Gabe, Dinge fertigstellen zu können, dauerte es fünfeinhalb Tage, bis sie die Aufgabe erfüllt hatte.

Es war die gleiche Grundstruktur, die sich nun jedoch im zwanzigsten Jahrhundert befand, mit Flachbildschirmen und einem aktualisierten Soundsystem. Sie hatte den Raum neu ausgestattet — die alten Throne waren mit bequemen Sesseln ausgestattet worden, die trotzdem elegant und majestätisch aussahen. Zweifellos bestand die beste Veränderung der Kuppel jedoch darin, das Dach durch Glas ersetzt zu haben, sodass der Mond und die Sterne nun stets hinunter in die Halle strahlten.

Nachdem ich den Großteil des Rates der Höhergestellten »ermordet« hatte, wie Cameron es so treffend ausgedrückt hatte, setzte ich mich auf meinen Sessel auf dem Podest und starrte hinauf in den dunklen Himmel. Ich wartete darauf, dass der Rat erschien, damit wir die Ergebnisse der Zählung besprechen konnten.

Eli war für die Zählung verantwortlich, und da er immer noch versuchte, sich von den körperlichen Qualen zu erholen, die ich ihm zugefügt hatte, hatte er darum gebeten, die Besprechung um eine Stunde zu verschieben. Diese Bitte hatte mich ursprünglich verärgert, doch ich dachte mir, er verdiente diese Pause. Da ich nicht wusste, was ich mit meiner Zeit anfangen sollte, und nicht in der Stimmung war, sie in meinem Penthouse zu verbringen, wo ich nur den Fragen der Mädchen ausweichen musste, hatte ich beschlossen, mich vor allen anderen in die Kuppel zu begeben.

Ich war erst einige Minuten dort gewesen, als Vivienne auftauchte.

»Derek.«

»Du hast mit diesem Ort gute Arbeit geleistet, Vivienne.«

»Ja, das hast du mir schon einige Male gesagt.« Sie stieg auf das Podest und stellte sich neben mich.

Ich hätte schwören können, ich sah einen dunkelgrauen Nebel, der sich in der Mitte ihrer Pupillen ausbreitete. Zutiefst beunruhigt stand ich auf und ließ eine Hand über ihre Schulter gleiten.

»Was ist geschehen? Was ist los?«

Sie schaute hinauf in den Nachthimmel. Das letzte Mal, dass ich die gleiche Furcht in ihren Augen gesehen hatte, war vor einigen Jahrhunderten nach dem Sieg während der Schlacht des Ersten Blutes gewesen. Ich folgte ihrem Blick. Alles, was ich sehen konnte, waren Hunderte von Sternen, die den wunderschönen Nachthimmel erleuchteten.

Vivienne gab drei Worte von sich, die eine Flut von quälenden Bildern in mir erweckten — der Schiffbruch, der Leuchtturm, die Höhlen, die Schlacht des Ersten Blutes, die Sklaven, die Mauern, die Tiere, der Aufstand, das Massaker, der Zauber und schließlich die Zufluchtsstätte. Ich konnte die Schreie der Toten hören, die aus den Tiefen des Fundaments hervordrangen, auf dem das Schattenreich erbaut worden war. Das ohrenbetäubende Geräusch wurde von den Schuldgefühlen gefolgt, denen ich in tausend Jahren nicht entkommen konnte.

Ich wendete meinen Blick von dem gewaltigen Himmel ab zurück auf den Sturm, der hinter den Augen meiner Schwester tobte. Erst dann merkte ich, dass sie nicht länger auf den Himmel blickte, als sie diese drei Worte von sich gegeben hatte.

Sie schaute mir direkt in die Augen.

Ihre Worte?

»Die Finsternis naht.«

KAPITEL 15: SOFIA

Die Finsternis naht.

Diese Worte aus meinen wiederkehrenden Albträumen wollten mir nicht aus dem Kopf gehen. Sie waren unheimlich und geisterhaft und verfolgten mich, wo auch immer ich hinging. Ich hatte keine Ahnung, wer sie gesprochen hatte, doch sie hatten etwas mit dem Schattenreich und mit Derek zu tun.

Ich saß mit verschränkten Beinen auf einem der Sessel in unserer Schulbibliothek und lehnte meine Ellbogen auf den dunklen Mahagonitisch. Meine Finger trommelten auf dem Buch, auf das ich mich zu konzentrieren versuchte — und doch versagte. Mit Ausnahme der Bibliothekarin, die ihre Füße über den Teppich schleifen ließ, und das Rascheln von Papier ein paar Tische von mir entfernt war es in der Bibliothek still.

Früher habe ich diese Stille geliebt. Sie ist einmal eine Zuflucht für mich gewesen. Diese kleine Ecke unserer Schulbibliothek war vielleicht das Einzige, das ich an unserer Schule vermisste. An diesem Nachmittag wich die Stelle lediglich den Stimmen, die mich allnächtlich verfolgten.

Die Linien, die sich um meinen Mund herum formten, waren bitter. *Was für eine Ironie. Das Schattenreich kann unmöglich von Finsternis heimgesucht werden. Das Schattenreich* ist *die Finsternis.* Diese Vorstellung erschütterte mich. Ich hatte keine Ahnung, was diese Albträume bedeuteten oder wem die Finsternis sich näherte. Ich wollte es auch nicht wissen. Ich wollte es einfach nur vergessen.

Doch natürlich war das unmöglich.

»Ich wusste, dass ich dich hier finden würde.« Ben zog sich den Stuhl neben mir heran. Er drehte ihn herum, sodass die Lehne an der Tischkante ruhte, bevor er sich rittlings darauf setzte und mir ein Lächeln zeigte.

Ich versuchte, zurück zu lächeln, doch es schien, als würde ich jämmerlich versagen, denn er fragte mich: »Was ist los? Ist alles in Ordnung?«

»Klar. Was tust du hier? Solltest du nicht beim Fußballtraining sein?«

»Das werde ich nachholen. Ich wollte dir nur sagen, dass Patrick mir bestätigt hat, dass wir von nächster Woche an Freitagnachmittags wieder an unserem Selbstverteidigungskurs teilnehmen können. Nimm dir bitte nichts vor, denn wir treffen uns dann in der Sporthalle.«

»Okay. Kommt Tanya auch?«

Es ging das Gerücht herum, dass Ben wieder mit Tanya, der hübschen, blonden Cheerleaderin, zusammen war.

»Nein, ich habe mit ihr Schluss gemacht.«

Ich suchte nach einer Reaktion in mir. Vielleicht Freude? Nichts. »Wie hat sie es aufgenommen?«

»Sie wird es überleben.«

Ich starrte auf das Buch vor mir. *1984* von George Orwell. Ich fühlte mich fast wie die Charaktere in dem Buch, die einer Routine folgten, die ihnen von jemand anderem auferlegt worden war.

Es war schon mehrere Wochen her, dass Ben und ich zur High School zurückgekehrt waren. Wir begannen, wieder ein normales Leben zu führen. Er war der Quarterback der Schule, beliebt und angehimmelt. Ich war aus Gründen, die außer Ben niemand anderes verstand, seine beste Freundin.

Und doch hatte sich etwas an unserer Beziehung verändert. Früher war ich so abhängig von Ben gewesen, das war schon fast erbärmlich. Ich war praktisch sein Schatten gewesen. Ich hatte mich gern in seiner Gegenwart aufgehalten, und ich hatte es verabscheut, ihn mit anderen Mädchen zusammen zu sehen — einschließlich Tanya Wilson. Doch nun fühlte ich mich nur weit von ihm entfernt, wenn ich etwas über seine High School-Schwärmereien hörte.

Wenn es eine Sache gab, die das Schattenreich an mir verändert hatte, dann hatte es mich von Ben unabhängig gemacht. Ich liebte ihn — immerhin war er immer noch mein bester Freund — doch ich schwärmte nicht länger für ihn. Ich konnte mir eigentlich gut ein Leben ohne ihn vorstellen. Diese Erkenntnis war für mich sowohl ängstigend als auch stärkend.

»Was ist das alles?« Ben zeigte auf einige Blätter Papier, die auf dem Tisch verstreut waren. Er ergriff eines davon. »Bewerbungsformulare fürs College? Harvard?«

Ich zuckte mit den Schultern. »Ich habe darüber nachgedacht, Anwältin zu werden. Das weißt du.«

»Du ziehst es also tatsächlich in Erwägung, aufs College zu gehen?«

Ich rümpfte die Nase. »Warum auch nicht? Was sollte ich sonst tun? Ist das nicht das, was wir hier tun? Versuchen, zur Normalität zurückzukehren? Das alles hier führt genau dorthin, Ben. Wir machen unseren Abschluss, und dann gehen wir aufs College.«

Meine Bemerkung wurde von Stille gegrüßt.

»Du wirst dein Fußballstipendium nicht bekommen, wenn du nicht trainierst.« Ich hob meine Tasche vom Boden neben mir auf und nahm einen Stift heraus. Ich zog eines der Bewerbungsformulare zu mir heran und begann, es auszufüllen. *Verstehst du diese Andeutung nicht, Ben? Geh weg!*

Ben ergriff das Formular, zerknüllte es und warf es auf den Tisch. »Eliza hat mir einen Namen und eine Nummer gegeben. Sie war das Mädchen —«

»Ich weiß, wer sie ist«, unterbrach ich ihn. Nur die Erwähnung dieses Namens weckte Schuldgefühle in mir. Ich fühlte mich wie die Mitwisserin eines Verbrechens, das Derek begangen hatte. »Was für ein Name? Was für eine Nummer?«

»Ein Jäger. Es ist eine Kontaktperson. Sein Name ist Reuben. Ich glaube, er ist meine… *unsere*… Eintrittskarte.«

Ich setzte mich aufrecht hin, warf den Stift auf den Tisch und schlug mein Buch zu. »Das kann nicht dein Ernst sein, Ben! Willst du damit sagen, du willst dich ihnen anschließen?«

»Nein, ich will damit sagen, dass *wir* uns ihnen anschließen. Wie sonst könnte ich Vergeltung am Schattenreich üben, Sofia? Ich kann schlecht zur Polizei zurückkriechen und meine Aussage ändern.«

»Wo kommt das plötzlich her, Ben? Wir haben kaum über die Insel gesprochen.«

»Wir haben jede Nacht Albträume, Sofia. Erzähl mir nicht, du würdest nicht immer noch an diesen Ort denken!«

»Natürlich tue ich das, doch ich dachte…«

»Du dachtest was? Dass wir einfach darüber hinwegkommen würden? Komm schon, Sofia! High School? College? Ich habe den Eindruck, wir haben so erfolgreich vortäuschen können, normal zu sein, dass du dich selbst davon überzeugt hast, *tatsächlich* normal zu sein. Das wurde uns vom Schattenreich weggenommen, genauso wie zahllosen anderen. Dafür müssen sie bezahlen.«

Ich schloss meine Augen und hoffte, dass damit auch alles andere um mich herum verschwinden würde. »Ben, glaub mir, ich habe viele Male daran gedacht, die Insel zu entlarven, während ich dort war, aber…«

»Aber was?«

Das letzte Mal, dass wir darüber gesprochen hatten, Rache am Schattenreich zu nehmen, war in der ersten Nacht, nachdem wir von Mexiko zurückgekehrt waren. Ich habe gelegentlich daran gedacht, doch ich könnte niemals eine Jägerin werden und ein Leben führen, dass der Vergeltung gewidmet war.

»Ich glaube nicht, dass ich so leben könnte, Ben.«

»Also was? Sollen wir einfach so weitermachen? So tun, als wäre nichts geschehen? Ein normales Leben führen? Was ist mit den Menschen, die du im Schattenreich zurückgelassen hast? Ashley, Paige, Rosa. Was ist mit Gwen, Sofia?«

Bei diesem Satz stand ich auf. Meine Knöchel waren vom Umklammern der Tischkante ganz weiß. »Tu das nicht, Ben! Seit unserer Flucht ist kein einziger Tag vergangen, an dem ich nicht an sie gedacht habe.«

»Nun, vielleicht ist es an der Zeit aufzuhören, an sie zu denken, und damit zu beginnen, etwas zu unternehmen. Wie kannst du nicht verstehen, dass dies der einzige Weg ist?«

»Ich kann mich nicht dazu durchringen zu akzeptieren, dass es der *einzige* Weg ist. Ich möchte mein Leben nicht damit verbringen, Vampire zu töten. Es muss einen besseren Weg geben, einen, der nicht so viel Blutvergießen mit sich bringt.«

Seine Schultern richteten sich auf, als er seinen Kopf in die Höhe streckte. »Wie kannst du nur so naiv sein?«

Bei dieser Frage kehrte eine Flut von Erinnerungen zu mir zurück. Wie Derek und Vivienne sich nach jahrhundertelanger Trennung umarmten… Wie Derek eine Melodie auf seinem Flügel spielte… Seine Entscheidung, uns zu gestatten zu fliehen… Sein Lachen, seine Umarmung, seine Geduld, während er versuchte, uns Mädchen im Kampf auszubilden… Die Freude in seinen Augen, als ich ihm den Sonnenraum zeigte… Wie sehr er sich nach dem Licht zu sehnen schien…

Vielleicht klammerte ich mich nur an die Hoffnung, dass ich mich in ihm nicht geirrt hatte. Ich wollte glauben, dass ich etwas Gutes in Derek Novak sehen konnte, und wenn der Prinz und Retter des Schattenreiches nach wie vor zu Güte fähig war, dann gab es vielleicht immer noch Hoffnung — für ihn und die anderen Vampire.

Oder vielleicht hatte Ben Recht. *Wie konnte ich nur so naiv sein?*

KAPITEL 16: BEN

Ich saß ihr gegenüber und wartete auf ihre Erklärung, doch sie schwieg mit einem nachdenklichen Ausdruck in ihren grünen Augen, als sie sich eine verirrte Haarsträhne aus ihrem Gesicht strich.

Mir stockte bei ihrer Schönheit fast der Atem. Meine beste Freundin war das lebendig gewordene Rosenrot, wie im Märchen. Das kastanienbraune Haar, ihre blasse Hautfarbe, eine Figur wie eine Sanduhr, diese nicht enden wollenden Beine… ich musste blind gewesen sein, um nicht zu erkennen, wie wunderschön sie war. Schon in dem Moment, als ich sie zum ersten Mal gesehen hatte, hatte ich gewusst, dass sie sich eines Tages zu einer Schönheit entwickeln würde. Das war der Tag, an dem ihr Vater sie in unser Haus brachte und niemals zurückkehrte.

Was für ein verdammter Narr er doch gewesen ist.

Ihr Vater schien sich ihrer Schönheit genauso wenig bewusst zu sein wie sie selbst. Sofia bemerkte die Art und Weise nicht, in der die Männer sie jedes Mal anschauten, wenn wir ausgingen. Das war ein Teil ihres Reizes.

Das und die Tatsache, dass sie mir gehörte.

Es half, dass ich der einzige Mensch war, den sie jemals wirklich an sich herangelassen hatte. Sie hielt sich von den anderen fern, wobei ihre Angst, so wie ihre Mutter zu werden, und ihre Unsicherheit, nachdem sie von ihrem Vater verlassen worden war, stets über ihr schwebten. Das machte es so leicht für mich, sie für mich zu beanspruchen. Die Jungs in der Schule wussten, dass sie tabu war. Ich glaube, selbst die Mädchen, mit denen ich mich traf, wussten, dass sie nur Schwärmereien waren und dass Sofia die Eine für mich war. Es wurde niemals laut ausgesprochen, doch wir gehörten zusammen.

Meine Selbstsicherheit wurde mir jedoch zum Verhängnis, denn während der Zeit, die wir im Schattenreich verbracht hatten, hatte sie jemand anderen an sich herangelassen — Derek Novak. Er hatte es geschafft, zu ihr durchzudringen, und ich konnte nicht verstehen wie.

Ich wusste nur, dass ich sie verlor, als ich ihr dort in der Bibliothek gegenüber am Tisch saß. *Du weißt nie, was du besitzt, bis du es verloren hast, Ben. Du hast sie wie Dreck behandelt, und nun fällt es dir schwer, die Dinge mit ihr wieder gerade zu biegen.*

»Ich versuche nicht, dich unter Druck zu setzen, Sofia…«, begann ich zu sagen.

»Ach wirklich? Genauso fühlt es sich aber an.«

Ich war es nicht gewohnt, dass sie in meiner Gegenwart so bestimmend war. Normalerweise ließ sie mich immer aussprechen — das war schon wieder so etwas, das sich nach unserer Flucht aus dem Schattenreich geändert hatte.

»Ich ertrage das nicht.« Ich stand auf. »Ich sehe dich nach dem

Training.« Genauso, wie ich es immer tat, wenn mir Situationen aufgezwungen wurden, von denen ich nicht wusste, wie ich mit ihnen umgehen sollte, lief ich davon.

Bei jedem anderen Typen hätte ich mich für sie gefreut, doch hier handelte es sich um Derek Novak. Er hatte Eliza getötet und ihr jeden Tropfen ihres Blutes ausgesaugt. Kein Zögern. Keine Schuldgefühle. Er hatte sie unerbittlich ausgenutzt. Es war mir egal, ob er noch ein Fünkchen Gutes in sich hatte. Sofia verdiente etwas Besseres als ihn.

Und doch fühlte es sich so an, als würde ich sie an ihn verlieren.

Während ich auf meinem Weg zum Umkleideraum der Fußballmannschaft durch die Flure unserer Schule raste, an Menschen vorbei, die mir zuwinkten und meinen Namen riefen, wuchs der Zorn in mir. Die Insel hatte mir alles weggenommen. Ich hatte mit Tanya Schluss machen müssen, denn ich konnte nicht einmal mit ihr herummachen, ohne an Claudia denken zu müssen. Selbst wenn ich es gekonnt hätte, bezweifle ich, dass ich etwas hätte spüren können. Ich hatte kaum noch einen Sinn für Empfindungen, nach allem, was diese Vampirhure mir angetan hatte.

Als ich schließlich im Umkleideraum ankam, war ich außer mir vor Wut. Sofia und ich taten so, als könnten wir zurückbekommen, was wir verloren hatten. Das war eine Lüge. Es gab kein Zurück zu dem Leben, das wir geführt hatten. *Warum kannst du das nicht sehen, Sofia?*

»Hey, Mann. Der Trainer hat dich schon gesucht.« Connor, einer der Typen in der Mannschaft, kam auf mich zu. »Alles in Ordnung?«

Ich rauschte an ihm vorbei und ging direkt auf meinen Schrank zu.

»Ben!«, brüllte einer der anderen Jungs, als ich die Kombination in mein Zahlenschloss eingab. »Ich habe gehört, du hast mit Tanya Schluss gemacht. Es macht dir doch nichts aus, wenn ich mich an sie ranmache, oder?«

Als Antwort gab ich ein Knurren von mir, als ich meinen Schrank öffnete.

»Was auch immer. Wir wissen doch alle, dass er mit Tanya sowieso nichts am Hut hat, Kumpel. Ich denke, er ist endlich bereit für Rosenrot. Also, Hudson…«, Jed, einer der größten Typen in der Mannschaft, lehnte sich gegen den Schrank neben meinem, »wirst du dich endlich wie ein Mann verhalten und Sofia umwerben?«

Witze darüber, wie ich mich *nicht* an Sofia heranmachte, waren im Umkleideraum der Jungs normal. Doch dieses Mal gingen sie mir auf die Nerven.

Jad plapperte weiter. »Ich hoffe, Rosenrot ist das Warten wert, Ben, doch man muss sie nur ansehen, um zu wissen, dass sie im Bett eine Wildkatze ist.«

In einem fehlgeschlagenen Versuch, meine Selbstkontrolle zu bewahren, knirschte ich mit den Zähnen, doch es war zwecklos. Ich schlug die Tür meines Schrankes zu und trat Jed gegenüber. »Sprich nicht so über sie!«

Jeds Gesicht lernte die gewalttätige Seite meiner Faust kennen. Connor versuchte, sich einzumischen, doch ich schlug ihn ebenfalls.

Sie kamen auf mich zu, doch mir war es egal, ob sie mich angriffen oder einfach nur versuchten, mich zurückzuhalten. Jedes Mal, wenn ich draufschlug, zielte ich auf Claudia, Derek oder irgendeinen anderen dieser Blutsauger im Schattenreich. Ich schlug sie dafür, dass sie mir alles weggenommen hatten, was mir wichtig war.

Am Ende dieses Kampfes war ich voller blauer Flecken und blutverschmiert, und obwohl ich innerlich großen Zorn verspürte, war mein Körper so taub wie meine Seele wachsam war.

Egal, wie sehr ich geschlagen und verletzt wurde, mein Körper konnte kaum etwas davon spüren.

KAPITEL 17: SOFIA

»Sofia?«

Ich saß noch in der Bibliothek. Jetzt schaute ich hoch, um einen der Menschen zu sehen, die ich dort am allerwenigsten erwartet hätte – den Linebacker der Fußballmannschaft, Connor James. Der große, gebräunte Typ hatte ein frisches Veilchen an seiner rechten Wange.

»Hey«, murmelte ich und war mir nicht ganz sicher, was ich davon halten sollte. »Was ist dir denn zugestoßen?« Ich zeigte mit meinem Stift auf seine Wange. Ich hatte gedankenverloren damit herumgespielt, während ich den gleichen Absatz in meinem Buch zum fünfzehnten Mal las.

»Das hier? Ach, das ist gar nichts.« Er sah fast schüchtern aus. Er war normalerweise einer der lautesten, aufgeschlossensten Typen in unserer Klasse.

Läuft er etwa rot an? Ich begann, diese Begegnung unangenehm zu finden. Connor hatte in der Vergangenheit kaum ein Wort mit mir gesprochen. »Solltest du nicht zusammen mit Ben beim Fußballtraining sein? Ist etwas passiert?«

Er drehte seinen Körper zu einer Seite, sodass sein Gesicht sein Unbehagen zeigte. »Das ist eigentlich der Grund, warum ich hier bin. Wir hatten diese unglaubliche Schlägerei im Umkleideraum. Nun, Ben befindet sich auf der Krankenstation. Er wurde ziemlich schlimm verdroschen. Ich dachte, das würde dich vielleicht interessieren.«

In was bist du da hineingeraten, Ben? Ich suchte all meine Sachen zusammen und stopfte sie in meine Tasche. Es lag schon Jahre zurück, dass Ben sich das letzte Mal geprügelt hatte. Damals hatte einer der Typen in der Klasse — ein Grobian, dem ich stets aus dem Weg gegangen war — versucht, mich zu küssen. Der Typ war mit ein paar Kratzern und einer gebrochenen Nase aus dem Kampf hervorgegangen. Ben hingegen hatte sich einen Arm und eine Rippe gebrochen.

Natürlich hatte Ben das Beste aus seinen Verletzungen herausgeholt und wurde noch beliebter als je zuvor, doch nach all den Predigten, die er von Amelia bekam, hatte er sich niemals wieder auf einen Kampf eingelassen.

Das war etwa zu der Zeit, als er begann, Unterricht in Selbstverteidigung in unserem örtlichen Fitnessstudio zu nehmen. Es dauerte nicht lange, bevor er mich samstags mit sich schleppte. Ich tat ihm den Gefallen, da ich niemals nein zu ihm sagen konnte, doch in meinem Herzen war ich eine Pazifistin.

Als ich durch die Flure der Schule rauschte, konnte ich nur darüber lächeln, wie nutzlos dieser Unterricht für mich gewesen war. *Mit Sicherheit nicht gegen Vampire zu gebrauchen.* Ich war allerdings auch nie geistesgegenwärtig genug gewesen, um das, was ich gelernt hatte, gegen Derek oder Lucas einzusetzen. Als ich vor der

Tür der Krankenstation anhielt, störte mich der Gedanke, dass ich mich niemals gewehrt hatte. *So sehr du dir auch vorgenommen hattest, nicht zum Opfer zu werden, warst du doch genau das im Schattenreich.*

Ich öffnete die Tür zur Krankenstation und gab ein lautes Keuchen von mir. Ben hatte eine schwarze, lilafarbene und blaue Prellung, die fast die Hälfte seiner linken Gesichtshälfte einnahm. Die rechte Seite seines Brustkorbs wurde von einer tiefen Schnittwunde bedeckt.

»Ben…« Es hörte sich an wie ein atemloses Flüstern. Ich wollte ihn an seinen beiden Schultern packen und ihn schütteln, bis er zur Vernunft kam. Ich stellte mich neben ihn und ließ meinen Daumen über seinen Unterkiefer gleiten. »Was zum Teufel hast du dir dabei gedacht?« Er weigerte sich, mir in die Augen zu schauen.

Unser Schularzt trat ein und nickte mir kurz zu. »Miss Claremont, treten Sie bitte zur Seite. Es wird nicht lange dauern.«

Ich ging aus dem Weg und beobachtete den Arzt, wie er sich um Bens Verletzungen kümmerte.

»Darf ich fragen, wo Sie diesen Schnitt her haben, Mr. Hudson?«

»Das hat der Trainer Ihnen bereits erzählt, Doc. Ich war in einen Kampf verwickelt.«

»Und Ihre Teamkameraden haben Ihnen diesen Schnitt zugefügt?«

»Nein. Einer von ihnen hat mich auf den Boden geworfen… Ich erinnere mich nicht einmal daran, wer es gewesen ist… Alles war so durcheinander. Ich versuchte, von ihm wegzukommen, und meine Seite schleifte an einer der Bänke entlang. Es ist nur ein Kratzer. Ich habe es kaum gespürt.«

Pazifistin oder nicht, ich hatte das dringende Bedürfnis, ihm eine zu verpassen. Der Anblick seines nackten Oberkörpers und des »Kratzers«, den er gerade all den Narben hinzugefügt hatte, die bereits dort waren, drehte mir den Magen um.

»Wo hast du nur all diese hässlichen Schnitte her?« Der Arzt trat einen Schritt zurück, nachdem er die Wunde an Bens Seite versorgt hatte. Er starrte Bens Körper an, wobei sein Gesichtsausdruck voller Besorgnis war. »Was ist während deiner Abwesenheit geschehen, Ben?«

»Ich möchte lieber nicht darüber sprechen.« Ben zeigte ihm sein strahlendstes Lächeln. Er griff nach seinem Hemd und zog es sich über. Er stand vom Bett auf, kam auf mich zu und nahm meine Hand. »Komm, Sofia! Lass uns nach Hause gehen!«

Ich wollte zurückweichen, doch das Letzte, was er jetzt brauchte, war, in eine Diskussion mit mir verwickelt zu werden. Ich warf dem Schularzt ein erzwungenes Lächeln zu, als wir an ihm vorbeirauschten. »Vielen Dank, Doktor.«

»Ach ja«, Ben nickte dem Arzt zu, »danke, Doc.«

Wir hatten die Krankenstation verlassen und befanden uns bereits auf halbem Weg zum Parkplatz, als ich stehenblieb und Ben zum Anhalten zwang.

»Was? Lass uns einfach gehen, okay? Ich möchte nicht darüber sprechen.«

»Wann hast du wieder begonnen, dich zu prügeln, Ben?«

»Welchen Teil von ›ich möchte nicht darüber sprechen‹ hast du nicht verstanden, Sofia?«

Ich schob meine Lippen vor und nickte. Ich befreite meine Hand aus seinem Griff und begann weiterzugehen. »Dann lass uns einfach nach Hause fahren!« Ich übersah nicht den verletzten Blick auf seinem Gesicht, als ich an ihm vorbeiging.

Wir erreichten den schwarzen Pritschenwagen, den seine

Eltern ihm erst vor kurzem gekauft hatten. Er hatte schon den ganzen Sommer über ein Auge darauf geworfen, und scheinbar hatten Lyle und Amelia es für eine gute Idee gehalten, ihm diesen Wagen zu kaufen, nachdem wir aus Mexiko zurückgekehrt waren.

Ben warf mir den Schlüssel zu. »Du fährst!«

Ich setzte mich auf den Fahrersitz und startete den Motor. Ich hatte bereits den Rückwärtsgang eingelegt, als Ben eine schon lange überfällige Frage stellte.

»Warum bist du mit mir zurückgekommen? Warum hast du dich für mich und nicht für ihn entschieden?«

»Seit wann war es eine Wahl zwischen dir und Derek?«

Ich zuckte zusammen, als er voller Frust gegen das Handschuhfach schlug. »Kannst du wirklich so *blöd* sein, Sofia?«

»Ich bin zurückgekommen, weil es das Vernünftigste war. Du hast keine Ahnung, was ich dort durchgemacht habe, Ben. Kein einziger Tag verging, ohne dass ich über eine Flucht nachdachte. Verdammt, ich habe es sogar versucht, sobald ich die Gelegenheit dazu bekam.«

»Du hast versucht zu entkommen?«

»Ja — ich dachte, ich hätte dir das bereits erzählt. Ich bin bis zu der Mauer gekommen, die die Insel umgibt, bevor zwei Vampirwächter mich fingen.«

»Was ist geschehen?«

»Sie hätten mich umgebracht. Einer von ihnen leckte bereits an einem meiner Kratzer, als Derek auftauchte.«

Ben spannte sich an, als ich Derek erwähnte, doch ich ignorierte ihn. Dies war meine Geschichte, und er war derjenige, der in dieses Wespennest gestochen hatte. *Da musst du jetzt durch, Ben.*

»Er fragte, wer von meinem Blut gekostet hätte. Einer der

Wächter gab es zu. Derek riss das Herz dieses Vampirs heraus und ließ den anderen gehen.«

»Und du glaubst immer noch nicht, dass er ein Mörder ist?«

»Ich sage nicht, dass es richtig war, was er getan hat, doch er tat das, von dem er dachte, es sei notwendig, um mich zu beschützen. Sobald ein Vampir einmal das Blut eines bestimmten Menschen gekostet hat, wird er diesen bestimmten Menschen begehren. Derek wusste, solange ich mich auf der Insel aufhielt, würde der Wächter das Verlangen haben, mich zu jagen.«

»Warum hat er dann nicht das Gleiche mit seinem Bruder getan? Lucas hat von dir getrunken, oder nicht?«

»Das hatte er vor.« Ich erinnerte mich an die Gesichtsausdrücke der beiden Brüder in dieser unheilvollen Nacht. Derek war mehr als bereit gewesen, Lucas Leben zu beenden. Er hätte sich das jedoch niemals verzeihen können. »Ich habe ihn davon abgehalten.«

»Du hast was? Sofia, warum? Wenn ich die Gelegenheit bekommen hätte, Claudias Leben zu beenden, hätte ich nicht gezögert, und ich würde ebenso wenig auch nur die geringsten Schuldgefühle haben.«

»Lucas ist immer noch Dereks Bruder. Das bedeutet Derek etwas. Familie bedeutet ihm *etwas*.«

In dem Moment schwieg Ben. Er wusste, warum ich Derek dafür respektierte, Familienbande zu schätzen. Ich hielt an einer roten Ampel an, rieb mir mit der Handfläche über den Nacken und versuchte, meine eigene Anspannung zu lösen.

»Derek… hat er jemals…« Ben zögerte.

»Nein. Er hat niemals von mir getrunken. Er hat sich mir niemals aufgezwungen.« Ich war erleichtert, als die rote Ampel auf Grün sprang. *Je eher wir zu Hause ankommen, desto eher ist diese*

Unterhaltung vorüber. »Und fürs Protokoll, meine Entscheidung, das Schattenreich zu verlassen, hatte weder etwas mit dir noch mit ihm zu tun. Es ging nur um mich. Ich wollte mein Leben nicht als Sklavin verbringen — ob nun die von Derek oder jemand anderem. Diese Zukunft konnte ich mir nicht vorstellen. Ich habe die Insel verlassen, da ich wusste, dass ich hier eine bessere Zukunft habe als dort.«

»Es tut mir leid. Das wusste ich nicht.«

»Weil du niemals gefragt hast, Ben.«

Während der restlichen Fahrt schwiegen wir beide. Als wir die Auffahrt der Hudsons erreicht und ich den Wagen geparkt hatte, verblieben wir noch eine Weile im Auto, da wir beide die Spannung zwischen uns verabscheuten.

»Ich habe das Gefühl, ich verliere dich, Sofia.«

Ich wusste nicht, was ich dazu sagen sollte. Es entfachte die Erinnerung an all die Zeiten, in denen ich gewollt hätte, dass er mich begehrt; Zeiten, in denen ich davon geträumt hatte, in seinen Armen zu liegen. *Ist es möglich, dass er die ganze Zeit über etwas für mich empfunden hat?*

Inmitten der Stille nahm ich seine Hand und drückte sie fest. »Ich bin genau hier.« *Für den Augenblick.*

Unsere Finger verschlangen sich miteinander, und dann lagen seine Lippen auf meinen. Sanft. Keusch. Süß. Taub. Ich war zu überrascht, um zu reagieren, und der Kuss kam zu einem schnellen Ende. Unsere Blicke trafen sich für den Bruchteil einer Sekunde, bevor wir beide aus dem Fahrzeug ausstiegen und zur Haustür gingen.

Amelia klappte die Kinnlade herunter, als sie ihren Sohn sah. »Ben… was ist passiert?«

»Es ist nichts, Mom.«

Amelia schaute mich an, als würde sie mir die Schuld an den Schnitten und Prellungen geben, die er sich zugezogen hatte.

Wir betraten das Haus, und ich ließ Ben seiner Mutter erklären, was geschehen war. Als ich mich in mein Zimmer zurückzog, erklärte er ihr gerade, dass entweder sie oder Lyle morgen mit ihm zur Schule gehen müssten, um mit dem Vertrauenslehrer zu sprechen.

Ich fragte mich, wo Lyle und Abby waren, und erinnerte mich daran, dass sie eine Verabredung zum Spielen hatte. Lyle war wahrscheinlich auf dem Weg, sie abzuholen.

Ich war erschöpft – doch eher emotional als körperlich. Ich ließ mich aufs Bett fallen. Mein Handy begann, in meiner Tasche zu vibrieren. Ich suchte danach und sah eine SMS von einer unbekannten Nummer. *Nur damit du es weißt, Ben hat für dich gekämpft – Connor.*

Ich fragte mich, ob Ben ihn darum gebeten hatte, mir diese Nachricht zu schicken. Doch so oder so war ich neugierig. *Für mich gekämpft?* Ich fand es verwirrend, dass Ben plötzlich – im Laufe von nur einem Tag – diese Art von Interesse an mir zeigen würde, nachdem er mich so lange als nichts weiter als nur eine Freundin angesehen hatte. *Tut er das nur, um mich dazu zu bringen, mich seiner Suche nach Rache anzuschließen?*

Ich öffnete meinen Schrank, um mich umzuziehen. Ich hatte mir gerade ein rotes Trägerhemdchen angezogen und meine kurze Hose geschlossen, als Ben zweimal klopfte und meine Tür öffnete.

Als er eintrat, erstaunte mich der Blick, den er mir zuwarf.

»Ben?«

Sobald ich seinen Namen aussprach, griff er nach meiner Taille und zog mich an sich heran. Dieses Mal küsste er mich richtig. Ich erzitterte, als ich diese Geste voller Enthusiasmus erwiderte.

Er ließ keine Leidenschaft missen, und niemand könnte Ben jemals beschuldigen, kein guter Küsser zu sein. In der Tat war er ein großartiger Küsser — nicht, dass es so viele andere gab, mit denen ich ihn hätte vergleichen können. Und doch, ihn zu küssen war genauso, wie ich es mir immer vorgestellt hatte. Außer, dass ich nichts empfinden konnte. Die ganze Zeit über stand das eine Gefühl, an das ich mich bereits so sehr gewöhnt hatte, zwischen uns: der Schmerz darüber, wie sehr ich Derek vermisste.

KAPITEL 18: DEREK

Ich saß in gebannter Stille da, als Eli Lazaroff begann, allen Anwesenden in der Kuppel das Ergebnis der Zählung mitzuteilen. Außer von dem niederschmetternden klaren Bild des Zustands des Königreiches irritierten mich Viviennes Anwesenheit und Lucas Abwesenheit. Ich hatte immer noch Viviennes Worte im Ohr, und Lucas verkörperte die permanente Erinnerung daran, wie ich Sofia verloren hatte.

Eli begann mit der Anzahl der Höhergestellten. »Wir zählen nun einhundertzehn.« Danach begann er, jeden Vampirklan einzeln aufzuzählen und zu erläutern, welchem die einhundertzehn Mitglieder angehörten.

Klane bestanden nicht unbedingt aus Blutsverwandten. Neue Mitglieder wurden hinzugefügt, wenn von einem der bestehenden Mitglieder des Klans ein neuer Vampir erschaffen wurde.

Als ich eingeschlafen war, bestand die Anzahl der Höhergestellten aus nur fünfundsechzig Vampiren – einschließlich mir selbst. Im Laufe der Jahrhunderte waren fünfundvierzig Menschen in Vampire verwandelt worden. Soweit es mich anging war das eine große Anzahl. Der größte Vampirklan war der der Vaughns, den Xavier anführte und im Rat vertrat. Dieser Klan hatte fünfzehn Mitglieder. Im Gegensatz dazu war Claudias Klan der Kleinste. Ihrer bestand aus nur einem Mitglied — ihr selbst.

Nach diesem Bericht über die Höhergestellten fuhr Eli damit fort, über die Bürger zu sprechen, die die Vampirklane stellten, die nicht den ursprünglichen zwanzig Klanen angehörten. Sie hatten dem Schattenreich ihre Treue geschworen im Austausch für das Privileg, zu einem Einwohner der Insel zu werden. Die Zahl, die Eli von sich gab, raubte mir fast die Sinne. »Eintausenddreihundertsechsundzwanzig.«

»Was?«, rief ich aus. »Als ich eingeschlafen bin, hatten wir nicht einmal dreihundert.«

»Das war vor vier Jahrhunderten, Derek«, erinnerte Vivienne mich. »Seitdem haben viele im Schattenreich Zuflucht gesucht.«

Ich hielt meinen Mund, doch eine Frage ging mir wieder und wieder durch den Kopf, als Eli mit seinem Bericht fortfuhr. *Wie viel menschliches Blut muss vergossen werden, um all diese Vampire ernähren zu können?*

»Unter den Höhergestellten befinden sich fünfundzwanzig Ritter, während die Bürger dreihundertfünfzehn Wächter und fünfzig Späher stellen.« Wächter waren Kämpfer, die den Bürgern angehörten, während es Spähern gestattet war, die Insel zu verlassen, besonders, um nötige Materialien von der Außenwelt zu beschaffen oder um menschliche Sklaven zu fangen. Spähern war es nur unter der Aufsicht von mindestens einem Ritter erlaubt, die Insel zu verlassen.

»Damit ist mein Bericht beendet.« Eli nickte mir kurz zu, um anzudeuten, dass er fertig war.

»Das ist alles? Was ist mit den Sklaven? Wie viele Menschen leben im Schattenreich?«

Er schaute voller Unwohlsein auf seine Füße. »Ich dachte nicht, dass sie in die Zählung mit einbezogen werden sollten.«

»Warum nicht? Befinden sie sich nicht in der Zuständigkeit des Königreiches?«

Die Stille sprach Bände. Denn immerhin, warum sollte die Bevölkerung der Menschen im Auge behalten werden, wenn Hunderte von ihnen regelmäßig verloren gingen und ersetzt wurden?

Xaviers drückte es passend aus, als er sich in seinem Stuhl zurücklehnte und beiläufig mit den Schultern zuckte. »Die Menschen im Auge zu behalten wäre wohl so, als wollte man die Nahrungsaufnahme im Schattenreich kontrollieren.«

Das war eine schockierende Darstellung dessen, wie verkommen wir im Laufe der Jahre geworden waren. Viele von uns hatten begonnen, Menschen als Vieh anzusehen. Schuldgefühle breiteten sich in meinem Innersten aus, denn ich hatte die Kultur, die wir im Schattenreich erschaffen hatten, mit beeinflusst. Obwohl es mir nicht gefiel, den Rat zu zwingen — oder sogar mich selbst — die Einzelheiten dieses logistischen Albtraums zu erörtern, konnte ich das Problem daher auch nicht ignorieren.

»Ich möchte eine vollständige Aufstellung über alle Menschen, die im Schattenreich leben, begonnen mit denjenigen, die in den Schwarzen Höhen untergebracht sind, bis hin zu den Sklaven, die in den Häusern der Vampire wohnen.« Ein weiteres Produkt unserer Vergangenheit begann, mich zu verfolgen. »Wir können keinen weiteren Aufstand riskieren.«

»Ich denke, es gibt jemanden, der uns in diesem Punkt helfen kann«, meldete Vivienne sich zu Wort.

Ich wartete darauf, dass sie fortfuhr. Sie schien zu zögern.

»Corrine.«

Ich war überrascht, doch wenn es irgendetwas gab, das uns Vampiren im Überfluss zur Verfügung stand, dann war es Zeit. »Dann lass sie hierher bringen!«

Innerhalb von Minuten wurde einer der Wächter zur Heiligen Stätte gesendet, um die Hexe zur Kuppel zu begleiten. Als Corrine ankam, rutschte ich unbehaglich auf meinem Stuhl hin und her. Ihre unheimliche Ähnlichkeit zu ihrer Vorfahrin, Cora, raubte mir immer noch den Atem.

»Was willst du?«, wollte sie wissen.

»Vivienne hat gesagt, du würdest uns bei dem Problem helfen können herauszufinden, wie viele Menschen sich zur Zeit im Schattenreich aufhalten.«

Sie hob die Augenbrauen an. »Und du möchtest das wissen, weil…?«

»Es ist höchste Zeit, dass wir den wahren Zustand dieser Insel und seiner Bewohner begutachten, findest du nicht?«

Dies schien die Hexe zu überraschen, doch sie nahm ihren Platz auf dem Podium ein, richtete sich zu ihrer vollen Größe auf und begann, sich mit dem anstehenden Problem zu befassen.

»Die Zahl schwankt — das dürfte nicht überraschen.« Ihre Augen funkelten, als würde sie jedem einzelnen von uns die Verbrechen vorhalten, deren wir uns schuldig gemacht haben. »Die Anzahl der Natürlichen ändert sich jedoch nicht sehr. Es sind eher die Einwanderer, die kommen und gehen, je nach Lust und Laune von euch Vampiren.«

»Natürliche? Einwanderer?« Nach den Blicken auf den Gesichtern der Ratsmitglieder zu urteilen hatte keiner von ihnen auch nur die geringste Ahnung, wovon Corrine sprach.

»Natürlich«, Corrine rollte mit den Augen, »ihr Vampire schenkt den Menschen die hierher gebracht wurden, keine Beachtung, solange sie nicht aus der Reihe tanzen. Wir Menschen haben uns selbst eingestuft. Natürliche sind diejenigen, die auf der Insel geboren wurden. Einwanderer hingegen wurden von der Außenwelt entführt und hierhergebracht.«

Ungeduldig setzte ich mich aufrecht hin und lehnte mich nach vorn. »Wie viele von ihnen sind hier, Corrine?«

»Während unserer letzten Zählung gab es auf der Insel siebentausendfünfhundertzweiunddreißig Natürliche, die alle in den Schwarzen Höhen zusammengepfercht sind, und zweitausenddreihundertneunundzwanzig Einwanderer, die zusammen mit ihren Vampirherren in den Behausungen leben. Selbstverständlich hat sich diese Zahl höchstwahrscheinlich geändert. Wer weiß, wie viele von ihnen gestorben sind, seitdem wir sie das letzte Mal gezählt haben.«

Diese Anzahl erschütterte mich zutiefst, als mir eine Frage nach der anderen durch den Kopf ging. *Wie erhalten wir all diese Menschen am Leben? Was tun sie alle hier auf der Insel? Wie konnte die Bevölkerung so sehr wachsen? Was geschieht mit den Toten?*

Dann traf mich mit voller Kraft eine Erkenntnis. *Sie sind uns zahlenmäßig fünf zu eins überlegen. Wenn ihnen ihre Stärke jemals bewusst wird, sind wir erledigt.* Ich starrte die Hexe an, über deren Loyalitäten ich mir nicht ganz im Klaren war. Sie mussten nur Corrine auf ihre Seite ziehen, und das Schattenreich wäre erledigt.

KAPITEL 19: LUCAS

Claudia öffnete die Tür und trat unter dem Türpfosten des Schlafzimmers hindurch, in dem sie mich hielt. Aufrecht stehend, mit ihren Händen in den Hüften und den blonden Locken, die bis zu ihrer Taille hinunterreichten, sah der kleine Hitzkopf unglaublich aus.

Ich lächelte einfältig. *Das könnte interessant werden.*

»Dein Bruder raubt jedem im Schattenreich den Verstand!«, rief sie aus.

»Was hat er nun wieder angestellt?« Gerade erst aus der Dusche gekommen, trocknete ich mein Haar mit einem Handtuch ab.

»Er hat eine Zählung aller Menschen auf der Insel verlangt.«

»Was für eine unglaubliche Zeitverschwendung.«

»Genau das dachte ich auch. Natürlich will der allmächtige Prinz Derek davon nichts wissen.«

»Wovon?«, grinste ich. »Deinen Gedanken?«

Sie warf mir einen finsteren Blick entgegen, und ich war mir fast sicher, dass es einen Kampf geben würde, und sei es nur, damit sie sich austoben konnte. Ihre Schultern fielen nach unten. »Er hat uns dazu gebracht, ihn in der Arena zu bekämpfen. Das war anstrengend. Ich habe schon sehr lange nicht mehr so sehr geblutet. Manchmal hasse ich Cora dafür.«

»Was hat die große, tote Hexe damit zu tun, dass Derek die Höhergestellten bekämpft?« Ich fand diese Vorstellung belustigend. Ich hätte niemals gedacht, dass Derek so weit gehen würde, um seine Blutlust zu stillen.

Claudia rieb sich mit der Handfläche ihren Hals, während sie auf das Bett zuging und ihren prallen Körper darauf fallen ließ. »Cora ist der Grund dafür, warum er so mächtig ist. War sie es nicht, die dafür gesorgt hat, dass Dereks Schlaf ihn im Laufe der Zeit ebenfalls kräftigen würde? Verdammt sei die Hexe, dass sie sich in deinen Bruder verliebt hat.«

»Mein Bruder und die eigenartige Wirkung, die Frauen auf ihn ausüben können«, beklagte ich.

»Es ist mehr die eigenartige Wirkung, die er auf Frauen ausübt«, seufzte Claudia, während ihr Gesichtsausdruck weicher wurde. Ich musste keine Gedanken lesen können, um zu erraten, dass ihr gerade etwa ein Dutzend Tagträume von meinem Bruder durch ihren wahnsinnigen Verstand kreisten.

Ich warf das Handtuch auf den Boden. *Wenn Cora nicht gewesen wäre, würde Derek nicht über mich herrschen.* Ich runzelte die Stirn. Obwohl ich mir große Mühe gab, es zu leugnen, war das jedoch nicht der Grund, warum ich mich über Cora ärgerte.

Ich lehnte mich gegen einen Bettpfosten, als ich Claudia dabei beobachtete, wie sie es sich auf meinem Bett bequem machte. Der Blick, den sie mir entgegenwarf, während sie die Spitzen ihres langen, blonden Haares durch ihre Finger gleiten ließ, deutete ganz klar an, was sie von mir wollte. *Die Frauen ziehen Derek mir auch weiterhin vor. Selbst Claudia.* Ich verachtete Cora, weil ich sie begehrt, doch ihr Herz bis zu ihrem letzten Atemzug Derek gehört hatte.

Da ich meine Gedanken von Cora weglotsen wollte, legte ich mich neben Claudia aufs Bett, als es so schien, als wäre ihr eine Idee gekommen, die sie von ihren Intrigen ablenkte. Ich stöhnte in mich hinein, denn ich hatte den Eindruck, sie würde beginnen, sich noch einmal über meinen Bruder zu beschweren. Trotz all ihrer Psychospiele und ihrem Hass auf menschliche Männer wirkte sie manchmal immer noch wie ein weinerlicher Teenager, obwohl sie fünfzig Jahre älter war als ich. Ich war erleichtert, als sie Derek nicht noch einmal erwähnte. Stattdessen atmete sie ein und neigte ihren Hals zur Seite, um mich anzuschauen.

»Warum bist du immer noch hier, Lucas?«

Manchmal war es schwer, ihrem sprunghaften Verhalten zu folgen. Ich wollte ihr gerade eine verführerische Stichelei entgegenwerfen, als wir ein lautes Klopfen an ihrer Vordertür hörten. Ein finsterer Blick bedeckte ihr Gesicht. »Was nun?« Sie machte keine Anstrengungen, aus dem Bett zu steigen, und ich dachte, sie würde das Klopfen ignorieren, als ein weiteres lautes Krachen sie dazu brachte, sich aus dem Bett zu schleifen. Sie schloss die Tür hinter sich.

Voller Neugier folgte ich ihr. Claudia bekam nur selten Besuch. Sie wurde von den meisten der Höhergestellten zwar toleriert, doch außer mir blickten alle auf sie hinab. Das war der Grund, warum ihr Penthouse so ein gutes Versteck für mich war.

Ich legte mein Ohr an die geschlossene Tür und lauschte.

»Guten Tag, meine Herren«, schnurrte Claudia.

»Mein Gott, Claudia, du bist keine Hure mehr. Hör auf, dich wie eine zu benehmen!«

Ich versuchte, der Stimme einen Namen zuzuordnen. *Yuri Lazaroff.*

»Wir sind hier, um dir einige Fragen zu stellen. Es macht dir doch nichts aus?«

Schottischer Akzent. Zweifellos der gute, alte Hendry.

»Nein, es macht mir nichts aus.« Ihre Stimme war nun sehr flach. Yuri hatte so eine Art an sich, sie auf die Palme zu bringen. »Mach es dir bequem, Cameron! Geh zur Hölle, Yuri!«

»Genau dort bin ich schon, Claudia.«

»Ihr zwei, benehmt euch!« Cameron klang wie ein genervter Vater, der versuchte, seine Teenager unter Kontrolle zu halten. »Hattest du während der vergangenen Tage Kontakt mit Lucas Novak?«

»Nein.«

»Natürlich nicht.«

Zwei Stimmen antworteten gleichzeitig. »Halt die Klappe, Yuri!«

»Dann macht es dir also nichts aus, wenn wir dein Haus durchsuchen?«

Ich wurde von Panik ergriffen. Ich hatte stets gewusst, dass ich mich nicht für immer bei Claudia verstecken konnte. Ich hätte nur nicht gedacht, dass es so knapp werden würde. Ich versuchte, so leise und schnell wie möglich zu sein, als ich mir meinen Weg zurück ins Schlafzimmer suchte. Eilig zog ich mich an. Ich hatte gerade meine Jeans zugeknöpft, als ich begann, sowohl Schritte als auch Türen zu hören, die geöffnet wurden.

Claudia hatte einen ausgewachsenen Wutanfall. »Ich bin

immer noch ein Mitglied der Höhergestellten. Ihr könnt nicht einfach so in mein Haus hineinplatzen.«

»Natürlich können wir das«, antwortete Yuri. »Wenn du ein Problem damit hast, dann geh nur zum Prinzen und beschwere dich!«

Eine ganze Reihe von Flüchen kam ihr über die Lippen. Ich nahm eine Jacke mit einer schwarzen Kapuze von einem Kleiderhaken in der Nähe der Tür und zog sie an. Ich zog meinen Notfallrucksack unter dem Bett hervor.

Den Geräuschen der Inquisition nach zu urteilen, würden sie in wenigen Sekunden die Tür zum Schlafzimmer öffnen. Ich stieß das Fenster auf, wobei es mir inzwischen egal war, ob sie mich hörten, und sprang hinaus.

Ich landete flach auf meinen Füßen und eilte in Richtung Hafen. Ich fluchte, während ich lief, denn mir wurde klar, dass ich mir keinen schlechteren Zeitpunkt hätte aussuchen können, um die Insel zu verlassen, denn egal, wo ich hinging, die Sonne würde ihren Höchststand erreichen, bevor ich einen Unterschlupf finden konnte. Und doch hatte ich nicht vor, mich in Dereks Hände auszuliefern.

Ich kannte meinen Bruder, und ich kannte die Finsternis, die in ihm herrschte. Ich wusste nicht, was Sofia getan hatte, um seine Menschlichkeit wieder hervorzuholen, doch ich hatte nicht vor, hier zu bleiben und darauf zu warten, dass ihre Wirkung auf ihn nachließ. Die Finsternis würde ihn mit Sicherheit einholen, und wenn sie das tat, würde er nicht zögern, mich zu töten.

Als ich bei vollem Tempo meinem Entkommen entgegenlief, war es klar, dass ich lieber unter den Strahlen der Sonne als durch die Hand meines Bruders sterben wollte. Immerhin erschien es edler, sein Leben dem Licht zu schenken als der Dunkelheit.

KAPITEL 20: DEREK

Die Finsternis naht.

Selbst als diese Wort noch in meinem Kopf hallten, fühlte es sich so an, als würde sich bereits ein dunkler Nebel in den Tiefen meiner Seele regen und mein gesamtes Wesen vereinnahmen. Das löste so viele ungebetene Erinnerungen aus, dass die Schuldgefühle wieder einmal überwältigend waren. Ich wollte sie verdrängen, doch nachdem die Ratssitzung in der Großen Kuppel beendet worden war, erinnerte Vivienne mich daran, warum ich es einfach nicht tun konnte.

Noch lange, nachdem der Rat der Höhergestellten gegangen war, saß ich auf meinem Platz, und Vivienne war bei mir.

»Es bringt mich um«, gestand ich.

Sie nickte wissend. Ich musste mich Vivienne gegenüber nur selten erklären. Sie verstand mich. »Das kann ich sehen. Schuldgefühle können ein großer Gegner sein, doch sie sind ebenfalls dein Verbündeter.«

»Wie ist das möglich?«

»Sie sind das Einzige, was die Finsternis davon abhält, vollkommen die Führung zu übernehmen.«

Wie so oft verfolgten mich ihre Worte.

Bevor sie mich allein ließ, drehte sie sich herum und sagte: »Du muss sie zurückholen! Du wirst nicht in der Lage sein, ohne sie mit all dem hier umgehen zu können.«

Ich verzog das Gesicht. *Sofia hat ihre Entscheidung getroffen. Nun müssen wir beide damit leben.* »Ich möchte nicht, dass ihr Name erwähnt wird. Niemals wieder. Sie kommt nicht zurück. Das war's. Es gibt Wichtigeres, um das wir uns kümmern müssen.«

Kurz danach kehrte ich in mein Penthouse zurück, erfüllt mit den Warnungen meiner Schwester. Sie war die Seherin des Schattenreiches. Es war schwer, sie zu ignorieren.

Bei meiner Rückkehr erinnerte mich alles in meinem Penthouse sofort wieder an das Mädchen, das mein Aufwachen im Schattenreich nach vierhundert Jahren erträglich gemacht hatte.

Als ich durch die Eingangstür trat, wurde ich von dem Anblick von Ashley gegrüßt, die mit Sam und Kyle im Wohnzimmer eine Runde Karten spielte. In der Küche hörte ich das Klappern von Geschirr, und ich bemerkte den Duft des Abendessens, das zubereitet wurde. Ich ging davon aus, dass Paige und Rosa sich in der Küche aufhielten.

Beim Anblick der Mädchen und der Wächter durchfuhren mich Erinnerungen an Sofia. Sam und Kyle standen auf, als sie mich sahen. Beide schauten betreten drein, da ich sie in ihrer Freizeit dabei erwischt hatte, mit den Mädchen Karten zu spielen.

»Hoheit«, begann Sam zu erklären, »wir haben nur…«

»Schon in Ordnung.« Ich winkte seine Erklärung ab. Um ehrlich zu sein, versuchte ich, meinen Zorn im Zaum zu halten.

Ashley warf beiden Wächtern einen merkwürdigen Blick zu und blieb auf dem Sofa sitzen, während sie noch ein volles Blatt in ihrer Hand hielt.

Während Sofias Anwesenheit musste ich die Tatsache, dass ich der Prinz des Schattenreiches war, in meinem eigenen Haus nie betonen. Ich hatte bisher noch nie viel mit den Mädchen zu tun gehabt. Soweit es mich betraf, waren sie Sofias Freundinnen, mit denen ich mich nicht abgeben musste, solange Sofia sie unter Kontrolle hatte. Da Sofia nun jedoch nicht mehr hier war, konnte ich sie hier nicht einfach ohne eine Aufgabe eingesperrt lassen. Das war nur noch ein weiterer Punkt auf meiner wachsenden Liste mit Dingen, um die ich mich kümmern musste.

Ich warf den beiden Wächtern neugierige Blicke zu. Sie schienen mit Sofia und den Mädchen ein recht harmonisches Verhältnis entwickelt zu haben. *Vielleicht könnte ich ihnen einfach die Mädchen geben. Zumindest würde ich sie damit loswerden.* Ich war überrascht, als ich meine negative Reaktion darauf bemerkte, die Mädchen gehen zu lassen. *Ohne sie wäre das Haus so leer, obwohl sie es geschafft haben, mich zu nerven.*

Verärgert ignorierte ich die Menschen, die mein Wohnzimmer zu einem Treffpunkt umfunktioniert hatten, und ging davon. Da ich Angst vor der Finsternis hatte, suchte ich nach dem Licht.

»Wohin gehst du?«, rief Ashley mir nach.

»In den Sonnenraum.«

Der Sonnenraum war das einzige Zimmer im Penthouse, das Sofia selbst eingerichtet hatte. Ich hatte ihr gegenüber einmal erwähnt, dass ich die Sonne vermisste, daher hatte sie ein Zimmer entworfen, das an einer Wand das Gemälde eines Strandes aufwies und an der Decke die Illusion von Sonnenlicht entstehen ließ, das durch ein Sonnendach hereinströmte.

Als ich die Tür öffnete, sah ich, dass es seit der Nacht, in der Lucas Sofia angegriffen und von ihrem Blut getrunken hatte, unangetastet geblieben war. Zerbrochenes Glas glitzerte überall auf dem Boden. Risse durchzogen die Mauer, gegen die ich Lucas geworfen hatte. Verschiedene Stellen im Zimmer wiesen immer noch Spuren von Blut auf — von Ben, von Lucas, von Sofia und von mir.

Es erinnerte mich an einen der dunkelsten Abschnitte in der Geschichte des Schattenreiches. Den Aufstand. Die Erinnerung daran überkam mich, und einfach so verwandelte sich all das Licht im Sonnenraum in stockdunkle Nacht.

Die Schreie waren ohrenbetäubend und das Geräusch der Geschütze angsteinflößend. Ich beobachtete von der Spitze der Festung aus, wie aberhunderte von menschlichen Sklaven, die wir im Schattenreich gehalten hatten, um die Mauer fertig zu stellen, um die Chance kämpften, der Insel zu entkommen, oder, sollte das nicht möglich sein, zumindest das Leben zu beenden, das wir ihnen aufgezwungen hatten.

»Was tun wir jetzt?«, fauchte Lucas, als er sich mit Schrecken in seinen Augen über die Brüstung hinüberbeugte.

Ich schluckte meine Schuldgefühle hinunter. Es war das erste Mal, dass ich mir diesen Luxus gestattet hatte. Ich kannte die drastischen Maßnahmen, die wir einleiten mussten, da keiner von ihnen entkommen durfte. Kein Einziger.

»Wir müssen sie alle töten.«

Ich sprang hinunter auf den festen Boden und tötete mit einem einzigen Schwertschlag drei der Männer, die sich darauf vorbereiteten, mich anzugreifen. Sie kamen auf uns zu, gewalttätig und zornig, nicht länger bereit, unsere Sklaven zu sein. Wir versuchten, uns selbst davon zu überzeugen, dass wir keine andere Wahl hatten. Doch als wir am Ende der Schlacht mitten in diesem blutigen Grab standen, das durch unsere Entschlossenheit, unsere Zuflucht in Sicherheit zu wahren, entstanden war, wusste ich, dass der Preis, den ich für das Schattenreich bezahlt hatte, viel zu hoch gewesen war.

Cora kam auf mich zu. Sie schwieg und war ganz offensichtlich verstört.

»Wie viel mehr müssen noch sterben?« Meine Stimme klang gebrochen, während immer noch Blut aus meinen Mundwinkeln tropfte. »Sie waren unschuldig.«

»Niemand ist unschuldig.« Cora schüttelte ihren Kopf und richtete ihren Blick in die Ferne. »Wir sind alle unrein.«

»Ich kann das hier nicht mehr tun.«

Cora ergriff meine Hand. »Das wirst du auch niemals müssen.«

Ich fragte mich, ob Cora gelogen hatte, denn als ein Augenblick der Klarheit mich in die Realität zurückholte, stand ich in der Mitte des Sonnenraumes, während Vivienne meine Schultern festhielt.

»Was hast du getan, Derek?«

Ich schmeckte Blut auf meinen Lippen. »Ich weiß es nicht«, stotterte ich. »Ich vermute, ich habe das Bewusstsein verloren.« Hinter Vivienne lag Ashley schlaff auf dem Boden und wies Bissspuren — meine — an der Seite ihres Halses auf. Sam und Kyle stöhnten, als sie versuchten, vom Boden aufzustehen. Es befanden sich neue Kerben an der Wand, gegen die ich sie geworfen hatte.

Als wäre es nicht bereits zu viel zu ertragen, tauchte Cameron mit weit geöffneten Augen in der Tür auf. »Was ist geschehen?«

Ich antwortete mit einem bedrohlichen Fauchen. »Was tust du hier?«

»Lucas. Er ist entkommen. Yuri und ich haben versucht, ihn aufzuhalten. Er hätte Yuri fast umgebracht… wenn ich nicht…«

Camerons Stimme ließ nach, als mein Blick zurück auf Vivienne fiel.

»Derek, wenn Lucas da draußen ist, dann…«

Ich hob einen Finger, um sie zum Schweigen zu bringen. Ich wollte nicht, dass Sofia erwähnt wurde. »Nein, Vivienne.« Ich betrachtete das blutige Durcheinander um mich herum. Schuldgefühle überkamen mich, als ich Ashley auf dem Boden sah, doch die Tat war bereits vollbracht. »Kümmert euch um sie, bringt sie in ihr Schlafzimmer, es ist mir egal. Schafft sie mir einfach nur aus den Augen!«

Sie beeilten sich, meinem Befehl Folge zu leisten. Nur Vivienne blieb hinterher bei mir im Raum.

»Du hast nicht vor, zu ihr zu gehen? Du kannst doch nicht einfach nur hierbleiben und…«

Bevor mir klar wurde, was geschah, traf mein Handrücken auf ihre Wange, und sie fiel auf den Boden. Ich bereute umgehend, sie geschlagen zu haben. Ich wollte ihr aufhelfen, doch etwas hielt mich zurück. Nachdem ich von dem Schlaf erwacht war, um den ich Cora gebeten hatte, hatte ich nur zögerlich die Führung des Schattenreiches wieder übernommen. Doch das war nun vorüber.

»Ich habe dir verboten, jemals wieder von ihr zu sprechen.«

Während sie mit ihren Händen ihr Gesicht umfasste, schaute meine Schwester zu mir auf. Ihre violetten Augen enthielten weder Zorn noch Anschuldigungen noch Verdammung… nur Resignation und eine tiefe Traurigkeit, die mir großen Schmerz bereitete.

»Es scheint, die Finsternis ist eingetroffen.«
Wie immer hatte Vivienne Recht.

KAPITEL 21: LUCAS

Gelinde gesagt war meine Flucht knapp. Das Einzige, was ich mit mir nehmen konnte, bestand in meinem Rucksack angefüllt mit Beuteln mit Blut, Kleidung zum Wechseln und meiner Brieftasche. Nachdem ich den Hafen erreicht hatte, begab ich mich umgehend zu einem der Schnellboote. Ich musste von hier verschwinden, bevor Cameron auftauchte, um mir das Herz herauszureißen — oder noch schlimmer, um mich festzunehmen, sodass Derek die Tat selbst vollbringen konnte.

Als die von Glas umschlossene Röhre das Schnellboot hinauf ins offene Meer transportierte, musste ich schnell handeln. In dem Moment, als das Boot die Grenzen des Schattenreiches erreichte, würde ich dem Tageslicht ausgesetzt sein. Je länger ich mich jedoch in der Nähe des Schattenreiches aufhielt, desto größer war die Wahrscheinlichkeit, dass die Wächter mich fassen würden.

Ich schaute mich schnell auf dem Boot um. Alles, was ich

finden konnte, waren ein Werkzeugkoffer, ein Erste-Hilfe-Kasten und ein zusammengerolltes Stück Segeltuch, das dafür verwendet wurde, das Boot abzudecken, wenn es nicht benutzt wurde. Das war genau das, was ich brauchte. Ich rollte die Plane auseinander, und sie wurde zu meiner Rettung.

Sie schützte mich zwar vor den Sonnenstrahlen, doch nicht vor der sengenden Hitze. Mit dieser Plane über mir in der Mitte des Meeres zu treiben, während die Sonne erbarmungslos auf mich herunterschien, fühlte sich so an, als würde ich mich inmitten eines Ofens aufhalten. Es war schwierig, das Boot zu starten, und als ich bei einer falschen Bewegung mein nacktes Fleisch entblößte, schien die Sonne sich durch meine Haut hindurch zu brennen bis hinunter auf meine Knochen.

Gerüchte besagten, dass es keinen schmerzhafteren Tod gab, als von den Strahlen der Sonne verbrannt zu werden. Eigentlich hatte ich noch nie gesehen, wie ein Vampir durch Sonnenstrahlen den Tod fand, doch ich wollte das auch keineswegs selbst ausprobieren. Und außerdem waren die wenigen Male, während denen ich die Sonne auf meiner Haut spürte, schmerzhaft genug, mich davon zu überzeugen, dass dieses Gerücht der Wahrheit entsprach.

Ich musste das Boot schließlich anhalten, um auf den Sonnenuntergang zu warten. In meinem Zustand konnte ich das Ufer nicht erreichen. Es fühlte sich wie eine Ewigkeit an, doch ich wartete geduldig.

Die Sonne verlor sich in der Dämmerung. Gedanken an Sofia gingen mir im Kopf herum. Ich konnte praktisch immer noch fühlen, wie ihr süßes Blut durch mich hindurchströmte, und ich konnte es immer noch auf meinen Lippen schmecken. Ich wollte sie so verzweifelt haben, dass allein der Gedanke an sie schmerzte, doch sie hielt sich auf der Insel auf. Eines Tages würde ich sie aufsuchen, doch für den Augenblick musste ich den Gedanken an sie zur Seite stellen. Es war so viel wichtiger, dass ich die Person aufsuchte, die als einzige die Möglichkeit hatte, sich meinem jüngeren Bruder entgegenzustellen.

Unseren Vater, Gregor Novak.

KAPITEL 22: SOFIA

Der Gedanke daran, wie sehr ich Derek vermisste, verlor sich schnell, als Bens Lippen sich von meinen lösten. Die Art und Weise, wie er mich anschaute — als wäre ich etwas Besonderes für ihn — lösten jeden Zweifel auf, den ich in Bezug auf seine Absichten gehabt haben könnte. Zitternd starrten wir uns gegenseitig an, bis seine Wangen begannen zu erröten.

Das lenkte meine Aufmerksamkeit auf die Prellungen, die er während des Kampfes erlitten hatte. Ich fragte mich, wie er mich küssen konnte, ohne Schmerzen zu empfinden, als ich aus Versehen die Prellung an seiner Wange und den Schnitt an seiner Seite berührte.

Sein Blick richtete sich auf meine Lippen, die sich etwas geschwollen anfühlten. »Wow, Sofia. Du bist tatsächlich Rosenrot.«

Ich fand die Atemlosigkeit in seiner Stimme liebenswert. Sie gab mir das Gefühl, gewollt und begehrt zu werden — ich konnte mich nicht daran erinnern, dass er mir schon jemals zuvor dieses Gefühl gegeben hatte. Meine Hände umklammerten immer noch seinen Nacken. Ich lehnte meine Stirn gegen seine breite Schulter. Seine beiden Hände lagen an meiner Taille, während seine Daumen sanft über meinen Bauch strichen.

»Rosenrot?«

»Du weißt schon, aus dem Märchen.« Er trat einen Schritt von mir weg und zwinkerte. »Die Schwester von Schneeweißchen?«

»Ja, ich weiß, wer Rosenrot ist. Doch warum bin ich Rosenrot?«

»Nun, ist sie nicht genauso wie Schneeweißchen nur mit rotem Haar?« Er zeigte mir ein breites Grinsen. Er nahm meine Hand und begann, meinen Arm zu liebkosen. »Haut so weiß wie Schnee…«, er gab mir einen weichen Kuss auf den Mund und lächelte, während seine Lippen immer noch auf meine gepresst waren, »Lippen blutrot…«

Noch niemals zuvor hatte ich diese Seite an ihm gesehen. Mir wurden die Knie weich.

»Ich bin nicht *so* weiß. Meine Lippen sind nicht *so* rot.«

Seine starken Hände fingen mein Gewicht auf. »Sofia, du bist so hübsch, wie man es sich nur wünschen kann, und du solltest wirklich deine Lippen sehen, nachdem du gerade geküsst worden bist.« Er schaute auf meinen Mund, als wäre er die schmackhafteste Leckerei, die er jemals in seinem Leben probieren durfte.

Ich konnte mir ein Lächeln nicht verkneifen. *Kein Wunder, dass die Mädchen für ihn schwärmen.*

»Ben und Sofia sitzen auf einem Baum…«

Bens Augen weiteten sich, als er Abbys hohe Singstimme hörte. Unser beiden Blicke wendeten sich in Richtung Tür, von wo aus die Fünfjährige uns beobachtete.

Übermut stand auf ihrem kleinen Gesicht großgeschrieben, als ein selbstgefälliges Lächeln ihre Mundwinkel anhob. Sie hatte immer noch den Jeansrock und die rosafarbene Bluse mit den Knöpfen an, in denen sie zur Schule gegangen war. Ihre rechte Hand war fest auf ihre Hüfte gepresst, während ihr linker Arm an ihrer Seite herunterhing und sie ein Bein von Colin, ihrem Stoffelefanten, mit ihrer Hand umklammerte. Ihre blonden Locken schwangen hin und her, und ihr Kopf bewegte sich auf und ab, als sie ihr Lied fortsetzte: »…und K-Ü-S-S-E-N sich!«

»Du kleiner Wicht.« Ben warf ihr einen finsteren Blick zu. »Was tust du hier?«

»Übergroßer Fiesling.« Abby streckte ihrem älteren Bruder die Zunge heraus. »Ich bin hierhergekommen, um Sofia zu sehen, wie ich es immer tue, wenn die Schule aus ist. Was tust *du* hier, Ben?« Ihr finsterer Blick verschwand, und sie sah besorgt aus, als sie sein Gesicht etwas besser erkennen konnte. »Was ist mit dir geschehen, Ben? Warum lässt du dich immer verprügeln?«

»Hey, nun komm schon!« Der Ausdruck auf seinem Gesicht verwandelte sich in Besorgnis. »Nicht weinen, Abby! Es ist nichts. Ein paar Typen in der Schule haben gemeine Dinge über mich und Sofia gesagt, also musste ich sie verdreschen.« Er hob sie hoch und wiegte sie in seinen Armen.

»Aber es sieht so aus, als wären *sie* diejenigen gewesen, die dich verprügelt haben, Ben.«

»Nun, das glaubst du nur, weil du die anderen noch nicht gesehen hast, Dreikäsehoch.«

Dies waren die Augenblicke, die mich daran erinnerten, warum Ben so ein guter Fang war. Ich war so gerührt zu sehen, wie süß er sich Abby gegenüber verhielt, dass es mehrere Minuten dauerte, bevor die Fragen begannen, mich einzuholen. *Was haben die Typen über Ben und mich gesagt? War es das, wovon Connor in seiner SMS gesprochen hat? Hat Ben ihn dazu angestiftet?* Abby drückte auf den Schnitt an Bens Seite. *Wie war es möglich, dass Ben dabei keinen Schmerz empfand?*

Ben stellte Abby wieder auf dem Boden ab. Sie schaute mit verwuschelten Locken zu ihm auf. »Hör einfach auf, dich verprügeln zu lassen, okay? Das bringt Mommy zum Weinen.«

Bei diesem Satz tauschten Ben und ich Blicke aus. Ich konnte die Schuldgefühle in seinen Augen sehen, trotz des belustigten Tonfalls, den er annahm, als er Abby mit seinen Knöcheln auf den Kopf pochte. »Sicher, Zwergin.«

Abby stampfte mit dem Fuß auf den Boden. »Hey, ich weiß, was ich gesehen habe.« Sie schaute mich mit ihren babyblauen Augen an. Ich schluckte schwer. Abby konnte wirklich eine Qual sein, wenn sie es wollte. »Ich habe gesehen, wie ihr beide euch geküsst habt!« Es war fast so, als hätte ich sie betrogen. »Wie konntest du das nur tun, Sofia?« Sie rümpfte die Nase. »Das ist so eklig. Du hast ein riesiges Ungeheuer geküsst.«

»Hey!« Ben runzelte die Stirn.

Ich konnte mir ein Kichern nicht verkneifen.

In dem Moment streckte Amelia ihren Kopf zur Tür hinein. »Sofia, wenn du nicht zu beschäftigt bist, hätte ich gern etwas Hilfe bei der Vorbereitung des Abendessens.«

Ich musste immer noch grinsen, als ich in den Flur hinausging, doch jegliche Belustigung verschwand augenblicklich, als Ben zu Abby sagte: »Du kannst so viel lachen, wie du möchtest, Winzling, doch ich warne dich. Du darfst Mom und Dad nichts von Sofia und mir erzählen, hast du verstanden?«

Autsch! Ich biss mir auf die Unterlippe, als ich den Weg die

Treppe hinunter in die Küche ging. *Schämt er sich für mich? Macht er mich am Ende nur zu seinem großen Geheimnis?*

Während des Abendessens schwieg ich — nicht dass es viel zu sagen gab, wenn man bedachte, dass Lyle Ben die meiste Zeit über wegen seiner Prügelei ausschimpfte. Natürlich zögerte Amelia nicht, ihre Meinung ebenfalls kundzutun. Abby hingegen richtete ihren Blick abwechselnd auf Ben und auf mich. Während des ganzen Essens konnte sie nicht aufhören zu kichern.

Nach dem Abendbrot brachte Amelia Abby ins Bett, und Lyle bat Ben um eine Unterhaltung unter vier Augen. Damit war es an mir, den Tisch abzudecken und mich um das Geschirr zu kümmern. Ich begrüßte die Einsamkeit. Sie gestattete es mir, meine Gedanken zu ordnen.

Ich war bereits dabei, den Geschirrspüler wieder auszuräumen und das Geschirr an seinen Platz zu stellen, als ich Bens Hand an meiner Taille spürte. Er zog mich an sich heran und berührte mit seinen Lippen meinen Nacken.

Ich hielt inne. »Was ist das zwischen uns, Ben?«

»Was meinst du?«

»Das hier. All diese Küsserei… Rosenrot… das ist alles so verwirrend. Es geht zu schnell. Ich habe Schwierigkeiten, Schritt zu halten.«

Er stellte sich an meine Seite und lehnte sich gegen die Arbeitsplatte aus Granit. Ich konnte ihm nicht in die Augen schauen, also fuhr ich einfach damit fort, das Geschirr abzutrocknen und es dort abzustellen, wo es hingehörte.

»Erst haben wir uns in der Bibliothek gestritten, und dann wirst du in diesen großen Kampf verwickelt — angeblich aufgrund von Bemerkungen, die sich auf mich bezogen — und nun das hier.

Du hast gerade erst mit Tanya Schluss gemacht, verdammt noch mal. Ich möchte einfach nicht dein Lückenbüßer sein, Ben.«

Er schwieg, während ich damit fortfuhr, die Küche aufzuräumen. Als alles erledigt war, ergriff er meine Schultern und brachte mich dazu, ihn anzuschauen. »Du bist mir zu wichtig, um ein Lückenbüßer zu sein. Schreib dir das hinter die Ohren, Sofia! Ich bin es leid, einfach nur dein Freund zu sein, und ich möchte es wirklich mit uns versuchen.«

»Warum jetzt?«

»Wie ich dir schon im Wagen erzählt habe, habe ich das Gefühl, ich würde dich verlieren. Ich möchte nicht, dass das passiert, Sofia.«

Ich war nicht der Ansicht, dass dieser Grund ausreichend wäre, um eine Beziehung zu beginnen, die ein zu großes Potenzial hatte, uns beide zu verletzen. »Ich habe Angst«, gab ich zu. »Was, wenn das hier nicht funktioniert?«

»Schau, wir müssen nichts überstürzen. Wenn es sein muss, können wir es langsam angehen lassen.« Sein Blick war hoffnungsvoll… erwartungsvoll… verzweifelt. »Lass uns mit einem Date beginnen, und dann schauen wir, wie sich die Dinge entwickeln.«

»Ein Date«, stimmte ich zu, »doch ich habe eine Bedingung.«

»Alles.«

»Wir werden uns nicht über das Schattenreich unterhalten.«

Allein die Erwähnung trübte den Ausdruck auf seinem Gesicht, doch er nickte zustimmend. »Meinetwegen.«

»Und noch etwas«, fügte ich hinzu, »wenn das sehr ernst wird, möchte ich nicht dein kleines, schmutziges Geheimnis sein, Ben. Wir werden Lyle und Amelia davon erzählen.«

Es schmerzte zu sehen, dass er darüber nicht glücklich zu sein schien, doch er stimmte auch dieser Bedingung zu. »Selbstverständlich.«

Es war unbehaglich, als wir uns trennten. Wir sprachen nicht darüber, doch zum ersten Mal fühlte sich die Vorstellung falsch an, mit ihm in einem Bett zu schlafen. Wir wünschten uns eine gute Nacht und gingen getrennte Wege. Ich verbrachte einen großen Teil der Nacht damit, mir zu überlegen, ob ich mich in sein Zimmer hineinschleichen sollte, und sei es auch nur für den Fall, dass ich einen weiteren Albtraum hätte.

Gerade, als ich mich entschlossen hatte, allein zu bleiben, öffnete sich meine Tür. Das Bett bewegte sich, und Ben saß auf der Kante. Er musste mir nichts erklären. Ich machte Platz für ihn und kuschelte mich an ihn heran. Seine Lippen fanden meine Stirn. Ein Gutenachtkuss.

Was Ben und ich früher hatten, war einfach. Wir waren beste Freunde. Wir wussten, wo wir miteinander standen. Ein paar Küsse, einige verführerische Sticheleien und die Vereinbarung, ein Date miteinander zu haben, hatte unser gesamtes vertrautes Verhältnis zerstört.

Als ich während dieser Nacht neben ihm lag, konnte ich nur daran denken, wie kompliziert die Dinge von nun an sein würden. Und doch breitete sich ein Lächeln auf meinen Lippen aus, denn was auch immer es war, was hier mit Ben vor sich ging, es fühlte sich wie ein Schritt in die richtige Richtung an.

Das war wohl zu optimistisch gedacht, denn in dem Moment, als mich der Schlaf überkam, kamen mit ihm auch die Albträume.

KAPITEL 23: DEREK

Nach meiner Erinnerungslücke begann die Finsternis, mich zu vereinnahmen, und ich hatte nicht genügend Willenskraft übrig, um mich dagegen zu wehren.

Der erste Schritt bestand darin, dass ich beschloss, nicht länger die Verantwortung für Sofia zu übernehmen.

Gleich nachdem ich Ashley angegriffen und Vivienne geschlagen hatte, bat ich Cameron und Yuri, sich mit mir zu treffen. Ich hielt mich im Musikzimmer auf. Das Licht war gedämpft, während ich eine traurige Melodie auf dem Flügel spielte. Nur zögernd näherten sich die Ritter. Vielleicht verriet mein Gesicht, dass ich nicht in der Stimmung für Gesellschaft war.

»Sucht euch einen Platz und erzählt mir, was geschehen ist! Wie ist es möglich, dass mein Bruder euch beiden entkommen konnte?« Ich spielte auch weiterhin die traurige Melodie.

Cameron übernahm die Führung und machte es sich auf einer der Polsterbänke bequem. Nicht lange danach tat Yuri es ihm gleich. Er wirkte nervös, und seine Finger zuckten. Yuri schien in meiner Gesellschaft niemals entspannt zu sein.

»Nun? Sprecht!«

»Wir haben Lucas bei Claudia gefunden«, begann Cameron. »Offensichtlich hatte er sich die ganze Zeit über bei ihr versteckt. Er machte sich schnell davon. Er hat uns höchstwahrscheinlich gehört und ist kurz vor unserer Ankunft aus dem Fenster gesprungen.«

»Ich bin ihm hinterher gelaufen«, ergriff Yuri das Wort.

»Und Lazaroff war sogar verdammt schnell. Ist er schon immer gewesen.«

Cameron warf Yuri einen finsteren Blick zu, als wollte er dem jüngeren Vampir mitteilen, er solle ihm das Reden überlassen. Von uns dreien war Cameron der älteste — sowohl in natürlichen als auch in Vampirjahren. Er hat mir im Laufe der Jahre jedoch mehr Ehrfurcht und Respekt gezeigt als Yuri.

»Yuri hat deinen Bruder eingeholt«, fuhr Cameron nach einer kurzen Pause fort, »doch Lucas überwältigte ihn. Wenn ich nicht aufgetaucht wäre, hätte der Prinz Yuri das Herz herausgerissen. Als Lucas mich kommen sah, lief er davon. Als ich den Hafen endlich erreichte, hatte er die Wächter bereits außer Gefecht gesetzt und war auf einem der Schnellboote entkommen.«

»Die Schnellboote?« Ich hörte auf zu spielen. »Er hat kein U-Boot genommen?«

»Die U-Boote sind neu und sehr viel langsamer als ein Schnellboot. Er hätte nicht gewusst, wie er sie zu benutzen hat«, erklärte Yuri. »Er hat noch nie ein Interesse daran gehabt, die U-Boote steuern zu lernen.«

»Also hat er die Insel im hellen Tageslicht verlassen?« Ich

drehte mich auf meiner Bank herum, sodass ich den beiden ins Gesicht schaute. »Er wird mit Sicherheit sterben.«

»Darauf würde ich nicht wetten.« Cameron lächelte. »Wenn es etwas gibt, das ich an deinem Bruder bewundere, dann ist es sein Überlebenswille.«

Cameron hatte Recht. So wie ich meinen Bruder kannte, hatte er noch einen Plan parat, der ihm dabei helfen würde, selbst die Sonne zu überleben. »Warum war Yuri bei dir?«

»Er war derjenige, der mir den Hinweis gegeben hat, dass Lucas sich bei Claudia aufhielt.«

Gedankenverloren beäugte ich Yuri. Ich wusste nicht, warum ich überrascht war. Ich hätte nur erwartet, dass das, was zwischen Claudia und Yuri vor sich ging, nach all diesen Jahrhunderten vorbei war. Ich hatte niemals die Dynamik ihrer Beziehung oder Yuris öffentliche Verachtung und doch offensichtliche Faszination von Claudia verstanden.

»Wie genau bist du an diese Information gelangt?«

Yuri gab mir eine Antwort — eine sehr ausschweifende, wie es typisch für ihn war. Seine Erklärung entglitt mir, denn meine Gedanken konzentrierten sich auf Sofias Wohlergehen. Zu sagen, dass es mir egal war, was mit ihr geschah, war eine Lüge. Der Gedanke daran, dass sie irgendeiner Gefahr ausgesetzt sein könnte, machte mich krank. Wenn Lucas überlebte — und das würde er höchstwahrscheinlich tun — würde er eine erhebliche Gefahr für ihr Leben darstellen. Wenn es ihm bisher noch nicht bewusst war, dass Sofia sich nicht länger im Schattenreich aufhielt, hatte er immer noch genügend Zeit und Mittel, um herauszufinden, dass Sofia nicht mehr unter meinem Schutz stand.

Ein Teil von mir wollte Viviennes Überredungskünsten nachgeben und Sofia aufsuchen, doch ich konnte mich nicht dazu überwinden, auf der Suche nach irgendeinem Teenager auf dem Festland herumzulaufen. Sofia hatte beschlossen zu gehen und wusste sehr wohl, dass sie sich nach dem Verlassen des Schattenreiches nicht länger unter meinem Schutz befinden würde. Wenn Lucas sie fand, war das ihr Problem. Nicht meines. In dem Moment, als sie beschloss zu gehen, hatte sie aufgehört, ein Teil meiner Verantwortung zu sein.

»Also? Was tun wir jetzt?«, wollte Cameron wissen.

Ich musste mehrere Male blinzeln, um aus meinem Tagtraum zu erwachen. »Ich will, dass Claudia verhaftet und vor Gericht gestellt wird.«

Yuris Augen weiteten sich. »Sir, mit allem Respekt, doch in der gesamten Geschichte des Schattenreiches ist noch niemals ein Mitglied der Höhergestellten für ein Verbrechen vor Gericht gestellt worden. Das ist noch nie dagewesen.«

»Entweder wird sie vor Gericht gestellt oder sie wird dafür getötet, dass sie sich mir widersetzt hat. Indem sie mir meinen Bruder vorenthalten hat, obwohl ich befohlen hatte, dass er mir ausgeliefert würde, hat sie mir ins Gesicht gespuckt. Wenn ich herrschen soll, kann ich das nicht durchgehen lassen.«

»Derek…« Cameron richtete sich etwas auf, um zu versuchen, vernünftig mit mir zu sprechen.

Ich wendete mich von ihm ab. »Erledigt das umgehend! Die Verhandlung beginnt morgen.« Ich fuhr damit fort, Klavier zu spielen.

Der nächste Schritt bestand darin, alles zu entfernen, was mich möglicherweise an Sofia erinnern könnte.

Nicht lange, nachdem Cameron und Yuri gegangen waren,

besuchte ich Ashley in dem Zimmer, das sie mit den Mädchen teilte. Sie war immer noch bewusstlos.

»Warum ist sie nicht geheilt? Wurde ihr kein Blut gegeben?« Ich starrte auf ihren schlaffen Körper. Ich suchte nach irgendeiner Art von Schuldgefühl, doch das Verlangen, sie vollständig auszusagen, war überwältigend. Es lag in meiner Natur zu töten, und der Räuber in mir verlangte nach mehr.

»Ich habe ihr mein Blut gegeben, Hoheit«, begann Kyle seine Erklärung, »doch es braucht seine Zeit, bis es wirkt.«

Jedes Mal, wenn ich Sofia mit meinem Blut hatte heilen müssen, hatte es umgehend funktioniert. Ich schüttelte es ab. Sofia war anders. Das hatte ich schon in dem Moment gewusst, als ich sie zum ersten Mal sah. Meine Sehnsucht nach Sofia und meine Gier nach Ashley verdrehten mir den Magen.

Mein Blick konzentrierte sich auf die Stelle an Ashleys Hals, in der ich meine Zähne hatte versinken lassen. Der Schmerz in mir — der Hunger — war fast unerträglich.

»Schafft sie aus meinem Haus!« Der Befehl klang tief und bedrohlich.

Kyle schaute mich an. »Sir?«

»Du hast mich gehört. Bringt sie von hier weg! Nimm sie meinetwegen mit zu dir, es ist mir egal. Ich werde mich nicht davon abhalten können, sie zu verschlingen, wenn sie hier bleibt.«

Kyle nickte. »Und die anderen Mädchen?«

»Nimm sie ebenfalls mit! Sam kann sich entweder um eine oder um beide kümmern. Ich will nur, dass sie von hier verschwinden.«

Ich bedeutete ihnen, das Zimmer zu verlassen, bevor ich meine Selbstbeherrschung verlor. Mit all der Stärke, die noch in mir war, hielt ich an und gab Kyle eine letzte Anweisung.

»Zerstöre den Sonnenraum! Ich will, dass alles darin ausgeräumt wird. Verwandle ihn wieder in ein kahles Zimmer. Ich möchte nichts in diesem Haus haben, das mich an sie erinnert.«

Vivienne hatte Recht. Ich war der Finsternis verfallen.

Als ich meinen Platz in der Großen Kuppel einnahm und auf den Beginn von Claudias Verhandlung wartete, gab es nur ein Gefühl, das mich noch mit meiner Menschlichkeit verband — Schuld. Sie verließ mich nie. Die Versuchung, meinen Schmerz durch das Verdrängen dieser Empfindung zu lindern, war groß, doch das durfte ich nicht tun. Das Wenige, das noch von meiner Menschlichkeit übrig war, konnte ich nicht verlieren — egal, wie schmerzhaft das war.

Claudia wurde auf das Podium gestellt. Zu sagen, sie zeigte keine Reue, war eine Untertreibung. Sie sah mich so an, als hätte sie Feuer spucken wollen.

Eli, der die Verhandlung leitete, rutschte auf seinen Füßen hin und her, als er seinen Platz neben Claudia einnahm. Er warf ihr immer wieder kurze Blicke zu, als hätte er Angst davor, dass sie ihn anspringen könnte. Da Claudia wie eine Löwin und Eli wie eine Maus aussahen, schien es durchaus möglich zu sein, dass Claudia den dünnen, schlaksigen Vampir am Ende verspeisen könnte.

»Lasst uns das hinter uns bringen, in Ordnung?« Mein Blick fiel auf den leeren Sessel, auf dem Vivienne hätte sitzen sollen. *Wo zum Teufel ist sie?* Ich machte mir eine Notiz in meinem Hinterkopf, sie nach der Verhandlung aufzusuchen.

Eli begann mit der Einführung und verkündete den Zweck der Verhandlung und das Verbrechen, dessen Claudia angeklagt wurde. Niemand von uns war sich sicher, was zu tun war. Es war schon Jahrhunderte her, seitdem das letzte Mal eine Person im

Schattenreich vor Gericht gestanden hatte. Dieses war das erste Mal, dass ein Mitglied der Höhergestellten angeklagt war.

Elis Kiefer zuckte, als er sein Plädoyer beendet hatte, und er wendete sich an die Angeklagte. »Wie bekennst du dich?«

»Nicht schuldig.« Claudia wandte ihren Blick nicht von mir ab.

Ich hob die Augenbrauen. »Du bestreitest, meinem Bruder in deinem Haus Unterschlupf gewährt zu haben?«

»Nein.«

»War es dir bekannt, dass ich, dein Prinz und Gebieter, den Befehl gegeben hatte, ihn mir auszuliefern?«

»Ja, das war es.«

»Wie kannst du dann nicht schuldig sein? Ist es nicht deutlich, dass du dich mir widersetzt hast?«

»Lasst uns mit dieser Scharade aufhören, Königliche Hoheit!«, fauchte sie. »Wir alle wissen, dass du das Schattenreich ohne Gesetze verlassen hast, bevor du dich vierhundert Jahre lang zurückgezogen hast. Du kannst mich keines Verbrechens beschuldigen, wenn es keine Gesetze gibt, die gebrochen werden können.«

Ich stellte einen Ellbogen auf die Armlehne meines Ledersessels. Einer meiner Mundwinkel hob sich zu einem belustigten Halblächeln. »Siehst du, genau da irrst du dich, Claudia. Auf dieser Insel gibt es nur ein Gesetz, und du hast es gebrochen. Das Wort derer, die über dich herrschen — und während der Abwesenheit meines Vaters ist das *mein* Wort.« Ich ließ meinen Blick über alle Mitglieder der Höhergestellten schweifen, die im Raum anwesend waren. »Hört her! Solange ich über das Schattenreich herrsche, ist mein Wort Gesetz. Diejenigen, die sich dem entgegenstellen, werden die Konsequenzen zu tragen haben. Wagt irgendjemand es zu widersprechen?«

Die Stille war elektrisierend. Ich hatte erwartet, dass Claudia sich verteidigen würde, doch zu meiner Überraschung kauerte sie sich nieder. Ich lächelte einfältig. *Selbst Löwinnen fürchten den König des Rudels.*

»Gibt es hier jemanden, der für die Angeklagte sprechen möchte?«, rief ich aus.

Claudia hatte nicht übermäßig viele Verbündete im Schattenreich, daher war ich überrascht, als Yuri sich in ihrem Namen erhob. Von all den Anwesenden, von denen ich erwartet hätte, dass sie etwas sagen würden, um Claudias Hals zu retten, war er keiner von ihnen.

Yuri stand auf und funkelte Claudia an, bevor er sich an mich wendete. »Es ist kein Geheimnis, wie sehr dieses Frauenzimmer und ich uns verachten. Ich finde es schon widerlich, hier nur neben ihr zu stehen. Es ist jedoch auch kein Geheimnis, dass, wenn es jemals einen Bürger auf dieser Insel gegeben hat, der in der Lage gewesen ist, sie auszuhalten, dann war es Euer Hoheit älterer Bruder, Lucas.« Er hielt inne, um Luft zu holen, und warf Claudia einen spitzen Blick zu.

Claudias Augen sammelten sich mit Tränen. Ich hingegen fand Claudias und Yuris wundersame Beziehung nur noch faszinierender.

»Wir können ihren Ungehorsam Eurer Majestät, dem Prinzen, gegenüber nicht entschuldigen, doch ich stehe hier, um eher an Gnade als an Gerechtigkeit zu appellieren. Wir wurden zur Gemeinschaft der Höhergestellten, da wir zusammen in der Schlacht geblutet haben. Wir standen in den schlimmsten Zeiten als Brüder und Schwestern vereint, als eine *Familie*. Genau das war Lucas für Claudia — vielleicht ein Freund, vielleicht sogar ein Geliebter, doch bestenfalls Familie. Müssen wir sie dafür bestrafen, die eine Person im Schattenreich beschützt zu haben, die sie als ihren Verbündeten ansieht?«

Meine Antwort auf Yuris Appell würde eine Unruhe auslösen, und ich wusste es. »Ich finde deine Worte bewegend. Und trotzdem, Missachtung ist Missachtung, und ich werde sie nicht hinnehmen. Wenn mir niemand einen besseren Grund geben kann, sie zu verschonen, wird sie als Warnung für alle im Königreich dienen.« Ich richtete mich zu meiner vollen Größe auf, um meinen Worten noch eine tiefere Bedeutung zu verleihen. »Ich werde mir von *niemandem* mehr die Stirn bieten lassen!«

Ich entdeckte Angst in Claudias Augen. Es war selten, sie zittern zu sehen, und ich genoss jede Sekunde davon.

»Ich verurteile sie mit sofortiger Wirkung zu dreißig Schlägen und sechs Monaten in den Zellen.«

Das Resultat bestand in einem Chaos, doch die Nachricht war laut und deutlich. Das Schattenreich war nicht länger ein gesetzloses Königreich. *Ich* war das Gesetz.

KAPITEL 24: SOFIA

Ich lief durch den dunklen, nebligen Wald des Schattenreiches. Ich hatte Kratzer und Prellungen. Ich schmeckte Blut auf meinen Lippen. Tränen liefen mir die Wangen hinunter. Ein dunkles Wesen verfolgte mich. Hoffnung kam in mir auf, als ich die Lichtung sah, die mir schließlich zur Flucht verhelfen sollte. Ich würde es schaffen. Ich erhöhte das Tempo.

Jegliche Hoffnung wurde von Terror ersetzt, als ich über die Kante in eine große, dunkle Grube fiel. Umgehend wurde mein Würgereflex ausgelöst von dem Gestank, dem Anblick, der Stille und dem Gefühl, vom Tod umgeben zu sein. Ich befand mich inmitten von leblosen Körpern, von denen einige bekannte Gesichter trugen. Ashley. Paige. Rosa. Sam. Kyle. Ben. Ich.

Mein gesamter Körper war angespannt. Ich konnte keinen

einzigen Muskel bewegen, doch ich war mir des unkontrollierbaren Zitterns meines Körpers nur allzu bewusst.

»Sofia?«

Bens Arm schlang sich von hinten um mich herum, und ich spürte seinen heißen und unbeständigen Atem an meinem Hals. Einen Augenblick lang dachte ich, dass er mir Trost spenden wollte, und lehnte mich gegen ihn. Doch er zitterte ebenfalls, sogar noch heftiger als ich.

Es war wieder einmal eine unruhige Nacht gewesen.

Langsam gewann ich die Kontrolle über meinen eigenen Körper wieder, und nach einigen Minuten, während denen wir dort lagen und sich die Formen unserer Körper einander anpassten, war ich in der Lage, mich hinüber zu rollen und ihn anzuschauen. Ich konnte meinen schrecklichen Traum immer noch nicht vergessen, anstatt also zu versuchen, ihn zu beruhigen, rückte ich nahe an ihn heran und lehnte meine Wange gegen seine breite Schulter.

Es fühlte sich so an, als wären Stunden vergangen, bevor unsere Körper schließlich aufhörten zu zittern. Sein Herzschlag an meinem Gesicht beruhigte sich schließlich von seinem schnellen, unregelmäßigen Klopfen. Ich schnappte nach Luft. Seine Hand lag auf meinem Schenkel und suchte sich ihren Weg an meinen Hüften entlang, während er zur gleichen Zeit mit seiner Handfläche das Oberteil meines Schlafanzuges nach oben schob. Er zog mich höher, sodass unsere Gesichter parallel zueinander lagen. Seine Lippen ruhten auf meinen. Zuerst mein Mundwinkel, mein Kiefer, mein Hals, meine Schulter… ich war wie versteinert, als seine Hände auf die gleiche Art und Weise über meinen Körper wanderten, wie die von Lucas es getan hatten.

»Ben«, krächzte ich. Sein Mund fand meinen, und ich konnte

nicht länger sprechen oder Einwände erheben. Schließlich drückte ich ihn weg.

»Nein. Ben, das können wir nicht tun.«

Sein Blick traf auf meinen, und ich konnte Zorn in seinen Augen erkennen. »Hast du auch nur die leiseste Ahnung, wie viele Male sie mich ausgenutzt hat?«

Claudia. Sie hing wie eine dunkle Wolke stets über ihm.

»Wie viele Male hat *er* dich ausgenutzt?«

»Ich habe es dir schon gesagt: nie.« Ich erinnerte mich an all die Nächte, die ich in Dereks Bett verbracht hatte. »Er hat mich niemals angefasst.« Diese Erkenntnis verblüffte mich. Ich konnte mich nicht erinnern, dass Derek mich einziges Mal berührt hatte, während ich in seinem Bett lag, zumindest niemals auf eine sinnliche Art. Es hatte immer diesen sicheren Abstand zwischen uns gegeben.

Doch dann kam die Erinnerung daran zurück, wie ich auf seinem Bett lag, während er meine Hände über meinem Kopf festhielt und meine Handgelenke nach unten drückte. Das war das erste Mal seit dem Vorfall in der Heiligen Stätte kurz nach seinem Aufwachen gewesen, dass er mir so etwas angetan hatte. Ich musste zugeben, dass Derek nicht so fehlerfrei war wie meine Verblendung es mir weismachen wollte.

»Wir können so nicht weitermachen.« Ich schüttelte meinen Kopf und stieg aus dem Bett.

»Wir können womit nicht weitermachen?«

»Im gleichen Bett zu schlafen. Nicht, wenn wir eine Beziehung aufbauen möchten. Wir spielen mit dem Feuer.«

»Du hattest nie ein Problem damit, mit *ihm* in einem Bett zu schlafen.«

»Wo kommt das jetzt her?« Ich funkelte mit meinen Händen in

der Luft herum und schüttelte nachdrücklich meinen Kopf. »Weißt du was? Vergiss es einfach! Ich werde dir einen Gefallen tun und vergessen, dass dies hier geschehen ist. Ich gehe zurück in mein Zimmer.«

Außerhalb von Bens Fenster läuteten schwache Farbtöne bestehend aus Violett und Rot den Tagesanbruch ein. Dieses war der Morgen unseres ersten Dates. Wir hatten vor ein paar Tagen vereinbart, dass wir unser erstes Date an dem Wochenende abhalten wollten, nachdem wir beschlossen hatten, es mit einer Beziehung zu versuchen. Dieses war kein guter Weg, unser erstes Date zu beginnen.

Ich schlich mich aus seinem Zimmer und kehrte in meines zurück. Da ich nicht mehr schlafen konnte, starrte ich aus dem Fenster und beobachtete, wie die Sonne aufging.

Während des Frühstücks waren die Ränder unter Bens Augen ein deutlicher Hinweis darauf, dass er ebenfalls nicht viel Schlaf bekommen hatte. Da ich zu meinem Wort stand, war ich entschlossen zu vergessen, was früher an diesem Morgen geschehen war, und warf es den Albträumen vor, die ihn immer noch verfolgten. Also lächelte ich ihn an und schlug ihm spielerisch auf die Schulter, bevor ich einen Teller mit Pfannkuchen vor ihm abstellte. Er schaute mich überrascht an, doch er schien erleichtert zu sein, dass es zwischen uns keine Spannungen gab.

»Ihr zwei seid schon früh auf«, bemerkte Lyle, als er einen Schluck von seinem Kaffee trank, während sein Blick auf den Nachrichtenartikel gerichtet war, den er auf seinem Tablet las. »Es ist Samstag. Ihr seid Teenager. Solltet ihr nicht eigentlich ausschlafen?«

Amelia und Abby lagen immer noch im Bett. Sie schliefen am Wochenende immer länger.

Ich lächelte nur, als ich Butter und Marmelade über meinen Pfannkuchen strich. »Vielleicht sind wir einfach keine gewöhnlichen Teenager, Lyle.«

Er schaute mich lange genug durchdringlich an, um mich zu beunruhigen.

Ich hob die Gabel an, die ich in der Hand hielt. »Was?«

Er schüttelte seinen Kopf. »Es ist nichts.«

»Eigentlich«, Ben dehnte die Worte, als er eine großzügige Portion Ahornsirup über seine Pfannkuchen goss, »konnte Sofia es nicht abwarten aufzuwachen, damit sie etwas Zeit mit mir verbringen kann.«

Ich errötete. Ich konnte die Art und Weise nicht übersehen, mit der Lyle seinen Blick von Ben zu mir und dann wieder zu Ben zurück hin und her wandern ließ. Lyle war meistens sehr zurückhaltend. Er erhob nur selten die Stimme, selbst wenn er seine Kinder ausschimpfte.

»Ihr zwei solltet lieber vorsichtig sein«, warnte Lyle. »Was auch immer zwischen euch beiden vor sich geht«, er richtete seinen Blick auf Ben, »ich denke, wir wissen, dass deine Mutter noch nicht bereit ist, über die Vorstellung nachzudenken, dass ihr zwei ein Paar seid. Haltet euch also zurück!«

»Klar, Dad. Sicher.« Ben hatte diesen Gesichtsausdruck an sich, als wäre er erwischt worden.

Ben und ich tauschten Blicke aus. *»Woher weiß er das?«*, flüsterte ich in dem Moment, als Lyle seine Aufmerksamkeit wieder den Nachrichten zuwandte.

Ben zuckte mit den Schultern, als er sein Essen auf seinem Teller hin und her schob. Lyle trank den Rest seines Kaffees aus und steckte das Tablet zurück in seine Hülle.

»Ich muss jetzt zur Arbeit. Viel Spaß heute, und bitte tut nichts, dass ihr später bereuen könntet.«

Ben lächelte, als er seinen Vater davongehen sah. »Er scheint nichts dagegen zu haben, dass wir zusammen sind. Ich vermute, das ist etwas Gutes.«

»Ja, wahrscheinlich.«

»Apropos…«, er schaute einmal an mir hoch und runter, »zieh dich an, Sofia! Hast du heute nicht ein Date?«

»Pst.« Ich warf ein zerknülltes Küchentuch in seine Richtung. »Ich habe darüber nachgedacht, es abzusagen. Ein weiser Mann hat mir gerade dazu geraten, vorsichtig zu sein und mich *zurückzuhalten*.« Ich versuchte, die Art und Weise zu imitieren, in der Lyle diese letzten Worte von sich gegeben hatte.

»Sicher«, höhnte Ben. Er lehnte sich gegen den Esstisch, als ich aufstand, um das Geschirr abzuräumen. »Als wenn du *mir* entkommen könntest.«

Ich schaute ihn mit angehobenen Augenbrauen an. »Warum glaubst du, ich könnte das nicht?«

Er zuckte mit den Schultern und täuschte Selbstbewusstsein vor. »Warum glaubst du, du könntest es?« Er hob mit seinem Zeigefinger mein Kinn an und wollte sich gerade für einen Kuss zu mir hinunter beugen, als Amelia die Küche betrat. Ihr blondes Haar bestand aus einem vollkommenen Durcheinander, und sie sah so aus, als würde sie immer noch halb schlafen.

»Guten Morgen, Mom«, sagte Ben. Amelia war morgens noch niemals sehr gesprächig gewesen, daher stöhnte sie nur und ging direkt zum Kühlschrank. »Sofia und ich werden den Tag draußen verbringen, in Ordnung? Wir werden zum Abendessen zurück sein.«

»Mh, hmm.« Amelia nickte, während ihr Kopf immer noch im Kühlschrank steckte. Ich war mir ziemlich sicher, dass sie nichts von dem, was Ben gesagt hatte, verstanden hatte. Sie schenkte sich ein Glas Orangensaft ein und ging aus dem Zimmer.

Ich fuhr fort, das Geschirr abzuräumen, doch er ergriff meinen Arm. »Lass es stehen! Ich erledige das.« Er grinste und schaute auf meinen Schlafanzug. »Du musst dir wirklich etwas anziehen! Ich kann es mir nicht leisten, so mit dir gesehen zu werden.«

»Behandelst du all die Mädchen so, mit denen du ausgehst?« Ich rollte mit den Augen.

»Nein.« Er schüttelte seinen Kopf. »Nur die, die in ihrem Schlafanzug erscheinen.«

Er begleitete mich in mein Zimmer und gab mir Zeit, mich fertig zu machen, während er sich selbst anzog. Ich wusste nicht, was er sich für unser Date ausgedacht hatte, also verbrachte ich mehr als fünf Minuten damit, meinen Kleiderschrank anzustarren und mich zu fragen, was ich anziehen sollte. *Warum fragst du ihn nicht einfach, Sofia? Verdammt noch mal, es ist doch nur Ben.* Und doch wollte ich, dass es sich wie ein richtiges Date anfühlte — komplett mit all dem Theater, sich die richtige Kleidung auszusuchen.

Da es Samstagmorgen war und ich mir sicher war, dass Ben mich nicht zu einer steifen Versammlung schleppen würde, zog ich mir schließlich ein Babydoll-Shirt mit einem weißen Spitzenbesatz und einem durchsichtigen rosa Chiffon-Unterteil an. Ich kombinierte es mit einer dunklen, enganliegenden Jeans. Ich dachte darüber nach, mein Haar zu einem Pferdeschwanz hochzubinden, doch ich beschloss, es offen zu tragen und es mit einem weißen Stirnband zu betonen.

Ich war gerade damit fertig, ein leichtes Make-up aufzulegen, als Ben an meine Tür klopfte. Ich stopfte Handy, Make-up und Portemonnaie in meine Handtasche und griff danach. Als ich die Tür öffnete, leuchteten seine Augen auf.

Ich kannte ihn schon ein halbes Leben lang, und doch faszinierte mich diese Seite an ihm, die ich noch nie zuvor kennengelernt hatte.

»Also? Ich vermute, du bist jetzt bereit, dich mit mir sehen zu lassen?«, neckte ich ihn.

Er schaute mich von Kopf bis Fuß an. »Mmm, hmm. Das sollte genügen.«

Ich rollte mit den Augen und gab ihm einen leichten Klaps auf die unverletzte Seite seines Gesichts.

»Autsch. Also gut«, lenkte er ein, »du siehst perfekt aus, Sofia.«

Wir gingen über die Auffahrt und stiegen in seinen Wagen.

»Und?«, fragte ich, als ich es mir auf dem Beifahrersitz bequem gemacht hatte. »Was genau haben Sie für unser erstes Date geplant, Mr. Hudson?«

»Nun…« Er startete den Motor. Er sah wahrlich aufgeregt aus. »Ich habe mir gedacht, dass wir in letzter Zeit einige ziemlich schreckliche Erinnerungen durchlebt haben, daher könnte es sich lohnen, noch einmal auf die guten zurückzukommen.«

Ich lächelte. »Das klingt interessant. Und wohin fahren wir dann?«

»Wart's nur ab!«

Es vergingen zehn Minuten, bevor wir an unserem ersten Halt ankamen: eine Reihe von Geschäften, die ich bisher noch nie besucht hatte. *Was für Erinnerungen könnte ich an einen Ort wie diesen haben?*

Wir verließen den Wagen. Ben hielt meine Hand und führte mich zu einem Spielzeugladen. Er ging an den Regalen mit den Spielzeugen vorbei und bewegte sich zielbewusst auf den hinteren Teil des Ladens zu.

Ich konnte meine Neugier nicht länger ertragen. »Warum

befinden wir uns in einem Spielzeugladen, Ben? Ich bin noch niemals hier gewesen.«

»Ich auch nicht«, gab er zu, wobei Belustigung seine Augenwinkel umspielte, während er damit fortfuhr, jedes Regal zu begutachten, an dem wir vorbeikamen, und seine Finger immer noch mit meinen verschlungen waren. »Ah... da ist es!«

Er hielt an einem Regal an, auf dem eine beeindruckend große Auswahl an Wasserpistolen lag. Er schaute mich an und lächelte. »Erinnerst du dich an das erste Mal, als wir miteinander gespielt haben?«

»*Das* nennst du miteinander spielen?« Ich brach in ein Kichern aus. »Du hast mich die ganze Zeit über mit der Wasserpistole bespritzt... mitten ins Gesicht!«

»Es war die erste Wasserpistole, die ich jemals bekommen hatte. Ich war neun Jahre alt. Ich hielt es für ein ziemlich tolles Spielzeug, und dann bist du aufgetaucht, und du konntest nicht einmal eine Sekunde lang still auf einem Platz sitzen... Was? Das stimmt! Du bist überall herumgelaufen und hast mich mit dummen Fragen gelöchert.« Er zuckte mit den Schultern. »Ich war genervt.«

»Deine Lösung bestand also darin, mich jedes Mal mit Wasser zu bespritzen, wenn ich meinen Mund aufmachte, um etwas zu sagen?«

Er lehnte sich mit dem Gesicht näher an mich heran und kniff die Augen zusammen. »Ich habe dich zum Schweigen gebracht, oder nicht?«

»Fürs Protokoll, die Fragen, die ich gestellt habe, waren nicht dumm. Du konntest sie nur nicht beantworten.«

»Das ist egal. Es hat genervt.«

Ich rollte wieder mit den Augen. Und doch hinterließen die

Erinnerungen, die mit Bens Wasserpistole zusammenhingen, ein Lächeln auf meinem Gesicht. So hat damals unsere Freundschaft begonnen. Er hat mich immer verscheucht, da ich niemals stillstehen konnte. Ich war immer auf der Jagd nach etwas, und Ben war immer neugierig, in welchem Abenteuer ich mich als nächstes wiederfinden würde. Jedes Mal, wenn er mich einholte, begann ich, darüber zu plappern, was ich entdeckt hatte, oder Fragen zu stellen, die er offensichtlich lästig fand. Es kam der Zeitpunkt, an dem ich bereits den Mund hielt, wenn ich die Wasserpistole nur sah.

»Was ist mit dem Ding eigentlich geschehen?«, fragte ich mich laut.

»Ich habe immer gedacht, dass du sie irgendwo versteckt hast.«

»Das stimmt sogar.«

»Nun, auf alle Fälle ist sie verloren gegangen. Das ist der Grund, warum wir hier sind. Die Wasserpistole war ein Geschenk von meinem Onkel Bob, daher habe ich ihn angerufen und gefragt, wo er sie gekauft hat, und nun sind wir hier.«

»Hast du vor, die Pistole zu ersetzen? Warum? Damit du mir damit ins Gesicht spritzen kannst?«

Er lachte, und seine Hand auf meiner festigte sich, während er sprach. »So verlockend das auch klingt, Sofia, nein. Ich dachte, es könnte Spaß machen, wenn wir eine Wasserschlacht am Pool oder irgend so etwas hätten, für den Fall… du weißt schon…«

»In was für einem Fall?«

»Für den Fall, dass wir ein zweites Date haben.«

Oh, geschickt, Ben. Sehr geschickt.

Wir wählten unsere mit Wasser angetriebenen Waffen aus, bezahlten sie und gingen zurück zum Wagen. Bevor er anfuhr, hielt er mir einen kurzen Vortrag. »Sobald du siehst, wo wir als nächstes hinfahren, versprich mir bitte, mir nicht den Hals umzudrehen, in Ordnung?«

»Ich werde versuchen, mich keinen Gewalttaten hinzugeben. Wo in aller Welt bringst du mich jetzt hin?«

»Das wirst du gleich sehen.«

Als er den Wagen vor unserem nächsten Ziel parkte, war ich gekränkt. Es war der Ort, an dem ich den peinlichsten Augenblick meines Lebens gehabt hatte. Ich warf ihm einen finsteren Blick zu.

»Du hast versprochen, mich nicht umzubringen.«

»Das habe ich keineswegs.«

Das Einzige, was ich von ihm bekam, war dieses Grinsen, das ihm dabei half, sich seinen Weg durchs Leben hindurch zu schmeicheln.

»Komm schon, Ben…«, stöhnte ich. »Wie kann dieser Ort gute Erinnerungen an sich haben?« Wir hatten vor einer Boutique geparkt — meinem Lieblingsladen, als ich dreizehn war — in der ich beim Stehlen erwischt worden war.

»Was? Das ist der Ort deines ersten Verbrechens!«

»Warum ist das eine gute Erinnerung? Und fürs Protokoll, ich wurde hereingelegt.«

»Ja. Du hast uns diese Geschichte viele, viele Male erzählt. Es war Jenna, die das Kleid in deine Tasche geschmuggelt hatte.«

»Das stimmt.« Ich verschränke die Arme über meiner Brust und schmollte.

»Ich fechte das nicht an.« Ben hob seine Arme beschwichtigend in die Höhe. »Doch dieser Ort hält eine gute Erinnerung für mich, denn hier wurde mir zum ersten Mal klar, dass du für mich schwärmtest.«

»Und wie genau ist dir diese Offenbarung gekommen?«

»Warst du nicht dort, weil du Jenna und mich verfolgt hast?«

Ich bedeckte mein Gesicht mit beiden Handflächen. »Das ist so peinlich. Du wusstest das?«

»Natürlich wusste ich das.«

»Du wusstest also die ganze Zeit über, dass ich in dich verknallt war? Wie genau…«

»Es ist egal wie. Ich wusste es einfach.« Er lehnte sich in seinem Sitz zurück und schaute geradeaus.

»Doch du warst niemals an mir interessiert. Zumindest nicht auf diese Weise.«

Er gab ein ironisches Lachen von sich. »Niemals an dir interessiert? Sofia, ich habe für dich geschwärmt, seitdem ich dich das erste Mal gesehen habe. Hast du auch nur die geringste Ahnung, wie niedlich du ausgesehen hast, als ich dir mit dieser Wasserpistole ins Gesicht gespritzt habe? Von dem Moment an habe ich dich angehimmelt.«

»Warum hast du dann niemals etwas gesagt? Ich musste dabei zusehen, wie du all diese Affären hattest und dich mit all diesen Mädchen getroffen hast. Das verstehe ich nicht.«

»Ich habe dich immer als das Mädchen angesehen, mit dem ich schließlich etwas Ernsthaftes beginnen würde. Die einzige Erklärung, die ich dir wirklich geben kann, besteht darin, dass ich bisher einfach nicht bereit war, ernsthaft zu werden. Doch ich weiß, dass ich dir große Schmerzen bereitet habe, und dafür gibt es keine Entschuldigung. Ich war ein riesiges Arschloch.«

Und dann tauchte Derek auf, und es wurde dir mit gleicher Münze heimgezahlt? Ist das der Grund, warum du plötzlich so sehr an mir interessiert bist? Es ist ganz bestimmt nicht, weil du »ernsthaft« werden willst.

»Egal«, Ben trommelte mit seinen Fingern auf dem Steuerrad, »wir sind hier, weil ich dachte, dieses könnte ein guter Ort sein, um nach einem Ballkleid für dich zu suchen.«

»Ballkleid?«

»Ja. Komm mit!«

»Muss ich?«, winselte ich.

»Du kannst nicht mit mir zum Abschlussball gehen, wenn du kein Ballkleid hast, Sofia.« Er nahm meine Hand und zog mich aus dem Wagen heraus. »Und außerdem ist es an der Zeit, dass dieser Ort auch bei dir ein oder zwei gute Erinnerungen hinterlässt.«

Als wir uns der Eingangstür der Boutique näherten, spottete ich: »Wer hat gesagt, dass ich mit dir auf den Abschlussball gehe?«

Ein Lächeln breitete sich auf seinen Lippen aus. »Natürlich tust du das. Das wird unser drittes Date sein.«

Nachdem wir sowohl mein Ballkleid als auch seinen Anzug ausgewählt hatten, brachte er mich zu unserer Lieblingseisdiele. Er wusste, was er für mich bestellen musste, ohne mich fragen zu müssen: Pfefferminzeis mit Schokoladenstückchen. Er hasste diese Sorte und erzählte mir immer wieder, dass sie wie Zahnpasta schmeckte. Seine Lieblingssorte war eigentlich Erdbeere, was er vor der High School allerdings niemals zugegeben hatte, denn als Junge hatte er immer Schokolade mit Nüssen bestellt. Er hatte gedacht, dass Erdbeere aufgrund der rosa Farbe zu mädchenhaft war.

Jeder Ort, den wir besuchten, enthielt eine Erinnerung an die acht Jahre, in denen wir beste Freunde waren. Es war eine Erinnerung daran, wie gut wir uns gegenseitig kannten und wie vertraut wir mit den Eigenheiten und Marotten des jeweils anderen waren. Es war so, als würde er mich daran erinnern, warum er immer noch wichtig war — warum *wir* wichtig waren.

Wir schlichen uns in unsere Grundschule hinein und alberten auf den Schaukeln herum. Wir unterhielten uns über den allerersten Kampf, in den er verwickelt gewesen war. Wir wären noch länger dortgeblieben, doch der alte Wachmann — Enrique — scheuchte uns davon.

Danach aßen wir in dem Restaurant zu Mittag, in dem wir beide während eines Sommers gearbeitet hatten. Der Geschäftsführer, der uns damals betreut hatte, war immer noch dort beschäftigt. Wir bekamen einen kostenlosen Nachtisch. Schließlich spazierten wir entspannt durch den Park in der Nähe des Krankenhauses, in dem Ben mit seiner Blinddarmentzündung gelegen hatte.

»Du hast mich jeden Tag besucht, bis ich entlassen wurde«, erinnerte Ben sich. Wir saßen auf einer Parkbank, während er meine Hand hielt und spielerisch an meinen Fingern zog. »Ich möchte nur, dass du weißt, dass ich all das bemerkt habe, Sofia. Ich weiß alles zu schätzen, was du jemals für mich getan hast.«

Worte allein könnten nicht erklären, was für ein Gefühl mir das gab. Es schwirrten immer noch zu viele Fragen und so viele Zweifel in meinem Kopf herum, doch trotz all den Meinungsverschiedenheiten, die wir in Bezug auf das Schattenreich gehabt hatten, war Ben während der letzten acht Jahre die einzige Konstante in meinem Leben gewesen. Er war für mich da gewesen, als niemand anderes es war. Nicht einmal das Schattenreich konnte das ungeschehen machen.

Als Ben sich für einen Kuss zu mir hinüberlehnte, war es der erste mit ihm, dem ich mich vollkommen hingab. Als unsere Münder sich gegenseitig erforschten, konzentrierte sich keine einzige Faser meines Wesens auf Derek Novak. An diesem speziellen Tag gehörte ich Ben und nur ihm allein.

KAPITEL 25: DEREK

Wenn mein Endziel darin bestand, Sofia Claremont zu vergessen, bin ich in dem Moment, als Ashleys Blut begann, durch meine Adern zu strömen, erfolgreich gewesen. Nachdem ich Ashleys Blut getrunken hatte, verging kein einziger Tag, an dem ich nicht an sie dachte.

Ich versuchte, mich auf dem Übungsplatz abzulenken oder mich in meiner Musik zu verlieren. Nichts funktionierte. Nichts konnte mich von dem animalischen Hunger nach der lieblichen Blonden ablenken. Ich war dankbar, dass ich besonnen genug gewesen war, Kyle und Sam anzuweisen, die Mädchen von hier wegzubringen. Ich musste ihnen fernbleiben — im Besonderen *ihr* — oder ich würde nicht in der Lage sein, mich zurückzuhalten. Ich würde nicht zögern, mich noch einmal ihren süßen Köstlichkeiten hinzugeben.

Es war dieses Dilemma in Bezug auf den kratzbürstigen Teenager, das mich zu Viviennes Penthouse führte. Natürlich gab es auch noch das Problem, dass Vivienne nach unserem Zusammentreffen im Sonnenraum nicht mehr an den Versammlungen des Rates teilgenommen hatte. Aufgrund der Wichtigkeit der anstehenden Diskussion über die wachsende menschliche Bevölkerung im Schattenreich konnte ich es nicht zulassen, dass Vivienne diesen Treffen fernblieb.

Als ich ihr Penthouse erreichte, fand ich sie in ihrem Gewächshaus vor, wie sie sich liebevoll um ihre kostbaren Rosen, Lilien, Tulpen und Orchideen kümmerte.

»Es ist erstaunlich, wie das Leben es geschafft hat, im Schattenreich aufzublühen, selbst ohne die Sonne.« Sie fing in dem Moment an zu sprechen, in dem sie meine Gegenwart spürte. Ich lehnte mich gegen den Türpfosten und beobachtete sie. »Coras Macht wird niemals aufhören, mich zu faszinieren.«

»Angelegenheiten von großer Wichtigkeit für das Schattenreich werden diskutiert, und du stehst hier und gießt deine Pflanzen?«

»Warum bist du hierhergekommen, Bruder?« Ihre Antwort war vollkommen emotionslos.

»Ich bin gekommen, um dich zu holen. Es erwartet dich eine Aufgabe in der Großen Kuppel. Du wirst mithelfen, über das Schicksal der menschlichen Bevölkerung des Königreiches zu entscheiden. Das kann nicht in diesem Gewächshaus geschehen.«

»Ist das alles, was du sagen wolltest?«

Ich erforschte sie aufmerksam und fragte mich, ob sie wusste, was in meinem Kopf vorging, bevor ich sprach. Ich bin noch nie in der Lage gewesen, die Ausmaße des Könnens meiner Schwester vollständig zu erfassen. Ich fragte mich, ob das jemals der Fall sein würde.

»Dein Verlangen nach Ashley bereitet dir Sorge?«

Die Frage war rhetorisch, also starrte ich sie an und hoffte, dass sie meine Ungeduld spüren würde. Nichts. Die Minuten verstrichen, doch sie schwieg. Ihre Konzentration war auch weiterhin auf die Pflanze gerichtet, die sie beschnitt. Ihre Missachtung begann, mich zu ärgern.

»Noch herrsche ich über dich, Schwester. Ich erwarte deine volle Aufmerksamkeit, wenn ich mit dir spreche.«

Sie ließ ihre Werkzeuge fallen und schaute mir direkt ins Gesicht. In dem Moment, in dem sie ihren violetten Blick auf mich richtete, wünschte ich mir, ich hätte nicht ihre volle Aufmerksamkeit gefordert. Ihr Blick erzählte eine Geschichte der Hoffnungslosigkeit — eine, die ich entwirren und richtig stellen wollte, und doch fühlte ich mich machtlos, das zu tun.

»Die eine Frage, die mir in den Sinn kommt, mein *Prinz,* ist, warum du dich in so einem Dilemma befindest.« Vivienne trat einen Schritt auf mich zu. Eine Herausforderung. »Warum nimmst du sie nicht einfach dem Wächter weg und tust mit ihr, was du willst? Sie ist nur eine Sklavin. Du hast jedes Recht, sie zu biegen, sie zu brechen und sie auf jede Weise zu benutzen, die du für angemessen hältst. Sie ist nur ein weiteres Menschenmädchen. Ich erinnere mich an eine Zeit, in der du nicht gezögert hättest, jemandem wie ihr das Leben zu nehmen. Warum zögert du jetzt?«

Spannung breitete sich in mir aus, als ich nach einer Antwort auf ihre Frage suchte. Ich spürte einen bitteren Nachgeschmack auf meiner Zunge, als der Name über meine Lippen kam.

»Sofia.«

Ashley bedeutet Sofia etwas. Das ist der Grund, warum ich ihr keinen Schaden zufügen will. Ich verachtete meine Schwester für ihre Gelassenheit. Ich hatte ihr verboten, von Sofia zu sprechen, und doch brachte sie es fertig, ohne sich mir direkt zu widersetzen mich dazu zu bringen, über den Einfluss nachzudenken, den der erlesene Rotschopf auf mich ausübte.

Ihre Herausforderung ging mir während der ganzen Zeit, die wir an der Versammlung des Rates in der Großen Kuppel teilnahmen, nicht aus dem Kopf. Sie hatte mir die Wahl gelassen — ich konnte mit meiner inneren Zerrissenheit fortfahren, oder ich konnte meiner räuberischen Natur nachgeben. Obwohl das Letztere verlockend war, wehrte sich ein Teil von mir immer noch dagegen. Der Teil, dem bewusst war, dass ich die *Wahl* hatte, und daher eine Verantwortung für die Konsequenzen meiner Entscheidungen.

»Derek!« Vivienne riss mich aus meiner Selbstprüfung heraus. »Alle sind hier. Wir warten darauf, dass du beginnst.«

Wie üblich stand Eli auf dem Podium und führte den Vorsitz über das Treffen. Angeblich hatte er die Einführung bereits hinter sich gebracht, und alle Blicke waren auf mich gerichtet und warteten darauf, dass ich etwas sagte.

Ich setzte mich aufrecht hin und versuchte, mich zu konzentrieren. »Die menschliche Bevölkerung des Schattenreiches ist viel zu groß. Wie konnte es dazu kommen?«

»Bei allem Respekt«, sagte Xavier von seinem Platz aus, »ich verstehe nicht, warum das ein Problem ist. Sie sind nicht im Kampf ausgebildet. Sie haben keine Waffen und auch keine Mittel, welche herzustellen. Wir können leicht jeden möglichen Versuch unterdrücken, sich uns entgegenzustellen. Der letzte menschliche Aufstand ist über vierhundert Jahre her, und *das* war ein Massaker.«

»Und du würdest bereitwillig ein weiteres Massaker riskieren? Haben wir nicht schon genug Blut an unseren Händen?« Es war Liana, Camerons Frau, die sich äußerte.

»Wir sind Vampire, Liana.« Xavier lächelte müde. »Jeden Tag wird auf dieser Insel menschliches Blut vergossen. Nur so kann unsere Art überleben. Lass uns keine Rechtschaffenheit heucheln! Das können wir uns nicht leisten.«

»Wir dürfen keinen erneuten Aufstand zulassen.« Meine Stimme brachte alle zum Schweigen. »Wir werden bereits von äußeren Mächten bedroht — anderen Vampirzirkeln, die das haben wollen, was uns hier im Schattenreich zur Verfügung steht, und den Jägern, die uns immer noch erbarmungslos verfolgen. Wenn man bedenkt, wie viele Menschen wir entführt haben, wird es nicht lange dauern, bis die Jäger uns finden. Wir können keine Rebellion in unseren eigenen Mauern riskieren.«

»Und was schlägt der Prinz vor, sollen wir tun?« Eli lehnte sich über die Metallbrüstung, die das Podium umgab.

»Für den Augenblick müssen die Entführungen aufhören. Alle Späher werden zurückgerufen und zu Wächtern umgeschult. Das gesamte menschliche Blut, das wir benötigen, wird von den Menschen kommen, die sich bereits auf dieser Insel befinden. Wir können es nicht riskieren, dass die Jäger uns finden.« Noch während mir die Worte über die Lippen kamen, wurde ich an das Risiko erinnert, dass ich eingegangen bin, als ich Sofia und ihren Freund entkommen ließ. *Hat sie mich so sehr geblendet, dass ich meine Pflicht vergessen habe, das Schattenreich um jeden Preis zu beschützen?*

Der Lärm, der sich in der runden Halle ausbreitete, brachte meine Gedanken zum Schweigen.

»Wie sollen wir dann überleben?«, rief eine Stimme aus. »Wir müssen uns ernähren.«

Bei dem Gedanken an Ashley zog sich mein Magen zusammen. *Ja. Das müssen wir, oder nicht?* »Wo kommen die Gläser voller Blut her?«

Seit meinem Erwachen wurde mir eine tägliche Ration von Blut zugeteilt. Es war nicht so schmackhaft wie frisches Blut, das direkt aus einem schlagenden Herzen herausgesogen wurde, doch es befriedigte die Gelüste eines Vampirs. Bis zu diesem Zeitpunkt war es mir nie in den Sinn gekommen, nach seinem Ursprung zu fragen.

Und wieder verstummten sie, um mir zuzuhören. Das hat mich schon immer verblüfft — wie ich, jünger als die meisten von ihnen sowohl an natürlichen als auch an Vampirjahren, in der Lage war, den Höhergestellten so einen Respekt abzuverlangen.

Dieses Mal war es jedoch nicht meine Anwesenheit, die ihre Stille verursachte. Es war meine Frage. »Nun? Wie kommt es, dass wir so einen Vorrat an Blut haben?«

Elis Knöchel wurden zunehmend blasser, als er mit seinen Händen das Metallgeländer umklammerte. Viviennes Griff um die Lehne ihres Sessels herum verfestigte sich.

»Vivienne?«

Sie drehte sich in meine Richtung. »Die Anzahl der menschlichen Bevölkerung ist wesentlich kleiner als sie noch vor etwa einem halben Jahrhundert war. Damals gab es Gerüchte über eine Rebellion, und die Menschen wurden zunehmend unruhiger und unzufriedener mit ihren Lebensbedingungen.«

Ich bedeutete ihr weiterzusprechen.

»Vater schlug eine selektive Auswahl vor.«

Von dem Ausdruck auf Viviennes Gesicht bescherte ihr dieses Ereignis keine angenehmen Erinnerungen. Ich fragte mich, was ihr im Kopf herumging. *Meine Zwillingsschwester, für immer ein Rätsel.*

»Eine selektive Auswahl?«

Eli kam ihr zur Hilfe. »Alle Menschen, die als wertlos angesehen wurden — die Schwachen, die Kranken und diejenigen, die nicht dienen konnten — wurden geschlachtet. Ihr Blut wurde abgelassen und in Kühlräumen für den zukünftigen Verzehr aufbewahrt.«

»Wurden so viele getötet, dass das Blut noch bis zum heutigen Tag reicht?«

»Eine große Anzahl ging verloren, ja.« Xavier lächelte. »Doch wir hatten niemals einen großen Bedarf an dem konservierten Blut, da wir immer ein frisches Angebot von den Entführten bekamen.«

»Nun, wir haben jetzt Bedarf, oder nicht?«, entgegnete ich. »Meine Entscheidung ist gefallen. Es wird keine weiteren Entführungen geben. Wenn ihr hungrig seid, trinkt das Blut der Toten!«

»Und wenn der Vorrat zu Ende geht?« Xavier hatte sich von mir noch nie einschüchtern lassen, und fürchtete sich nicht, das auch zu zeigen.

Vivienne biss die Zähne aufeinander, als mein Blick auf ihren traf. Sie schaute mich wie einen Sterbenden an, als wäre sie kurz davor, mich zu verlieren. Ich setze mich aufrecht hin.

»Wenn der Vorrat sich dem Ende neigt, sollten wir vielleicht eine weitere selektive Auswahl vornehmen.«

KAPITEL 26: BEN

Ich konnte meinen Blick nicht von ihr abwenden.

Sofia hatte mich in dem Augenblick verzaubert, als sie die Treppe herunterkam und in dem Kleid, das wir während unseres Dates für sie ausgesucht hatten, einfach umwerfend aussah. Sie schien schüchtern und zurückhaltend zu sein, als meine Mutter und mein Vater begannen, Fotos von uns zu machen.

Meine Mutter war nicht übermäßig begeistert gewesen zu hören, dass Sofia und ich zusammen zum Abschlussball gingen, doch wir erklärten ihr, dass keiner von uns mit jemandem zusammen war, und da wir beste Freunde waren, wäre es sehr viel einfacher, zusammen zu gehen, als nach irgendjemand anderem zu suchen. Meine Mutter hatte ihre Schultern herabsinken lassen, bevor sie mich auf die Wange küsste und flüsterte: »Wenn es dich glücklich macht, Ben.«

Und es *machte* mich glücklich. Sofia machte mich glücklich.

Seit unserem ersten Date waren die Dinge sehr viel entspannter und machten mehr Spaß. Um Streitereien zu vermeiden, gaben wir uns große Mühe, nicht über die Zukunft zu sprechen — ich, der immer noch in Erwägung zog, sich den Jägern anzuschließen, und sie, die immer noch dagegen war, das Schattenreich zu zerstören, etwas, das ich nicht verstehen konnte.

Wir verbrachten jeden wachen Augenblick miteinander. Da Sofia und ich im Flur Händchen hielten und uns bei jeder Gelegenheit küssten, dauerte es nicht lange, bevor alle in der Schule Wind von dem neuen Pärchen bekamen. Sofia und ich waren nicht länger nur beste Freunde. Um Connors Worte zu benutzen, waren wir »*endlich* zusammen«. Es fühlte sich echt an, oder zumindest hoffte ich, dass es das tat.

Es gab immer noch Zeiten, an denen ich Sofia dabei überraschte, wie sie gedankenverloren vor sich hinstarrte. Es begann mit diesem dunklen, nachdenklichen Ausdruck, woraufhin etwas in ihr drinnen erstrahlte, ganz wie ein Licht, das sich in ihr ausbreitete. Ihre Wangen nahmen einen rosafarbenen Glanz an, und ihre Lippen formten sich zu einem sanften Lächeln bei der Erinnerung an etwas, von dem ich nichts wusste.

Manchmal spürte ich die Versuchung, sie zu fragen, was ihr während dieser Augenblicke im Kopf herumging, doch ich hatte Angst. Etwas sagte mir, dass diese Erinnerungen etwas mit einem bestimmten Vampir zu tun hatten.

Die wenigen Tage, die ich mit ihnen zusammen in seinem Penthouse verbracht hatte, hatten genügt, um mir zu zeigen, was sie in Derek Novak sah. Sie schaute mich niemals auf die gleiche Art an, wie sie ihn angesehen hatte. Sie reagierte niemals auf die gleiche Weise auf meine Berührung, wie sie auf seine reagiert hatte.

Diese Nacht unserer Flucht aus dem Schattenreich... im Wald... verfolgte mich noch immer. Seine Lippen auf ihren zu sehen, sein Arm um sie herumgeschlungen... ich kannte Sofia gut genug, um nur an dem Ausdruck in ihren Augen erkennen zu können, dass sie hatte bleiben wollen. Es gibt keine Worte, die erklären könnten, wie dankbar und erleichtert ich war, sie am nächsten Morgen neben mir am Ufer zu finden. Ich hatte voller Überzeugung erwartet, allein dort aufzuwachen.

Als wir in der Limousine zu unserem Abschlussball fuhren, wurde ich vorübergehend von Connors Possen abgelenkt — der Grund für all das Gelächter, das Gejohle und das Jubeln innerhalb des Fahrzeugs. Sofia saß neben mir und starrte aus dem Fenster. Sie hatte diesen entfernten Blick, dieses rosige Leuchten und dieses Lächeln an sich. Ihre linke Hand bewegte sich auf ihrem Knie, als würde sie eine Melodie auf einem Klavier spielen.

Sie hatte noch nie ein Instrument gespielt. Doch Derek hat es.

Ich legte meine Hand auf ihre. »Hey, ist alles in Ordnung?«

Sie erwachte blitzartig und drehte sich zu mir um. Ein Hauch von Schuldgefühl war in ihren grünen Augen zu erkennen, bevor sie meine Hand drückte und lächelte. »Ja, es geht mir gut.«

»Bleib hier bei mir, Sofia!« *Geh nicht zurück ins Schattenreich! Zu ihm.*

Sie antwortete mit Verwunderung. »Ich bin doch hier, oder nicht?«

Ihre Finger streichelten meinen Kiefer. Ich hasste es, wie ich ihre Berührung kaum spüren konnte. Kein anderes Mädchen hatte jemals so ein Verlangen in mir geweckt. Als ihre weichen Lippen sich gegen meinen Mundwinkel pressten, nutzte ich das aus und drehte mich für einen richtigen Kuss zu ihr hin. Wenn es eines gab, das ich immer noch ohne Probleme wahrnehmen konnte, waren es Küsse.

Ich konnte ihre Überraschung spüren. Sie musste während der vergangenen Tage bereits gemerkt haben, dass beiläufige Küsschen mich nur selten befriedigten. Ich wollte mehr – ich verlangte nach mehr – und es gefiel mir, wenn sie darauf reagierte, so wie jetzt.

Anders als die Küsse, die ich mit Tanya ausgetauscht hatte, löste Sofias Kuss keine Vision von Claudia in mir aus.

»Rosenrot und Prinz Charming sind wieder dabei!«, verkündete Connor mit einem Lächeln. Er war der Erste gewesen, dem ich vor langer Zeit in unserem ersten Jahr an der High School anvertraut hatte, was ich für Sofia empfand.

Ich lachte und löste mich von Sofia. Die anderen beiden Paare in der Limousine ließen ihre Blicke auf uns ruhen. »Tut mir leid.« Ich grinste. Sofias Wangen nahmen eine rote Färbung an. »Ich konnte mich nicht zurückhalten.«

»Keine Sorge«, Connor winkte mit einer Hand, »nach all diesen Jahren, in denen ihr versucht habt, uns davon zu überzeugen, dass ihr nur Freunde seid, kann ich es euch nicht verübeln, dass ihr bei jeder Gelegenheit herummacht. Ihr habt sehr viel nachzuholen.«

»War es nicht Schneeweißchen, die am Ende mit Prinz Charming zusammenkam?«, fragte Alyssa, Connors Date. Sie warf Sofia einen kurzen Blick zu, bevor sie mich anschaute. »Und nicht Rosenrot?«

Ich konnte es Alyssa nicht verübeln, wenn sie mich verachtete. Sie und Tanya waren gute Freundinnen. Ich mochte es nur nicht, dass sie ihre Feindseligkeit an Sofia ausließ. Ich zuckte mit den Schultern. »Keine Ahnung.«

»Eigentlich kommt Rosenrot mit dem Bruder von Prinz Charming zusammen«, klärte Sofia uns auf, während sie mich mit einem neckenden Blick anschaute. »Hast du irgendwo einen Bruder versteckt?«

Alyssa verschränkte ihre Arme über ihrer Brust und starrte Sofia verächtlich an. »Ich glaube, es gibt eine Variante der Geschichte, in der Rosenrot in der Gesellschaft der Bestie endet.«

Alyssa konnte nicht wissen, wie zutreffend ihre Sticheleien waren. Verärgert strich ich einige Strähnen von Sofias kastanienbraunem Haar hinter ihr Ohr. »Ich kann Prinz Charming oder sein Bruder… oder sogar die Bestie sein. Ich werde sein, wer ich sein muss, damit Sofia am Ende mit mir zusammenkommt.«

Der Glanz wich aus Sofias Wangen, als ihre smaragdgrünen Augen auf meine trafen. Fragend. Zögernd. Ängstlich. Ich hatte keine Ahnung, wie ich ihr versichern sollte, dass ich es ernst mit ihr meinte. *Hoffentlich wird es ihr nach heute Abend klar sein.*

Ich war erleichtert, als wir schließlich den Veranstaltungsort erreichten, und war begierig darauf, Sofia für mich allein zu haben. Der Abschlussball verlief so gut, wie man es hätte erwarten können. Ich wurde zum Ballkönig gekrönt und musste mich für einen kurzen Tanz mit Tanya, der Ballkönigin, von Sofia wegstehlen.

Als ich zu Sofia zurückkehren wollte, saß sie an einem der Tische und zeichnete gedankenverloren etwas auf eine Serviette. Connor fing mich ab, bevor ich sie erreichen konnte.

»Es sieht so aus, als hätte Rosenrot nur Augen für dich. Ein paar Typen haben sie bereits zum Tanz aufgefordert, doch sie hat sie alle abgewiesen.«

Ich kam an ihrem Tisch an und streckte ihr meine Hand entgegen.

»Ein letzter Tanz, Sofia?«

Sie bedeckte ihre Zeichnung mit ihrer Handfläche, zerknüllte die Serviette und stopfte sie in die kleine Handtasche, die sie bei sich trug. Sie nahm meine Hand, und ich führte sie auf die Tanzfläche. Sie legt ihre Hände auf meine Schultern, und meine Hände umschlangen ihre Taille.

»Amüsierst du dich?«

»Ja«, nickte sie.

»Sicher.« Ich rollte mit den Augen. »Du lügst.«

Sie lachte. »Okay, in Ordnung. Ich habe mir nie vorstellen können, am Abschlussball teilzunehmen. Du kennst mich. Dies ist nicht unbedingt meine Szene. Zu viele Leute, zu viel Lärm.«

»Warum bist du dann hierhergekommen?«

»Weil du herkommen wolltest.« Dann schaute sie an ihrer Kleidung hinunter und zeigte mir ein Schmollen. »Und dieses Kleid ist zu hübsch, um es zu verschwenden.«

»Willst du von hier verschwinden?«, schlug ich vor.

Sie legte ihre Stirn in Falten. »Bist du sicher, dass du so früh nach Hause gehen willst?«

»Wer hat gesagt, dass wir nach Hause gehen?« Ich nahm sie an der Hand. »Komm mit! Ich habe eine Überraschung für dich.«

Wir verließen die Halle und begaben uns zum Parkplatz, wo mein schwarzer Pritschenwagen auf uns wartete. Ich hatte einen der Jüngeren im Fußballteam gebeten, ihn hierher zu bringen.

»Wo fahren wir hin?«, fragte sie.

»Du wirst sehen.«

Die Fahrt nach Los Angeles dauerte eine halbe Stunde. Von dort aus fuhren wir noch einige Kilometer weiter auf dem Angeles Crest Highway zu einem Ort, der auf die Ebene von Los Angeles hinunterblickte. »Dieser Ort wäre eigentlich besser geeignet, wenn wir vor Sonnenuntergang hierher kämen, doch ich denke, der mit Sternen bedeckte Nachthimmel muss genügen.«

Sie kicherte. »Ich hoffe nur, dass wir die Sterne durch den Smog hindurch sehen können.«

Ich parkte den Wagen so, dass der hintere Teil der Stadt zugewandt war. Ich schlug die Plane um und schaltete eine Taschenlampe an, um eine Decke, einige Kissen und einen Picknickkorb zu enthüllen. Allein dieses strahlende Lächeln auf ihrem Gesicht zu sehen, machte es all die Mühe wert.

Sie begann, die Kissen so am Rand des Wagens zu platzieren, dass wir beide bequem sitzen konnten. »Für so etwas wie das hier sind wir zu elegant angezogen«, bemerkte sie.

»Was soll's? Wir sehen beide umwerfend aus.«

»Ich werde mich niemals an deine Bescheidenheit gewöhnen, Ben.«

»Menschen, die so aussehen wie ich, haben keinen Grund, bescheiden zu sein.« Ich öffnete den Picknickkorb, holte die Kerzen hervor und verteilte sie am Rand des Wagens. Ich warf ihr die Streichhölzer zu. »Zünde die Kerzen an, meine Schöne!«

Als alle Kerzen brannten, hatte ich bereits den Champagner, die Schale mit den Erdbeeren und die geschmolzene Schokolade hervorgeholt. Sie begann, über etwas zu kichern.

Als ich sie fragend anschaute, erklärte sie: »Schau dir nur all diese Kerzen an! Ich frage mich nur, wann Brandrisiken wie dieses hier begonnen haben, romantisch zu sein.«

»Du findest es also romantisch?« Ich hob eine Augenbraue.

»Ja, aber lass dir das nicht zu Kopf steigen! Es ist ziemlich einfach, mich zufriedenzustellen.«

»Einfach? Du denkst, es war einfach, das alles hier zu organisieren? Hast du eine Ahnung, wie schwierig es war, all das hier zusammenzustellen und es vor dir *und* Mom geheim zu halten?«

Das Entzücken auf ihrem Gesicht verschwand bei der Erwähnung meiner Mutter.

»Sofia, du verstehst, warum wir meiner Mutter noch nichts erzählen können, oder nicht? Ich glaube nicht, dass wir bereit sind, all das Drama zu ertragen, das wir verursachen würden, und...«

»Ja, ich verstehe, Ben«, unterbrach sie mich, »mach dir darüber keine Sorgen!«

Ich öffnete den Champagner, und wir tranken und aßen unser Dessert. Wir machten es uns in einer angenehmen Stille gemütlich und konzentrierten uns auf den Ausblick.

Als sie schließlich die Stille unterbrach, wünschte ich mir nur, sie hätte es nicht getan.

»Ich wollte dir eine Frage stellen, Ben...«

Ich spürte ihr Zögern.

»Während du das Essen vorbereitet hast, habe ich dir auf den Rücken geklopft, um deine Aufmerksamkeit zu erregen. Du hast nicht reagiert. Das ist schon mehrere Male geschehen. Nachdem du verprügelt wurdest, habe ich gelegentlich aus Versehen deine Prellungen berührt, und du bist nicht ein einziges Mal zusammengezuckt.« Ihre Stimme war voller Besorgnis. »Warum ist das so?«

Ich wollte nicht darüber sprechen, ich wollte es nicht zugeben, doch da war es nun. »Ich glaube, Claudia hat mein Nervensystem oder irgendetwas anderes durcheinandergebracht. Ich bin mir nicht sicher, was sie getan hat. Ich weiß nur, dass mein Empfindungssinn abgestumpft ist.«

»Ben... ich...«

Ich wollte ihr Mitleid nicht. Ich hatte genug davon, mich selbst zu bemitleiden. »Das ist der Grund, warum ich den Jägern beitreten will, Sofia. Ich will nicht durchs Leben gehen und so tun, als wäre alles normal. Das hat Claudia mir weggenommen.«

Ihr Schweigen genügte mir als Antwort. Ich bezweifelte, dass ich irgendetwas sagen könnte, um sie davon zu überzeugen, sich ebenfalls den Jägern anzuschließen.

Eine Erwähnung von Claudia genügte, um mir die Stimmung zu verderben. Und meine Geschichte als ein Druckmittel dafür zu verwenden, Sofia davon zu überzeugen, sich den Jägern anzuschließen, genügte, um ihre zu verderben.

»Lass uns von hier verschwinden!«, schlug ich vor. »Ich habe noch eine letzte Überraschung für dich.«

»Einverstanden.«

Wir fuhren zurück in die Stadt. Ich hatte ein Hotelzimmer reserviert. Ohne Sofias Wissen hatte ich meinen Eltern gesagt, dass wir gemeinsam bei Freunden übernachten würden, daher erwarteten sie uns an diesem Abend nicht zurück.

Ich wusste nicht, was ich mir erhoffen sollte. Vielleicht war es nur ein verzweifelter Versuch, mich davon zu überzeugen, dass sie mir gehörte. Ich dachte, wenn wir miteinander schliefen, würde es ihr vielleicht schwerer fallen, mich zu verlassen.

In dem Moment, als ich die Tür zum Hotelzimmer öffnete und sie nicht nur das abgedunkelte Licht, sondern auch die Rosenblätter sah, die überall auf dem Bett verstreut waren, erkannte ich an ihrem Gesichtsausdruck, dass ich einen großen Fehler gemacht hatte.

Sie schüttelte ihren Kopf. »Dafür bin ich nicht bereit, Ben. Es tut mir leid.« Ihre Stimme verriet, dass sie den Tränen nahe war. Ihre Hand umklammerte leicht zitternd ihre Handtasche.

»Es ist in Ordnung, ich verstehe«, log ich. »Wir müssen es

nicht tun. Es genügt mir, die Nacht mit dir verbringen zu können.«

Ich zog sie fest an meine Brust heran und umarmte sie. Wir küssten uns. Und doch konnte ich das Gefühl nicht abschütteln, dass sie mir entglitt.

Ich verbrachte die Nacht damit, sie beim Schlafen zu beobachten. *So friedlich. So wunderschön.* Ich fragte mich, ob ihre gelassene Miene schließlich von einem weiteren Albtraum verzehrt würde. Ich fragte mich, welche Gräuel ihre unruhigen Träume beinhalteten. Kam ich in ihnen vor? Kam *er* in ihnen vor? Ich fragte mich, ob sie immer noch an ihn dachte. Ich fragte mich, ob ich mit der dummen Aktion, die ich für heute Nacht organisiert hatte, das zerstört hatte, was ich mit ihr aufzubauen versuchte.

Doch vor allem fragte ich mich, ob sie jemals wahrlich mir gehören würde.

KAPITEL 27: SOFIA

Das Stadion begann, sich mit Menschen zu füllen. Alle auf den Tribünen spürten eine gemeinschaftliche Aufregung. Auf der einen Seite riefen und brüllten etliche Absolventen der Schule — selbst ehemalige Fußballspieler — und jubelten ihrer Mannschaft zu. Die Cheerleader taten, was sie am besten konnten, und zogen eine brandneue und recht beeindruckende Show ab. Auf den Sitzreihen über uns wurden mehr als ein Dutzend Unterhaltungen geführt — eine davon zwischen Lyle und Amelia, wie sie davon schwärmten, wie wunderbar es war, dass Ben wieder spielte.

Ben war der einzige Grund, warum ich hier war. Ich bin noch nie ein Fan des Spiels gewesen, und ich verstand nur aufgrund der Anzeigetafel, was vor sich ging. Während die anderen um mich herum ungeduldig auf den Beginn des Spiels warteten, freute ich mich auf das Ende — in der Hoffnung, dass Bens Mannschaft gewann, sodass ich mich später nicht mit einem beleidigten Verlierer abgeben musste.

»Wo ist Abby?« Amelia zog an dem Ärmel meiner Strickjacke.

»Ich dachte, sie wäre bei Lyle…« Lyle hatte sie zu unseren Plätzen getragen.

»Er holt uns etwas zu essen. Er hat mir gesagt, Abby wäre bei dir. Du solltest auf sie aufpassen.«

Auf dem Sitz neben mir lag Abbys Stoffelefant, Colin, dort, wo eigentlich die Fünfjährige sein sollte. Panik kam in mir auf. »Ich werde nach ihr suchen«, versicherte ich Amelia, bevor ich meinen Platz verließ und auf der Suche nach dem kleinen Mädchen durch die Tribünen wanderte. »Abby!«

»Sofia!«, rief eine männliche Stimme.

Ich wirbelte herum. Ich seufzte voller Erleichterung, als ich sah, wie Abby auf dem Schoß von Kendra James saß. Ihr Mann, Mike, rief meinen Namen. Sie waren Connors Eltern und enge Freunde der Hudsons.

»Abby, du hast uns einen riesigen Schrecken eingejagt!«, rief ich aus, als ich mich ihnen näherte.

»Ich dachte, du hättest um Erlaubnis gefragt«, schalt Kendra Abby in einem Tonfall, der zu lieb und freundlich war, um von dem Kind ernst genommen zu werden.

Abby zeigte uns ihr gewinnendes Lächeln, während ihr lockiger, blonder Pferdeschwanz auf und ab hüpfte und sie mit ihren Wimpern auf eine Art und Weise klimperte, die mich an ihren älteren Bruder erinnerte. Sie kicherte. »Das habe ich. Sofia hat mich nur nicht gehört.«

Ich rollte mit den Augen. *Wenn dieses Kind noch niedlicher wäre, könnte sie sogar mit einem Mord ungestraft davonkommen.* Mike und Kendra hatten Abby besonders gern, wahrscheinlich weil sie vier

Söhne hatten, von denen Connor der jüngste war, und keine Töchter. Kendra war außer sich vor Freude gewesen, als Amelia sie gebeten hatte, Abbys Patentante zu werden. Sie himmelten den süßen, kleinen Wicht an, und ich konnte es ihnen nicht verdenken. Abby war, genauso wie Ben, eine Schwerenöterin.

»Ich denke, wir sollten zu unseren Plätzen zurückgehen, bevor deine Mutter einen Herzanfall bekommt, Abby«, lockte ich sie.

»Entschuldige, Sofia«, sagte Mike. »Sie hat uns gesehen und ist zu uns gelaufen. Es war nicht unsere Absicht, euch Sorgen zu bereiten.«

»Ach, schon gut«, lächelte ich. Natürlich war der Blick auf Amelias Gesicht alles andere als gut gewesen, als sie mich nach Abby gefragt hatte. Amelia und ich waren nicht unbedingt die besten Freundinnen. Sie hat nicht sehr viel mit mir gesprochen, seitdem Ben und ich zurückgekehrt sind. Ich streckte Abby meine Hand entgegen, die sie widerwillig nahm, doch erst nachdem sie einen Lutscher von Kendra bekommen hatte.

»Sag danke, Abby!«, forderte ich sie auf.

Abby neigte ihren Kopf, wobei einige ihrer Locken über ihr Gesicht fielen. »Danke, Kendra.«

Natürlich fand das Paar das vollkommen anbetungswürdig. Ich musste Abby halb zu unseren Sitzen ziehen und halb schieben, denn sie schloss auf unserem Weg immer wieder neue Freundschaften mit Fremden. Es wäre ein Leichtes, sie zu entführen. *Amelia wird gut auf dich aufpassen müssen, Abby. Mit dir wird es noch große Schwierigkeiten geben.*

»Wo war sie?« Amelias Stimme war flach und kalt.

»Bei Mike und Kendra.«

»Ich weiß nicht, was du an dir hast, Sofia, doch meine Kinder scheinen die Angewohnheit zu haben, in Schwierigkeiten zu geraten, wann auch immer sie sich in deiner Nähe aufhalten.« Sie begann, ihr kleines Mädchen zu überprüfen, um sich davon zu vergewissern, dass es ihr gut ging.

»Es ist nicht Sofias Schuld, Mommy«, verteidigte Abby mich. »Ich habe sie nicht gefragt, ob ich gehen dürfte.«

Ich konnte Amelia ihre Besorgnis nicht verübeln. Ich hätte auf Abby aufpassen sollen. Doch in Wahrheit war ich eifersüchtig auf Ben und Abby, dass sie eine Mutter hatten, die sie vergötterte. Die einzigen Erinnerungen, die ich an meine Mutter hatte, bestanden darin, wie sie mich im Kleiderschrank eingesperrt hatte, wenn ich ungezogen gewesen war. Amelia verhielt sich ihren Kindern gegenüber ganz anders. Sie liebte sie abgöttisch, und das war offensichtlich. Es brach mir immer noch das Herz, wenn ich sie dabei erwischte, wie sie Ben anschaute und Tränen in ihren blauen Augen funkelten. Obwohl sie es ihrem Sohn niemals zeigte, zerriss es sie innerlich, was ihm zugestoßen war.

»Das Spiel wird in wenigen Minuten beginnen«, kam Lyle mir zur Hilfe. »Setzt euch! Es ist alles in Ordnung, Sofia.«

Ich lächelte und nahm Platz. Mein Handy vibrierte in meiner Tasche, und ich zog es hervor, um es mir anzuschauen. Ich fand mehrere Textnachrichten von Ben, die mir mitteilten, wie aufgeregt er war. Immerhin war dies ein großes Spiel. Ich antwortete ihm, um ihm zu sagen, dass er großartig spielen würde.

Die Mannschaften wurden auf das Spielfeld gerufen, und als Ben heraus lief, fand sein Blick mich in der Menge. Er zwinkerte mir zu.

Ich zeigte ihm mein schönstes Lächeln und blies ihm einen Handkuss zu in der Hoffnung, dass Amelia sich nichts dabei denken würde. Es wurde immer schwieriger, vor Amelia zu verbergen, dass Ben und ich zusammen waren. Ich wusste, dass sie den Unterschied an der Art bemerkte, wie Ben und ich uns im Haus einander gegenüber verhielten. Um ehrlich zu sein fing ich an zu glauben, dass es vielleicht besser war, dass sie nichts von uns wusste.

Nach dem, was er nach dem Abschlussball in dem Hotelzimmer versucht hatte abzuziehen, habe ich ernsthaft über mein Verhältnis mit Ben nachgedacht. Es fühlte sich richtig, doch zur gleichen Zeit auch falsch an. Nach allem, was wir durchgemacht hatten, schuldeten wir es uns, einer Liebesbeziehung eine Chance zu geben. Doch manchmal fühlte es sich so an, als wäre ich nur mit ihm zusammen, weil ich es ihm irgendwie *schuldete,* es zumindest zu versuchen, diese Beziehung erfolgreich zu gestalten.

Ich wusste, dass er mich wollte. Immerhin zeigte er das offen und hielt sich nie zurück, seine Gefühle zu zeigen. Ich auf der anderen Seite wusste, dass ich ihn liebte, doch ich war mir immer noch unsicher, ob sich aus dieser Zuneigung irgendetwas anderes als nur Freundschaft entwickeln könnte.

Trotz allem, was Ben für mich tat, war Derek immer noch die letzte Person, an die ich dachte, wenn ich am Abend einschlummerte, und die erste, an die ich dachte, wenn ich aufwachte. Ich wollte ihn aus meinem Kopf verbannen, doch er verfolgte mich in jedem wachen Augenblick, und jedes Mal, wenn ich Ben küsste, wurde ich von Schuldgefühlen erfasst.

Dieser gleiche Anfall von Scham und Schuld überkam mich, als mein Freund in die Mitte des Feldes lief. Ich wurde von der gesamten Cheerleader-Mannschaft und einer ganzen Menge anderer Mädchen beneidet, doch die Tage waren vorüber, als mir das etwas bedeutet hatte.

Ich hatte schließlich das bekommen, was ich während meiner ganzen Zeit in der High School gewollt hatte. Ich war mit Ben zusammen, und doch fühlte sich etwas daran nicht richtig an, und ich fragte mich, ob er das ebenfalls spürte.

Das Spiel begann, und ich schaute zu Abby hinüber, um mich zu vergewissern, dass alles in Ordnung war. Sie saß auf Lyles Schoß und umklammerte mit ihren kleinen Händen Colin, den Elefanten. Sie schien sich umwerfend zu amüsieren, und ihre hellen Augen funkelten, als sie dem Spiel zusah. Amelia sah ebenfalls etwas entspannter aus. Ich dachte, es tat ihr gut, Ben zurück auf dem Spielfeld und in seinem Element zu sehen.

Unsicher darüber, was auf dem Spielfeld vor sich ging, lehnte ich mich in meinem Sitz zurück, doch ein schneller Blick auf die Anzeigetafel zeigte mir, dass niemand führte — noch nicht.

»Hallo, Sofia. Dürfte ich mich kurz unter vier Augen mit dir unterhalten?«

Ich drehte meinen Kopf herum und erbleichte. Rechts neben mir — auf Abbys leerem Platz — saß Vivienne Novak.

Ich schrie auf, doch meine Reaktion wurde von einem Jubeln übertönt, das in den Tribünen ausbrach. Die Anzeigetafel verriet, dass Bens Mannschaft nun die Führung übernommen hatte. Ich hatte allen Grund, mich zu freuen, doch wie konnte ich das tun, wenn direkt neben mir ein Vampir saß?

Ich erstarrte. So sehr ich es auch versuchte, ich konnte meinen Blick nicht von ihr lösen. Meine Atmung versagte. Ich bekam keine Luft mehr. Die Menge um uns herum begann, sich zu beruhigen.

Sie ergriff meine Hand, und ich zuckte aufgrund ihrer Kälte zusammen.« Hab keine Angst! Es ist nicht meine Absicht, dir zu schaden, Sofia. Ich habe nicht viel Zeit. Bitte. Können wir uns unterhalten?«

Hinter der Ernsthaftigkeit in ihren blauvioletten Augen war

ich von einer Emotion berührt, von der ich niemals gedacht hätte, dass ich sie an der Prinzessin des Schattenreiches sehen würde. Sie verriet sich durch die Art, wie ihre Hand auf meiner zitterte, und der Weise, wie ihre Unterlippe ein winziges Bisschen bebte. Angst. Sie hatte Angst, und ich fragte mich, wovor jemand wie sie jemals Angst haben könnte.

Aus irgendeinem Grund beruhigte ihre Furcht mich und ließ mich wieder atmen. Sie hielt sich in menschlichem Territorium auf, *meinem* Revier. Hier hatte sie keine Kontrolle über mich. Ich schüttelte meinen Kopf. »Ich gehe nirgendwo allein mit dir hin, Vivienne.«

»Sofia, ist alles in Ordnung?«, fragte Lyle hinter mir und legte seine Hand auf meine Schulter.

»Bitte…« Viviennes Hand klammerte sich fester um meine herum, und ihr Gesicht nahm einen vollkommen neuen Ausdruck an: Verzweiflung.

Langsam drehte ich meinen Kopf in Lyles Richtung. »Es ist okay. Sie ist ein Mädchen aus der Schule. Sie ist hierhergekommen, um mich nach meinen Bewerbungen am College zu fragen.«

Lyle beäugte Vivienne misstrauisch, doch er nickte. »In Ordnung.«

Ich richtete meine Aufmerksamkeit zurück auf Vivienne. »Gleich neben dem Westeingang gibt es ein Café. Wir treffen uns dort in fünf Minuten.«

Sie nickte und ging. Es erschien fast so, als könnte sie es nicht abwarten, von hier wegzukommen. Ich schaute ihr nach. Ein Paar Jeans, eine weit geschnittene, karierte Bluse und eine Baseballkappe auf ihrem Kopf ließen sie sexy und weiblich aussehen.

Eine Modellagentur könnte ein Vermögen mit ihr verdienen. Ich verdrängte diesen Gedanken. *Was tut sie hier, und was um alles in der Welt könnte sie von mir wollen?*

Nachdem ich mich fünf Minuten später kurz von Lyle und Amelia entschuldigt hatte, erwartete ich eine umfassende Antwort auf diese Frage, als ich Vivienne gegenüber in dem überfüllten Café saß. Ich hielt meinen Milchkaffee mit beiden Händen fest und genoss seine Wärme, bevor ich einen Schluck nahm. Ich hatte mich gerade dazu bereiterklärt, einen Kaffee mit einer Vampirin zu trinken. *Willst du unbedingt sterben oder was, Sofia?*

Viviennes Blick schweifte von einer Ecke des Raumes zur anderen, als würde sie erwarten, dass jemand ihr folgte. Sie schaffte es schließlich, sich zu beruhigen. »Danke, dass du dich bereiterklärt hast, dich mit mir zu unterhalten.« Ihre Stimme war heiser, als hätte sie schon seit einer Weile nicht mehr getrunken.

Der Gedanke, dass sie durstig sein könnte, trug nur wenig zu meinem Wohlbefinden bei. Ich setzte meine Kaffeetasse auf dem Tisch zwischen uns ab. »Was ist los, Vivienne?«

Sie presste ihre Handflächen zusammen und legte sie auf ihren Schoß. Sie schloss ihre Augen für einige Sekunden und atmete ein paar Mal tief ein, bevor sie sie wieder öffnete. »Es ist nichts. Es ist nur so, ich habe das Schattenreich schon seit hunderten von Jahren nicht mehr verlassen. Ich bin etwas nervös. Und außerdem weiß ich nicht, wie viel Zeit ich habe, doch ich werde all deine Fragen beantworten, solange ich es kann.«

Fragen worüber? Ich hatte keine Ahnung, wovon sie redete. *Sie hört sich so an, als würde sie jeden Augenblick zusammenbrechen und sterben.* Im Schattenreich hatte Vivienne stets ruhig und selbstsicher gewirkt. Sie hatte diese allwissende Ausstrahlung an sich, die mich in ihrer Gegenwart kribbelig werden ließ, als könnte sie direkt in meine Seele hineinschauen. Zu sehen, wie ihre Nerven blank lagen, war ganz sicher interessant.

»Könntest du mir einfach nur sagen, warum du hier bist? Du benimmst dich merkwürdig, und das macht mich nervös.«

Interesse huschte über ihre umwerfenden Augen. »Kein Wunder, dass er sich so zu dir hingezogen fühlte. Ich bin hierhergekommen, um dich zu bitten, ins Schattenreich zurückzukehren.«

Mir klappte die Kinnlade herunter, und mir entwich ein trockenes Lachen. »Das soll wohl ein Witz sein«, sagte ich, bevor ich Anstalten machte aufzustehen.

»Warte! Bitte. Lass mich aussprechen!«

Viviennes Blick drückte immer noch Angst und Verzweiflung aus, doch da war auch noch etwas anderes, etwas, das ich nicht ganz einordnen konnte.

Ich setzte mich zurück aufs Sofa. »Ich hoffe nur, es ist kein Blödsinn.«

Sie rutschte auf ihrem Stuhl hin und her und zog die Nase kraus, als würde sie ihre Worte genau überlegen. Ich begann, mit den Fingern auf den Tisch zu trommeln, als ich darauf wartete, dass sie etwas sagte. »Nun? Ich warte.«

Sie gab einen tiefen Seufzer von sich, bevor sie schließlich die richtigen Worte fand. »Ich hätte nicht erwartet, dass du am Leben bist.«

Meine Augen weiteten sich. »Das ist nicht unbedingt ein guter Anfang, Vivienne.«

»Vielleicht«, stimmte sie zu, »doch es ist die Wahrheit.« Sie senkte ihre Stimme, sodass nur ich sie hören konnte. »In der Nacht, als du und die Mädchen zu Derek gebracht wurden, kurz nachdem er aufgewacht war, hätte ich nicht von ihm erwartet, dass er in der Lage sein könnte, sich davon abzuhalten, jede einzelne von euch zu verschlingen.«

Ich erinnerte mich gut an diese Nacht. Wie viel Angst ich gehabt hatte. Wie ich Gwens Hand in der Hoffnung gehalten hatte, ihr sowohl Trost spenden zu können als auch welchen von ihr zu empfangen. Wie ich irgendwie seine Aufmerksamkeit erregt hatte. Wie er mich gegen die Marmorsäule gepresst hatte.

»Wenn du das erwartet hattest, warum hast du uns dann zu ihm gebracht? Du hast uns auf die Schlachtbank geführt. Das ist krank, Vivienne.«

»Das ist der Brauch im Schattenreich.«

»Auch das überzeugt mich nicht besonders zurückzukehren. Worauf willst du hinaus?«

»Schon vor langer Zeit wurde eine Prophezeiung über Derek gesprochen. Diese Prophezeiung besagt, dass er herrschen wird und dass er unserer Art wahren Schutz bringen wird.«

»Eurer Art? Du meinst Vampire?« Ich machte mir nicht die Mühe, meine Stimme zu senken. Es spielte für mich keine Rolle, wer mich hörte. Vivienne gab mir wirklich keinen guten Grund, sie zu beschützen.

Die Überraschung auf ihrem Gesicht zeigte, dass sie nicht annähernd an meine Dreistigkeit gewöhnt war, doch sie fing sich wieder. »Ja. Unserer Art. Derek hatte Cora, eine große Hexe und Corrines Vorfahrin, gebeten, ihm einen Schlafzauber aufzuerlegen. Er wollte all den Dingen entkommen, die wir getan hatten, um das Schattenreich in Sicherheit zu wahren. Die Schuldgefühle brachten ihn um.«

»Warum? Was genau hat eure Art getan, das ihm solche Schuldgefühle gab?«

Vivienne rutschte auf ihrem Stuhl hin und her. »Das ist eine Frage, die du ihm selber stellen musst.«

Ich senkte die Schultern. Ihre Aussage weckte eine große Sehnsucht in mir. Ich lächelte bitter und schüttelte den Kopf. »Sprich weiter! Du wolltest sagen?«

»Derek dachte, er hätte diese Prophezeiung bereits erfüllt, indem er das Schattenreich gegründet hat. Er hielt die Insel für unsere wahre Zufluchtsstätte. Doch Cora wusste, dass er sich irrte. Sie wusste, dass Derek seine Aufgabe noch nicht erfüllt hatte, also versah Cora ihren Zauber mit einem Ende. Derek sollte aufwachen, sobald es an der Zeit war, das Mädchen zu finden, das ihm dabei helfen würde, sein Schicksal zu erfüllen.«

Sie hielt inne und suchte in meinem Gesicht nach einer Reaktion, doch ihre Worte mussten erst bei mir ankommen.

»Es war Corrine, die uns darauf aufmerksam machte, dass er demnächst aufwachen würde, und sie machte es sehr deutlich, dass die Mädchen, die in einer bestimmten Nacht entführt wurden, für ihn zu reservieren waren.«

»Mein Geburtstag.« Ich erinnerte mich daran, wie ich mich in der Nacht gefühlt hatte. Ben hatte meinen Geburtstag vergessen und die meiste Zeit des Tages damit verbracht, Tanya zu umwerben.

»Ja, dein Geburtstag. Derek hatte sich vier Jahrhunderte lang nicht von menschlichem Blut ernährt. Du könntest nie im Leben verstehen, wie schwierig es für ihn war, nicht von dir zu trinken. Als er dich gegen diese Säule gepresst hielt, dachte ich, du bist erledigt.«

Ich erinnerte mich an Dereks großen, männlichen Körper, der sich gegen meinen drückte, seine starken Arme, die mich festhielten, sein Atem, der mein Blut gefrieren ließ… Ich hatte fürchterliche Angst gehabt.

»Doch er hat dich verschont. Ich weiß nicht, was du zu ihm gesagt hast, doch du bist auf eine Weise zu ihm vorgedrungen, wie es noch nie einer anderen Person zuvor gelungen war. Weder unser Vater noch unser Bruder noch ich selbst oder sogar Cora konnten ihn so berühren, wie du es getan hast.«

Ich schluckte schwer. Ich konnte es einfach nicht über mich bringen zu akzeptieren, was sie andeutete. »Ich bin nicht das Mädchen, von dem Cora gesprochen hat, Vivienne.«

Vivienne warf mir einen Blick zu, der fast als liebevoll hätte angesehen werden können. »Sofia, schau mir geradewegs in die Augen und sag mir, dass du für meinen Zwillingsbruder nichts empfindest!«

Ich öffnete die Lippen, und mein Kiefer spannte sich an. Selbst wenn ich versuchte zu lügen, würde ich sie nicht hinters Licht führen können. Seitdem ich das Schattenreich verlassen hatte, war kein einziger Tag vergangen, an dem ich nicht an Derek gedacht hatte.

Viviennes Lächeln war bitter. »Das dachte ich mir.«

Ich umklammerte die Armlehne des Sofas, um mich selbst zu beruhigen. Ich konnte sie nicht einfach so gewinnen lassen. »Ich mag Derek, Vivienne, doch das hat nichts zu bedeuten. Das beweist nicht, dass ich irgendein Mädchen bin, das dazu erkoren wurde, ihm dabei zu helfen, irgendeine Art von Prophezeiung zu erfüllen.« Ein ironisches Lachen kam mir über die Lippen. »Und außerdem, warum um alles in der Welt sollte ich Derek dabei helfen, eure Art zu retten? Nach allem, was ihr mir angetan habt, nach allem, was ihr Ben und so vielen anderen angetan habt…«

»Weil, Sofia, wie du schon gesagt hast, du magst ihn.« Ihre blauvioletten Augen glitzerten. »Er braucht dich.«

Sie war seine Zwillingsschwester, daher kannte sie ihn besser, als ich es jemals gekonnt hätte. Ihre Worte hatten Gewicht, doch ich konnte nicht verstehen, wie jemand wie Derek jemanden wie mich brauchen könnte. *Wer bin ich schon?* Und doch erweckten ihre Worte all die aufgestaute Sehnsucht in mir, und ich fragte sie: »Wie geht es ihm?«

»In dem Moment, als du gegangen bist, hat ihn die Finsternis überkommen. Sie hat den Mann genommen, zu dem er geworden war, als du dort warst.«

Ich konnte spüren, wie ich blass wurde, und meine Lippen öffneten sich, als ich nach Luft schnappte. »Die Finsternis naht«, murmelte ich in mich hinein.

Es schien, als würden diese Worte Vivienne etwas bedeuten, denn ihre Augen flackerten voller Verständnis auf.

»Was hast du gesagt?«

Ich schüttelte den Kopf. »Nichts.« Ich war von der Vorstellung, ihr von all den Albträumen zu erzählen, die ich hatte, nicht sonderlich angetan.

Mein Handy begann, auf dem Tisch zu vibrieren. Ich warf einen kurzen Blick darauf, beschloss jedoch, mir die Nachricht nicht anzusehen. Ich nahm einen weiteren Schluck meines inzwischen etwas abgekühlten Milchkaffees. Ich merkte, wie meine Besorgnis für Derek mich überwältigte. *Wenn meine Albträume irgendeine Bedeutung hätten, dann...* Ich schluckte schwer.

»Wie geht es den Mädchen?« In dem Moment, in dem ich an Ashley, Paige und Rosa dachte, überkamen mich Schuldgefühle. Sie waren meine Freundinnen, und ich hatte sie im Stich gelassen.

Als Vivienne mir erzählte, dass Derek Ashley im Sonnenraum

angegriffen hatte und dass er fast genügend von ihrem Blut getrunken hatte, um sie zu töten, hatte ich keine Ahnung, wie ich mich sowohl von den Schuldgefühlen als auch von dem Schock erholen sollte. Es fühlte sich so an, als wäre das teilweise mein Fehler gewesen, denn ich hatte mich niemals bemüht, auch Ashley und die anderen Mädchen aus dem Schattenreich zu befreien, doch ich war immer davon überzeugt gewesen, dass Derek sie in Sicherheit bewahren würde. Ich konnte beim besten Willen nicht verstehen, wie Derek zu so einer Tat fähig sein könnte.

Das sah dem Derek, den ich kannte, gar nicht ähnlich.

»Ich weiß nicht, wie lange mein Bruder sich davon abhalten kann, nach ihr zu jagen.« Vivienne verschränkte wieder und wieder ihre Finger. »Nun, da er ihr Blut gekostet hat, bin ich mir ziemlich sicher, dass er sie begehrt. Obwohl sie jetzt bei Kyle lebt, ist sie immer noch zu nahe. Er ist immer noch in der Lage, sie zu spüren.«

»Warum erzählst du mir all das, Vivienne?« Tränen drohten, an meinen Wangen hinunter zu laufen.

»Erinnerst du dich an den Abend, an dem du angekommen bist? Als du dich im Kerker aufgehalten hast? Damals habe ich dir gesagt, dass du nichts weiter als eine Schachfigur bist.«

Ich konnte mich immer noch an ihre genauen Worte erinnern und wie viel Angst sie mir bereitet hatte. *»Du musst wissen, Mädchen, dass du hier gar nichts bist. Du bist nichts weiter als eine Schachfigur, ein Bauer, der dafür benutzt wird, um das Spiel in Gang zu halten. Deine beste Chance zu überleben besteht darin, Dereks Zuneigung zu gewinnen. Doch nach allem, was ich über meinen Bruder weiß, bin ich mir nicht sicher, ob das überhaupt möglich ist.«*

Ich lächelte bitter. »Wie könnte ich das vergessen?«

»Ich habe mich geirrt.« Vivienne, mit all ihrer Würde und

Schönheit, schaute mir in die Augen und sagte: »Du bist kein Bauer, Sofia. Du bist die Königin.«

Bevor ich diesen Worten einen Sinn geben konnte, weiteten sich die Augen der Vampirin voller Horror, als hätte sie hinter mir etwas gesehen. Ich drehte mich herum und entdeckte nichts weiter als eine Gruppe von Menschen, die einen Kaffee tranken.

»Vivienne, was ist los? Du benimmst dich schon merkwürdig, seitdem…«

»Es spielt keine Rolle«, unterbrach sie mich. »Die Jäger sind hier. Du musst ins Schattenreich zurückkehren, Sofia! Es gibt keine andere Möglichkeit. Du kannst in meinem Haus wohnen. Du wirst nicht als Sklavin dort leben. Ich werde dir zusammen mit einer Beschreibung, wie du das Schattenreich finden kannst, auch einige meiner Erinnerungen mit auf den Weg geben. Sie werden wissen, dass ich dich geschickt habe.«

»Wie in aller Welt willst du mir deine Erinn —«

Sie ergriff meine Hände, und ich musste meine Augen schließen, als eine Flut von Bildern mich durchströmte. *Vampire, die an Pfählen verbrannt wurden... Ein Lächeln und ein Kuss auf die Hand von einem gut aussehenden jungen Mann... Der gleiche Mann, der schrie, als er gefoltert wurde... Das Symbol eines Falken, das mit einem glühenden Eisen auf Dereks nackten Rücken gebrannt wurde...* Bilder — einige lieblich, andere verwirrend, die meisten von ihnen entsetzlich — blitzten eines nach dem anderen in meinem Geist auf, bis ich schließlich einen Weg zurück ins Schattenreich sah und Dunkelheit mich überkam.

Als ich endlich aus dem Strom von Erinnerungen erwachte, die mir nicht gehörten, öffnete ich meine Augen, um Lyle vor mir zu sehen, der mein Gesicht mit beiden Händen festhielt. »Ist alles in

Ordnung, Sofia?« Ich hörte Panik in seiner Stimme. »Was hat sie dir angetan?«

Hinter ihm lag Viviennes bewusstloser Körper auf dem Sofa mir gegenüber. Zwei Männer, die wie Sanitäter aussahen, eilten zu ihr. Einer von ihnen stach ihr mit einer Spritze in den Arm, bevor sie sie aus dem Café heraustrugen.

Wo bringen sie sie hin?, wollte ich fragen, doch Lyle bewegte seine Lippen, ohne dass ich hören konnte, was er sagte. Ich öffnete meinen Mund, um zu sprechen, doch es kamen keine Worte heraus. Dann verschwand meine Sicht, bevor alles in Dunkelheit versank.

KAPITEL 28: DEREK

Was zum Teufel tue ich hier?

Die Schwarzen Höhen waren der letzte Ort, an dem ich erwartet hatte, mich wiederzufinden. Ich hasste die Berghöhlen und ihr Netzwerk aus dunklen Tunneln. Sie riefen Erinnerungen an hoffnungslose Zeiten in mir wach.

Und doch folgte ich einem Wächter durch gutbeleuchtete Steinflure zu der Zelle, in der Claudia gefangen gehalten wurde. Seitdem ich das letzte Mal hier gewesen bin, haben sich die Zellen drastisch verändert. Es wurde viel getan, um die Höhlen auszubauen. Flache Betonböden, Elektrizität, Türen... das waren nur einige der Neuerungen, die diesen Ort mehr wie das Innere eines richtigen Gebäudes erscheinen ließen als dunkle, feuchte Höhlen, von allem Leben und Licht verlassen.

Der Wächter hielt vor einem Tor — oder zumindest etwas, das wie eines aussah. Weißblaue Strahlen stellten die Stäbe dar, die Claudia gefangen hielten.

»Was ist das?«, fragte ich und zeigte auf die Stäbe.

»Die Struktur dieser Stäbe ist sehr kompliziert, doch ich weiß, dass sie teilweise aus UV-Strahlen bestehen, Hoheit«, antwortete der Wächter.

»Wie viele von diesen Zellen haben wir?« Ich war neugierig.

»Drei. Wir haben nur sehr selten Vampire als Gefangene.«

Natürlich. Immerhin sind die Zellen vorwiegend für Menschen gedacht. Er drückte auf einen Knopf, und die Strahlen zogen sich zurück. Ich betrat die Zelle und fand Claudia, wie sie mit verschränkten Beinen auf einer kleinen Pritsche saß. Ihre blonde Mähne ließ ihr rundes Gesicht klein erscheinen. Ihre blauen Augen waren auf mich gerichtet. Sie trug einen einfachen, weißen Kittel – ein starker Gegensatz zu ihren sonst sehr außergewöhnlichen Kleidern. Ihre einfache Aufmachung und der Mangel an Make-up ließen sie wie einen normalen Teenager aussehen. *Eine Siebzehnjährige mit alten Augen, Augen, die bereits zu viel gesehen haben...*

Die Stäbe schlossen sich hinter mir und sperrten mich zusammen mit ihr ein.

»Ruft einfach, wenn Ihr gehen möchtet, Prinz!«

Ich nickte und bedeutete ihm zu gehen. Ich konzentrierte mich auf die wunderhübsche Blonde vor mir.

»Der allmächtige Prinz stattet mir einen Besuch ab. Was habe ich getan, um diese Ehre zu verdienen?« Wenn sie einen Groll gegen mich hegte, verbarg sie ihn. Ihre goldenen Wimpern klimperten, und ein spielerisches Grinsen formte sich auf ihren Lippen.

»Ich wollte dir eine Frage stellen.«

»Ach ja?« Sie beugte ihren Kopf. »Dann frag nur!«

Ich zögerte. *Warum bin ich hier?*

Sie stand auf, kam auf mich zu und betrachtete mich aufmerksam. »Du bist immer so angespannt, Prinz Derek. Das ist dein Problem. Du weißt nicht, wie man sich locker macht, so wie dein älterer Bruder.« Sie ließ ihre Finger über meine Wange gleiten.

Angewidert von ihrer Berührung trat ich einen Schritt von ihr weg.

»Wann warst du das letzte Mal mit einer Frau zusammen?«

Jede Nacht, seitdem Sofia gegangen ist. Vivienne hat mir regelmäßig ein oder zwei Mädchen geschickt, um mir im Schlafzimmer Gesellschaft zu leisten. Ohne sie riefen meine Gemächer zu sehr nach Sofia. Doch selbst mit der Ablenkung anderer Frauen kreisten meine Gedanken stets um sie.

»Ich könnte dir helfen, dich zu entspannen«, bot Claudia an.

Ich schubste sie weg, bevor sie mich berühren konnte. »Das ist nicht der Grund, warum ich hier bin. Setz dich, Claudia! Ich möchte gern etwas Persönliches mit dir besprechen.«

Sie hob ihre Augenbrauen. »Etwas Persönliches.« Diese Vorstellung erfreute sie ganz offensichtlich. »Das könnte interessant werden.« Sie drehte mir den Rücken zu, um auf ihre Pritsche zurückzukehren.

Ich war überrascht, auf dem Rücken ihres Kittels Blutflecken zu sehen. Ich ergriff ihren Arm. »Die Wunden von den Schlägen… sie sind noch nicht geheilt? Es ist schon Tage her, seit…«

Sie schüttelte meine Hand ab und setzte sich zurück auf die Liege. »Mein lieber Prinz«, fauchte sie, »du solltest dich wirklich über die Ausmaße deiner Bestrafungen informieren, bevor du sie austeilst. Mir wurde ein Serum injiziert, um die Heilung zu verlangsamen, bevor mir die Schläge zugefügt wurden. Solange das Serum sich in meinem Körper befindet, werde ich nicht heilen.«

Ich schluckte schwer.

»Oh, du solltest dich nicht allzu sehr damit belasten.« Sie lächelte bitter. »Jemand ist gekommen, um meine Wunden zu versorgen.«

»Wer?« Ich wusste nicht, warum ich diese Frage überhaupt stellte, da ich die Antwort bereits kannte.

»Yuri.« Ein freudiger Funke erschien in ihren Augen. »Wirst du ihn dafür bestrafen, dass er mir hilft? Das solltest du wirklich tun. Seine ›Behandlungen‹ schmerzen wie die Pest. Ich beginne zu glauben, dass es ihm einfach gefällt, meine Schmerzschreie zu hören.«

Ich hätte sie fast nach dem jüngeren Lazaroff gefragt, entschied mich jedoch dagegen. Der Gedanke, Claudias verdrehten Geist zu erforschen, erschien mir nicht einladend, und es war nicht der Grund, warum ich hierhergekommen war.

»Egal, doch erzähl mir, warum du hier bist, Prinz Derek! Ich würde es liebend gern erfahren.«

»Ben.«

Ihre Augen flackerten bei der Erwähnung dieses Namens.

»Du erinnerst dich an ihn?«

»Selbstverständlich. Er war etwas Besonderes… schwer zu vergessen. Ich bedaure es, dass ich ihn zu meinem Besuch bei dir mit mir genommen habe, doch wie hätte ich wissen können, dass dein feuriges kleines Haustier ihn einmal gekannt hat? Wie geht es ihr übrigens?«

»Ich gehe davon aus, dass du sein Blut bereits während der ersten Nacht gekostet hast, die du mit ihm verbracht hast. Habe ich Recht?«

Sie nickte.

»Wie hast du es fertiggebracht, so lange von ihm zu trinken, ohne sein Leben zu beenden? Woher hattest du diese Art von Kontrolle?«

Sie wurde nachdenklich, als wäre sie ebenfalls überrascht. »Warum fragst du?«

»Ich verlange nach einem Mädchen. Ich habe ihr Blut gekostet, und nun will ich verzweifelt ihr Leben beenden.«

»Dein lieblicher Rotschopf? Ein viel zu hübsches Ding, um es in nur einem Zug leerzutrinken…«

»Beantworte meine Frage!« *Zuerst Vivienne. Nun Claudia.* Die permanente Erwähnung von Sofia ging mir auf die Nerven.

»Immer so kratzbürstig.« Claudia schmollte. »Ich bin nie länger als ein oder zwei Wochen in der Lage gewesen, mich davon abzuhalten, einen Menschen zu erledigen.«

»Doch er war viele Wochen lang bei dir. Er ist nicht sehr viel später als Sofia ins Schattenreich gebracht worden.« Ihr Name ließ einen bitteren Nachgeschmack in meinem Mund zurück.

»Er hat mich an jemanden erinnert. Jemanden aus der Vergangenheit.« Etwas Dunkles und Verschlagenes verunstaltete Claudias Antlitz. »Wie ich schon gesagt habe, er war etwas Besonderes. Ich wollte ihn solange wie möglich behalten.« Sie zuckte mit den Schultern. »Vielleicht verleiht uns Zorn einem Menschen gegenüber eine gewisse Art von Kontrolle.«

Ich schüttelte meinen Kopf und begann langsam zu verstehen. »Nicht Zorn, sondern Emotionen.«

»Vielleicht. Ist das alles, was du fragen wolltest?« Sie streckte ihren Rücken und winselte. Sie warf mir einen kurzen Blick zu — voller Zorn.

Das habe ich dir angetan.

»Hübsche, kleine Sofia.« Claudias Blick war nun leer und ihre Worte voller Gift. »Ben hat in seinem Schlaf von ihr gesprochen.

Was hat sie an sich, das ihn und selbst *dich* so anzieht? Erinnerst du dich an den Blick in ihren Augen, als die beiden sich gesehen haben? Die Art und Weise, wie sie sich umarmt haben... So jung, so verliebt... Wie kann dich das nicht stören?«

Ich schluckte schwer. Unwillkommene Bilder von Ben und Sofia, die sich gegenseitig in den Armen lagen, rauschten mir durch den Kopf. Ich fragte mich, ob Claudia mich verspottete, doch der Zorn in ihren Augen versicherte mir, dass sie sich ebenfalls an die Eifersucht erinnerte, die sie spürte, als sie die beiden zusammen gesehen hatte. Ihr Zorn war nicht auf mich gerichtet, sondern auf *ihn* und auf *sie*.

Ich erinnerte mich nur allzu gut an diesen Tag. Claudia war erschienen, um mir ihre Ehre zu erweisen, und Sofia war von einem Spaziergang zurückgekehrt. Es war deutlich zu sehen, dass sie und Ben Zuneigung füreinander empfanden, daher hatte ich Claudia gebeten, mir Ben zu überlassen – um Sofias willen. Ich erinnerte mich daran, wie ich Claudia festgehalten und ihren Körper an meinen herangezogen hatte, als ich ihr meine Bitte unterbreitete. Ich hatte Claudia benutzt, nur um zu sehen, wie Sofia reagieren würde, wenn sie sah, wie ich meine Hände auf eine heißblütige blonde Vampirin legte.

Ich hatte es mir nicht eingebildet. Ich wusste, ich hatte Eifersucht in Sofias grünen Augen gesehen.

Ich wusste nicht, welcher Teufel mich ritt, doch ich konnte nur daran denken, Vergeltung an Sofia zu üben, weil sie mich verlassen hatte. Ich wollte sie wieder eifersüchtig machen. Bevor ich verstehen konnte, was geschah, hatte ich Claudia gestattet, mich zu ihr hinunter auf die Pritsche zu ziehen, und ihr Körper wand sich unter meinem.

Für eine kurze Zeitspanne war mein Geist zu sehr von Claudia,

Ben und Sofia vereinnahmt, als dass dort noch Platz für mein Verlangen nach Ashley gewesen wäre, doch mir war bewusst, dass ich nur noch tiefer gesunken war, indem ich mit Claudia geschlafen hatte. Als ich von ihr abließ und begann, meine Kleidung wieder anzuziehen, merkte ich, dass sie schluchzte. Sie hatte mir den Rücken zugedreht. Die frischen Wunden, die auf ihrem Rücken zu sehen waren, verdrehten mir den Magen.

Vergessen war die zornige Vampirin auf der Suche nach Vergeltung an Ben und Sofia. An ihrer Stelle befand sich ein gebrochenes kleines Mädchen.

Die Schuldgefühle, die ich verspürte, erinnerten mich an die Menschlichkeit, die ich mir selbst noch zugestand. In meinem Verlangen, meine Scham zu besänftigen, tat ich das Schlimmste, was ich nur tun konnte. Ich versprach ihr, dass ich ihre Strafe für den Dienst, den sie mir erwiesen hatte, mildern würde.

Der Blick, den sie mir entgegenwarf, war der eines Jägers, der vor dem Todesstoß schreckliche Schmerzen verursachen wollte. Mir wurde mein Fehler umgehend klar, und ich erinnerte mich daran, was sie eins gewesen war. Ich hatte ihr gerade Bezahlung für Sex angeboten, und ich wusste, dass sie mir das niemals vergeben würde.

KAPITEL 29: BEN

In dem Moment, als die Mannschaft den letzten Pass warf, der uns das Spiel gewinnen ließ, flog mein Blick auf der Suche nach Sofia in Richtung der Tribünen. Es war ein Meisterschaftsspiel, und sie wusste, wie viel es mir bedeutete. Ich freute mich darauf, dass meine Freundin mir in die Arme laufen, mir gratulieren und ihre Lippen auf meine pressen würde. Doch sie war nirgendwo zu finden. Stattdessen kam meine Mutter mit Abby in ihren Armen auf mich zu.

»Ben! Ich bin so stolz auf dich!«, gurrte sie, als sie mir ein Küsschen auf die Wange gab.

Abby gab eine Reihe von Jubelrufen von sich, die keinen Sinn ergaben. Ich ging davon aus, dass sie versuchte, die Cheerleader nachzuahmen, doch da sie sich nicht an die Worte erinnern konnte, benutzte sie ihre eigenen.

»Danke, Mom, und danke, Abby.« Ich schaute mich um. »Wo sind Dad und Sofia?«

Meine Mutter rollte mit den Augen. »Sofia hat kurz nach dem Beginn des Spiels mit einer Freundin das Stadion verlassen. Als sie nicht zurückkehrte, hat Dad sich auf die Suche nach ihr gemacht. Ich habe noch nichts von ihm gehört. Soll ich ihn anrufen, während du duschst?«

Etwas stimmte nicht, und ich wusste es. *Egal, wie wenig der Reiz des Fußballs Sofia bedeutete, sie würde kein Spiel verlassen, von dem sie wusste, dass es mir* so *wichtig war.* »Weißt du, wer diese Freundin ist?«

»Nein, ich habe sie noch nie zuvor gesehen. Eine große, hübsche junge Frau mit schwarzem Haar.«

Ich suchte in meinem Kopf nach irgendjemandem, auf den diese Beschreibung zutreffen könnte, und schüttelte meinen Kopf. »Ich werde versuchen, Sofia anzurufen.«

Ich ging auf die Bänke zu, wo ich mein Handy bei einem der jungen Ersatzspieler gelassen hatte. Meine Mutter und Schwester kamen hinter mir her. Ich wählte Sofias Nummer. Das Telefon klingelte einige Male, bevor jemand abnahm.

»Hallo?«

Es dauerte ein paar Sekunden, bevor ich die bekannte Stimme einordnen konnte. »Dad? Wo ist Sofia? Geht es ihr gut?«

»Ja, es ist alles in Ordnung. Wir sind zu Hause.« Er versuchte, fröhlich zu klingen. »Habt ihr das Spiel gewonnen?«

»Ja, das haben wir. Kann ich bitte mit Sofia sprechen?«

»Sie ist im Moment nicht bei Bewusstsein, doch mach dir keine Sorgen! Sie ist —«

»Bewusstlos! Warum ist sie bewusstlos? Was ist geschehen? Ich bin gleich bei euch.«

»Ben.« Die Stimme meines Vaters war sowohl fest als auch beruhigend. »Vertrau mir! Es geht ihr gut. Nimm eine Dusche und feiere mit deiner Mutter und deiner Schwester beim Abendessen! Mach dir über Sofia keine Sorgen! Sie wird auf dich warten, wenn du zurückkehrst.«

»Sie ist meine Freundin, Dad. Wie kann ich mir da keine Sorgen machen?«

Der Schock auf dem Gesicht meiner Mutter entging mir nicht. Es war mir egal. Es war an der Zeit, dass sie es erfuhr. Ich wartete nicht einmal auf eine Antwort von meinem Vater. Ich beendete das Gespräch und eilte in den Umkleideraum, um mich umzuziehen, ohne mir die Mühe zu machen, meiner sprachlosen Mutter eine Erklärung zu geben.

Wir befanden uns bereits auf dem Nachhauseweg, als sie mit dem Thema begann.

»Du und Sofia…«, ihr Griff am Lenkrad festigte sich, »wie lange seid ihr schon zusammen?«

»Ich habe gesehen, wie sie sich geküsst haben«, ließ Abby vom Rücksitz aus verlauten.

»Halt die Klappe, Abby!«

»So spricht man nicht mit seiner Schwester. Beantworte meine Frage!«

Ich warf einen finsteren Blick in Abbys Richtung, als sie mir die Zunge ausstreckte. »Wir sind etwa zwei Wochen vor dem Abschlussball zusammengekommen.«

Meine Mutter schnappte nach Luft, bevor sie ihre nächste Frage hervorstieß. »Hast du an dem Abend des Abschlussballs mit ihr geschlafen?«

Was für eine Art, gleich zum Thema zu kommen. »Nein, Mom.« Ich spannte meinen Kiefer an. »Nun, ja, wir haben die Nacht im gleichen Zimmer verbracht, doch nichts ist geschehen.«

»Sie bedeutet nur Ärger, Ben.«

»Siehst du? Da ist es. Das ist der Grund, warum wir es vor dir verheimlicht haben, da wir wussten, dass du so reagieren würdest. Du warst schon immer zu fürsorglich, wenn es um mich ging, Mom… und Sofia kann es wirklich nicht gebrauchen, von dir zurückgewiesen zu werden.«

»Du kennst sie nicht.«

»Sie ist mein bester Freund, und nun ist sie auch meine Freundin. Ich kenne sie sehr viel besser, als du es jemals tun wirst. Und wenn du dir während der letzten acht Jahre die Mühe gemacht hättest, Zeit mit ihr zu verbringen, dann wüsstest du, was für ein unglaublicher Mensch sie ist. Dad hat es getan.«

Zorn flackerte in den Augen meiner Mutter auf. »Dein Vater hat es gewusst?«

»Ja. Wir haben es ihm nicht erzählt. Er wusste es einfach.«

»Was, wenn sie so endet wie ihre Mutter, Ben?«

»Das war ein Schlag unter die Gürtellinie, Mom. Sofia ist keineswegs wie ihre verrückte Mutter.«

Amelia lächelte bitter. »Du kanntest Camilla nicht. Du hast sie niemals getroffen. Sie war genauso wie Sofia. Hübsch, süß, charmant, weichherzig… Sie haben beide diese fesselnde Art an sich, als wären sie sich der Wirkung nicht bewusst, die sie auf andere ausüben. Schau nur, was mit Camilla geschehen ist, Ben! Sie wurde von ihrem eigenen Mann verstoßen und nie wieder gesehen.«

»Sofia wird nicht so enden.«

»Mach nur, rede dir das nur ein!« Meine Mutter trat auf die Bremse, und ich war erleichtert, dass wir zu Hause eingetroffen waren.

Ich sprang aus dem Wagen heraus, begierig, so weit wie

möglich von meiner Mutter wegzukommen. Ich raste zur Haustür und die Treppe hinauf und lief in Sofias Zimmer.

Ich erschrak, als ich sah, wie sie mit geschlossenen Augen auf dem Bett lag. Sie bewegte sich etwas. Ich eilte umgehend an ihre Seite, setzte mich aufs Bett und hielt ihre Hand. Ich ließ meinen Arm unter ihre Schulter gleiten, um ihren Kopf auf das Kissen zu heben. Die Bewegung ließ ihr Kissen verrutschen. Ich erblickte etwas, das darunter lag. Meine Neugier wurde geweckt, doch Sofias Augen öffneten sich, und in dem Moment, als sie mich anblickte, widmete ich ihr meine volle Aufmerksamkeit.

Ich hasste die Art, wie sie mich anschaute. Tausende von Entschuldigungen waren in ihren Augen zu finden, und ich fürchtete mich vor dem Grund.

»Sofia… Was ist geschehen?«

»Vivienne«, keuchte sie.

Vivienne. Ich brauchte einige Sekunden, bevor mir klar wurde, von wem sie sprach. *Die Prinzessin der Vampire. Dereks Schwester.* Ich starrte Sofia an und fühlte mich so, als hätte sie mich gerade betrogen. *Warum in aller Welt sollte Vivienne das Schattenreich verlassen und Sofia aufsuchen?* Die Angst, Sofia zu verlieren, begann, mich zu überwältigen.

»Warum hast du dich allein mit ihr getroffen, Sofia? Was hast du dir dabei gedacht?«

»Sie hat mich angefleht, mit ihr zu sprechen.«

»Warum?«

Sofia leckte sich mit einem Zögern in ihren Augen über die Lippen. »Die Jäger haben sie.«

Was für ein Glück, dass ich sie los bin. Ich suchte bei dieser Neuigkeit nach einem Hauch von Freude in Sofias Blick. Stattdessen war es so, als wäre gerade jemand gestorben, den sie abgrundtief liebte. »Sind das keine guten Neuigkeiten?«

»Sie ist meine Freundin. Ich mache mir Sorgen um sie.« Sofia erhob sich langsam vom Bett, setzte sich auf die Kante und strich sich mit einer Hand über ihre Stirn. »Die Vorstellung, was die Jäger ihr antun könnten, macht mir große Angst.«

Eine Freundin? Dass sie die Prinzessin des Schattenreiches eine Freundin nennen konnte, war für mich wie ein Schlag ins Gesicht. »Was hat Vivienne zu dir gesagt, Sofia?«

Sofia hielt inne. »Sie hat mich gebeten, ins Schattenreich zurückzukehren.«

»Sie hat *was?*«

»Ben…«

Meine Augen weiteten sich. »Sofia, das ziehst du doch wohl nicht ernsthaft in Erwägung, oder?«

»Dieser Raum ist so erstickend. Ich brauche Platz zum Nachdenken.« Sofia verließ das Bett. »Ich werde einen Spaziergang machen.«

»Du gehst nirgendwohin, Sofia. Wir müssen darüber sprechen.«

»Nein, Ben. Das müssen wir nicht. Zumindest nicht jetzt.«

Sie drehte am Knauf, öffnete die Tür, ging davon und ließ mich fassungslos zurück. Ein Teil von mir wollte ihr hinterherlaufen und sie zurück zerren, als mein Vater um die Ecke schaute. »Es sieht so aus, als wäre sie auf. Wie ich gesagt habe, es gibt nichts, um das du dir Sorgen machen müsstest.«

Nichts, um das ich mir Sorgen machen müsste? Mein Vater hatte schon immer so eine Art an sich, die Dinge auf die leichte Schulter zu nehmen. Ich vermute, ich habe meine Neigung, Problemen aus dem Weg zu gehen, von ihm geerbt. »Was ist mit Sofia geschehen, Dad? Warum war sie bewusstlos?«

»Ich weiß es nicht.« Er zuckte mit den Schultern. »Ich habe sie im Café gefunden mit dieser Freundin, die etwas in sich hinein murmelte, während sie Sofias Hände hielt. Ich näherte mich ihnen, und plötzlich hatte das andere Mädchen irgendeine Art von Anfall, und Sofia verlor das Bewusstsein. Wir fuhren ins Krankenhaus, doch Sofia wurde mit dem Rat entlassen, sich etwas Ruhe zu gönnen.«

»Und ihre *Freundin?*«

»Ich habe vergessen, mich nach ihr zu erkundigen. Hast du mit Sofia gesprochen? Hat sie dir irgendetwas erzählt?«

Sie hat mir nicht genug erzählt. »Ja… sie hat gesagt, sie müsste nur einen Spaziergang machen.«

»Nun, es ist sicherlich das Beste, ihr etwas Freiraum zu lassen. Und Ben?«

»Ja?«

»Was wirklich geschehen ist, als ihr verschwunden wart… es wird der Tag kommen, an dem ihr darüber sprechen müsst. Ich verstehe das Bedürfnis, davor wegzulaufen, doch wenn Dinge wie diese geschehen, beginne ich, mich zu fragen, ob…«

»Es geht mir gut, Dad. Sofia geht es gut.«

»Also dann. Gute Nacht, Ben.«

»Gute Nacht, Dad.«

Und da stand ich dann, unsicher, was ich tun sollte. Dann erinnerte ich mich daran, dass ich etwas unter Sofias Kissen entdeckt hatte. Ich gab meiner Neugier nach, ging hinüber zum Bett, um zu sehen, was da verborgen war, und wünschte mir umgehend, ich hätte es nicht getan.

Außer mich innerlich zu zerreißen, besiegelte es lediglich meine Entscheidung. *Ich habe genug. Gleich morgen früh werde ich die Jäger ausfindig machen. Entweder kommt sie mit mir oder nicht.*

KAPITEL 30: SOFIA

Eine kalte Brise wirbelte Strähnen meines Haares in der Luft herum, als ich auf den Bürgersteigen aus Beton in der vorstädtischen Nachbarschaft, in der wir lebten, einen Spaziergang unternahm. Die Gegend war in Reihen mit identisch aussehenden Villen untergliedert. All die Häuser sahen von außen gleich aus, doch waren sie im Inneren höchstwahrscheinlich vollkommen unterschiedlich.

Manchmal ist das so mit Menschen. Man glaubt, man kann sie nach den Mustern beurteilen, die man sieht, doch wenn man näher hinschaut, sind sie ganz anders, als man es erwartet hätte.

Genauso war es mit Vivienne. Natürlich hatte ich sie niemals wirklich verstanden. Im Schattenreich war sie mir gegenüber stets kalt und überheblich gewesen. Es war nicht so, dass sie mich nicht mochte. Ich schien ihr einfach nur egal zu sein, als wäre ich weder ihrer noch Dereks Zeit würdig.

Doch dann hatte sie mir einen Blick in ihren Geist gewährt,

indem sie die Erinnerungen an ihre Vergangenheit mit mir teilte, und ich wusste, dass ich sie niemals wieder im gleichen Licht betrachten würde. Es war beängstigend, wie sehr sie die Jäger fürchtete. *Das ist der Grund, warum sie sich so merkwürdig verhalten hat. Sie hat sie wahrscheinlich gespürt. Und doch ist sie geblieben. Sie hat* alles *riskiert, nur um mich davon zu überzeugen, ins Schattenreich zurückzukehren.*

Ich erinnerte mich noch an die Nacht, in der Derek aufgewacht war, und wie eng miteinander verbunden die beiden zu sein schienen. Mir verzog sich der Magen, wenn ich daran dachte, wie Derek die Neuigkeit aufnehmen würde, dass Vivienne von den Jägern gefasst worden war. Und ich fand es noch beunruhigender, mir vorzustellen, was die Jäger ihr antun könnten.

Dieser Gedanke überwältigte mich, und als ich meine Hände in die Taschen der Kapuzenjacke steckte, die ich trug — die Jacke, die Bens Nummer acht aufgestickt hatte — überlegte ich, was das Beste für Derek wäre.

Ich strich durch die Nachbarschaft und fragte mich, was ich tun sollte, bis meine Füße mich schließlich zu dem Haus zurückbrachten, das mir die letzten acht Jahre über einen Unterschlupf gewährt hatte. Draußen auf den Stufen, die zur Eingangstür führten, saß Ben und wartete auf mich. Als er sah, wie ich mich näherte, blickte er mich an, und ich wusste, dass ich ihn sehr verletzt hatte.

»Ben…« Ich trat einen Schritt auf ihn zu und sah, was er mit seinen Händen umklammert hielt. Mir wurde das Herz schwer. »Ich kann es erklären.«

»Das musst du nicht.« Er stand auf und übergab mir die Gegenstände, die unter meinem Kissen versteckt gewesen waren.

Er hielt meine Schultern fest und küsste mich auf die Stirn.

»Ich werde bei Sonnenaufgang gehen, um die Jäger zu finden. Wenn ich dir irgendetwas bedeute, *wirst* du dich mir anschließen. Wenn du es nicht tust, dann sehe ich dies als ein Lebewohl an.«

»Ben, tu das nicht!« Tränen begannen, mir die Wangen hinunterzulaufen. Ich konnte den Gedanken nicht ertragen, ihn zu verlieren.

Er wischte meine Tränen mit seinem Daumen weg, hielt meine Taille fest und zog mich an sich heran, bevor er sich noch einmal auf meine Lippen stürzte — zu Beginn sanft und dann immer rauer, hungriger und fordernder, je länger der Kuss andauerte. Ich schnappte nach Luft, als unsere Münder sich voneinander trennten, und atmete tief ein, als sein Blick sich auf meinen Lippen konzentrierte, die nach seinem Kuss immer noch pulsierten.

»Ein Ultimatum, Rosenrot. Dieses Mal ist die Wahl, vor die ich dich stelle, deutlich.« Verbittert warf er einen kurzen Blick auf die Gegenstände, die ich in meiner Hand hielt. »Entweder bist du mit ihm oder mit mir zusammen.«

Er ging davon, und ich stand allein auf der Eingangstreppe. Tränen ließen mir die Sicht verschwimmen, als ich auf das schaute, was ich in der Hand hielt. Das Polaroidbild, das Corrine mir mitgegeben hatte — das Foto mit Dereks Blick, der auf mich gerichtet war — und ein Skizzenbuch, dessen Seiten mit Bildern gefüllt waren, die dem Vampir sehr ähnlich sahen, der mich immer noch gefangen hielt.

Erschöpfung überkam mich. Ich bin ein Narr gewesen zu denken, ich könnte mich an Universitäten bewerben und mein Leben einfach weiterführen, als wäre das Schattenreich niemals geschehen. Ich hatte genug von Ben und seinem Ultimatum und all dem Druck, dem er mich aussetzte. Und vor allem hatte ich genug davon, Schuldgefühle für die Tatsache zu empfinden, dass ich ins Schattenreich zurückkehren wollte – wenn auch nur, um Derek wiederzusehen.

Auf vielfache Weise drängten mich Viviennes Verschwinden und Bens Ultimatum auf Dereks Seite. Selbst als ich in mein Schlafzimmer zurückkehrte und begann, eine Tasche zu packen, stellte ich meine Zurechnungsfähigkeit infrage. Ich hatte erreicht, was noch nie zuvor jemand anderem gelungen war. Ich war dem Schattenreich entronnen, und trotzdem ging ich nun auf direktem Weg dorthin zurück.

Und doch erfüllte mich in dem Moment, in dem ich die Entscheidung traf zurückzukehren, ein Friede, der über jegliches Verständnis hinausging – ein Friede, den ich seit des Verlassens des Schattenreiches nicht mehr empfunden hatte.

Es ergab keinen Sinn, doch es fühlte sich richtig an. Ich lächelte, als ich die letzten meiner wenigen Besitztümer zusammenpackte, die wertvoll genug waren, um sie mit mir zu nehmen. Ich schaute auf die Uhr, die an der Wand hing. Es war fast Mitternacht. Wenn ich dem Pfad folgen wollte, den Vivienne mir geschildert hatte, dann hatte ich nicht sehr viel Zeit.

Ich schlich mich in Bens Schlafzimmer. Ich hatte keine andere Wahl, als die Schlüssel für seinen Pritschenwagen zu nehmen. Es war die einzige Möglichkeit, den Treffpunkt rechtzeitig zu erreichen. Doch nachdem ich die Tür geöffnet hatte, stellte ich fest, dass Ben hellwach war. Er schaute sich kurz meine Kleidung an und wusste, dass ich meine Wahl bereits getroffen hatte.

»Ben…«, stotterte ich.

»Bist du dir sicher, dass es das ist, was du willst?«

»Es tut mir leid, Ben.«

»Der Schlüssel für den Wagen befindet sich in der Tasche meiner Jeans.«

Ich war überrascht, dass er mir helfen wollte, doch ich sah dieses Angebot als das an, was es war. Es war seine Art, mich loszulassen und mich bei meiner Entscheidung zu unterstützen, selbst wenn es ihn schmerzte.

Egal, wie überzeugt ich davon war, die richtige Entscheidung getroffen zu haben, in dem Augenblick fühlte es sich schrecklich an.

»Ben…«

»Nein, Sofia. Geh einfach!«

Tränen füllten meine Augen, als ich den Schlüssel aus seiner Tasche herauszog. »Ich werde dir eine SMS schicken, um dir zu sagen, wo ich geparkt habe. Ich…«

»Ich denke, Alyssa hatte Recht. Rosenrot kommt am Ende wirklich mit der Bestie zusammen.«

Seine Worte trafen mich tief, doch sie schafften es nicht, mich von meinem Vorhaben abzuhalten. »Tröste dich mit dem Wissen, dass die Bestie doch keine so große Bestie ist!«

Als Antwort brachte er mir Stille entgegen. Ich bewegte mich in Richtung Tür. »Ich hoffe, du weißt, wie viel du mir bedeutest und wie sehr ich dich liebe. Ich hoffe, du weißt, dass du stets mein bester Freund sein wirst.«

»Das tut am meisten weh, Sofia… zu wissen, dass ich stets nichts weiter als *nur* dein bester Freund sein werde.«

Ich war kurz davor zu weinen, also eilte ich in Richtung Tür, da ich mich weigerte, in seiner Gegenwart zusammenzubrechen.

Doch ich musste ihn noch um einen weiteren Gefallen bitten, bevor ich mich auf den Weg machte. Ich wusste, ich hatte kein Recht, ihn darum zu bitten, doch ich fühlte mich dazu verpflichtet. Um Viviennes willen. »Wenn du die Jäger findest, Ben, dann tun mir bitte einen Gefallen. Bitte suche nach Vivienne und versuche, dafür zu sorgen, dass ihr kein Schaden zugefügt wird.«

Bens Antwort war eiskalt. »Verlass dich nicht darauf! Nichts könnte mir gleichgültiger sein, als zu wissen, wie sehr sie sie leiden lassen.«

Ich drehte mich in seine Richtung. Sein Gesicht war von Schatten verdeckt. Dunkelheit war in seinen Augen zu erkennen. Ich versuchte, ihn mit meinem Herzen zu erreichen, als ich bei dem Gedanken erschauerte, was das Schattenreich aus ihm gemacht hatte. »Du bist besser als das, Ben. Du hast keine Ahnung, wer Vivienne Novak ist, doch wenn du schon nicht an sie glauben kannst, dann glaub wenigstens an mich! Sie hat etwas Gutes in sich, also bitte, wenn es etwas gibt, das du tun kannst, um ihr zu helfen…«

»Auf Wiedersehen, Sofia.«

Traurigkeit lastete schwer auf mir, als ich nickte und antwortete: »Auf Wiedersehen, Ben.«

Schließlich ging ich und spürte tiefe Traurigkeit darüber, dass dieses das letzte Mal gewesen sein könnte, dass ich Ben sah.

Mehr als eine Stunde später war ich zu einem abgeschiedenen Gebiet des Santa Monica-Strands von Los Angeles gefahren. Ich ließ den Wagen zurück und ging einige Minuten am Strand entlang. Schon bald entdeckte ich ein bekanntes Gesicht, das auf mich zukam. *Kyle.*

»Sofia!«, rief er aus, als er mich mit einer freundlichen Umarmung zu sich heranzog. »Ich fing schon an zu glauben, du würdest nicht kommen. Ist Vivienne bei dir?«

Ich schüttelte meinen Kopf. »Die Jäger haben sie gefangen.«

Er sah wie versteinert aus, und in seinen Augen war Furcht zu erkennen. »Ich habe keine Ahnung, wie der Prinz diese Neuigkeit aufnehmen wird.«

»Ich denke, das werden wir bald herausfinden.« Ich lächelte bitter.

Er nahm meine Tasche und lächelte mich schüchtern an, als er eine Spritze an meinen Nacken hielt. »Du kennst die Prozedur.«

Ich rollte mit den Augen. »Also gut.«

In Wahrheit verrieten Viviennes Erinnerungen mir genau, wo das Schattenreich lag. Ich hatte ein Bild seiner Lage in meinem Kopf, die auf einer Karte eingekreist war — eines der größten Geheimnisse des Schattenreiches. Es war ein Zeichen des Vertrauens, das Vivienne in mich gesetzt hatte, eine Geste, die ich nicht auf die leichte Schulter nehmen konnte.

Also steckte zum dritten Mal ein Vampir eine Spritze in meinen Hals. Als das Beruhigungsmittel mir langsam das Bewusstsein nahm, gestattete ich mir selbst ein kleines Lächeln. Es fühlte sich so an, als würde ich nach Hause zurückkehren.

KAPITEL 31: DEREK

Ich befand mich auf dem Übungsgelände. Xavier, der nach dem täglichen Trainingsregime, das ich ihm auferlegt hatte, im Umgang mit dem Schwert bedeutend besser geworden war, hatte mir gerade in die Schulter gestochen. Meine Wunde verheilte, als ich von einem Übelkeit erregenden Gefühl ergriffen wurde, zusammen mit dem Verlangen herauszufinden, wo meine Schwester war.

»Dir ist allerdings klar, dass die Jäger und vielleicht auch die anderen Zirkel nun mit Gewehren anstelle von Schwertern ausgestattet sind, oder nicht?«, fragte Xavier. »Warum müssen wir dann mit *diesen* hier kämpfen?« Er hob sein Schwert an, als ich mich zu voller Größe streckte.

»Gewandtheit. Stärke. Die Ehre, euren Gegnern in die Augen schauen zu können, bevor ihr sie verwundet. Schwertkämpfe sind nichts für Feiglinge«, erklärte ich ihm, während ich immer noch von dem Bedürfnis abgelenkt wurde, Vivienne zu finden.

»Ehre?« Er hob eine Augenbraue an. »Nennen wir das jetzt so?« Er bereitete sich auf eine weitere Runde vor. »Vielleicht meinst du eher *Grauen*.«

Obwohl mein Gegner auf einen weiteren Kampf zu warten schien, zog ich mich zum ersten Mal zurück.

»Müde, Novak?«

Ich schnaubte. »Keineswegs. Ich scheine meine Gedanken nur nicht von Vivienne ablenken zu können.« *Unter anderem…* Mein Hunger nach Ashley war alles andere als befriedigt, und ich hörte niemals lange auf, an sie zu denken.

»Vivienne? Warum?«

Es war kein Geheimnis, dass Xavier viele Male versucht hatte, meine Zwillingsschwester zu umwerben und von ihrer Zurückweisung gedemütigt worden war.

»Ich weiß es nicht. Ich habe sie schon seit Tagen nicht mehr gesehen.«

Nicht, seitdem ich angedeutet habe, dass ich einer weiteren selektiven Auswahl nicht im Weg stehen werde.

Hinter Xavier näherte sich Liana Hendry. Nur ein Blick in ihre besorgten, kummervollen gelb-goldenen Augen machte es sehr deutlich. *Etwas stimmt nicht. Etwas stimmt ganz und gar nicht.*

Sie hielt an der Grenze des Kreises an, in dem Xavier und ich standen.

»Liana«, rief ich der besten Freundin meiner Schwester zu. »Stimmt etwas nicht? Ist Vivienne etwas zugestoßen?«

Es war kein Geheimnis, dass Vivienne und ich sehr oft spürten, wenn dem anderen etwas zustieß. Das letzte Mal, als ich etwas Derartiges gespürt hatte, war, als Borys Maslen sie gefangen gehalten hatte. Es dauerte Tage, bevor sie uns zurückgegeben wurde, und sie hatte niemals irgendjemandem auch nur ein einziges Wort darüber erzählt — außer Liana, die die einzige Person war, die in ihr leises Flüstern eingeweiht war.

Liana atmete kurz ein, bevor sie auf dem Schotter von einem Fuß auf den anderen trat. »Ich fürchte, sie könnte von Jägern gefangen genommen worden sein.«

Ihre Worte waren wie ein Dolch, der mir ins Herz gestoßen und herumgedreht wurde. Meine Atmung wurde zu einem schweren Keuchen. Eine Furcht, von der ich niemals gedacht hätte, dass ich sie jemals wieder spüren könnte, umgab mich. Der Gedanke an das, was sie Vivienne antun könnten, um die Geheimnisse des Schattenreiches zu erfahren, sandte einen Schwindel durch meinen Körper.

»Derek, ich habe versucht, es ihr auszureden, doch du kennst sie. Sobald sie sich einmal etwas in den Kopf gesetzt hat…«

»Wie konnte das geschehen?«

»Sie hat die Insel verlassen, um nach Sofia zu suchen.«

Mein Kopf drehte sich. »Warum sollte sie…« Ich hielt inne, da ich die Antwort sehr gut kannte. *Vivienne hat um meinetwillen nach Sofia gesucht.*

»Sie hat mir gesagt, sie würde mich zu einem bestimmten Zeitpunkt benachrichtigen, sollte ihr kein Leid zugefügt worden sein. Schon bevor sie gegangen ist, hat sie mir erzählt, dass sie Angst davor hätte, von den Jägern gefangen zu werden, und…«

»Und doch ist sie gegangen.« *Was hat diesen plötzlichen Todeswunsch in dir geweckt, Vivienne?* »Wie wollte sie sich mit dir in Verbindung setzen?«

»Sie hat sich ein Handy von Corrine besorgt. Dessen Signal durchdringt den Schild, den der Zauber der Hexe bildet.«

Der schützende Zauber, der die Insel geheim hielt, blockierte jegliche Kommunikation mit der Insel.

»Corrine wusste von ihrem Plan?«

Liana schüttelte ihren Kopf. »Die Hexe mischt sich nur selten in unsere persönlichen Angelegenheiten ein.«

Sie hat sich bei Sofia eingemischt. »Wann hätte Vivienne sich mit dir in Verbindung setzen sollen?«

»Schon vor Stunden.«

»Vor *Stunden*? Und es kommt dir erst jetzt in den Sinn, mir davon zu erzählen?«

»Ich hatte gehofft, dass etwas anderes ihre Verspätung verursacht haben könnte.«

Mein Handrücken schlug gegen Lianas Wange und brachte sie dazu, auf dem Schotter unter uns zusammenzubrechen.

»Derek!« Xavier eilte an ihre Seite.

»Es ist in Ordnung«, versicherte Liana ihm, als er ihr hoch half.

»Wir werden meine Schwester finden. Wenn es nötig ist, werden wir alle Städte in allen Ländern der Welt durchkämmen. Ich werde nicht eher ruhen, bis sie sich wieder in Sicherheit befindet.«

»Du willst dich mit den Jägern anlegen?« Xaviers Muskeln verkrampften sich. »Das ist Selbstmord, und du weißt es. Du wirst uns alle umbringen, wenn du dort rausgehst, um nach ihr zu suchen.«

»Ich habe nur aus einem einzigen Grund all diese Jahre über gekämpft und so viel Blut vergossen: um meine Familie zu schützen! Und wo sind nun alle? Siehst du irgendjemanden von ihnen hier? Keiner von ihnen ist in meiner Nähe! Vivienne zu verlieren beraubt mich meiner Bestimmung.«

»Wenn die Jäger sie wirklich haben, dann ist sie so gut wie tot, Derek.«

Xavier sagte die Wahrheit, doch ich war nicht bereit, sie zu hören. Ich sprang nach vorn und warf mich mit meinem gesamten Gewicht auf ihn, sodass wir beide auf den Boden fielen.

»Derek! Hör auf!«, rief Liana aus.

Ich presste mit meinen Knien Xaviers Arme auf den Boden, während ich mit einem Schlag nach dem anderen sein Gesicht attackierte. Hinter mir versuchte Liana, mich zu stoppen, und zerriss mein Hemd, doch mein Ellbogen traf sie im Bauch und raubte ihr den Atem.

Ich habe keine Ahnung, wie viele Schläge ich austeilte und wie lange ich einen Kameraden für ein Verbrechen bestrafte, an dem er nicht beteiligt gewesen war, doch als Cameron schließlich eintraf, mit seiner Faust mein Haar ergriff und mir ins Gesicht schlug, bestand Xaviers Gesicht nur noch aus einer blutigen Masse.

»Wir machen uns alle Sorgen um sie!«, rief Cameron. »Bestrafe *nicht* deine eigenen Leute für ihren Verlust!«

Verlust. Die Vorstellung, dass ich Vivienne verloren hatte, war zu viel für mich. Ich gab einen furchteinflößenden Schrei von mir, als ich mich erhob und ungebetene Tränen meine Wangen hinunterliefen. Ich konnte es nicht ertragen, mich in ihrer Gegenwart aufzuhalten, daher suchte ich in der Villa meiner Schwester nach Trost.

Wie erwartet war sie leer. Sie hielt sich niemals Sklaven in ihrem Haus, und sie hasste es, Wächter in der Nähe zu haben, da sie behauptete, allein auf sich aufpassen zu können. Meine Schwester genoss ihre Einsamkeit. *Wie konnte ich es nicht bemerkt haben, dass sie weg war?*

Ich ging in ihr Gewächshaus, das auf der ganzen Welt ihr Lieblingsplatz war, ein Ort, an dem das Leben blühte, selbst wenn der Tod uns umgab. In dem Moment, als ich eintrat, brach ich auf dem

Boden zusammen und ballte meine Hände verzweifelt zu Fäusten, während ich mir die schrecklichsten Möglichkeiten ausmalte.

Meine Schwester würde alles überstehen, was ihr angetan werden könnte, um die Insel zu beschützen. Sie würden sich die größte Mühe geben, sie zu brechen, doch sie würden versagen. Dieses Scheitern würde von der Person, die ich mit meinem Leben beschützen würde, mit einem qualvollen Preis bezahlt werden müssen.

Die Nacht hatte sich noch niemals so finster wie in dem Moment angefühlt, als ich auf dem Boden von Viviennes Gewächshaus saß und ihren Verlust betrauerte. Ich hatte keine Ahnung, wie viele Stunden ich dort verbrachte. Es fühlte sich wie eine Ewigkeit an. Zuerst hoffte ich, dass Vivienne einfach unbeschadet auftauchen würde. Ich bildete mir ein, ihre Schritte draußen auf dem Holzfußboden zu hören. Irgendwann jedoch wich das Leugnen der Realität und dann unausweichlich dem Zorn. *Jemand muss für das bezahlen, was Vivienne zugestoßen ist.*

Mir kam nur ein Name in den Sinn. Nur ein Name verdiente die Strafe für das Ableben meiner Schwester. *Sofia.*

Ein Zorn, den ich in hunderten von Jahren nicht gespürt hatte, vereinnahmte mich, und zum ersten Mal seit sehr langer Zeit verdrängte ich all die Schuldgefühle in mir, um mich dem Monster hinzugeben, zu dem ich geworden war. Ich würde Sofia bezahlen lassen.

Ich würde die Menschen bestrafen, die ihr etwas bedeuteten. *Ashley... dann Paige... dann Rosa.* Ich verlor keine Zeit, um den Hunger zu stillen, der mich schon seit Tagen verfolgte.

Es dauerte nicht lange, um von Viviennes Penthouse zu Kyles sehr viel kleinerer Behausung zu gelangen. Er würde sich am Hafen aufhalten — auf Wache zusammen mit Sam. Ich hätte sie gern bekämpft, um an Ashley heranzukommen, doch so würde das Mädchen genügen müssen. Ich schlug die Tür ein.

»Ashley!«, schrie ich. »Ashley!«

Ich spürte ihre Angst. Ihr Puls raste, und ihr Herz verdoppelte seine Schläge. *Richtig so. Fürchte dich! Fürchte dich sehr!* Außerhalb der Fenster des kleinen Wohnzimmers, in dem ich stand, lief ihre Gestalt über einen glasbedeckten Gang. Ich lächelte selbstgefällig. Es war nicht meine Absicht, die Jagd zu sehr in die Länge zu ziehen. Ich wollte sie haben, und ich würde sie bekommen.

Lichtgeschwindigkeit transportierte mich von meinem Standpunkt zu dem Ort, an dem sie lief. Ich presste sie gegen die Wand, ergriff mit einer Hand ihren Kiefer und hielt mit der anderen ihr Haar fest, bis sie vor Schmerzen nach Luft schnappte. Ich drehte ihren Kopf auf eine Seite, sodass ihr Hals entblößt war und ich meine Zähne in ihr versinken lassen konnte. Als ich ihren nackten Hals direkt vor mir sah, verspürte ich nicht das leiseste Zögern, bevor ich zubiss und von ihr trank. Sie schrie und bettelte, dass ich aufhören sollte. Das heizte das Feuer nur an, das der Verlust meiner Schwester in mir entzündet hatte.

Ich trank, bis ihr Tod nahte. Ich hörte auf. Claudia hatte Recht. Zorn gab uns Kontrolle. Ashley war kaum noch bei Bewusstsein, als ich ihren schlaffen Körper über meine Schulter warf. Ich hatte vor, ihr Leiden zu verlängern.

Innerhalb weniger Minuten waren wir wieder zurück im Penthouse, und ich presste ihr Gesicht aufs Bett. Während sie sich wehrte, rissen meine Klauen an der Rückseite ihres Kleides. Meine Augen weiteten sich sowohl vor Grauen als auch vor Freude, als ich die Tätowierung eines Falken auf ihrem Rücken sah — das Zeichen der Jäger. Ich schob ihre blonden Locken zur Seite, während ich mich über sie lehnte und ihr ins Ohr flüsterte: »Ich hatte keine Ahnung, dass du eine von ihnen bist. Meine Rache wird so süß sein.«

Geschwächt von dem Blutverlust konnte sie unter mir nur noch wimmern. Ich setzte mich rittlings auf ihre Hüften und war kurz davor, noch einmal in ihr Fleisch hineinzubeißen, als sich hinter mir die Schlafzimmertür öffnete.

Ich drehte mich herum, um die Person zu sehen, die ich am allerwenigsten erwartet hätte.

Sofia.

KAPITEL 32: SOFIA

Das Erste, was ich bemerkte, nachdem ich die Tür geöffnet hatte, war das Symbol eines Falken auf Dereks Rücken — unter seinem rechten Schulterblatt. Viviennes Erinnerungen erwiesen sich als korrekt, und für den Bruchteil einer Sekunde stand ich wie angewurzelt dar.

Erst als er sich zu mir umdrehte, wurde mir klar, was er dort tat. Das Blut auf dem Hals der bewusstlosen jungen Frau versetzte mir einen Schock.

Meine Wangen erbleichten, als ich mich gegen den Türpfosten lehnte. »Derek, wie konntest du nur…« Meine Stimme verlor sich, als ich sah, auf welche Art und Weise er mich anschaute — als wäre ich ein Geist; ein Geist, den er verabscheute.

Ein tiefes, herzzerreißendes Knurren kam ihm über die Lippen, und innerhalb weniger Sekunden presste er mich gegen die Wand seines Schlafzimmers, wobei seine Hüften mein Gewicht hielten, seine linke Hand meinen rechten Arm ergriff und gegen die Wand drückte, während seine rechte Hand meinen Hals festhielt.

»Wie bist du hierher zurückgelangt?«, fauchte er.

Die Geschichte wiederholte sich: der räuberische Glanz in seinen stahlblauen Augen, die Kälte seines Atems, die Hilflosigkeit und Verletzlichkeit, wie klein und zerbrechlich ich mich fühlte, während ich zwischen seinem Körper und der Wand eingeklemmt war... All dies war schon einmal geschehen, doch dieses Mal war ich nicht mehr das gleiche Mädchen. Ich war nicht länger ein ängstliches, wimmerndes Opfer, das unter seiner Berührung erzitterte.

»Das bist nicht du, Derek!« Es war nur ein leises Flüstern, doch es ließ keine Überzeugungskraft missen. Ich schlang vorsichtig meine Finger um das Gelenk der Hand herum, mit der er meine Kehle festhielt.

Die Muskeln in seinem Kiefer zuckten bei meiner Berührung. Er sah mörderisch, und doch sehr zerrissen aus. Sein Griff festigte sich und drohte, mich zu erwürgen.

»Wähle deine Worte weise, denn es könnten deine letzten sein! Wie konntest du hierher zurückkehren?«

Ich ließ meine Hand an seinem Gelenk und streichelte mit meinen Fingern seine Haut. »Vivienne hat mir den Weg gezeigt.«

Der Schleier in seinen Augen klärte sich, und die Dunkelheit lichtete sich, um mir noch einmal das Funkeln seiner strahlend blauen Augen zu zeigen. Er trat von mir weg und zog sein Handgelenk aus meinem Griff heraus, als würde meine Berührung ihn verbrennen. »Wie hat sie...«

Seine Frage verklang in dem Moment im Hintergrund, als ich einen hölzernen Pfahl hoch in der Luft erblickte, der von zwei zitternden Händen gehalten wurde und bereit war, Derek in den Rücken mitten in sein Herz hineinzustoßen.

»Ashley? Nein!«

Ich drückte Derek zur Seite, und er rührte sich sogar, vielleicht eher aus Überraschung als aufgrund meiner Stärke.

Der hölzerne Pfahl, mit dem Ashley es auf ihn abgesehen hatte, vergrub sich in meiner Schulter.

In dem Moment, als mein Fleisch barst und Blut herausströmte, schrie ich voller Schmerzen auf. Ich ergriff den Pfahl. Die pulsierenden Qualen brachten meinen Kopf zum Taumeln.

Ashleys Augen weiteten sich. »Oh mein Gott, nein! Sofia!«

Ich schaute hoch, nur um voller Grauen zu sehen, wie Derek sich ihr näherte. Dieser Pfahl stammte aus seinem persönlichen Vorrat. Jede von uns hatte einen. Bevor ich das Schattenreich verlassen hatte, hatte er uns beigebracht, wie man einen Vampir tötet. Ich erinnerte mich an seine Warnung: Sollten wir diesen Pfahl jemals gegen ihn verwenden, würde er uns eigenhändig umbringen.

Als er seine Hände anhob, bereit, ihre Kehle zu ergreifen, schnappte ich nach Luft. Er würde jeden Augenblick ihr Genick brechen.

»Derek, tu das nicht!«

Mit einer Hand ergriff er ihr blondes Haar, während die andere fest ihren Kiefer umklammerte. »Sie wollte mich töten.«

»Sie hat mich nur verteidigt, um Himmels willen!«

Ich atmete tief ein, als er ihren Kopf nach hinten zog und seine Hand sich fester um ihren Kiefer herum schloss.

»Sie ist eine Jägerin.«

Der Pfahl in meiner Schulter verursachte mir große Schmerzen, doch ich war nicht hierhergekommen, um zu sehen, wie

Derek eine liebe Freundin direkt vor mir tötete. Verzweifelt taumelte ich nach vorn und ergriff sanft sein Handgelenk. »Bitte.«

Er stieß meine Hand weg, sodass ich auf den Boden fiel. Zu meiner Erleichterung warf Derek Ashley in Richtung des Bettes. *Nicht sehr sanft, doch zumindest wird sie am Leben bleiben.* Sie fiel mit dem Gesicht nach unten auf das Bett. Ich sah den Falken auf ihrem Rücken. Ihrer bestand aus einer Tätowierung und nicht aus einem Brandzeichen wie der von Derek, doch es war genau das gleiche Symbol. *Der Falke... was bedeutet er?*

Derek kniete vor mir auf dem Boden. Sein Kiefer verkrampfte sich, als er das Blut sah, das aus meiner Schulter quoll. »Das wird wehtun.«

Bevor ich reagieren konnte, zog er den Pfahl mit einer schnellen Bewegung heraus. Voller Überzeugung, dass ich das Bewusstsein verlieren würde, schrie ich auf, doch diese Gnade wurde mir nicht gewährt.

Ich wünschte mir, dass ich meine Sinne ausschalten könnte, doch mein *Bewusstsein* fühlte sich manchmal wie ein Fluch an, dem ich für den Rest meines Lebens ausgesetzt sein würde.

»Du hast eine durchstochene Sehne und eine ausgerenkte Schulter«, erklärte Derek mir nach näherer Untersuchung. »Ich muss deine Schulter wieder einrenken, bevor ich dich heilen kann.«

Mit einem schnellen Ruck zog er meine Schulter zurück an ihren Platz. Ich biss mir auf die Lippen, bis es schmerzte, doch ich weigerte mich zu schreien.

Offensichtlich zufrieden stand Derek auf und ging auf das Bett zu. Ashley wich zurück, bis sie mit dem Rücken gegen das Kopfteil stieß. Derek schaute sie finster an, doch Erleichterung überkam uns beide, als er sich herumdrehte, um sich wieder mir zuzuwenden, und ein Schweizer Messer aus seiner Tasche hervorholte. Ich wusste, wofür es gedacht war.

»Nein, ich will dein Blut nicht trinken.«

»Warum nicht, zum Teufel?« Er schnitt sich trotzdem in die Handfläche und hielt mir die Hand vors Gesicht. »Trink, Sofia!« Er klang noch autoritärer als je zuvor.

Ich presste meine Lippen fest aufeinander, als ich ihn anstarrte. Dieses war meine Trotzhandlung. Auf diese Weise zeigte ich ihm, dass ich nicht als eine Sklavin ins Schattenreich zurückgekehrt war.

»Du forderst meine Geduld heraus.« Er zog seine Hand zurück und schaute mich an, als wäre ich die lästigste Kreatur, die er jemals gesehen hatte. »Wessen Blut willst du dann trinken? Oder möchtest du lieber verbluten? Wenn du Letzteres vorziehst, kannst du mich auch genauso gut von dir trinken lassen. Auf diese Weise könnte dein Tod zumindest meinen Hunger stillen.«

Derek gab sich keine Mühe, seinen Ärger zu verbergen. Bei dem Anblick meines Blutes musste er schlucken, und ich fragte mich, wie viel Selbstkontrolle nötig war, um es nicht zu kosten.

»Hilf zuerst Ashley!«

Aus Ashleys Hals tropfte immer noch Blut, und sie war so bleich wie ein Geist. Der Ausdruck auf ihrem Gesicht machte es deutlich, wie entsetzt sie bei dem Gedanken war, Dereks Blut zu trinken.

»Du machst Witze.«

Ich schüttelte meinen Kopf. Ich presste eine Hand auf meine Wunde, um Druck darauf auszuüben.

Er murmelte mehrere Flüche in sich hinein, bevor er meinen unverletzten Arm ergriff und mich nach oben zog. Das Blut rauschte mir aus dem Kopf, sodass mir zu schwindlig war, um allein stehen zu können, und ich fiel gegen ihn. Halb trug er und halb zog er mich zum Bett, bevor er mich nicht sehr sanft auf die Kante setzte und Ashley seine Handfläche entgegenstreckte.

»Trink!«, befahl er ihr. »Beeil dich! Sofia verliert sehr viel Blut.«

Ashley schaute ihn mit einem mordlustigen Blick in den Augen an, bevor sie je eine Hand um sein Gelenk und seine Finger legte. Dann trank sie. Farbe kehrte in Ashleys Gesicht zurück, was ein starker Gegensatz zu der Blässe war, die ich noch vor wenigen Sekunden an ihr gesehen hatte.

Die Bissspuren an ihrem Hals schlossen sich jedoch noch nicht. »Warum heilt sie nicht?«

»Das tut sie«, versicherte Derek mir, als er seine Hand wegzog. Der Schnitt an seiner Handfläche schloss sich bereits. »Sie braucht nur mehr Zeit zum Heilen als du.«

»Warum?«

»Ich habe nicht die leiseste Ahnung.« Er nahm wieder sein Schweizer Messer hervor und schnitt sich noch einmal in die gleiche Handfläche. »Du bist dran.« Er streckte mir seine Hand entgegen. »Nun trink!«

Ich murrte, als ich seine Hand in meine nahm. Belustigung flackerte in seinen Augen auf, sobald ich begonnen hatte, von seinem Blut zu trinken.

»Dickköpfiges Mädchen.«

Es dauerte nur eine halbe Minute, bis meine durchstochene Sehne verheilte. Die Wunde war gerade dabei, sich zu schließen, als Kyle im Türrahmen erschien. Er trug ein Lächeln auf seinen Lippen. Er hatte wahrscheinlich erwartet, dass ich ein freudiges Wiedersehen mit Derek erlebte. Sein Lächeln verschwand und wurde von einem schmerzerfüllten

Ausdruck ersetzt, als er Ashley in ihrem Zustand im Zimmer erblickte.

»Bring sie in die Zellen!«, befahl Derek. »Sie wird sich morgen vor dem Rat für den Versuch verantworten, mich zu töten.«

Kyles Augen weiteten sich. »Selbstverständlich, Hoheit.« Er näherte sich Ashley und half ihr vorsichtig auf. Ich bemerkte den Schmerz in seinen Augen, als er die Bissspuren an ihrem Hals sah.

»Warte!« Ich konnte Dereks frustrierten Blick auf mir spüren, als ich aufstand. Ich ignorierte ihn, eilte zu Ashley hinüber und umarmte sie, während mir die Tränen in die Augen stiegen. Ich hätte ihr gern Trost gespendet, doch mir fehlten die Worte.

Sie stand nur steif dar und weigerte sich, meine Umarmung zu erwidern. »Nun kehrst du also zurück?«

»Ich konnte nicht bleiben, selbst wenn ich es gewollt hätte«, erwiderte ich leise.

Wir trennten uns voneinander. Sie schaute mich mit einem Ausdruck an, der Hass viel zu ähnlich war. Unsicher wandte ich meinen Blick von ihr ab und schaute Derek an. »Lass sie erst etwas Warmes überziehen. Es ist kalt dort.« Ich konnte mich noch gut an die Kälte erinnern, die ich empfunden hatte, als ich in den Kerkern aufgewacht war.

Derek dachte darüber nach. Er sah verärgert aus, doch nickte Kyle kurz zu. »Kümmere dich darum!«

Sie verließen beide das Zimmer. Damit war ich mit Derek und all den unbeantworteten Fragen zwischen uns allein. Selbst mit meinem Rücken zu ihm gekehrt konnte ich seinen Blick auf mir spüren. Mich nur im gleichen Zimmer wie Derek aufzuhalten ließ eine Welle unbekannter Empfindungen durch mich hindurchströmen. Meine Atmung wurde schwerer, als er sich näherte. Als seine großen Hände an meiner Taille mich an sich heranzogen und seine

Atmung meinen Nacken kühlte, wurde das Luftholen zu einer großen Herausforderung.

»Du bist hier.«

»Ist das etwas Gutes?«

»Sag du es mir!«

All das war zu viel für mich. Seitdem ich die Insel verlassen hatte, hatte ich mich nach ihm gesehnt. Ich hatte nicht gewusst, was mich bei meiner Rückkehr erwarten könnte, doch ich hatte ganz bestimmt nicht damit gerechnet, Derek dabei zu überraschen, wie er eine meiner Freundinnen ermordete. Seine Hände auf mir, die mich hielten, seine Lippen, die an meinem Nacken entlangstrichen und meinen Duft in sich aufnahmen… das alles war zu viel in zu kurzer Zeit.

»Tu mir einen Gefallen, Sofia!« Seine Stimme durchbrach die Stille. »Ich weiß nicht, ob du es kannst, doch bitte, versuche ein paar Stunden lang… zu vergessen, was du gerade gesehen hast! Vergiss, was gerade geschehen ist! Und sei es auch nur für kurze Zeit, sei bei mir. *Bitte.*« Mit einer erstickten, heiseren Stimme gestand er mir: »Ich habe dich so sehr vermisst.«

Sein Flehen ermöglichte mir die Flucht vor all den Gedanken, die mich verfolgten. Eine einzige Emotion bahnte sich ihren Weg an die Oberfläche, und das war das tiefe Verlangen, in seinen Armen zu liegen. Ich nahm seine Hände von meiner Hüfte und schlang seine starken Arme um mich herum.

»Bist du immer noch der Mann, den ich zurückgelassen habe, Derek?«, wagte ich zu fragen.

Seine Arme zogen sich zusammen und umklammerten mich. »Nein.«

Mir wurde das Herz schwer. Diese Direktheit hatte ich nicht erwartet. »Wer bist du dann?«

Seine Lippen drückten sich gegen meinen Hinterkopf, bevor er meine Schultern ergriff und mich zwang, ihn anzuschauen. Hinter seinen blauen Augen sah ich eine ganze Galaxie voller unbeantworteter Fragen, unbestimmter Zweifel, Schuldgefühlen und tiefer Scham.

»Wer soll ich für dich sein, Sofia?«

Ich sah so viel Angst in seinem attraktiven Gesicht, dass ich kaum seine Frage verstehen konnte. In dem Augenblick war er nicht der Prinz des Schattenreiches, der starke und mächtige Derek Novak. Der Mann, der vor mir stand, war der tagtäglichen Schlachten überdrüssig, die er kämpfen musste. Er war ein zerbrochenes Wesen, das bei meiner Berührung erzitterte. Er beugte seinen Kopf und presste seine Stirn gegen meine, als ich meine Hände über seine muskulösen Arme gleiten ließ.

»Ich möchte, dass du *du selbst* bist, Derek.«

Wir beide begannen, uns langsam im Takt einer Musik zu bewegen, die ich zwar nicht hören konnte, von der ich jedoch wusste, dass sie sich in seinem Kopf befand. Seine Hände umschlangen meine Taille, als er mich zu einem Tanz führte. Wir versuchten, zu dem Augenblick zurückzukehren, den wir bereits einmal miteinander erlebt hatten, als wir zu einer Musik getanzt hatten, die nur er hören konnte.

Als seine Lippen meine fanden, wurde der Schmerz in meinem Herzen jedoch zu groß, um ihn ertragen zu können, und ich konnte nicht anders, als einen Schritt von ihm wegzutreten. »Ich kann das nicht tun. Es tut mir leid.«

»Das muss es nicht.« Er schüttelte seinen Kopf. »Ich verstehe.«

Er schaute mich mit einer Sehnsucht an, die das Verlangen, das ich für ihn empfand, in den Schatten zu stellen schien. Intensiv. Verzehrend. Schmerzhaft. Ich wollte ihm erklären, dass ich nicht vor seiner Berührung zurückgewichen bin, weil ich nicht mit ihm zusammen sein wollte, sondern weil ich einfach nicht ignorieren konnte, wobei ich ihn gerade überrascht hatte.

»Ich werde dich zurückgewinnen, Sofia.«

Ich gab ihm einen leichten Kuss auf die Wange. »Ich verstehe zwar nicht warum, doch irgendwie… hast du mich niemals völlig verloren.«

KAPITEL 33: DEREK

Während ich auf der Bettkante saß und darauf wartete, dass Sofia aus dem Badezimmer wieder hervorkam, fragte ich mich, ob sie auch nur die geringste Vorstellung hatte, wie viel ihre Worte mir bedeuteten.

Du hast mich niemals verloren.

Es war das Zugeständnis, dass sie nach allem, was geschehen war, nach allem, was sie gesehen hatte, immer noch mir gehörte. Es ließ Viviennes Verschwinden verblassen, was mir eigentlich Schuldgefühle hätte bereiten sollen. Alles, was ich jedoch empfinden konnte, war Dankbarkeit, dass Sofia wieder bei mir zurück im Schattenreich war. Nicht lange vor ihrer Ankunft war ich wild entschlossen gewesen, sie dafür zu bestrafen, dass ich Vivienne verloren hatte. Doch nun, da sie hier war, schrie alles in mir mit dem Verlangen, all die Dinge wiedergutzumachen, die ich seit ihrer Abreise getan hatte.

Die Tür zum Badezimmer öffnete sich, und sie trat mit einem

Handtuch um ihren schlanken Körper gewickelt daraus hervor, während ihr langes, kastanienbraunes Haar immer noch tropfnass war. Mir stockte der Atem. *Ist sie sich ihrer Wirkung auf mich wirklich nicht bewusst?*

»Ich kann den Fön nicht finden.«

Ich runzelte die Stirn. »Ich habe ihn beseitigen lassen.« *Zusammen mit allem anderen, was mich an dich erinnerte.*

Sie rümpfte die Nase. »Dann muss ich sie mit einem Handtuch abtrocknen.«

Sie ging auf das Bett zu und hob die Kleidung auf, die sie darauf ausgebreitet hatte, bevor sie im Bad verschwunden war. Ihre Nähe stellte all meine Selbstkontrolle auf die Probe. Sie erinnerte mich daran, wie wohl wir uns in der Gegenwart des anderen gefühlt hatten. Sofia ging direkt auf den begehbaren Kleiderschrank zu, um sich anzuziehen. Es dauerte nicht lange, bevor sie wieder auftauchte, eine rote Bluse über einer engen Jeanshose trug und ihr Haar mit ihren Fingern kämmte. Als sie sich näherte, hob sie ihren Blick, um mich anzuschauen, und nahm neben mir Platz.

Sie seufzte tief. »Was nun, Derek Novak?«

Da ich unfähig war, meine Hände von ihr zu lassen, ließ ich meine Handfläche von ihrer Kniescheibe über ihren Oberschenkel gleiten, während ich ihr mit der anderen Hand ihr immer noch nasses Haar aus dem Gesicht strich. »Ich weiß es nicht. Ehrlich gesagt versuche ich immer noch herauszufinden, ob du wirklich hier bist oder ob dies alles nur ein Traum ist.«

Sie hielt den Rücken der Hand fest, mit der ich über ihr Gesicht streichelte, als würde sie meine Berührung genießen. »Vivienne hat mich überzeugt zurückzukommen.«

Obwohl es schmerzte zu hören, wie sie den Namen meiner Zwillingsschwester aussprach, hatte es nicht die aufbrausende

Wirkung, die ich erwartet hätte. Sofia bei mir zu haben machte alles, was um mich herum vor sich ging, so viel leichter und so viel einfacher zu ertragen.

Sofia musste meine Unruhe bemerkt haben, denn ihre freie Hand drückte die Hand, die auf ihrem Oberschenkel lag.

»Es tut mir so leid, Derek. Ich weiß, wie viel sie dir bedeutet.«

»Ich weiß nicht, ob sie immer noch am Leben ist oder nicht. Doch ich werde die Jäger auf alle Fälle bezahlen lassen.«

Ihre Wangen erbleichten. »Dieser Kreislauf der Vergeltung zwischen den Jägern und den Vampiren… wird er jemals enden?«

Ich zog mich von ihrer Berührung zurück, ließ eine Hand durch mein Haar gleiten und ballte die andere über meinem Knie zu einer Faust. »Du kannst mir das nicht ausreden, Sofia. Vivienne ist zu wertvoll für mich, um nicht Rache für sie zu üben.«

»Ich versuche nicht, dir irgendetwas auszureden, Derek. Ich bezweifle, dass ich dich dazu bringen könnte, irgendetwas zu tun, das du nicht tun möchtest.«

Ich musste mir den Drang verkneifen zu höhnen. »Du unterschätzt dich, Sofia. Du hast es bisher regelmäßig geschafft, mich dazu zu bringen, Dinge zu tun, die ich normalerweise nicht tun würde.«

Sie lächelte. »Ach ja? Was zum Beispiel?«

»Ich habe gerade Ashleys Leben verschont, oder nicht?«

Bei der Erwähnung ihrer Freundin verstummte sie. Mir verzog sich der Magen bei dem Gedanken daran, was ich gerade tun wollte, als Sofia mich überraschte.

Ich ließ meinen Daumen über die Sommersprossen auf ihrer Wange gleiten. In dem Moment, als ich sie berührte, erröteten ihre Wangen wieder. »Ich kann immer noch nicht glauben, dass du zurückgekommen bist.«

»Vivienne brachte sehr überzeugende Argumente vor.«

»Erzähl mir, was geschehen ist, Sofia! Zwischen dir und Vivienne.«

»Könnten wir uns irgendwo anders unterhalten? Bitte? Wenn ich mich hier umschaue, kann ich nur daran denken…« Sie hielt inne.

Ashley. Ich nickte und erhob mich vom Bett. Sie nahm meine Hand, als wir aus dem Zimmer gingen. »Wo möchtest du hingehen?«, fragte ich, als wir im Wohnzimmer ankamen.

»Vielleicht in den Sonnenraum?«, beäugte sie mich hoffnungsvoll.

Es brach mir das Herz, als ich ihr die Wahrheit sagte. »Ich habe ihn zerstören und ausräumen lassen.«

»Warum?«

»Er hat mich so sehr an dich erinnert. Ich dachte, ich würde dich niemals zurückbekommen, Sofia. Ich wollte dich vergessen.«

Enttäuscht hielt sie inne, bevor sie fragte: »Hat es funktioniert? Konntest du mich vergessen?«

»Egal, wie sehr ich es versucht habe, ich konnte es nicht.«

»Gut.« Sie zeigte mir ein kurzes Nicken. »Du solltest mich auch niemals vergessen.«

Etwas, das aussah wie Freude, funkelte in ihren Augen, als sie mein Lächeln sah. Zu meiner Überraschung warf sie sich mir an den Hals und presste ihre Lippen auf meine. Für einige Sekunden war ich wie erstarrt und genoss einfach das Gefühl ihrer Lippen auf meinen, bevor ich meine Arme um ihre Taille schlang und sie hochhob, damit sie nicht auf Zehenspitzen stehen musste. Voller Inbrunst erwiderte ich ihren Kuss und befreite mich von all dem aufgestauten Verlangen, das ich für sie empfand. Ich begann, nach vorne zu gehen, bis ihr Rücken auf eine Wand traf, und meine

Hände begannen, an ihrer Taille, ihren Hüften und ihren Schenkeln entlangzugleiten.

Als sie sich endlich von mir löste, schnappten wir beide keuchend nach Luft.

»Was war denn das?«, fragte ich keuchend.

»Ich konnte mich nicht beherrschen. Du hättest mich nicht küssen sollen, bevor ich das Schattenreich verlassen habe. Von dem Augenblick an, als ich an dieser verdammten Küste in Cancún aufgewacht bin, wollte ich nur deine Lippen auf meinen spüren«, gab sie zu, während ihre Wangen erröteten und ihre Lippen anschwollen. »Es tut mir leid.«

»Du musst dich nicht entschuldigen! Du kannst mich jederzeit küssen, wenn du möchtest.«

Sie biss sich auf die Lippen und grinste. »Jederzeit?«

Ich lächelte schelmisch und nickte. Zu meiner Überraschung schob sie mich nach hinten und stellte ihre Füße zurück auf den Boden. »Es ist so schwer, geradeaus zu denken, wenn ich mich in deiner Nähe aufhalte!«

Ich wehrte mich gegen das Verlangen zu lachen, als sie mir auf die Schulter schlug und winselte, da sie selbst mehr Schmerz verspürte, als sie mir zugefügt hatte.

»Bist du wütend, Sofia?«

»Das *sollte* ich sein. Nach allem, was ich gesehen habe, nach allem, was du getan hast… Du hast Ashley angegriffen. Es hat Wochen gedauert, den Sonnenraum fertigzustellen, und du hast mein Meisterstück in nur wenigen Tagen zerstört.« Sie schlug mich noch einmal. Sie sah anbetungswürdig aus. »Ich sollte *stocksauer* sein.«

»Doch dein Verhalten lässt darauf schließen, dass du *nicht* wütend bist?«

Sie begann, vor mir auf und ab zu gehen, während sie den Kopf schüttelte. »Ich bin nicht wütend, doch ich sollte es sein.«

»Warum bist du es nicht?«

Sie blieb stehen, seufzte einmal tief und starrte mich mit brennenden, smaragdgrünen Augen an. »Weil du es bist. Wie kann ich wütend auf dich sein, wenn du direkt vor mir stehst und *so* aussiehst und mich ablenkst?«

Ich begann zu lächeln. »Ich lenke dich davon ab, wütend auf mich zu sein?«

Sie schmollte, bevor ein Kichern ihren Lippen entwich. Sie war erst kurze Zeit zurück, und schon hatte sie mich dazu gebracht, mehr zu lachen und zu lächeln, als ich es während der ganzen Zeit getan hatte, in der sie weg gewesen war. In einer ganz kurzen Zeitspanne hatte sie es fertiggebracht, mich den Druck vergessen zu lassen, der auf mir lastete.

Ich umfasste ihre Wangen mit beiden Händen. »Ich bete dich an, Sofia Claremont.« Ich gab ihr einen sanften Kuss auf die Stirn und atmete aus, als ihre Arme sich ihren Weg um meine Taille herum suchten.

Sie vergrub ihr Gesicht an meiner Brust. »Lass uns von hier verschwinden!«

»Wohin du willst!«

Wir verließen das Penthouse, wanderten durch den Wald und genossen die Stille und die Einsamkeit. Die meiste Zeit über schwiegen wir, bis ich den Mut aufbrachte, ihr die Frage zu stellen, die mir die ganze Zeit über im Kopf herumgegangen war.

»Was hat meine Zwillingsschwester dir erzählt, das dich dazu veranlasst hat zurückzukommen?«

»Wir waren bei Bens Meisterschaftsspiel. Fußball. Vivienne tauchte auf und bat mich um eine Unterhaltung.«

Die Erwähnung ihres besten Freundes drehte mir fast den Magen um. Die Vorstellung, dass sie die ganze Zeit über mit ihm zusammen gewesen war, erweckte ein Gefühl in mir, das ich nur bei Sofia empfand: Eifersucht.

»Wir haben uns in einem nahe gelegenen Café getroffen, und Vivienne hat mir erzählt, dass ich hierher zurückkehren müsste und dass du mich bräuchtest. Sie hat mir erzählt, dass du dich auf einem dunklen Pfad befindest.«

»Das ist alles?«

Sofia zögerte und nickte dann. »Das war so ziemlich das Wesentliche.«

Es fühlte sich so an, als würde sie etwas verbergen. »Und das hat dich davon überzeugt zurückzukehren? Weil sie gesagt hat, ich bräuchte dich?«

Sie hielt an, und ihr Blick konzentrierte sich auf den Boden, als sie sich mit einer Hand an einer Platane abstützte. »Ich denke, man könnte sagen, ich bin zurückgekommen, da ich gehofft hatte, das sei die Wahrheit. Die Tatsache, dass es ausgerechnet Vivienne gewesen ist, die mich aufgesucht hat, um mich zu überzeugen, bedeutete mir sehr viel. Ich glaube nicht, dass sie einer meiner größten Fans war.«

Ich lächelte bitter. »Du kennst meine Schwester nicht. Sie hat große Stücke auf dich gehalten.« Vivienne hatte geglaubt, Sofia war wichtig genug, um sich selbst für die Jäger zu opfern. Ich hatte nicht vor, dieses Opfer auf die leichte Schulter zu nehmen.

»Ich kannte sie besser, als du glaubst.« Sofia fuhr mit ihrer Geschichte fort, während wir unseren ziellosen Spaziergang durch den Wald fortsetzten. »Ich glaube, kurz bevor die Jäger erschienen, hat sie es gespürt. Sie hat etwas mit mir gemacht. Ich bin mir nicht ganz sicher, was es war, doch sie hat etwas darüber gesagt, Erinnerungen mit mir zu teilen und mir den Weg hierher zurück zu zeigen. Und dann hat sie mich festgehalten, und die Erinnerungen stiegen einfach in mir auf.«

»Sie hat ihre Erinnerungen mit dir geteilt?«

Sofia nickte. »Ich weiß, es klingt verrückt, doch es ist die Wahrheit.«

»Ich bezweifle nicht, dass du die Wahrheit sagst. Ich bin nur überrascht, dass sie es riskieren würde, es mit einem Menschen zu tun. Die Übertragung von Erinnerungen versetzt den Empfänger normalerweise in ein Koma. Das menschliche Gehirn kann mit dem plötzlichen Ansturm an Informationen einfach nicht umgehen. Das menschliche Unterbewusstsein wurde nicht dafür gemacht, die Erinnerungen anderer zu empfangen und zu verarbeiten.«

»Ich habe das Bewusstsein verloren, nachdem sie fertig war.« Sofia zuckte mit den Schultern. »Bevor ich ohnmächtig wurde, habe ich jedoch gesehen, wie die Jäger sie mitgenommen haben.«

Während der folgenden Stille wusste keiner von uns, was er sagen sollte. Wir gingen einfach nur nebeneinander her und genossen die Gegenwart des anderen. Von der Dunkelheit der Nacht umhüllt steckte ich meine Hände in die Taschen meiner Jeans und stellte ihr eine sehr viel leichtere Frage.

»Wie war die Sonne?«

Sie lächelte bei dieser Erinnerung. »Warm. Heiß. Alles, was der Mond nicht ist. Während unserer ersten Tage zurück in Cancún konnten Ben und ich uns nur in der Sonne aufhalten.«

Schon wieder Ben. Und wieder einmal erhob die Eifersucht ihr grässliches Haupt. »Was ist aus ihm geworden?«, wagte ich zu fragen.

»Ich möchte lieber nicht über ihn sprechen, wenn es dir nichts ausmacht.«

Ich nickte.

Den Rest unseres Spaziergangs setzten wir schweigend fort, bis wir uns einem vertrauten Anblick näherten.

»Die Heilige Stätte!«, rief Sofia aus, und Aufregung ließ ihre Augen aufleuchten, als sie vorwärts stürmte. »Ich möchte Corrine sehen!«

Die Heilige Stätte, deren Name angemessen war, befand sich im Südwesten der Insel. Das weiße Marmorgebäude mit seinen großen, runden Säulen und dem Kuppeldach war ursprünglich errichtet worden, um Cora zu ehren und zu beherbergen, und wurde später das Zuhause jeder anderen Hexe, die ihr nachfolgte. Eine seiner Kammern hatte während meines vierhundertjährigen Schlafes auch als Mausoleum gedient. Um den Bau herum befanden sich üppige Gärten, komplett mit einem Labyrinth, einer Gartenlaube und einem Brunnen.

Als Corrine Sofia sah, war Freude in ihren Augen zu erkennen, doch sie schien nicht im Geringsten überrascht zu sein.

»Sofia!«, rief sie aus. »Wie schön, dass du zurück bist.«

Dieses war einer der wenigen Augenblicke, an denen ich Corrine lächeln sah.

Sie nickte mir kurz zu. »Prinz.«

Sofias Hände fanden meine. »Ich würde gern unter vier Augen mit Corrine sprechen.«

»Natürlich, mach nur! Es macht mir nichts aus.« *Lügner.* Ich fand mich allein wieder, wie ich auf der Bank neben dem Brunnen saß und scheinbar eine Ewigkeit wartete.

Die reine, weiße Fassade aus Marmor der Heiligen Stätte glitzerte im Licht des Vollmonds. Es war ein wunderschöner Anblick, doch der Preis, der für so ein elegantes Gebäude gezahlt werden musste, verringerte in meinen Augen seinen Wert. *Hier im Schattenreich muss für alles Schöne und Wertvolle ein Preis gezahlt werden.*

Es fühlte sich so an, als hätte ich bereits stundenlang gewartet, daher war es eine große Erleichterung für mich zu sehen, wie Sofia auf dem steinernen Pfad in Richtung der Gartenlaube ging, in der ich mich aufhielt. Sofia verschränkte ihre Arme mit Corrine, während die ältere Frau mit ihr sprach. Ich hatte keine Ahnung, worüber sie sich unterhielten. Sie dabei zu beobachten, wie sie Seite an Seite umherwanderten, weckte eine merkwürdige Sehnsucht nach dem Vergangenen in mir, vor allem aufgrund von Corrines unheimlicher Ähnlichkeit mit ihrer Vorfahrin Cora. Es fühlte sich so an, als würde ich zwei der wichtigsten Frauen in meinem Leben dabei beobachten, wie sie sich miteinander austauschten.

Sofias smaragdgrüner Blick fand meinen. Sie nickte und dankte Corrine, die mir einen kurzen, gequälten Blick zuwarf, bevor sie zurück nach drinnen eilte.

Endlich. Ich stand auf und ging auf sie zu. In dem Augenblick, als wir uns erreichten, nahm sie meine Hand und hielt sie fest. Schweigend verließen wir die Heilige Stätte und gingen auf die Wälder zu, die schließlich in das Tal führten, das Dorf der Insel.

Angestrahlt vom Mondlicht war sie ein unvergesslicher Anblick. Ihr Blick war auf den Boden gerichtet. Sie hielt an und brachte mich mit einem Druck ihrer Hand dazu, sie anzuschauen.

»Deine paar Stunden sind vorüber. Es gibt Vieles, worüber wir uns unterhalten müssen.«

KAPITEL 34: SOFIA

Als wir durch die Wälder zurückgingen und den bekannten Pfad entlang, der von der Heiligen Stätte ins Tal führte, beschäftigten mich die Dinge, die Vivienne mir über Derek in Bezug auf seine Neigung zur dunklen Seite erzählt hatte. Ich hatte das bereits selbst miterlebt. Die Unterhaltung, die ich mit Corrine geführt hatte, erhöhte meine Besorgnis um Derek noch mehr — wie er sich auf einen Krieg vorzubereiten schien, die Zählung, das Verbot weiterer Entführungen…

Ich wusste nicht, wie ich all die Dinge verstehen sollte, die mir erzählt worden waren. *Welchen Einfluss könnte ich Viviennes Meinung nach hier haben?*

Meine Augen begannen, sich mit Tränen zu füllen, als ich zu Derek hinaufblickte. Ich musste über das sprechen, was geschehen war. Ich wollte ihn wieder verstehen können, denn die Zeit, die ich außerhalb des Schattenreiches verbracht hatte, fühlte sich wie eine Kluft zwischen uns an.

»Wo möchtest du beginnen?« Er klang nervös.

»Ashley… du wolltest gerade…« Ich zögerte.

Er wandte seinen Blick von mir ab und sagte nichts.

»Vivienne hat mir erzählt, dass du Ashley im Sonnenraum angegriffen hast.«

Seine Augen verdunkelten sich und konzentrierten sich erneut auf mich. Etwas hatte seine Wut geweckt, und er ging nach vorn, bis ich mit dem Rücken auf den Stamm eines großen Weidenbaumes traf. »*Vivienne* ist der Grund, warum ich es getan habe. Als ich hörte, dass die Jäger meine Schwester gefangen genommen hatten und du der Grund warst, warum sie das Schattenreich verlassen hatte, konnte ich es nicht verstehen. Ich konnte nicht verstehen, warum sie ihr eigenes Leben riskierte, nur um dich hierher zurückzubringen.«

Ich schluckte. Ich wusste nicht, wie ich darauf antworten sollte. *Ich verstehe es selbst nicht. Nicht vollkommen.* »Ich sehe nicht, wie das rechtfertigen soll, was du Ashley angetan hast.«

»Ich bin ein *Vampir*, Sofia. Der einzige Grund, warum ich versucht habe, meinen Impuls zu kontrollieren, Ashley zu töten, nachdem ich von ihr getrunken hatte, bestand nur darin, dass sie dir etwas bedeutet. Nachdem ich deinetwegen Vivienne verloren hatte, wollte ich dich bestrafen. Du warst nicht hier, daher bestrafte ich stattdessen jemanden, der dir wichtig war.«

Seine Argumentation erweckte meinen Zorn. Ich konnte nicht glauben, dass er das für einen ausreichenden Grund hielt, einer wehrlosen Unschuldigen zu schaden. Unfähig, meine Wut im Zaum zu halten, gab ich meinem Instinkt nach und tat das Undenkbare.

Ich zeigte ihm den aufsässigsten Blick, den ich bewältigen konnte. »Ich bin jetzt hier, oder nicht? *Ich* bin der Grund dafür, dass die Jäger deine Schwester gefangen haben.« Zitternd öffnete ich die obersten beiden Knöpfe meiner Bluse und zog meinen rechten Ärmel über meiner Schulter zurück.

»Sofia? Was tust du da?« Seine Stimme klang gequält, seine Augen waren weit geöffnet.

Ich versammelte mein Haar über meiner linken Schulter und neigte meinen Kopf, sodass mein Hals entblößt war. Sein Körper verkrampfte sich, und er ballte die Hände zu Fäusten, als ihm klar wurde, was ich vorhatte.

»Sofia…«

»Nun? Worauf wartest du, Derek? Trink! *Ich* bin diejenige, die du bestrafen willst, oder nicht? Übe Gerechtigkeit für Vivienne!«

Die Stille war elektrisierend, als ich so vor ihm stand.

Er war an der Reihe.

Mir blieb fast das Herz stehen, als er mich nach hinten drückte und mich gegen den Baum presste. Seine rechte Hand ergriff meinen Kiefer und zwang mein Gesicht, einen Winkel anzunehmen, der ihm besseren Zugang zu meinem Hals gestattete. Ich schnappte nach Luft, und meine Augen blickten in die Ferne, da ich es nicht wagte, ihn anzuschauen.

»Du solltest niemals so dumm sein, einen Vampir herauszufordern«, knurrte er mich an. Ich sah seine Fänge, weiße Zähne, die im Mondschein glitzerten. Er nahm meine Herausforderung an.

»Ich fordere keinen Vampir heraus«, höhnte ich. *Nun war ich an der Reihe.* »Ich fordere *dich* heraus. Mach nur! Zeig mir, wie viel von dem Derek, den ich gekannt habe, verloren gegangen ist!«

Das kurze Keuchen, das seinen Lippen entwich, zeigte mir, dass ich zu ihm durchgedrungen war. Seine Fänge zogen sich zurück, und die Finger, die sich schmerzhaft um meinen Kiefer geschlossen hatten, lösten sich, bevor er einen Schritt von mir wegtrat.

Obwohl ich einen Satz gewonnen hatte, war das Spiel noch nicht vorbei. Ich legte beide Handflächen auf seinen Brustkorb und drückte ihn nach hinten. »Warum hörst du auf? Wer bin ich, dass du mich verschonst, aber nicht Ashley?« Die Fragen entwichen mir voller Eile, und ich betonte jede einzelne ganz deutlich. »Wenn ich hier gewesen wäre, hättest du mir das angetan, was du ihr angetan hast? Hättest du genügend Blut aus mir herausgesaugt, um mich fast das Bewusstsein verlieren zu lassen? Hättest du mich auf dein Bett getragen und mich leiden lassen, während ich hilflos dort lag? Hättest du mich auf die gleiche Weise behandelt?«

»Nein! Das hätte ich nicht!« Er ergriff meine Handgelenke, um mich davon abzuhalten, ihn zu schlagen. Mir lief ein Schauer den Rücken herunter, als ich sah, wie er mich anblickte. »Ich kann nicht einmal den Gedanken daran ertragen, dir das anzutun, was ich ihr angetan habe.«

»Wie warst du dann in der Lage zu ertragen, was du ihr angetan hast?«

Er schaute weg. Sein Grund klang erbärmlich. Ich wusste es, und er wusste es. »Ich hatte mich nicht unter Kontrolle.«

Ich schüttelte meinen Kopf, als ich versuchte, mich aus seinem Griff zu lösen. »Das ist Unsinn, und das weißt du. Ich war *monatelang* bei dir. Genauso wie Ashley, Paige und Rosa. Du hast uns kein einziges Mal berührt oder uns Schaden zugefügt. Erzähl mir nicht, du hättest dich nicht unter Kontrolle, Derek! Tu das einfach nicht!«

Ich wollte davongehen, doch er hatte meine Handgelenke fest im Griff.

»Lass mich los!«, fauchte ich.

»Nein«, beharrte er, »du kommst mit mir.«

Das Letzte, was ich wollte, war, mit ihm irgendwohin zu gehen. In dem Augenblick wollte ich nur allein sein, um die widersprüchlichen Emotionen zu sortieren, die mir in seiner Gegenwart den Verstand raubten.

Aber nein. Trotz meiner Proteste trug er mich in seinen Armen und eilte vorwärts. Ich hatte mich nie ganz an die rasende Geschwindigkeit gewöhnt, mit der er sich fortbewegte, doch dies war die geringste meiner Sorgen, denn als wir anhielten, schrie ich voller Angst.

Wir standen auf einer der riesigen Mauern der Roten Festung. Ein kräftiger Wind wehte um uns herum, und das Krachen der Wellen gegen die Felsen unter uns war angsteinflößend. Ich konnte mir nicht sicher sein, doch es sah so aus, als wollte Derek von der Mauer aus auf die Felsbrocken darunter springen.

»Was glaubst du, tust du da?«, schrie ich und klammerte mich an seinen Hals. »Wo bringst du mich hin?«

»Ich bringe dich zu meiner Zufluchtsstätte. Halt dich fest!«

Noch bevor ich ein einziges Wort des Protestes äußern konnte, sprang er, sodass wir uns zusammen im freien Fall den etwa dreißig Meter unter uns liegenden zerklüfteten Felsen näherten. Der einzige Gedanke, der mir im Kopf herumging, als ich mich vor lauter Angst um mein Leben an ihm festklammerte, war: *Derek Novak hat den Verstand verloren.*

KAPITEL 35: BEN

Meine Familie zu verlassen, war eines der schwersten Dinge, die ich jemals tun musste, doch mein Pfad war in dem Moment festgelegt worden, als ich am Morgen nach unserer Flucht aus dem Schattenreich an der Küste von Cancún aufgewacht war. Egal, wie sehr ich versuchte, wieder ein normales Leben zu führen, ich konnte nur an Vergeltung denken.

Sofia war das letzte Fünkchen Hoffnung gewesen, an das ich mich geklammert hatte, doch als sie mich in dieser Nacht verließ, fühlte es sich so an, als wäre mir alles genommen worden, und an allem war nur das Schattenreich schuld.

Nicht lange, nachdem Sofia gegangen war, griff ich nach der Tasche, die ich bereits am Abend zuvor gepackt hatte, und stieg aus dem Bett. Schweren Herzens und mit einem Kloß im Hals schlich ich mich zuerst in Abbys Zimmer. Ich lächelte, als ich ihr rosafarbenes, sternenförmiges Nachtlicht sah und wie sie sich an ihr Stofftier Colin klammerte. In ihrem Alter nuckelte sie noch am Daumen, während sie schlief. Ich näherte mich ihrem Bett und nahm eine Strähne ihres blonden Haares in meine Finger. »Du wirst mir fehlen, Zwergin.«

Ich hätte mich selbst dafür treten können, so dramatisch zu sein. Es war ja nicht so, dass die Jäger mich gefangen nehmen und mich davon abhalten würden, jemals meine Familie wiederzusehen, doch ich wusste, dass meine Entscheidung meiner Familie das Herz brechen würde. Mein nächster Halt war das Schlafzimmer meiner Eltern. Ich warf einen kurzen Blick darauf, wie sie zusammengekuschelt in ihrem Bett lagen — eine Erinnerung daran, wie sehr sie nach all diesen Jahren immer noch ineinander verliebt waren, etwas, von dem ich den Eindruck hatte, es würde mir niemals wiederfahren, nun, nachdem Sofia mich verlassen hatte. Ich schlüpfte durch die Tür und schlich mich ins Zimmer, wobei ich sorgfältig darauf achtete, so leise wie möglich zu sein. Ich fand die Autoschlüssel meines Vaters auf der Kommode und nahm sie an mich. Ich warf einen letzten Blick auf meine Eltern und flüsterte: »Es tut mir leid.«

Ich ging zum Auto und brachte die Fahrt zum Flughafen hinter mich. Ich hatte keine Ahnung, wohin ich gehen oder was ich tun sollte. Ich hatte nur einen Namen und eine Telefonnummer, und ich war bereit, an jeden Ort zu fliegen, der mir genannt wurde.

Sobald ich am Flughafen von Los Angeles angekommen war, begab ich mich ins nächste Café und bestellte eine überteuerte Tasse Kaffee. Als ich auf einem der Polstersofas saß, brachte ich schließlich den Mut auf, die Nummer zu wählen, die Eliza mir gegeben hatte.

»Alles oder nichts«, murmelte ich, als ich die Ziffern drückte.

»Hallo?«, antwortete eine tiefe, raue Stimme.

»Hallo. Spreche ich mit Reuben?«

»Wer will das wissen?«

»Mein Name ist Ben Hudson. Ein Mädchen mit dem Namen Eliza hat mich an Sie verwiesen.« Ich hielt inne und fragte mich, ob ich verrückt klang. »Ich möchte mich den Jägern anschließen.«

»Eliza?« Es gab eine Pause. Das einzige Geräusch war sein tiefes Atmen. »Perfekt. Wir freuen uns darauf, dich kennenzulernen, Ben. Ich hatte gehofft, du würdest dich mit uns in Verbindung setzen.«

Er hatte gehofft? Wie konnte er überhaupt wissen, dass ich existiere? »Großartig.«

»Wo bist du?«

»Am Flughafen von Los Angeles.«

»Das passt nicht. Einer unserer Männer wird in drei Stunden mit einem privaten Flugzeug am Van Nuys-Flughafen auf dich warten. Passt dir das?«

»Ja«, nickte ich. »Natürlich.«

»Bis bald, Ben.«

Ich legte auf und runzelte verwirrt die Stirn. Ich nahm einen Schluck von meinem Kaffee und stellte die Tasse auf dem Tisch ab, bevor ich zum Auto zurückkehrte. Es dauerte nicht lange, bevor ich die Stadtgrenze von Los Angeles erreichte und am Van Nuys-Flughafen ankam, von wo aus private, gemietete und kleine kommerzielle Flugzeuge starteten.

Ich war zu früh eingetroffen, daher musste ich eine Weile warten, bevor ein großer, schlanker Mann sich mir näherte. Seine Arme waren vollständig mit Tätowierungen bedeckt, und sein Kopf war glatt rasiert.

»Bist du Ben Hudson?«, fragte er.

»Genau der.«

»Ich bin Fly. Bist du bereit?«

Ich nickte, und er bedeutete mir, ihm auf die Rollbahn zu folgen, wo bereits ein privates Flugzeug wartete. Ich war beeindruckt, als ich das behagliche Innere der Maschine sah; weiße Ledersessel, ein großer Flachbildschirm und eine kleine Bar waren die ersten Dinge, auf die mein Blick fiel.

»Wir werden wohl in wenigen Minuten Starterlaubnis bekommen. Mach es dir bequem!«, sagte Fly zu mir, bevor er sich auf den Weg ins Cockpit machte.

Nachdem wir bereits drei Stunden geflogen waren, ging ich in Richtung Pilotenkanzel, um Fly nach unserem Ziel zu fragen.

»Du musst nur wissen, dass wir uns ins Hauptquartier des Falken begeben. Über alles andere wirst du zu gegebener Zeit informiert werden.«

Ich kehrte zu meinem Platz zurück und schaute aus dem Fenster. Wir bereiteten uns auf die Landung vor. Auf dem Boden unter uns konnte ich ein großes, privates Anwesen irgendwo im Landesinneren erkennen. Eine Seite des Anwesens wurde von einer riesigen Obstplantage begrenzt, während sich auf der anderen Seite ein Weinberg befand. Eine Reihe mit Villen säumte ein bestimmtes Gebiet des Anwesens, während eine Ansammlung von Gebäuden mit einer großen Kuppel in der Mitte das darstellte, was ich für das Zentrum hielt. Es dauerte nicht lange, bevor wir auf der Rollbahn des Anwesens landeten.

In dem Moment, als ich das Flugzeug verließ und die Landebahn betrat, wurde ich von einer zierlichen jungen Frau mit kurzem, blau-schwarzem Haar und einem breiten Lächeln begrüßt.

»Du musst Ben Hudson sein!«, rief sie aus. »Wir freuen uns so sehr, dass du endlich hier bist! Ich bin Zinnia Wolfe.«

Ich bemerkte eine kleine Narbe auf ihrer linken Wange, als wir uns die Hände gaben. Ich überlegte, ob ich sie darauf ansprechen sollte, entschied mich jedoch dagegen. Dieses herzliche Willkommen verwirrte mich irgendwie. *Warum erwarten sie mich? Woher kennen sie mich?* »Ich würde mich selbst vorstellen, doch es scheint, als würdest du mich bereits kennen.«

»Nun...«, sie zuckte mit einer Schulter, »wer tut das nicht?«

Ich wollte gerade meine Tasche holen, doch sie schüttelte ihren Kopf.

»Mach dir keine Sorgen wegen deinem Gepäck! Wir werden es später in dein Zimmer bringen lassen.«

Wir begannen, Seite an Seite auf das Hauptquartier des Falken zuzugehen.

»Nachdem Vivienne Novak gefangen genommen wurde, waren du und Sofia das Gesprächsthema Nummer eins.«

Diese Aussage brachte mich in Alarmbereitschaft, und ich blieb abrupt stehen, bevor wir einen der Gebäudeblöcke erreichen konnten. Er hatte ein stahlgraues Äußeres und große Fenster, die vom Boden bis zur Decke reichten. Ich schaute das Gebäude misstrauisch an. *Wer sind diese Menschen? Worauf habe ich mich hier eingelassen?*

»Woher kennst du Sofia?« Der Name ließ Schmerz in mir aufflammen.

Zinnia lächelte und klimperte mit den langen, dunklen Wimpern, die ihre haselnussbraunen Augen bedeckten. »Ich glaube, ich habe zu viel verraten...« Sie ließ ihre Pupillen hoch zu ihrem Oberlid rollen, während sie sich selbst schalt. »Ich tue das häufig.«

»Nun?«, fragte ich, unwillig, locker zu lassen.

»Ich weiß nur, dass du und Sofia Claremont schon seit einer

ganzen Weile von uns beobachtet werden.« Sie schwang ihre Hüfte auf eine Seite und ließ ihr Gewicht auf einem Bein ruhen. »Besonders, nachdem du verschwunden warst und wie von Zauberhand wieder aufgetaucht bist, wurden einige unserer besten Jäger dafür abgestellt, dich Tag und Nacht zu beobachten.«

»Warum?« Stirnrunzelnd und mit geballten Fäusten trat ich einen Schritt auf sie zu. »Wie seid ihr überhaupt auf uns aufmerksam geworden?«

»Ehrlich, ich weiß es nicht. Es ist jedoch gut, dass wir euch beobachten, denn ansonsten hätten wir niemals Vivienne Novak fassen können.« Sie hatte eine Art, über Probleme zu sprechen, als würden sie am besten gelöst, wenn man über sie lachte. Sie erinnerte mich sehr an mich selbst — mein *ehemaliges* Selbst.

»Wenn ihr also Sofia und mich beobachtet habt, dann weißt du, wo sie sich jetzt aufhält?«

Zinnia schüttelte ihren Kopf. »Leider waren wir zu sehr damit beschäftigt, Vivienne hierher zu bringen. Als wir endlich Jäger zurückschicken konnten, um ein Auge auf euch zu werfen, war Sofia bereits weg und du auf deinem Weg zum Flughafen.«

Ich starrte sie höchst bedrohlich an und war ärgerlich, dass sie mir keine weiteren Informationen geben konnte.

»Bist du immer so ernst und angespannt?« Sie schlug mir spielerisch mit der Faust ans Kinn. »Nur die Ruhe, Hübscher. Reuben wird später all deine Fragen beantworten.«

Ernst und angespannt. Ich hätte nie gedacht, dass jemand mich einmal so beschreiben würde. *Bleib locker, Ben! Du hast die Situation im Griff.* »Also gut«, gab ich nach, während sich eine Seite meiner Lippen zu einem Lächeln verzog. »Also, wann genau werde ich Reuben treffen? Ich vermute, er ist der allmächtige Anführer der Jäger?«

»Ich würde nicht sagen allmächtig, aber ja, er kommt dem ziemlich nahe.« Sie kicherte. »Und ja, er trifft hier die Entscheidungen. Zumindest hier im amerikanischen Hauptquartier.«

»Amerikanisches Hauptquartier?«, fragte ich. »Es gibt also noch andere Hauptquartiere? Außerhalb des Landes?«

Zinnia rümpfte die Nase. »Ich weiß, ich werde mich in Schwierigkeiten bringen, wenn ich noch weitere deiner Fragen beantworte, höre also bitte auf, sie zu stellen! Ich habe dir schon zu viel erzählt.«

»Was genau ist also *deine* Aufgabe, Zinnia?«

»Ich bin dein Empfangskomitee. Ich werde dich in dein Zimmer in den Schlafquartieren bringen. Und bis Reuben bereit ist, dich zu sehen, bin ich der Mensch, an den du dich wendest, wenn du irgendetwas brauchst.«

»Irgendetwas?« Ich zwinkerte ihr andeutungsweise zu, als sich vor uns Glastüren auftaten und uns gestatteten, das große, private Anwesen zu betreten.

Sie warf mir einen neugierigen Blick zu, als wir auf die Tür zugingen. Sie holte eine Karte aus Metall hervor und ließ sie über das Schloss gleiten. Es folgte ein Piepen, und wir befanden uns im Inneren. »Irgendetwas sagt mir, dass du uns große Schwierigkeiten bereiten wirst, Hudson.«

»Du hast keine Ahnung!«

»Dann werden wir uns großartig verstehen.«

Wir gingen einige Flure entlang, bevor wir in einem ankamen, der zu einem riesigen Atrium mit einer Glasdecke führte. Männer und Frauen in identischen schwarzen Anzügen waren mit Kampfsporttraining beschäftigt.

Judo.

»Das Atrium wird als einer der vielen Trainingsbereiche der Akademie genutzt. Dieses sind einige unserer neuen Rekruten.«

»Akademie?«

»Jeder, der einmal ein Jäger werden möchte, muss erst die Akademie hinter sich bringen. Außer der Grundausbildung im Kampf ist das die beste Möglichkeit der Akademie, Rekruten einzuschätzen. Deine Talente werden beurteilt, und nachdem du mindestens ein Jahr am Training teilgenommen hast, wird dir eine Position innerhalb der Organisation zugewiesen.«

Das organisatorische Ausmaß der Jäger überraschte mich. Ich hatte sie mir immer als eine verstohlene Gruppe vorgestellt, die in Kellern lebte und Vampire jagte und tötete. Was ich stattdessen sah, war eine weltweite Organisation bestehend aus hochqualifizierten Vampirschlächtern.

Zinnia und ich betraten einen Fahrstuhl mit großen Glasfenstern, die uns einen Blick auf das Atrium gestatteten. Ich hielt mich am Metallgeländer fest, das die Wände des Fahrstuhls umgab, als er drei Stockwerke in die Höhe fuhr. Wir verließen den Fahrstuhl, und Zinnia führte mich durch ein Labyrinth von Fluren und Gängen, die ein Gebäude mit dem anderen verbanden, bis wir im Schlafbereich ankamen.

Sie hielt vor einer Tür an, die sich durch die Nummer acht aus Kupfer identifizieren ließ.

»Dies ist eine der Suiten. Sie sind für Gäste reserviert. Sobald du ein offizieller Rekrut bist, wirst du in einen der normalen Schlafräume verlegt.« Sie öffnete die Tür. »Für den Augenblick musst du dich jedoch mit diesem zufrieden geben.«

Als ich die Suite betrat, war ich ziemlich beeindruckt. Kühle Blau- und Weißtöne zusammen mit einer dunklen Holztäfelung gaben dem Raum ein helles, luftiges Gefühl, besonders durch die Glastüren, die sich an einer Seite der Wand befanden und vom Boden bis zur Decke reichten. Ein großer Flachbildschirm, ein halbrunder Polstersessel, eine großartige Aussicht auf etwas, das wie ein langgestreckter Weinberg aussah, und moderne Kunst, die die Wände dekorierte, vermittelten einen deutlichen Eindruck: *Die Jäger hatten einige verdammt reiche Sponsoren.*

Zinnia begann, mir den Rest der Annehmlichkeiten im Raum zu zeigen. »Das Schlafzimmer ist dort drüben. Terrasse. Küche, obwohl du hier nicht wirst kochen müssen. Du kannst später mit dem Rest von uns in der Messe zu Mittag essen. Wenn du irgendetwas brauchst, dann ruf mich einfach an!« Sie nahm meine Hand, zog einen Stift aus ihrer Jackentasche hervor und kritzelte ihre Nummer auf meine Handfläche. Sie hatte kaum die letzte Ziffer zu Ende geschrieben, als jemand an die Tür klopfte.

»Wer in aller Welt könnte das sein?«, murmelte sie.

Sie ging in Richtung Tür, um sie zu öffnen, während ich es mir auf dem Sofa im Wohnzimmer bequem machte. Zinnia wechselte einige Worte mit einem Mann mit einer tiefen, heiseren Stimme. Obwohl ich nicht sehr viel hören konnte, verstand ich die folgenden Worte:

»Ich denke, es ist das Beste, es so schnell wie möglich hinter uns zu bringen. Die Zeit drängt.«

Ich versuchte, nicht hinzuhören, während sie ihre Unterhaltung beendeten. Ich konzentrierte mich auf den Anblick draußen. *Ich frage mich, wie es Sofia ergeht.* Ich verdrängte diesen ungebetenen Gedanken. Ihr Betrug schmerzte immer noch.

Mir war nicht klar, wie unmöglich es sein würde, Sofia zu vergessen — selbst an diesem Morgen — bis Zinnia von der Tür zurückkehrte und sagte: »Ben, ich habe den Eindruck, du wirst nicht lange warten müssen. Dies ist Mr. Reuben Lincoln, auch bekannt als der Boss.«

Obwohl in ihrer Stimme Belustigung zu hören war, ließ sich keine Spur davon in seinem Gesicht oder seiner Mimik wiederfinden. Bei dem Anblick des Mannes, der sich selbst Reuben nannte, begann mein Blut zu kochen.

»Es ist schon sehr lange her, Ben.«

»Zu lange«, antwortete ich durch zusammengekniffene Zähne und starrte auf die Hand, die er mir entgegenstreckte.

Seine Gegenwart beantwortete viele meiner Fragen, doch sie fügte auch viele neue hinzu. Vor mir stand — groß, höflich, imposant und mit grünen Augen, die mich an das Mädchen erinnerten, das ich geliebt und verloren hatte — Sofias Vater.

Aiden Claremont.

KAPITEL 36: DEREK

Als meine Füße auf einem der Felsen außerhalb der Festung landeten, bemerkte ich als Erstes, wie Sofias schmaler Körper in meinen Armen zitterte.

Ihre Arme umklammerten mich fest, und ihre Hände hatten mein Haar ergriffen. Ihr Gesicht schmiegte sich an meinen Hals, und ich konnte ihre heiße und schnelle Atmung an meiner Haut spüren. Ich lehnte ihren Kopf nach hinten, um besser ihr Gesicht erkennen zu können, und merkte, dass ihre Augen vor lauter Angst zugekniffen waren. Sie biss sich so fest auf die Lippen, dass ich befürchtete, sie würde anfangen zu bluten.

Als wenn alles andere an dir nicht bereits verführerisch genug wäre... Das Letzte, was ich jetzt brauchen kann, ist der Duft deines Blutes.

Ich konnte mir ein Lächeln über das Zittern ihrer Knie nicht verkneifen, als ich sie auf dem Boden absetzte. Sie atmete stoßweise, öffnete ihre Augen und betrachtete ihre Umgebung. Als sie das Lächeln auf meinem Gesicht sah, ließ sie mich los und schubste mich weg. Ich grinste. Das schien sie zu verärgern.

»Bist du verrückt? Wenn du Selbstmord begehen willst, indem du von einer Klippe springst, solltest du mich nicht mit dir reißen!«

Ihr Ausbruch belustigte mich nur noch mehr. »Erst einmal«, ich zeigte auf die Mauer, »ist das keine Klippe. Und zweitens, habe ich dir nicht gesagt, ich würde dich zu meiner Zufluchtsstätte bringen? Der Sprung war eine Abkürzung. Drittens, du bist am Leben, oder nicht?«

»Geraden soeben!« Ihre rosaroten Lippen formten sich zu einem Schmollen, als sie ihre Arme über ihrem Bauch verschränkte und mit ihren Händen ihre Ellbogen umfasste. Mit ihren feuchten Augen sah sie so aus, als würde sie gleich anfangen zu weinen. Sie starrte mich finster an. »Hör auf zu lachen! Ich bin immer noch wütend auf dich.«

Ich versuchte, ein ernstes Gesicht zu machen. Es war niemals meine Absicht gewesen, den Wutausbruch, den sie mir im Wald gezeigt hatte, auf die leichte Schulter zu nehmen. Um die Wahrheit zu sagen machte mir diese Begegnung immer noch sehr zu schaffen.

Und doch warf ich einen kurzen Blick auf die Röte auf ihren Wangen und die Art und Weise, wie sie sich selbst umarmte, und ich konnte mich einfach nicht zusammenreißen. Dieser Anblick war zu kostbar, um nicht zumindest zu lächeln. Sie schlug mir auf den Arm — das war etwas, das Teenager-Mädchen zu gefallen schien. Dieses Mal jedoch zuckte ihr Mund. Sie rollte mit den Augen, und da war es. Sie gab nach. Ihr strahlendes Lächeln erleuchtete ihr Gesicht.

Mir war bis zu dem Moment nicht klar gewesen, wie sehr ich

dieses vorübergehende Flackern der Freude auf ihrem Gesicht vermisst hatte, wann auch immer sie mich anschaute. Für den Bruchteil einer Sekunde sahen wir uns in die Augen, bevor sie mit dem Fuß auf den steinernen Vorsprung stampfte, auf dem wir standen.

»Ich sollte wütend auf dich sein.«

»Du kannst später wütend auf mich sein. Dafür ist noch viel Zeit. Doch nun komm mit mir!« Ich hielt die Hand, mit der sie mich angegriffen hatte, und half ihr, als wir begannen, uns unseren Weg über die zerklüfteten Felsen zu suchen. »Der Leuchtturm ist nicht weit von hier.«

»Der Leuchtturm?«

»Es ist die einzige Anlage auf der Insel, die sich außerhalb der Festung befindet. Ich glaube, außer mir weiß nur Vivienne, dass er noch existiert.«

Ich sprang von einem besonders hohen Felsen auf den steinigen Pfad darunter. Ich hielt Sofia an der Hüfte fest und half ihr hinab. Ich war dankbar, dass der Vollmond genügend Licht abgab, damit sie sehen konnte, wohin wir gingen. Auf einer Insel ohne Tageslicht zu leben hatte seine Nachteile.

Als sie erneut festen Boden unter den Füßen hatte, schaute sie mich merkwürdig an. Mitfühlend. Dann erschien ein kleines Lächeln auf ihren Lippen. Liebevoll.

Ich schluckte schwer und fragte mich, was sie in mir sah. *Wie kannst du mich auf diese Weise anschauen, Sofia?* Ich richtete meinen Blick nach vorn und konzentrierte mich auf den Pfad vor uns. Ihr Griff um meine Hand herum festigte sich, als wir auf einem schmalen, steinernen Pfad entlanggingen, der sehr viel leichter zu navigieren war als die rutschigen Felsen, die wir hinter uns gelassen hatten. Ich hatte keine Ahnung, was in ihrem Kopf vorging.

»Es wäre sehr viel einfacher, wenn du uns einfach zu deinem Leuchtturm bringen würdest, weißt du«, flüsterte sie. »Da du Abkürzungen ja so gern hast…«

»Und ich soll das hier verpassen?«

»Das hier?«

Ich drückte ihre Hand und genoss die Wärme, die von ihr ausging. Ich betrachtete sie und deutete ein Nicken an. »Das hier.«

Dieses Lächeln. Dieses Erröten. *Die Dinge, die du mir antust. Die Dinge, die du mir abverlangst.*

Schweigend setzten wir unseren Weg fort. Es dauerte nicht lange, bis wir den Leuchtturm erreichten. Der Anblick ließ all die Erinnerungen, die mit ihm verbunden waren, wieder in mir aufleben.

Als ich aufwachte, klammerte ich mich an ein Holzbrett. Erinnerungen an die Explosionen, das brennende Feuer, die Schreie und das Chaos stiegen in mir auf. Das Schiff war weg. Das Letzte, an das ich mich erinnerte, war der Ausdruck des Horrors in den Augen meiner Schwester, bevor jemand mir mit einem Schlag das Bewusstsein genommen und mich über Bord geworfen hatte.

Das Meer war nun sehr viel ruhiger und wiegte mich mit seinen Wellen, als würde es versuchen, mich über all die Leben hinwegzutrösten, die es in der Nacht zuvor gefordert hatte. Ich schaute zum Horizont und erschauerte. Bald wird die Sonne aufgehen.

Ich schaute mich um und sah ihn. Einen Leuchtturm inmitten von zerklüfteten Felsen. Die einzige Zufluchtsstätte, die mich vor der brennenden Sonne beschützen konnte. Sie war mindestens noch eineinhalb

Kilometer entfernt. Ich hatte nicht viel Zeit. Ich drückte das Brett weg, das mich über Wasser hielt, und beeilte mich, zum Ufer zu schwimmen. Als ich es endlich erreichte, begannen die ersten Sonnenstrahlen, am Horizont aufzutauchen, und ich konnte ihre schwächende Wirkung bereits spüren.

Ich wollte gerade auf den Leuchtturm zueilen, als ich es hörte. Ein Wimmern gefolgt von einem lauten, eisigen Knurren. Trotz der Notwendigkeit, einen Unterschlupf finden zu müssen, konnte ich dieses Geräusch nicht ignorieren. Hinter einem großen Felsen fand ich eine halb bewusstlose Frau, die langsam wieder zur Besinnung kam. Nur einige Schritte von ihr entfernt stand ein schwarzer Panther, bereit, sie zu verschlingen.

Mein Instinkt übernahm die Führung. Ich warf mich auf die Bestie, bevor sie angreifen konnte. Die Zähne des Panthers versanken in meinem Oberarm und rissen an meinem Fleisch. Voller Schmerz schrie ich auf. Die Sonne behinderte meine Heilung. Ich musste diesen Kampf so schnell wie möglich beenden. Blut tropfte von den Zähnen des Panthers, als seine scharfen Krallen an meinem Oberkörper zerrten. Ich gab selbst ein Knurren von mir, drückte gegen seine Brust und riss sein Herz heraus. Als ich über dem leblosen Körper des Tieres stand, warf ich sein Herz auf den Boden und wendete mich der Fremden zu.

Sie starrte mich mit unverschleiertem Hass an — was mich überraschte, wenn man bedachte, dass ich gerade ihr Leben gerettet hatte. Ich verdrängte alle Zweifel. Ich hatte keine Zeit, mich vorzustellen oder herauszufinden, warum sie mich so zornig anschaute. Die Sonne ging auf, und ich musste einen dunklen Ort finden. Ich eilte auf den Leuchtturm zu und ließ sie am Ufer zurück. Schon bald erreichte ich die Spitze des Turmes. Nachdem ich die schweren Vorhänge zugezogen hatte, suchte ich in den schattigsten Bereichen des achteckigen Raumes nach Schutz.

Meine Wunden verheilten immer noch nicht. Blut bedeckte meine Kleidung und meine Hände. Ich zitterte, während ich mich fragte, wie mein Körper sich von dem Schaden erholen sollte, den selbst der kleinste Sonnenstrahl einer Kreatur der Finsternis wie mir anhaben konnte.

Ich hörte die Schritte kaum, die sich mir näherten. Zögerliche Schritte.

»Du bist ein Vampir«, sagte eine sinnliche weibliche Stimme.

»Ja, das bin ich.« Ich hasste es, die Wahrheit zuzugeben. Ich war einst ein Jäger gewesen — der beste, den es je gegeben hatte. Nun war ich zur Beute der Jäger geworden, und in ihrem Hass auf die Kreatur, zu der ich geworden war, hatten sie meine Familie zerstört.

Sie hielt vor mir an und streckte mir ihren Arm entgegen. Sie hielt etwas in ihrer Hand. Einen hölzernen Pfahl. Sie positionierte seine Spitze über meinem Herzen. Ich schaute auf, ihr direkt in die Augen. Sie hatte große, braune Augen, die mich durch lange, dichte Wimpern hindurch anschauten. Sie war eine exotische Schönheit mit olivfarbener Haut, einem wunderschönen herzförmigen Gesicht, vollen Lippen, langem, gewelltem, braunem Haar...

»Du bist eine Jägerin«, stellte ich fest. Es war eine rhetorische Frage. Ich fragte mich, was sie davon abhielt, den Pfahl direkt in mein Herz hineinzustoßen. Ist es, weil ich gerade ihr Leben vor dem Panther gerettet hatte? Am Ufer schien sie dafür nicht einmal dankbar gewesen zu sein.

»Du bist verflucht.«

»Das bin ich in der Tat«, höhnte ich.

Sie drückte den Pfahl etwas nach vorn, gerade genug, um meine Haut zu durchbohren und mir eine blutende Wunde zuzufügen. »Du hast gerade einen Panther mit deinen bloßen Händen getötet. Was hält dich davon ab, mich zu töten?«

»Ich habe noch niemals in meinem Leben einen Menschen getötet, und ich habe nicht vor, heute damit zu beginnen. Wenn du es mit deinem

Gewissen vereinbaren kannst, mein Leben zu beenden, dann mach nur, und bring es hinter dich!«

Als ich noch ein Jäger gewesen war, hätte ich keinen einzigen Moment gezögert, das Leben eines Vampirs zu beenden — und ich hatte viele beendet. Ich sah sie als verfluchte, erbarmungslose und boshafte Kreaturen an, die ohne Hemmungen Leben nahmen — genauso, wie ein Angehöriger ihrer Art das Leben meiner Mutter genommen hatte. Ich sah Vampire als Unsterbliche mit einem toten Gewissen an. Ich hätte niemals gedacht, dass sie fähig wären, Gefühle zu entwickeln, bis ich einer von ihnen wurde.

Ich schaute in die braunen Augen dieser jungen Frau und fragte mich, was all die Vampire empfunden hatten, die ich ermordet hatte, als sie mir in die Augen geblickt hatten. Hatten sie das Gleiche gespürt wie ich in diesem Augenblick? Hatten sie sich auf den Moment vorbereitet, an dem der Pfahl in ihr Herz eindringen würde? Flehten sie darum, von ihrer verfluchten Unsterblichkeit erlöst zu werden?

Es fühlte sich wie eine Ewigkeit an, bevor unsere Blicke sich voneinander lösten und sie auf den Boden sank, während sie den Pfahl von meinem Brustkorb nahm. Sie schaute zu, als die Wunde heilte, die der Pfahl verursacht hatte.

»Ich bin keine Jägerin«, gestand sie.

Ich lächelte einfältig. »Das kann ich sehen. Wenn du eine Jägerin wärst, wäre ich jetzt tot.«

»Du bist nicht das, was über dich gesagt wird, und nicht das, was ich erwartet hätte.«

Da ich auf diese Aussage keine geeignete Antwort finden konnte, stellte ich mich stattdessen vor. »Ich heiße Derek Novak.«

Sie starrte mich einige Minuten lang an, bevor sie beschloss, mir ihren Namen zu verraten.

»Du kannst mich Cora nennen.«

Der Leuchtturm wurde während all dem Terror und dem Blutvergießen, die während der ersten hundert Jahre auf dieser verlassenen Insel tobten, zu meiner Zuflucht. Die einzigen Personen, die ihn betraten, waren die Wesen, denen ich genügend vertraute, um sie vollkommen in mein Leben hineinzulassen. Nur zwei hatten den Leuchtturm jemals von innen gesehen. Cora und Vivienne.

An dem Abend sollte eine dritte Person meine Zufluchtsstätte betreten. Als ich sanft eine Hand auf Sofias Rücken legte und sie die Wendeltreppe hinaufgeleitete, die in den oberen Raum führte, merkte ich, dass ich etwas empfand, das ich schon seit sehr langer Zeit nicht mehr gespürt hatte: große Angst.

KAPITEL 37: SOFIA

Ich hielt die Laterne, die Derek mir gegeben hatte, über meinen Kopf, als wir auf die Spitze des Leuchtturms kletterten. Ich hätte schwören können, dass die Hand, die Derek auf meinen Rücken gelegt hatte, zitterte.

Derek Novak? Nervös? Werden die Wunder niemals aufhören?

Als wir uns unserem Ziel näherten, war es offensichtlich, dass dieser Ort sehr große Bedeutung für Derek hatte, und ich war neugierig herauszufinden warum, doch ich hatte ebenso eine Vorahnung, als würde der Leuchtturm etwas Dunkles und Beunruhigendes beherbergen.

Ich war erleichtert — und außer Atem — als wir schließlich an der Spitze ankamen. Derek, der die ganze Zeit hinter mir gegangen war, übernahm für die letzten paar Stufen die Führung. Er zog einen Metallschlüssel aus der Seitentasche seiner Jeans hervor und schloss die gewölbte Tür aus Rosenholz auf.

Seine Hand lag bereits auf der Klinke, doch es dauerte einige Augenblicke, bevor er die Tür schließlich aufstieß.

»Derek?«, fragte ich, als ich neben ihn trat. »Ist alles in Ordnung?«

Es war das erste Mal, seitdem ich zurückgekehrt war, dass mir sein Auftreten auffiel. Er ragte mindestens fünfzehn Zentimeter über mir. Sein Haar war so schwarz wie die Nacht und seine Haut so weiß wie Schnee. Seine blauen Augen veränderten je nach Stimmung ihren Farbton. Im Augenblick bestanden sie aus einem tiefen, dunklen Blau, als würde ein Sturm in ihnen toben, und die Pupille befand sich in der Mitte dieses Sturms.

Er drehte sich zu mir und zeigte mir ein kleines Lächeln. Bitter. Herzergreifend. Beunruhigt. Ängstlich. Er sagte nichts. Er trat nur zur Seite, um mir einen besseren Blick auf den Raum zu gestatten.

Das achteckige Zimmer hatte vier große Fenster an jeder zweiten Wand. An den Seiten eines jeden Fensters hingen schwere, rote Vorhänge, die uns den Blick auf den sternenübersäten Nachthimmel gestatteten. Von unserem Aussichtspunkt aus war es deutlich zu sehen, wo die Nacht aufhörte und wo der Tag begann. Kilometerweit von uns entfernt war es ein heller, sonniger Tag, an dem das Licht, das die Laterne des Leuchtturms abgab, vollkommen unnötig war.

Als ich mich herumdrehte, sah ich, wie Derek in der Mitte des Raumes stand. Seine Augen begannen, feucht zu werden, und ich bemerkte, dass ich ihn noch niemals weinen gesehen hatte. »Vivienne. Sie hat während all dieser Jahre diesen Raum in Stand gehalten.«

Ich machte kleine Schritte auf dem Hartholzfußboden, als ich mir den Rest des Zimmers anschaute. Überall an den Wänden hingen eingerahmte Bilder. Frische Kerzen umgaben den Raum. Auf einer Seite stand ein mehrsitziges Sofa aus Samt, direkt vor dem Kamin, der in eine fensterlose Wand integriert war. Vor dem Sofa stand ein Couchtisch, und darauf lag ein in Leder gebundenes Buch, das so aussah, als gehörte es ins fünfzehnte Jahrhundert.

Für mich war dieses Zimmer ein schön eingerichteter Rückzugsort für jemanden, der den Grenzen des Schattenreiches entkommen wollte. Für Derek schien dieser Raum jedoch sehr viel mehr zu bedeuten.

Ich hielt vor ihm an und schaute ihm ins Gesicht, wobei die Intensität seiner Emotionen mir den Atem raubte. »Was ist dieser Ort, Derek?«

»Ich habe es dir gesagt… er ist meine Zufluchtsstätte.« Er hob einen seiner Mundwinkel an, als er mich in Richtung des Sofas zog. Er setzte sich hin und forderte mich auf, neben ihm Platz zu nehmen. Er saß aufrecht und stellte seine Ellbogen auf seinen Knien ab, als er das Buch vom Couchtisch anhob und es auf seinen Schoß legte.

»Wenn du hierbleiben willst, musst du alles über das Schattenreich und den Preis wissen, den ich dafür bezahlen musste, es zu dem zu machen, was es heute ist.« Er hielt inne, wobei sein Gesicht von einem gedankenverlorenen Ausdruck bedeckt war. »Und mehr als das, du musst mich kennenlernen. *Alles* an mir.«

Wie mir in dem Moment klar wurde, war genau das der Grund, warum er so große Angst hatte.

KAPITEL 38: DEREK

Ich öffnete das in Leder gebundene Buch, in dem sich hunderte von Seiten voll mit Tintenschrift befanden. »Diese Seiten enthalten die Chronik der Geschichte des Schattenreiches«, erklärte er mir. »Sie stellen im Großen und Ganzen eine Aufzeichnung darüber dar, wie das Schattenreich entstanden ist.« Vorsichtig schloss ich das Buch und überreichte es ihr. »Das Buch darf den Leuchtturm nicht verlassen, wenn du es also lesen möchtest, musst du hierher kommen.«

Der Gedanke daran, dass sie etwas über die tiefsten Geheimnisse des Schattenreiches lesen könnte, verdrehte mir den Magen. Mir nur vorzustellen, in welchem Licht sie mich sehen würde, nachdem sie diese Texte gelesen hatte, zerbrach mich innerlich. Eine Träne lief mir die Wange hinunter, noch bevor ich sie aufhalten konnte.

»Derek…« Sie ließ ihre weichen Finger über meinen Wangenknochen gleiten und benutzte ihren Daumen, um die Träne wegzuwischen.

Ich konnte es nicht ertragen, sie anzuschauen. »Wenn du glaubst, dass das, was ich Ashley angetan habe, schlimm war, Sofia, wirst du feststellen, dass ich noch sehr viel schlimmere Dinge getan habe, um meine Familie und das Schattenreich zu beschützen.« Ich richtete meinen Blick zurück auf das Buch auf ihrem Schoß. »Lies, Sofia!«

Sie öffnete das Buch auf der ersten Seite. Ich zuckte zusammen, als sie begann, laut vorzulesen.

Es fühlte sich so an, als hätten wir Stunden im Leuchtturm verbracht, während der sie eine Seite nach der anderen las und an bestimmten Stellen nach Luft schnappte und an anderen den Tränen nahe war. An einigen Stellen schaute sie mit einer Million Fragen in ihren Augen zu mir hoch, als würde sie sich darüber wundern, wie ich noch mit meinem Gewissen leben konnte, nachdem ich solche Gräueltaten begangen hatte.

Ich konnte nicht mehr mit meinem Gewissen leben, Sofia. Das ist der Grund, warum ich Cora gebeten habe, mich in einen Schlaf zu versetzen, aus dem ich niemals wieder erwachen konnte. Ich verstehe immer noch nicht, warum sie ihr Versprechen gebrochen hat und mich vierhundert Jahre später aufwachen ließ. Ich wollte es erklären, doch die ganze Zeit über schwieg ich.

Manchmal hielt sie inne und starrte mich mit einem Blick in ihren Augen an, den man für Bewunderung hätte halten können. Ich machte mir selbst etwas vor, wenn ich auch nur im Entferntesten annahm, dass sie mich bewundern könnte, nachdem sie die ganze schreckliche Geschichte des Schattenreiches gelesen hatte. *Der Schiffbruch, der Leuchtturm, die Höhlen, die Schlacht des Ersten Blutes, die Sklaven, die Mauer, die Tiere...*

Als sie begann, etwas über den Aufstand und das anschließende Massaker zu lesen, begannen Tränen, ihr Gesicht hinunterzulaufen, und sie fing an zu schluchzen. In dem Moment war ich überzeugt: *Das war's. Ich habe sie verloren.* Sie hörte auf zu lesen und fuhr damit fort zu weinen, wobei sie den Verlust all der Sklaven betrauerte, die es gewagt hatten, sich gegen uns zu erheben.

Ich saß still, und meine Finger streichelten ihr Haar, als ich darauf wartete, dass ihre Schluchzer abklangen. Als das Geräusch unerträglich wurde, zog ich meine Hand zurück. Ich brachte es kaum fertig, die Worte auszusprechen, da meine eigenen Schuldgefühle mich erdrosselten.

»Ich denke, nun weißt du genau, was ich bin.«

Sie ergriff meine Hand und presste meine Handfläche auf die Seite ihres Gesichts, während ihre Finger meinen Handrücken streichelten. »Ich glaube, *ich* habe schon immer genau gewusst, was du bist, Derek. Es ist nur so… ich glaube nicht, dass *du* es tust.«

Ich hatte keine Ahnung, was sie meinte, doch wenn ihre Berührung nicht bereits ein heilender Balsam war, so weckte ihr anscheinendes Verständnis für mich doch wieder meine Hoffnung.

Sie schloss das Buch und legte es zurück an seinen Platz auf dem Couchtisch. »Ich bin entsetzt«, gab sie zu, »ich kann nicht verstehen, wie du solche Entscheidungen treffen konntest…«

Meine Mundwinkel zuckten. Es fühlte sich so an, als würde ich unter der Last ihres Blickes schrumpfen, obwohl ich wusste, dass ihre Ermahnungen im Vergleich zu dem, was ich verdiente, mild waren.

»…doch ich habe mit eigenen Augen gesehen, dass du besser bist als die Entscheidungen, die du manchmal triffst. Ich glaube nicht, dass der Mann, der auf diesen Seiten dargestellt wird, der gleiche Mann ist, der in *meiner* Zeit erwacht ist.«

Ich schaute ihr in die Augen und sah Ernsthaftigkeit und Hoffnung… Hoffnung, dass ich immer noch etwas Gutes in mir haben könnte. In dem Augenblick bewunderte ich sie mehr als jede andere Frau zuvor in meinem Leben. Ich bezweifelte, dass sie auch nur im Geringsten wusste, was ihre Worte in mir bewirkt hatten, als sie sagte: »Du kannst besser sein als das hier.«

Als sie sich näher an mich heranlehnte und ihre Lippen meine berührten, konnte ich mich nicht dazu bringen, es zu glauben. Ich hielt ihre Taille und zog sie zu mir, wobei ich sie praktisch trug, sodass ich sie auf meinen Schoß setzen konnte, während ich mich erneut an dem Genuss labte, den ihre süßen Lippen boten.

An dem Abend im Leuchtturm verschwand alles um mich herum, und meine gesamte Welt bestand nur noch aus Sofia Claremont.

KAPITEL 39: BEN

Ich saß aufrecht auf einem runden Sofa und starrte den charismatischen und selbstbewussten Mann an, der sich selbst Reuben Lincoln nannte. Zinnia saß auf demselben Sofa und hatte einen hellen, neugierigen Ausdruck in ihrem Blick, den sie uns abwechselnd zuwarf. Reuben auf der anderen Seite saß mir gegenüber auf einem Ledersessel, und seine Haltung war entspannt, als er sich nach hinten lehnte und seine Ellbogen auf den Armlehnen ruhen ließ.

»Sie sehen so aus, als hätten sie einen Geist gesehen, Mr. Hudson«, bemerkte er.

»Wahrscheinlich, weil das der Fall ist.« Bitternis war in meiner Stimme zu hören. Dass ich mich immer noch an ihrer Stelle verletzt fühlen konnte, als ich auf den Vater starrte, der sie vor acht Jahren verlassen hatte, war eine grausame Erinnerung daran, dass Sofia mir immer noch mehr bedeutete, als ich mir gegenüber eingestehen wollte. »Sie sind Aiden Claremont.«

Ich erwartete, dass er das leugnen würde, daher war ich überrascht, als sich ein selbstgefälliges Lächeln auf seinem Gesicht zeigte und er sagte: »Ich dachte mir schon, dass du mich wiedererkennen würdest. Du warst alt genug, um dich zu erinnern.«

»Mich an was zu erinnern? Dass Sie Ihre eigene Tochter im Stich gelassen haben?«

Zinnia rutschte unbehaglich auf ihrem Sitz hin und her. Ich fragte mich, ob sie überhaupt wusste, dass ihr verehrter Anführer in Wahrheit Sofias Vater war.

»Ich muss mich dir gegenüber wirklich nicht rechtfertigen, Ben.« Er holte eine Zigarre zusammen mit einem Feuerzeug aus der Innentasche seines Anzugs hervor. Er wollte sie gerade anzünden, als er mich anschaute. »Macht es dir etwas aus?«

»Ja, es macht mir etwas aus.«

Er lächelte. »Nur gut, dass mir das scheißegal ist.« Er steckte die Zigarre an und nahm einen Zug. »Ich habe nur aus Höflichkeit gefragt.«

»Wie zuvorkommend«, antwortete ich durch zusammengekniffene Zähne hindurch. »Sie sind jetzt also Reuben Lincoln?«

»Für die Jäger schon. Unter dem Namen bin ich hier bekannt. Für den Rest der Welt bin ich immer noch Aiden Claremont.«

»Welche dieser beiden Identitäten stellt Ihre wahre Persönlichkeit dar?«

»Beide.« Er dachte einen Augenblick darüber nach. »Keine.« Er zuckte mit den Schultern. »Spielt das eine Rolle?«

»Sofia hätte Sie gebraucht.«

Er presste die Lippen fest aufeinander, als er seine Zigarre in einem in der Nähe stehenden Aschenbecher ablegte. Er starrte mich mit einer Intensität an, die ich noch niemals in Sofias grünen Augen gesehen hatte. »Wie ich schon gesagt habe, ich muss mich dir gegenüber nicht verantworten, Junge. Lass uns zur Sache kommen! Warum willst du ein Jäger werden? Warum sind Sie hier, Mr. Hudson? Woher kennst du Eliza? Und warum hat sie dir von mir erzählt?«

Bei der Erwähnung dieses Namens holte Zinnia tief Luft. Ihre braunen Augen bohrten sich voller Erwartung in mich hinein. »Sie war meine ältere Schwester.«

Überrascht schaute ich sie an. »Es tut mir leid.«

Tränen ließen ihre haselnussbraunen Augen verschwimmen. »Sie ist tot?«

Ich nickte ernst. »Ich kannte sie kaum, doch ich hatte das Gefühl, in ihr eine verwandte Seele gefunden zu haben. Sie hätte versuchen können, ohne mich zu fliehen, doch sie hat es riskiert, mir zu helfen. Es tut mir wirklich leid, Zinnia.«

»Wir haben alle jemanden an die Vampire verloren. Und wenn nicht, dann waren wir — so wie du — selbst ein Opfer. Das ist der Grund, warum wir Jäger sind«, sagte Zinnia schluchzend.

»Eliza war immer schon schwer unter Kontrolle zu halten. Sie war begierig, uns ihren Wert zu beweisen, und sie war viel zu impulsiv und handelte häufig, bevor sie nachdachte. Wir haben sie hauptsächlich nach Cancún geschickt, um sie von hier wegzubringen. Es sollte eigentlich eine Belohnung sein, ein Urlaub. Als wir das letzte Mal von ihr hörten, bat sie um Unterstützung, denn sie hatte einen Vampir des Novak-Zirkels entdeckt. Wir befahlen ihr, auf uns zu warten, doch ich vermute, sie nahm die Dinge selbst in die Hand. Seit der Nacht haben wir nichts mehr von ihr gehört.«

Ich riss mich zusammen und stellte all die persönlichen Vorbehalte zur Seite, die ich gegen Reuben hatte. Ich begann, mein Hemd aufzuknöpfen, während ich sprach. »Ich will Rache an der Vampirin nehmen, die mir das hier angetan hat.« Ich zeigte ihnen die Narben auf meinem Brustkorb. »Eliza war von der gleichen Vampirin gefangen genommen worden. Sie versuchte, mir bei der Flucht zu helfen, doch wir wurden erwischt. Der Name der Vampirin ist Claudia.«

Reuben spitzte die Ohren. »Claudia? Sie gehört zu dem Novak-Zirkel, so wie Eliza es uns mitgeteilt hat?«

»Ja, ich vermute schon. Derek Novak war ihr Prinz oder so etwas. Er war derjenige, der Eliza getötet hat. Claudia hat sie ihm als eine Art von Ehrerbietung angeboten.«

Meine Stimme verlor sich, als ich merkte, dass die beiden mich anstarrten.

Ich begann, mein Urteilsvermögen infrage zu stellen, weil ich so viel preisgab. *Ich kenne diese Menschen kaum.*

»Wir möchten, dass du uns alles erzählst, was du über ihren Zirkel weist, *ganz besonders*, wo sie sich aufhalten. Du bist der erste Mensch in hunderten von Jahren, der von dem Novak-Zirkel gefangen genommen wurde und lebend entkommen konnte. Die meisten verschwinden einfach, ohne dass jemals eine Leiche gefunden wird, und niemand hört jemals wieder etwas von ihnen.« Reuben saß auf der Kante seines Sessels. »Fahr fort, Ben! Erzähl uns, was du weißt!«

Ich schüttelte meinen Kopf. »Nein. Ich habe schon genug gesagt. Zufälligerweise vertraue ich Ihnen nicht, *Aiden*. Nicht nach dem, was sie Sofia angetan haben. Ich werde Ihnen nichts erzählen, bevor ich keine Antworten bekommen habe.«

Der Mann richtete ein mordlustiges Starren auf mich. »Schau, Junge! Ich bin nur aus einem einzigen Grund hier, und der besteht darin, Sofia zu finden. Es ist mir egal, was du über mich denkst. Als du und meine Tochter das letzte Mal verschwunden seid, habe ich im wahrsten Sinne des Wortes die Welt auf den Kopf gestellt, um sie zu finden. Ich landete in einer Sackgasse nach der anderen, und dann taucht ihr beiden kleinen Teenager wie aus dem Nichts einfach wieder auf und erzählt den Behörden diese dumme Geschichte vom Weglaufen — keine Erklärungen, keine Aufzeichnungen, gar nichts.« Er begann, laut zu fluchen. »Und nun ist sie direkt nach einer persönlichen Unterhaltung mit Vivienne Novak schon wieder verschwunden!« Ein weiterer Fluch kam ihm über die Lippen. »Vivienne Novak! Nachdem jahrhundertelang nicht die kleinste Spur von ihr oder einem Mitglied ihrer Sippe gefunden wurde, taucht sie einfach so auf und macht sich an meine Tochter heran. Wenn du nicht möchtest, dass Sofia genauso wie Eliza endet, musst du mir alles erzählen, was du weißt!«

Er sah recht einschüchternd aus, und Zinnia schien große Angst vor ihm zu haben, doch sein Ausbruch ließ mich nur entspannen. Er zeigte mir nur, wie wichtig ich für diese Organisation war. Ich lehnte mich auf dem Sofa zurück und neigte meinen Kopf zur Seite. »Haben Sie Vivienne nicht in Gewahrsam? Warum fragen Sie nicht einfach sie nach dem, was Sie wissen wollen?«

»Du hast ganz offensichtlich noch nie versucht, einen Vampir zu brechen«, murmelte Zinnia.

Ich zuckte mit der Schulter. »Ich bin bereit zu lernen.«

»Jetzt ist nicht der richtige Zeitpunkt.« Reuben versuchte, seinen Zorn zu unterdrücken. »Sag mir, wo meine Tochter ist!«

»Sie ist ins Schattenreich zurückgekehrt.«

»Ins Schattenreich?«, fragten beide wie aus einem Mund.

Da ich ihnen nichts über die Insel erzählen wollte, sprach ich die Worte aus, die einen bitteren Nachgeschmack in meinem Mund hinterließen.

»Sofia ist Derek Novaks Geliebte.«

Es folgte Stille, als die beiden versuchten, diese Information zu verarbeiten. Mein Blick richtete sich auch weiterhin auf Reuben, als ihm das Blut ins Gesicht schoss und seine Knöchel durch das Umklammern der Armlehne weiß wurden. »*Geliebte*?« Die Art und Weise, wie er dieses Wort aussprach, ließ es faul und ekelhaft klingen. »Wie konnte so etwas passieren? Wie konnte meine eigene *Tochter* einem Novak zum Opfer fallen?«

Der Schmerz, den ich in seinem Gesicht sah, überraschte mich. Sein Zorn steigerte nur sein bedrohliches Aussehen, und doch mischte sich eine tiefe Traurigkeit in seine Wut.

»Ich habe versucht, sie zu beschützen und sie vor Vampiren und Jägern und all diesem Blutvergießen zu verbergen. Doch was werden sie ihr nur antun, wenn sie herausfinden, dass ich ihr Vater bin…« Er erhob sich von seinem Sessel und begann, vor uns auf dem Hartholzfußboden hin und her zu gehen. Das trug wenig dazu bei, die Spannung zu lösen.

Ich konnte mich nicht davon abhalten, meine Gedanken zu äußern. »Sie beschützen? Wovon zum Teufel sprechen Sie? Sie haben sie verlassen!«

»Um sie von alldem hier fernzuhalten! Sie war ohne mich sicherer.«

»Sicherer?«, höhnte ich. »Wirklich? Sie meinen, so wie sie es jetzt ist? Sicher als die Sklavin dieses Vampirprinzen?«

»Sklavin? Ich hatte den Eindruck, dass sie aus freien Stücken dort ist.« Etwas Dunkles flackerte in Reubens Augen auf.

In dem Moment wusste ich, dass Reuben die gesamte Welt niederbrennen würde, um Sofia von Derek Novak fernzuhalten.

Genau aus dem Grund begann ich, ihm zu vertrauen. Das machte ihn zu meinem Verbündeten.

Ich atmete tief ein. »Sie kennen Sofia nicht. Sie ist naiv. Sie vertraut allen zu sehr. Sie müssen davon gehört haben, was geschehen ist, als die Jäger auftauchten, um Vivienne von Sofia wegzuholen. Es war fast so, als hätte die Vampirin Sofia hypnotisiert. Ich weiß nicht… sie haben Sofia auf dieser Insel irgendetwas angetan. Ihre starke Loyalität Derek gegenüber ist mir unverständlich. Nachdem wir aus dem Schattenreich zurückgekehrt waren, habe ich so gut ich konnte versucht, vernünftig mit ihr zu sprechen, doch es hatte keinen Zweck. Er *besaß* sie. Ich weiß nicht, ob wir irgendetwas dagegen unternehmen können.«

Eine wilde Entschlossenheit vertiefte die Linien in seinem Gesicht, als er sich in seinem Sessel zurücklehnte. »Wir werden meine Tochter dort herausholen, und du wirst mir *alles* über das Schattenreich erzählen, was du weißt!«

KAPITEL 40: DEREK

1509

Ein leichter Nieselregen hatte begonnen, sich auf den mit Stroh gedeckten Dächern und den Steinmauern unseres kleinen Dorfes zu verteilen. Die frische Landluft war eine willkommene Abwechslung zu der Atmosphäre in der Stadt, an die ich mich gewöhnt hatte, seitdem ich mich den Jägern angeschlossen hatte. Und doch schaffte der tröstende Anblick unserer geliebten und engen Bauerngemeinschaft es nicht, die schwere Last von meinen Schultern zu heben, die ich mit mir nach Hause gebracht hatte.

Obwohl unsere Nachbarn mich mit einem Nicken und Lächeln begrüßten, waren sie mir gegenüber misstrauisch, einige sogar ängstlich. Nachdem unsere Mutter vor zwei Jahren in unserem eigenen Haus ermordet worden war, war ich als verrückt abgestempelt worden, da ich davon überzeugt war, dass ein Vampir meiner Mutter das Leben genommen hatte. Es dauerte nicht lange, bis ich es nicht mehr ertragen konnte, auf unseren Feldern zu arbeiten. Ich musste weg. Es gingen

Gerüchte über einen Orden umher, der als »Der Falke« bekannt war. Er bestand aus Jägern, die entschlossen waren, die Welt von Vampiren zu befreien. Ich hatte sie gefunden und mich ihnen angeschlossen.

Von den wenigen Malen, die ich nach Hause zurückgekehrt war, seitdem ich zu einem Mitglied der Jäger geworden war, stellte diese Rückkehr die schwierigste dar, denn sie wurde von einer Aufgabe begleitet, von der ich fürchtete, ich könnte sie nicht bewältigen.

Als ich das mit Stroh gedeckte Dach und die Steinmauern erreichte, die unser Zuhause ausmachten, war der erste Mensch, den ich sehen wollte, meine Zwillingsschwester. Vivienne hatte mich während meines ersten Jahres in der Gesellschaft der Jäger unterstützt. Sie war zwar selbst keine Jägerin geworden, doch sie hatte mir auf verschiedene Arten mit ihren Vorahnungen geholfen. Sie hatte jedoch aufgrund einer Krankheit schließlich nach Hause zurückkehren müssen. Da ich erwartete, von ihr begrüßt zu werden, war ich überrascht, stattdessen meinen älteren Bruder vorzufinden.

Es war erst Mittag, und doch war es offensichtlich, dass Lucas getrunken hatte. Er hatte seinen Arm um ein kicherndes, nur spärlich bekleidetes Frauenzimmer gelegt und hielt in einer Hand eine Flasche Wein.

»Wo ist Vivienne?«, fragte ich ihn.

Er blinzelte einige Male. »Derek?«

Ich eilte an ihm vorbei und betrat das Haus. »Vivienne!«

»Sie ist nicht hier.« Lucas schluckte schwer.

»Wo ist sie? Was ist geschehen?« Mein Puls begann zu rasen, und mein Herzschlag verdoppelte sich.

Er rieb sich mit einer Hand seinen Nacken und bedeutete seiner Schlampe, ihn allein zu lassen. Selbst in seinem betrunkenen Zustand waren seine Schuldgefühle offensichtlich.

»Was hast du getan?«

»Ich habe gar nichts getan! Derek, du musst verstehen… Es gab nichts, was wir dagegen hätten unternehmen können…«

»Wogegen unternehmen? Was soll ich verstehen? Wo zum Teufel ist Vivienne?«

»Lord Maslen hat nach ihr gefragt. Sie wurde erst heute Morgen zu seinem Anwesen gebracht.«

Das Blut pochte mir in den Adern. Lord Maslen war der Baron der Ländereien, auf denen wir lebten. Sein ältester Sohn, Borys, hatte schon seit Jahren ein Auge auf Vivienne geworfen. Sie hatte mir viele Male erzählt, dass sie ihn nicht ausstehen konnte. Es machte mich krank, mir vorzustellen, was um alles in der Welt diese Menschen von Vivienne wollen könnten.

»Du weißt, welche Schwierigkeiten wir bekommen können, wenn wir uns den Maslens widersetzen. Wie könnten wir uns ihnen verweigern?«

»Das ist einfach, Lucas. Du sprichst einfach das Wort aus. Nein.« Ungläubig starrte ich meinen älteren Bruder an. Es war unvorstellbar für mich, als was für eine Art rückgratloser Feigling er sich stets entpuppte.

»Als wenn das irgendetwas gebracht hätte! Wir sprechen hier von den Maslens. Sie könnten uns die Köpfe abschlagen. Wir können ihnen Vivienne nicht einfach vorenthalten.«

»Warum nicht, zum Teufel? Sie ist unsere Schwester! Sie ist kein Stück Eigentum, über das sie nach Lust und Laune verfügen können. Wir sind nicht ihre Sklaven!«

»Und doch haben sie die Macht.«

»Nur die Macht, die wir ihnen geben, Lucas. Mehr nicht.«

»So einfach ist das nicht.« Lucas trat unbehaglich auf seinen Füßen hin und her. »Sie ist Borys Verlobte. Sie ist volljährig. Sie haben gesagt, es sei an der Zeit, Borys das zu geben, was ihm gehört.«

»Verlobte?« Mir entwich eine ganze Salve von Flüchen.

»Ohne unser Wissen — und sogar ohne ihres — hat Vater Vivienne im Austausch für eine großzügige Aussteuer Borys Maslen versprochen.«

Ich erstarrte. Als unsere Mutter gestorben war, waren wir zutiefst verschuldet und kurz davor gewesen, den Hof zu verlieren. Ich hatte versucht, meinen Teil beizutragen, indem ich in der Taverne des Dorfes meine Dienste als Sänger anbot. Vivienne hatte als Lehrling für einen der ortsansässigen Händler gearbeitet. Selbst Lucas hatte mehr als sein typisches Minimum geleistet, wenn es darum ging, seine Aufgaben auf dem Hof zu erfüllen. Doch trotz all unserer Bemühungen hätten wir den Hof verloren. Plötzlich war Vater an eine große Menge Geld gelangt, um all unsere Schulden zu bezahlen. Er hatte sich geweigert, uns mitzuteilen, wo das Geld hergekommen war. Nun wusste ich, wo er es her gehabt hatte. Er hatte seine eigene Tochter an diesen Teufel verkauft.

»Derek, wir hatten keine Wahl.«

»Zum Teufel damit. Es gibt immer *eine Wahl.« Entschlossen, meinen Vater zu finden, stürmte ich hinaus. Ich wusste, dass es nur einen Ort gab, an dem ich suchen musste. Mit angespannten Muskeln, geballten Fäusten und bereit zuzuschlagen marschierte ich durch die matschigen Straßen unseres Dorfes. Ich hätte meinen Vater erdrosseln können.*

Angst und Sorge nagten an mir. Die Unsicherheit darüber, was meine Schwester in Borys Maslens Händen ertragen musste, überwältigte meine Sinne. Passanten, die sich mir in den Weg stellten, traten schnell zur Seite. Obwohl ich erst achtzehn Jahre alt war, hatte ich bereits einen bestimmten Ruf, und mein Verhalten, als ich auf die Dorfkneipe zueilte, war alles andere als einladend.

Ich drückte die Kneipentür auf und erblickte meinen Vater umgehend. Als ich ihn entdeckte, angetrunken und fröhlich mit einigen seiner Kameraden, sah ich rot. Ich stürzte mich auf ihn, warf ihn auf den Boden und begann, ihm ins Gesicht zu schlagen.

»Wie kannst du es wagen, deiner eigenen Tochter das anzutun! Wie konntest du Vivienne nur dorthin schicken!«

Erst als ich bereits mehrere Schläge ausgeteilt hatte, war mein Vater in der Lage, sich zu wehren. Mit einigen schnellen Bewegungen brachte er es fertig, mich auf den Rücken zu rollen und auf den Boden zu pressen.

»Pass lieber auf, mit wem du einen Kampf beginnst, Junge!« Er spuckte Blut auf den Boden neben mir. »Deine Schwester gehört nun Borys Maslen. Es gibt sehr viel schlimmere Orte für eine Frau. Die Frau eines zukünftigen Barons zu sein — und dazu noch eines sehr wohlhabenden — ist doch gar nicht so schlecht, oder?«

Ich schaute zu meinem Vater hoch und versuchte, meine Tränen zu unterdrücken. »Du sagst das nur, weil du Borys Maslen nicht kennst. Du hast meine Schwester an den Teufel verkauft.«

Bei diesem Satz lachte mein Vater mich nur aus. »Warum bist du so eng gewickelt, Sohn?« Er schlug mir leicht auf die Wangen, als er sich mühevoll aufrichtete und mich losließ. »Der Junge ist vielleicht ein egozentrisches Gör, doch er ist kein Teufel. Trink was, Derek, damit du dich entspannst!«

Als ich aufstand, gab ich mir selbst gegenüber das Versprechen ab, Vivienne vor den Maslens zu retten. Ich konnte meinem Vater nicht erklären, warum die Vorstellung, dass Vivienne mit Leuten wie Borys Maslen zu tun hatte, mir den Magen verdrehte. Er hätte mich nur ausgelacht und für einen Narren gehalten, genauso wie er es beim letzten Mal getan hatte, als ich versucht hatte, ihn von meiner Theorie zu überzeugen, wie unsere Mutter gestorben ist.

Ich konnte meinem eigenen Vater nicht erklären, dass er seine Tochter gerade einem Vampir übergeben hatte. Einem Vampir, den ich töten sollte.

Vor fünfhundert Jahren hatte ich sie vor Borys Maslen gerettet. Und doch war ich jetzt nicht dazu in der Lage. Mir war schmerzlich bewusst, was Jäger Vampiren antaten, sobald sie einmal gefangen genommen waren. Kein Vampir war jemals zurückgekehrt. Egal, wie sehr ich glauben wollte, dass Vivienne noch am Leben war, ich musste sie gehen lassen.

Nichts, was ich zu sagen hatte, konnte den Gedanken rational erklären, unsere Truppen zusammenzusammeln, um meine Schwester zurückzuholen. Sogar Xavier und Liana, zwei von Viviennes engsten Freunden, erzählten mir immer wieder, dass die Jäger einen Vampir niemals lange am Leben ließen. Ich würde nur das Leben vieler unserer Art riskieren, wenn ich meinen Plan umsetzen und die Jäger überfallen würde — wo auch immer sie sich aufhielten — in einem vergeblichen Versuch, Vivienne zu retten.

Sie war fort. Und ich musste das akzeptieren.

Ganz nach unserem Brauch hielten wir für diejenigen unter uns, die den Jägern in die Hände gefallen waren, eine Gedenkzeremonie auf dem Marktplatz des Dorfes ab. Es war schon Jahrhunderte her, seitdem das Schattenreich so einen Verlust erlitten hatte, und dass dieser Verlust ausgerechnet in Vivienne Novak bestehen musste, war ein Schmerz, der von allen Bewohnern des Schattenreiches tief empfunden wurde.

Es war Liana, die alle Vorbereitungen traf. Ich wollte damit nichts zu tun haben. Allein an diesen Verlust zu denken war schon zu schmerzlich. Unser Vater benachrichtigte uns, dass er nicht teilnehmen konnte. Andere Angelegenheiten schienen stets wichtiger zu sein als seine Familie. Ich hätte sogar erwartet, Lucas zu sehen, doch ich wusste, dass er ein zu großer Feigling war, um mir jemals wieder unter die Augen zu treten. Nicht einmal der Tod seiner eigenen Schwester — wenn er überhaupt etwas davon wusste — könnte ihn dazu bringen, sein eigenes Leben zu riskieren.

Ich konnte meinen Zorn nicht unterdrücken, als allen Anwesenden Laternen gegeben wurden, um sie in die kalte Nachtluft aufsteigen zu lassen. *Ich hätte dort sein sollen. Ich hätte sie retten können.* Doch ich war nicht da gewesen. Ich war zu sehr damit beschäftigt gewesen, das Schattenreich zu beschützen, dass ich unfähig gewesen war, meine Schwester zu beschützen.

Als ich auf die Laterne in meiner Hand starrte, konnte ich den Schmerz über das, wofür sie stand, nicht unterdrücken. Vivienne hatte Laternen immer besonders gern gemocht. Es fühlte sich so an, als würde das Loslassen dieser Laterne bedeuten, ich würde auch sie loslassen.

Sofia stand einige Schritte von mir entfernt und richtete ihren Blick auf den Boden, während sie ihre Laterne in ihren Händen hielt. Sie flüsterte etwas in Richtung des Lichts. Ich bemühte mich zu hören, was sie sagte.

»Wo auch immer du bist, Vivienne, ich hoffe, es geht dir gut.«

Nachdem wir die Laternen hatten aufsteigen lassen, konnte ich meinen Blick nicht von Sofia lösen. Ich hatte keine Ahnung, was ich ohne sie getan hätte. Während der vergangenen Tage hatte sie erneut zum Anschein die Rolle meiner Sklavin angenommen, obwohl sie alles andere war. Sie war das einzige Wesen, das mir half, meinen Verstand zu bewahren.

Ich legte die Distanz zwischen uns zurück und bewunderte die Mischung aus Trauer und Faszination auf ihrem Gesicht, als die Laternen sich in den von Sternen erleuchteten Himmel erhoben. Als sie meinen Blick bemerkte, schaute sie mich an und lächelte. Ihre zierlichen Finger glitten an meinem Arm entlang, bevor ihre

Hand meine fand. Sie drückte sie fest — das war ihre Art zu sagen, dass sie für mich da war.

Allen anderen um uns herum gegenüber gleichgültig legte ich meinen Arm um ihre Schulter und drückte meine Lippen gegen ihre Schläfe. Ich flüsterte in ihr Ohr: »Ich kann dir nicht sagen, wie viel es mir bedeutet, dass du hier bist.«

Sie streichelte zärtlich meine Hand, bevor ihr Blick sich wieder auf die Laternen konzentrierte, die höher und höher in den Nachthimmel aufstiegen. »Es tut mir leid, dass du Vivienne verloren hast, Derek.«

Dass du Vivienne verloren hast. Diese Worte waren schmerzhaft. Der Gedanke daran, die kommende Nacht allein zu verbringen, schien unerträglich zu sein. »Bleib heute Nacht bei mir, Sofia!«

Da Lucas nicht länger eine Gefahr darstellte, hatte sie seit ihrer Ankunft in einem der leeren Zimmer in meinem Penthouse geschlafen. Paige und Rosa waren ebenfalls wieder eingezogen, um ihr Gesellschaft zu leisten. Sie hatten mich gefragt, was mit Ashley geschehen würde, doch ich konnte mich nicht dazu aufraffen, an das Mädchen zu denken.

»Derek…« Sie erbleichte bei dem Gedanken an meinen Vorschlag — dass sie wie früher in meinem Schlafzimmer übernachten sollte.

Ihr Zögern war verständlich. Die Mädchen setzten ihr wegen ihrer Loyalität mir gegenüber schwer zu, doch ich wollte in ihrer Nähe sein. Ich sehnte mich nach ihrer Wärme. Sie war ein heilender Balsam für die Wunde, die Viviennes Verschwinden zurückgelassen hatte.

»Sofia, bitte.« Ich hätte es einfach von ihr verlangen können. Ich war immer noch der Prinz des Schattenreiches, und in den Augen aller anderen war sie immer noch meine Sklavin, doch ihre

Zustimmung bedeutete mir etwas — vielleicht mehr, als sie es sollte. Nichts erfreute mich mehr als der Gedanke, dass sie aus eigenem Antrieb bei mir blieb.

Sie wendete ihren Blick vom Nachthimmel ab, schaute mich an und atmete aus. Sie nickte. »In Ordnung.«

Die Zeremonie zog sich in die Länge. Liebevolle Worte wurden im Gedenken an Vivienne gesprochen. Als ich gebeten wurde, etwas zu sagen, weigerte ich mich. Ich wollte nicht einmal über den Verlust nachdenken, den ich erlitten hatte, geschweige denn, darüber sprechen. Vor Aussprache der Beileidserklärungen machte ich mich aus dem Staub.

In der Nacht bestand meine einzige Trostquelle aus Sofia. Ihre Küsse, ihr ermutigendes Flüstern, ihr Lächeln, ihre Arme um mich herum und die Wärme, die sie ausstrahlte… Zum ersten Mal seit langer Zeit gestattete ich mir selbst, in Gegenwart eines anderen verletzlich zu sein. Während ich Sofia in meinen Armen hielt, brach ich zusammen, doch sie sagte nichts, um mich zu trösten. Das musste sie nicht. Sie hielt mich einfach nur fest.

Als der Schlaf sie schließlich überkam, starrte ich auf ihren friedlichen, schlummernden Körper und gestattete mir einen Gedanken an Vivienne — gerade lange genug, um meiner geliebten Schwester dafür zu danken, den ultimativen Preis bezahlt zu haben, um mir Sofia zurückzugeben.

KAPITEL 41: SOFIA

Als ich die Augen öffnete, merkte ich, wie er mich anstarrte. Neben ihm aufzuwachen fühlte sich auf eine Weise richtig an, wie es mit Ben nie der Fall gewesen war. Ich entspannte mich in seinen Armen. Sein Brustkorb war bequem genug gewesen, um mir während der Nacht als Kissen zu dienen. Ich lächelte. Es war das erste Mal, dass ich nicht mitten in der Nacht von einem Albtraum aufgeweckt worden war.

»Es tut mir leid, dass du mich so sehen musstest.« Ich hätte nie gedacht, dass ich ihn jemals so verlegen erleben würde.

Es dauerte einen Augenblick, bevor ich verstand, wofür er sich entschuldigte. Ich schüttelte meinen Kopf und schmiegte mich enger an ihn heran. »Das muss es nicht, Derek. In meiner Gegenwart musst du dich niemals verstellen.«

Ich hätte schwören können, dass sein Herzschlag sich etwas beschleunigte. Seine Arme um mich herum festigten sich. Wir blieben dort genau so noch ein paar Minuten liegen, bevor wir wieder unserer eingespielten Routine nachkamen und uns anzogen. Ich hatte vergessen, wie natürlich diese Situation für uns war. Wir wussten einfach, wie wir uns zu bewegen hatten, wie wir uns zu verhalten hatten, wann wir uns von dem anderen fernhalten mussten und wann wir uns einander nähern durften.

Etwas hatte sich an dieser Routine jedoch verändert. Nach dem Anziehen war ich häufig in die Küche gegangen, um mein Frühstück zuzubereiten. Oft stand dort bereits ein Glas Blut auf dem Esstisch und wartete auf ihn. Daran hatte sich nichts geändert. Was sich jedoch geändert hatte, war die Tatsache, dass er tatsächlich begann, mit mir zu sprechen — und nicht nur über alltägliche Dinge, sondern darüber, wie er den Tag verbringen wollte und wie seine Pläne für das Schattenreich aussahen — Dinge, in die ich nie eingeweiht worden war, als ich noch seine »persönliche Sklavin« gewesen war.

»Ich gehe heute auf den Übungsplatz«, ließ er mich wissen. »Das Training muss für die Vampire des Schattenreiches fortgesetzt werden.«

»Corrine hat mir von deinem Plan erzählt.« Dieses Thema hinterließ einen bitteren Nachgeschmack in meinem Mund. »Sie hat gesagt, du wolltest, dass alle Vampire kampfbereit sind. Warum?«

»Wir sind schwach geworden. Sollten die Jäger uns angreifen, hätten wir keine Chance. Ich kann mir die technologischen Fortschritte nicht einmal ansatzweise vorstellen, die im Laufe der Jahrhunderte erzielt wurden. Sie lassen sich mit den Dingen von vor vierhundert Jahren nicht mehr vergleichen.«

»Vielleicht, aber wie um alles in der Welt sollen die Jäger die Insel überhaupt finden, Derek?«

»Das ist nur eine Frage der Zeit, Sofia. Unsere Schutzvorrichtungen werden von Minute zu Minute schwächer. Es überrascht mich, dass wir das Geheimnis so lange bewahren konnten.«

Ich starrte auf die Scheibe Toast, die ich gerade mit Marmelade und Butter bestrichen hatte, bevor ich schließlich etwas zugab, das an mir genagt hatte. »Ben hat sich den Jägern angeschlossen, Derek. Er wollte, dass ich mit ihm gehe, doch ich habe es nicht getan.«

Derek versteifte sich. Er nahm einen Schluck von seinem Blut, bevor er mir in die Augen schaute. »Warum nicht?«

Deinetwegen. Ich zuckte mit den Schultern. »Es hat sich nicht richtig angefühlt.«

Es schien, als wollte er eine weitere Frage stellen, überlegte es sich dann jedoch anders. Stattdessen nickte er. »Ich muss bald gehen. Was hast du vor?«

»Ich möchte Ashley in den Zellen besuchen. Und außerdem überlege ich, ob ich auch die Katakomben aufsuchen soll.«

Seine blauen Augen weiteten sich voller Überraschung. »Die Katakomben?«

»Wäre das ein Problem?«

Er hielt inne und dachte darüber nach. »Nein. Wir werden uns später dort treffen. Ich werde dafür sorgen, dass du von einem Wächter begleitet wirst.«

»Wann wird Ashleys Verhandlung stattfinden, Derek? Du kannst sie nicht ewig vor dir herschieben.«

Sein Gesicht verdüsterte sich. »Sie ist eine Jägerin, Sofia.«

»Was?« Ich runzelte die Stirn. »Woher…«

»Die Tätowierung an ihrem Rücken. Der Falke. Er ist das Zeichen der Jäger.«

»Aber…«

»Schau! Ich werde dir einen Vorschlag machen. Wenn du sie

dazu bringen kannst, mit uns zu kooperieren und uns all die Informationen zu geben, die sie über die Jäger hat, dann werde ich sie freilassen.«

»Das ist nicht fair, Derek. Sie hat mich verteidigt, nachdem du...«

»Fang nicht damit an, Sofia!« Sein Tonfall war streng und machte mir deutlich, dass ich kurz davor war, eine Grenze zu überschreiten. »Ich weiß, was ich getan habe, und ich bedaure es zutiefst, doch ich bin der Prinz des Schattenreiches. Sie wollte mich töten. Fast hätte sie *dich* getötet. Mein Angebot, sie freizulassen, ist großzügiger, als du mir zugestehen willst.«

Ich war überrascht. Es war das erste Mal, dass er mir gegenüber seine Position herauskehrte. Meine Vertrautheit mit ihm ließ mich häufig vergessen, wer er war. Wann immer jemand im Schattenreich ihm mit Ehrerbietung gegenübertrat, fand ich das ausgesprochen merkwürdig. Die Vorstellung, ihn »Hoheit« oder sogar »Prinz« zu nennen, erschien mir lächerlich zu sein, doch als ich dort saß, wurde es mir schlagartig bewusst: Die Vampire erkannten Derek als ihren Prinzen an.

Einige der Worte, die Ben zu mir gesagt hatte, als wir uns noch im Schattenreich aufhielten, kamen mir in den Sinn. *Sei kein Narr, Sofia! Wir müssen von hier verschwinden, bevor er beschließt, dass er deiner überdrüssig ist und uns beide umbringt.*

Unsicherheit begann, wieder an die Oberfläche zu treten. *Für wen halte ich mich?*

Der Gedanke, dass Derek klar werden könnte, dass er mich nicht brauchte, nagte noch an mir, als ich mich bereits auf meinem Weg zu den Zellen befand. Die Vereinbarung, die ich mit Derek getroffen hatte, lastete auf meinen Schultern.

Ich betrat Ashleys Zelle und sah, wie sie auf dem Rand ihrer

Pritsche saß und in Gedanken versunken wirkte. Sie hob ihren Blick, da sie vermutlich Paige, Rosa oder einen der Wächter erwartete. Als sie mich sah, machte sie jedoch ein langes Gesicht.

»Oh, du bist es.«

Mir zog sich der Magen zusammen. Seit meiner Ankunft hatten die Mädchen mir die kalte Schulter gezeigt. Selbst Sam und Kyle waren mir gegenüber bestenfalls höflich. Ich konnte ihnen das nicht übelnehmen. Wir waren Freunde, und ich hatte sie ohne mich zu verabschieden im Schattenreich zurückgelassen. Und obendrein hatte ich nicht das Geringste getan, um ihnen zu helfen, während ich weg war. Wir hatten so oft geplant, zusammen zu fliehen, und uns das Versprechen gegeben, dass wir den anderen zu Hilfe kommen würden, wenn eine von uns es schaffen würde. Das hatte ich nicht getan. Und obendrein hatte ich bei meiner Rückkehr Derek mit Ashley auf seinem Bett überrascht, die kaum noch bei Bewusstsein war, und ich hatte es trotzdem geschafft, ihm zu vergeben. Ich glaube, dieser letzte Teil wurde von ihnen als der ultimative Verrat angesehen.

Sie hatten allen Grund, mich zu hassen. Das erklärte den sinkenden Mut, mit dem ich mich Ashley näherte. Als ich sie das letzte Mal besucht hatte, war sie nicht sehr entgegenkommend gewesen – besonders, als sie herausfand, dass ich wieder mit Derek zusammenlebte.

»Wie kannst du seine Nähe nur ertragen?«, hatte sie mich gefragt.

»Ich wusste nicht, wie ich darauf antworten sollte. Es fühlte sich erbärmlich an, als ich sagte: »Ich betrachte ihn mit anderen Augen, Ashley. Es gibt noch Hoffnung für ihn. Ich möchte ihn nicht aufgeben.«

Danach hatte Ashley mich gebeten zu gehen.

Um ehrlich zu sein war ich nicht glücklich darüber, als Dereks Sklavin angesehen zu werden, doch Derek machte es sehr deutlich, dass das die einzige Möglichkeit war. Nachdem Derek sich die allergrößte Mühe gegeben hatte, meine Flucht geheim zu halten, wussten die meisten Vampire nicht einmal, dass ich überhaupt weg gewesen war.

»Ich kann dich nur beschützen, wenn ich dich unter meine Fittiche nehme. Sie werden dich nicht anfassen, wenn sie wissen, dass du mir gehörst. Auf dich allein gestellt bist du nur ein Köder«, erklärte er mir, und so sehr ich auch protestierte, ich wusste, dass ich im Schattenreich nur sicher sein würde, wenn ich mich in seiner Obhut befand.

Ich versuchte, Paige und Rosa zu erklären, warum ich nach unserer Flucht keine Informationen über das Schattenreich preisgeben konnte, doch meine Worte klangen in Anbetracht des Traumas, das Derek sie während meiner Abwesenheit hat durchleben lassen, hohl. In ihren Augen verbündete ich mich mit dem Feind. Ich wünschte mir nur, sie würden sich an all das erinnern, was Derek getan hatte, um uns zu beschützen, bevor alles in die Brüche ging.

Als ich Ashleys Zelle zum zweiten Mal betrat, stellte ich fest, dass ich nicht sehr viele Freundinnen gehabt hatte, als ich aufwuchs. Alles hatte sich stets um Ben und die Hudsons gedreht. Selbst als Kind hatte ich es vorgezogen, auf meinen verrückten Abenteuern allein zu sein, als mich mit Mädchen meines Alters abzugeben. Sie langweilten mich zu Tode. Das war der Grund, warum ich diese Mädchen so sehr schätzte, und nun, als sie diesen ausgewachsenen Groll gegen mich hegten, wurde mir klar, wie sehr ich sie vermisst hatte.

»Hallo, Ashley.« Zögernd näherte ich mich ihr. Ich

verschränkte meine Finger und hoffte, dass sie kooperieren würde.

»Was tust du hier, Sofia?«

Ich setzte mich neben sie auf die Pritsche. Sie rutschte von mir weg. »Wie ist es dir ergangen?«, begann ich. Plötzlich fühlte meine Kehle sich trocken an, und ich hatte keine Ahnung, was ich sagen sollte. »Haben sie dich gut behandelt?«

Sie schnaubte. »So gut, wie sie eine Gefangene behandeln können, denke ich. Wie lange werde ich hierbleiben?« Ihre Lippen bebten, und ihr Körper zitterte. »Wann wird diese Verhandlung stattfinden? Die Vorfreude darauf bringt mich fast um.«

»Ich glaube nicht, dass es eine Verhandlung geben wird.«

»Was? Warum?«

»Derek hat dir ein Angebot zu machen. Er ist bereit, dich freizulassen.«

»Ach ja? Im Austausch wofür?«

»Informationen.«

Ashleys Augen weiteten sich. »Ich kann das nicht glauben. Du kommst als sein Unterhändler hierher und versuchst, mir Informationen zu entlocken? Nach dem, was er getan hat? Was ist nur daraus geworden, dass wir aufeinander aufpassen, hä?«

»Aus dem Grund bin ich hier, Ashley. Um auf dich aufzupassen. Würdest du es vorziehen, dass er stattdessen hierher kommt? Wo du doch weißt, wie sehr er nach dir verlangt?«

Diese Vorstellung ängstigte sie offensichtlich. Sie schüttelte ihren Kopf. »Was willst du wissen?«

»Die Tätowierung auf deinem Rücken… sie bedeutet, du bist eine Jägerin?«

Ihr Kiefer verkrampfte sich. »Ja, und?« Sie begann, mit den

Enden ihres blonden Haares zu spielen, etwas, das sie immer tat, wenn sie nervös war.

»Vivienne wurde von den Jägern gefangen genommen.«

»Dereks Schwester?«

Ich nickte. »Sie hat das Schattenreich verlassen, um mich dazu zu bringen zurückzukehren.«

»Warum? Warum würde sie das riskieren? Sie befand sich hier auf dieser abgeschiedenen Insel in Sicherheit. Warum sollte sie sich auf so etwas einlassen, nur, um *dich* zurückzuholen? Warum bist du für diese Leute so wichtig, Sofia?«

Viviennes Worte blitzten in meinem Geist auf. *Du bist nicht nur ein Bauer. Du bist die Königin.* »Ash, ich verstehe deinen Hass auf die Vampire. Ich habe ihn in Bens Augen gesehen. In gewisser Weise habe ich diesen Hass ebenfalls empfunden. Sie haben uns so viel weggenommen. Derek hat versucht, dich zu töten, und welche Erklärung er auch immer dafür haben mag, sie genügt nicht, um das zu entschuldigen, was er getan hat. Doch wir sind hier, und es gibt nichts, das das ändern könnte.«

»Du hast meine Frage nicht beantwortet, Sofia. Warum bist du hier? Warum würde ihre Prinzessin es riskieren, sich von den Jägern fangen zu lassen, um dich zurückzubringen?«

Ich erzählte ihr, was Vivienne im Café zu mir gesagt hatte. Die Prophezeiung und die Rolle, die ich ihrer Meinung nach darin spielte. Diesen Teil habe ich vor Derek geheim gehalten. Es Ashley gegenüber nun laut auszusprechen gab mir das Gefühl, eingebildet zu sein. *Glaube ich wirklich, dass ich* so *wichtig bin? Dass ich hier etwas bewirken könnte?*

Als ich fertig war, wurde Ashleys Gesichtsausdruck weicher. »Und du glaubst ihr?«

»Zuerst habe ich es nicht getan, doch dann übermittelte sie mir einige ihrer Erinnerungen, zufällige Gedanken, die mir ihre Geschichte und all die Dinge erzählten, die sie erlebt hat, um diese Insel zu beschützen. Als ich dann hier eingetroffen bin, hat Derek mir die Geschichte des Schattenreiches gezeigt… den Preis, den *sie* bezahlen mussten, um das zu erschaffen, was sie hier haben. Und jetzt weiß ich mit Sicherheit, dass Vivienne aufrichtig war.« Ich atmete ein und aus und hoffte, dass ich irgendwie zu Ashley vorgedrungen war. »Ich bitte dich nicht, ihm zu vergeben, Ashley. Dafür hat er dir zu viel angetan. Ich bitte dich nur, mir zu vertrauen, denn wir waren Freundinnen. Wir *sind* Freundinnen, und die Dinge waren nicht so schlecht, als wir alle hier zusammen waren, und…«

Zu meiner Überraschung zog Ashley mich in eine Umarmung hinein. Sie flüsterte mir ins Ohr: »Ich wusste, dass du zurückkommen würdest, Sofia. Ich wünschte mir, du wärst zurückgekehrt, um uns hier herauszuholen, daher war es so enttäuschend festzustellen, dass du hauptsächlich *seinetwegen* wieder hier bist. Das bedeutet nicht, dass wir dich nicht vermisst hätten. Und wenn ich schon in diesem schwarzen Loch von einer Insel bleiben muss, würde ich es lieber mit dir als ohne dich tun.« Sie kicherte. »Immerhin war ich vor ihm sehr viel sicherer, als du noch hier warst.«

Ich lächelte sie an und hoffte, dass dies unseren Pfad zur Versöhnung darstellte. Als sie mich aus ihrer Umarmung entließ, war ich erleichtert, auf ihren Lippen ebenfalls ein Lächeln zu finden.

»Was möchtest du wissen, Sofia? Wenn es mir hilft, hier herauszukommen, dann werde ich es dir erzählen.«

»Wir möchten alles wissen, was dir über die Jäger bekannt ist. Du warst einer von ihnen.«

»Ich kann euch nicht sehr viel sagen, doch ich weiß mit Sicherheit, wenn die Jäger sie schon länger als vierundzwanzig Stunden in ihrer Gewalt haben, dann ist sie erledigt. Sie halten Vampire niemals lange am Leben.«

»Aus welchem Grund würden sie sie am Leben lassen?«

Ashley zuckte mit den Schultern. »Um Informationen von ihr zu bekommen. Ich könnte mir vorstellen, dass Vivienne ein ziemlich großer Fisch ist, wenn man bedenkt, dass sie die Prinzessin der Insel ist. Wahrscheinlich foltern sie sie inzwischen.«

»Wie können wir sie finden?«

Ein trauriges Lächeln formte sich auf ihren Lippen. »Du fragst mich nach dem Standort des Hauptquartiers der Jäger. Ich würde ihn dir verraten, Sofia, aber ich kenne ihn nicht. Schau, ich gehöre nur der letzten Generation von Jägern an. Ich könnte dir nicht einmal sagen, wie lange unsere Familie bereits diesem Orden angehört. Unsere Eltern haben uns mit dem Hass auf Vampire großgezogen. Dieses Vorgehen hat bei meinem Bruder funktioniert, doch niemals bei mir. Ich konnte mich niemals an die Vorstellung gewöhnen, Kreaturen zu hassen, die irgendeinem Vorfahren von mir geschadet haben, und nun, mehrere Generationen später, soll ich sie immer noch hassen?« Ashley seufzte schwer. »Ich wollte nicht das gleiche Leben führen wie sie. Als sie also meinen Bruder und mich zur Ausbildung zu den Jägern schickten, flehte ich ihn an, Mom und Dad nicht zu erzählen, dass ich nicht dorthin gehen würde. Ich habe mir die Tätowierung des Falken zugelegt, sodass ich sie ihnen zeigen konnte, wenn sie mich nach der Ausbildung fragten, doch ich habe das Hauptquartier der Jäger noch niemals betreten, daher weiß ich nicht, wo es sich befindet und wie die Dinge dort ablaufen.«

»Wie hättest du überhaupt dorthin gelangen sollen?«

»Wir wurden zu einer Rollbahn geschickt, wo wir von einem Jäger mit einem privaten Flugzeug abgeholt werden sollten. Weitere Informationen wurden uns nicht gegeben.«

Ich nickte. »In Ordnung. Für den Augenblick habe ich keine weiteren Fragen, Ash. Ich glaube, Derek wird dich durch einen der anderen Vampire noch einmal befragen lassen. Ich hoffe, dass er dich schon bald freilassen wird.« Ich ergriff ihre Hand, drückte sie und war erleichtert, dass sie sie nicht zurückzog.

»Danke, Sofia.«

Ich schüttelte meinen Kopf. »Ich bin nur froh, dich wiederzuhaben.«

Als ich ihre Zelle verließ, fühlte ich mich ziemlich gut. Obwohl Ashley keine hilfreichen Informationen hatte, war sie bereit gewesen, mir das zu erzählen, was sie wusste — das musste Derek genügen.

Doch etwas anderes nagte an mir. Derek hatte vorhin seine Stellung herausgekehrt. Er war der Prinz des Schattenreiches, und er hatte jedes Recht, das zu tun, was er wollte. Und doch bedeutete das nicht, dass er Recht hatte. Ashley war nur einer der Menschen, die unter Dereks Herrschaft missbraucht worden waren. Als meine Füße mich zu den Katakomben trugen, erschauerte ich bei dem Gedanken an die Scheußlichkeiten, die mich erwarteten.

Derek hatte mir im Leuchtturm offenbart, was das Schattenreich war und wie es entstanden war. *Nun würde ich herausfinden, was das Schattenreich ist und was aus ihm werden könnte.*

KAPITEL 42: BEN

Die Luft in Reubens Büro roch nach Pfefferminz mit einem Hauch von Rum und Tabak. Der Teppich und die weißen Wände, die von einigen ausgesuchten Gemälden verziert wurden, gaben der Ausstattung des großen Büros ein minimalistisches Flair. In der Mitte befand sich ein großer Schreibtisch aus Glas, um den herum Reuben, Zinnia und ich saßen, als sie mich erneut nach Informationen über das Schattenreich bedrängten.

»Das ist alles? Mehr weißt du nicht?« Zu sagen, dass Reuben unzufrieden aussah, war eine große Untertreibung. »Es muss noch mehr geben, das du uns sagen kannst.«

»Ich habe Ihnen alles erzählt, was ich weiß.« Ich zuckte mit den Schultern. *Offensichtlich weiß ich nicht sehr viel.* Ich hatte mich im Schattenreich die meiste Zeit über in Claudias Haus aufgehalten — in ihrem Schlafzimmer oder in einem ihrer Kerker. Bei dem einzigen Mal, als ich ausgegangen war, wurde ich zu Dereks Haus gebracht. Ich kannte den Weg zum Hafen, doch wie die Insel zu verlassen war und wie man dorthin gelangte, entzog sich meinem Wissen. Reuben war außer sich vor Wut.

»Im Grunde genommen weißt du überhaupt nichts. Es ist mir egal, was sich auf der Insel befindet oder wie sie unsichtbar bleibt und beschützt wird. Was mich interessiert ist, wie man dorthin gelangt.«

Reuben Lincoln war kein geduldiger Mann — ganz besonders nicht, wenn es um seine Tochter ging.

»Nun, was ist mit Vivienne? Haben Sie von ihr keine Informationen erhalten?« Ich warf Zinnia einen spitzen Blick zu.

Seit meiner Ankunft hatte sie jeden einzelnen Tag mit mir verbracht und dafür gesorgt, dass ich angemessen informiert wurde und das richtige Training erhielt. Angesichts meines Hintergrundwissens in Selbstverteidigung und der Zeit, die ich im Schattenreich verbracht hatte, war ich den Rekruten, die vor mir hier eingetroffen waren, bereits mehrere Schritte voraus.

Zinnia schüttelte ihren Kopf. »Sie hat sich geweigert, etwas preiszugeben.«

»Sie ist eine Novak. Sie wird nicht so leicht brechen. Ihr Zwillingsbruder ist hart im Nehmen.« Reuben sprach, als würde er laut denken. »Auf Derek Novak konnte man sich verlassen, als er noch einer von uns war. Und nun, da er ein Vampir ist — ein fünfhundert Jahre alter Vampir — ist er eine noch größere Bedrohung. Im Vergleich zu den Maslens ist er doppelt so gefährlich.«

»Die Maslens?«

»Ein Klan, der den größten Vampirzirkel anführt, den wir kennen«, erklärte Zinnia. »Wir verfolgen sie schon seit Jahren. Doch genau wie die Novaks sind sie schwer zu finden.«

»Von dem, was du uns erzählt hast, scheint es, als wäre es den

Novaks in all diesen Jahren sogar noch besser ergangen als den Maslens…« Reubens Gehirn arbeitete schwer. »Wie haben sie es geschafft, sich so lange vor uns verborgen zu halten? Irgendwo muss es ein Schlupfloch geben.« Etwas glänzte in seinen Augen auf, und ein Funke Hoffnung wurde sichtbar. »Die Hexe… die, die die Insel beschützt… wie heißt sie doch gleich?«

»Corrine.«

»Das ist es. So haben sie es geschafft. Zinnia, ich will alle verfügbaren Informationen über die Hexen haben, die im sechzehnten Jahrhundert mit den Jägern zusammengearbeitet haben. Achte besonders darauf, welche Hexe ausgesendet wurde, um die Novaks vor dem Schiffbruch zu finden. Und sorge dafür, dass all die Informationen, die du zusammenträgst, sich in der richtigen chronologischen Reihenfolge befinden.«

Zinnia nickte und verließ das Büro. Reuben drehte sich zu mir. »Und was dich angeht, die Tatsache, dass du im Schattenreich gewesen bist, könnte dich vielleicht besser befähigen, Informationen von Vivienne Novak zu erhalten. Komm mit mir!«

Als wir uns durch das Netzwerk der Flure und Hallen bewegten, wurde ich von der reinen Größe des Anwesens und seiner Weitläufigkeit überwältigt. Ich war bereits von den Dingen verblüfft, die ich im Schattenreich gesehen hatte, doch selbst die Insel erschien verglichen mit dem, was den Jägern zur Verfügung stand, primitiv zu sein. Zinnia hatte mir deutlich gemacht, wie groß die Bedrohung tatsächlich war, die die Jäger für die Vampire darstellten.

»Wir haben im Laufe der Jahre viele Vampirzirkel ausgerottet. Einige von ihnen verstecken sich. Die beste Verteidigung, die den Vampiren zur Verfügung steht, besteht darin, nicht gefunden zu werden«, erklärte sie mir. »Genau das scheinen die Novaks am besten zu beherrschen. Wir haben vor vier Jahrhunderten das letzte Mal von ihnen gehört. Davor kehrte keiner von denen, die wir ausgesandt hatten, um nach ihnen zu suchen, wieder zurück. Wir haben einige unserer besten Jäger geschickt — einige von ihnen hatten sogar schon mit Derek Novak zusammengearbeitet, als er noch ein Jäger gewesen war. Keiner von ihnen wurde jemals wiedergesehen.«

Ihre Worte klangen in meinen Ohren nach. Mein eigenes Verlangen, das Schattenreich zum Einsturz zu bringen, überwältigte mich, und als Reuben stehenblieb, war ich überrascht, in seinen Augen etwas anderes als Entschlossenheit zu sehen. Trauer. Schmerz. Sehnsucht.

»Du kennst meine Tochter gut, oder nicht, Hudson?«

Ich nickte. »Wir waren jahrelang beste Freunde.«

»Was hätte sie dazu bringen können, sich in ein Monster wie Derek Novak zu verlieben?«

Als ich das Leid in Reubens Augen bemerkte, sah ich ihn zum ersten Mal als Aiden Claremont an, als jemanden, der sich um Sofia sorgte. Es schmerzte, keine Antwort auf seine Frage zu haben. »Ich weiß es nicht. Hoffentlich werden Sie sie eines Tages fragen können.«

Seine Augen verdunkelten sich. »Finde heraus, was Vivienne mit ihr gemacht hat! Ich will sie zurückhaben.«

Ich nickte. Es dauerte noch einige weitere Minuten, bevor wir schließlich den sichersten und am schwersten bewachten Ort im Haus erreichten, Viviennes Zelle. Als Erstes betraten wir etwas, das wie ein Verhörraum aussah. Durch eine getönte Einwegscheibe hindurch sah ich Vivienne, deren Rücken an die Wand gekettet war und deren Beine auf dem Boden gespreizt waren. Ihr Blick schweifte in die Ferne. Blutige Schnitte — mit denen vergleichbar, die Claudia mir zugefügt hatte — befanden sich überall auf ihren Armen, an ihrem Hals und in ihrem Gesicht.

»Sie wurde gefoltert.«

»Wie ich schon gesagt habe«, Reuben atmete tief ein, »es ist nicht einfach, einen Vampir zu brechen.« Er zeigte auf eine Tür, die mich zu ihr führen würde. »Geh nur!«

Ich schluckte schwer und war mir nicht ganz sicher, was ich zu der Vampirin sagen oder mit ihr anstellen sollte. Ich ging in Richtung der Zelle und schloss die Tür hinter mir. Ich stellte einen Metallstuhl vor sie hin und nahm darauf Platz. Erst als ich saß, hob sie ihren Blick und schaute mich an. Horror erfüllte diese blauvioletten Augen in dem Moment, als sie mich wiedererkannte.

»Ben?«

»Hallo Vivienne.« Ich war überrascht, auf so viel Angst zu treffen.

»Was tust du hier? Wo ist Sofia?« Sorge vertiefte die Falten in ihrem Gesicht.

Ihr Mund blutete. Sie hatten ihre Fänge herausgezogen. Ich fragte mich, warum sie nicht heilte. Claudia war immer umgehend geheilt, wenn sie sich aus Versehen selbst geschnitten hatte, während sie mich quälte.

»Ben… du musst mir sagen, wo Sofia ist!«

Die Sorge, die sie für meine beste Freundin empfand, war beunruhigend. »Sofia geht dich nichts an.«

»Sie sollte bei Derek sein.« Ihre Stimme war der eines Kindes sehr ähnlich, doch was sie sagte, war das Letzte, was ich hören wollte.

Ich sprang auf sie zu, ergriff ihr Kinn und zwang sie, mir in die Augen zu schauen. Das helle Blau und Lila ihrer Augen verwandelte sich in ein dunkles Violett, und ich war verwirrt, als ich tief darinnen verborgen die Angst sah. »Was meinst du damit, sie *sollte* bei Derek sein?«

Ich wollte in ihr einen Funken von Claudia sehen. Ich wollte den Wahnsinn finden, den ich in meiner Entführerin gesehen hatte — in einem Augenblick ein kaltes, herzloses Miststück und im anderen ein gebrochenes, wimmerndes Kind. Als ich jedoch direkt in Viviennes Gesicht sah, konnte ich keine einzige Spur von Claudia darin finden. Stattdessen sah ich Entschlossenheit und tiefe Trauer.

»Ich hätte niemals gedacht, dass mein Bruder sich verlieben könnte. Er war zu gebrochen, zu abgestumpft… Doch er liebt sie, und sie liebt ihn. Ich glaube allerdings nicht, dass den beiden das bisher vollkommen klar geworden ist.«

Ihre Worte waren wie Salz in meinen immer noch frischen Wunden. Bevor ich geradeaus denken konnte, schlug ich ihr mit dem Handrücken ins Gesicht. Sie fiel auf den Boden. Während all dieser Male, die ich Claudia geschlagen hatte, hatte die mich nur ausgelacht.

Ich richtete mich auf und stellte mich über Vivienne, als sie begann, Blut zu husten. Schuldgefühle überkamen mich, und ich fing an, in Gedanken meine Handlungen zu rechtfertigen. Sie war eine Vampirin. Sie war keine Unschuldige. Ich hatte das Recht — und sogar die Pflicht — sie zu brechen.

Ich versuchte, Sofias Worte zu verdrängen. *Bitte suche nach Vivienne und versuche, dafür zu sorgen, dass ihr kein Schaden zugefügt wird.* Ich verteidigte mich meinem eigenen Gewissen gegenüber. Vivienne hatte Informationen, die ich brauchte, und ich würde alles Nötige tun, um sie zu erhalten.

»Wie gelangen wir ins Schattenreich, Vivienne?«

»Warum fragst du nicht einfach Sofia? Ich habe ihr den Weg ins Schattenreich gezeigt. Sie weiß alles, was es zu wissen gibt.«

Ich stellte mir Vivienne als Claudia vor — ihr dunkles Haar wurde zu einer blonden, lockigen Mähne, ihr herzförmiges Gesicht verwandelte sich in Claudias rundes, und ihre Sanduhrfigur formte sich zu Claudias geschmeidigem Körper. *Sie sind alle gleich,* sagte ich zu mir selbst, bevor ich ihr in den Magen trat.

Sie hustete, bevor sie zu mir aufschaute. Ein leichtes Lächeln breitete sich auf ihren Lippen aus. »Sofia ist zurückgegangen, oder nicht? Sie ist zu ihm zurückgekehrt?«

Ich ballte meine Hände zu Fäusten und wollte sie gerade wieder schlagen, als eine Träne an ihrer Wange hinunterlief. Egal, welche Rechtfertigung ich hatte, egal, welchen Qualen Claudia mich ausgesetzt hatte, Vivienne war eine hilflose, gebrochene Frau, und ich verprügelte sie für Verbrechen, die sie nicht begangen hatte.

»Bitte.« Die Tränen strömten nun über ihr Gesicht, als sie versuchte, sich vom Boden zu erheben. »Genug.«

Ich setzte mich vor sie und ergriff noch einmal ihren Kiefer.

Sie stöhnte bei dieser plötzlichen Bewegung. Sie war wahrscheinlich schon gefoltert worden, seitdem sie hier angekommen war. Jede Bewegung verursachte ihr Schmerzen.

»Nur du kannst es beenden, Vivienne. Sag uns, was wir wissen wollen! Erzähl uns, wo das Schattenreich ist! Dann wird all das hier vorüber sein.«

»Sag mir, Ben, wenn du wüsstest, dass eine Gruppe von Schlägern die Absicht hätte, deine Familie zu ermorden und dein Zuhause zu zerstören, was könnten sie dir antun, das dich dazu bringen würde, ihnen die Adresse deiner Familie zu nennen?«

Meine Mundwinkel zuckten.

»Genau. Ich könnte meine Familie niemals aufgeben, Ben.«

Ich lockerte meinen Griff an ihrem Kiefer, unfähig zu akzeptieren, dass ein Vampir sich für irgendjemand anderen als sich selbst interessieren könnte. Claudia hatte es mir schwer gemacht zu glauben, dass die Familie ihnen irgendetwas bedeuten könnte.

»Sofia ist meine Familie, Vivienne. Du hast sie mir weggenommen. Wenn du jemanden in deiner Gewalt hättest, der deine Familie mit Hilfe von Gehirnwäsche dazu gebracht hätte, sich der Sklaverei zu unterwerfen, was würdest du dieser Person antun, um deine Familie zurückzubekommen?«

»Sofia ist aus ihrem eigenen freien Willen ins Schattenreich zurückgekehrt, und wir beide wissen das.«

Die Wahrheit in Viviennes Worten schmerzte. Widerwillig ließ ich sie los. Obwohl ich sie nicht einmal anschauen konnte, spürte ich ihren forschenden Blick auf mir.

»Du hast sie geliebt, oder nicht?«

»Sie hätte mir gehören sollen. Sie hätte nicht ihn wählen sollen.«

Vivienne hob eine zitternde Hand an und ließ ihre Fingerspitzen über mein feines Haar gleiten. »Es tut mir leid, Ben. Ich bedaure alles, was das Schattenreich dich gekostet hat. Doch wir haben nur das getan, was wir tun mussten, um zu überleben.«

»Sag das nicht! Was Claudia mir angetan hat, hatte mit Überleben nichts zu tun.«

»Du hast Recht. Das hatte nur etwas mit Rache zu tun. Du hast sie an den Mann erinnert, der sie einst missbraucht hat.«

»Ich war nicht dieser Mann.«

Sie nickte. »Und ich bin nicht Claudia.«

Dieses Argument war ein Tritt in die Magengrube, doch ich musste ihr Recht geben. Ich schaute ihr schließlich in die Augen.

Zu meiner Überraschung verwandelte sich das Violett in ihrem Blick nach einigen Sekunden in ein helles Blau. Als die Farbe zu ihrem ursprünglichen Blauviolett zurückkehrte, starrte sie mich an, als hätte sie mich noch nie zuvor gesehen. »Ben…«

Ich zuckte zusammen, als ihr Daumen sanft über meinen Kiefer glitt. Ich ergriff ihr Handgelenk und zog ihre Hand von mir weg. »Was ist? Was hast du gesehen?«

Eine einzelne Träne löste sich aus ihrem Augenwinkel und rann bis zu ihrer Kinnspitze herunter, bevor sie auf den Boden fiel.

»Du hast keine Ahnung, wie viel du ihr bedeutest. Eines Tages, Ben, wirst du über dich selbst hinausblicken, und du wirst Sofia so sehen, wie sie ist. Sobald du einmal die Welt durch ihre Augen betrachtest, wirst du verstehen. Du könntest groß sein, Ben. Und nebenbei gesagt, danke ich dir.«

»Was? Was willst du damit…«

Die Tür zum Zimmer wurde aufgestoßen, und Reuben trat ein. »Genug«, brüllte er. »Es ist offensichtlich, dass wir aus ihr nichts herausholen werden. Wir werden so bald wie möglich ihre Hinrichtung vorbereiten.«

Erleichterung überkam Vivienne. Schuldgefühle breiteten sich in mir aus. Ihre letzten Worte verfolgten mich für den Rest des Tages. *Wofür hat sie mir gedankt?*

Später an dem Tag erwähnte ich diesen Satz Zinnia gegenüber.

»Sie war wahrscheinlich einfach nur verwirrt, Ben. Vergiss, was sie gesagt hat!«

Ich schüttelte meinen Kopf. »Du kannst es nicht einfach vergessen, wenn jemand so etwas zu dir sagt — besonders wenn dieser jemand die Seherin des Schattenreiches ist.«

KAPITEL 43: SOFIA

Die Schwarzen Höhen bestanden aus einer riesigen Gebirgskette, die sich im Norden der Insel erstreckte. In ihnen befand sich ein verschlungenes Netzwerk aus Höhlen, die im Westen die Zellen beherbergten und im Osten die Katakomben, die Unterkunft der Menschen, die sich nicht in der Obhut eines Vampirs befanden.

Als ich mich innerhalb der Schwarzen Höhen vom Westen in den Osten fortbewegte, lastete meine Begegnung mit Ashley schwer auf meinen Schultern. Ich konnte nicht länger ignorieren, was im Schattenreich vor sich ging. Ich hatte mich von meiner Zuneigung zu Derek blenden lassen, doch das durfte nicht andauern.

Ich kam an dem Eingang zu dem Höhlennetzwerk vorbei und ging auf das Tor zu, das zu den Katakomben führte. Ich war überrascht, Derek dort zu finden, wie er an einer steinernen Mauer lehnte und auf mich wartete.

»Ich habe dir gesagt, dass ich einen Wächter senden würde, doch ich hatte mir gedacht, ich würde stattdessen mich selbst schicken. Xavier kann sich um das Training kümmern. Immerhin kann er mit Waffen besser umgehen als ich.«

Ich verengte meine Augen und zwang mich dann zu einem Lächeln. »Natürlich.«

»Ist mit Ashley alles gut gegangen?«

»Sie hat deinen Bedingungen zugestimmt. Wirst du sie umgehend freilassen?«

Er rief einem Wächter zu, der in der Nähe stand. »Kümmere dich darum, dass eine der menschlichen Gefangenen freigelassen und zu meinem Penthouse geschickt wird! Ihr Name ist Ashley. Sorg dafür, dass sie anständig bewacht wird! Ich möchte sie unter strengster Beobachtung wissen.«

Ich wartete, bis der Wächter gegangen war, bevor ich meine Meinung äußerte. »Ist das wirklich notwendig? Sie wie einen Falken bewachen zu lassen?«

»Sie *ist* ein Falke.«

Ich war nicht erfreut. »Lass uns einfach gehen!«

Wir gingen durch einen langen, schmalen Tunnel hindurch, der mit kleinen, glühenden Lampen erleuchtet wurde, die die steinernen Wände säumten. Ich musste meine Atmung kontrollieren, um meine Angst vor geschlossenen Räumen zu bezwingen. Ich spürte Dereks Hand an meiner Taille.

»Du scheinst sehr angespannt zu sein, Sofia.«

Ich wusste nicht, ob er es war oder die Klaustrophobie, doch in jedem Fall wollte ich einfach diesen Tunnel hinter mir lassen. Als ich vor mir das Ende des Tunnels erblickte, entwich mir ein Seufzer der Erleichterung. Ich wollte gerade mein Tempo erhöhen, um es schneller zu erreichen, als Derek meinen Arm ergriff und mich herumwirbelte, sodass ich ihm ins Gesicht schaute.

»Ist alles in Ordnung?«

»Mir geht nur sehr viel im Kopf herum.«

Er spürte die angespannte Formalität, mit der ich ihm entgegentrat. Er stellte einen Fuß nach vorn, um seine Dominanz zu verdeutlichen. »Was ist los, Sofia?«

Wie konnte ich ihm meine Schwierigkeiten erklären, dem zu vertrauen, was ich für ihn empfand, trotz allem, was ich um mich herum erblickte? Wenn ich mit ihm zusammen bleiben wollte, wenn ich tatsächlich das Mädchen war, von dem die Prophezeiung sprach, musste sich etwas ändern. Ich war in keinster Weise bereit, das in diesem Augenblick mit Derek zu diskutieren, also versuchte ich einfach, mich zu entspannen, und lächelte ihn an. Ich schüttelte meinen Kopf.

»Es geht mir gut, Derek. Ich möchte nur einfach aus diesem Tunnel heraus. Enge Räume machen mich nervös.«

Er kniff die Augen zusammen, bevor er nickte. »Dann lass uns von hier verschwinden!« Seine Hand ruhte auf meinem Rücken und schob mich nach vorn — näher und näher an die kleine Öffnung heran, die zu den Katakomben führte.

Alles, was ich über die Katakomben wusste, beschränkte sich darauf, dass sie die Unterkunft der Menschen darstellten. Auf das, was ich sah, als ich die Halle betrat, war ich jedoch nicht vorbereitet. Direkt vor mir befand sich eine blühende Gemeinschaft. Menschen liefen überall um einen riesigen, runden Schacht herum, dessen Boden ich nicht ganz erkennen konnte, als ich mich über das hölzerne Geländer lehnte, das die Seiten des Schachts säumte.

Der Schacht hatte verschiedene Ebenen mit Höhleneingängen,

die zu anderen Bereichen der Katakomben führten. Um die Fortbewegung zwischen den Ebenen zu gestatten, standen Leitern an den Wänden, während Brücken errichtet worden waren, um von einer Seite des Schachts zur anderen zu gelangen. Ich schaute hoch und vermutete, dass sich mindestens noch zwei weitere Ebenen über uns befanden. Die Ebenen unter uns konnte ich kaum zählen.

Doch direkt unter uns bemerkte ich zwei Kinder — einen Jungen und ein Mädchen. Rotschöpfe mit großen, braunen Augen. Der junge sah älter aus als das Mädchen. Er tröstete sie. Ich nahm an, sie waren Bruder und Schwester. Es war das erste Mal, dass ich Kinder im Schattenreich sah.

Derek stand direkt neben mir und lehnte sich ebenfalls gegen das Geländer. Mit Faszination in seinen Augen starrte er sie an.

»Ich hatte keine Ahnung, dass die Katakomben so aussehen«, gab er zu.

»Du bist noch niemals hier gewesen?«, fragte ich und fand es merkwürdig, dass der Prinz des Schattenreiches sich bisher noch nie die Mühe gemacht hatte, so einen wichtigen Teil seines Königreiches zu besuchen. *Herrscht er nicht auch über die Menschen? Sind sie ihm überhaupt wichtig?*

Er schüttelte seinen Kopf. »Nein, ich hatte noch nie einen Grund.«

Noch nie einen Grund? Sind diese Menschen nicht genau wie die Vampire ebenfalls deine Untertanen?

»Sofia?«, rief eine bekannte Stimme von einer der höheren Ebenen mir zu.

Ich folgte dem Geräusch dieser Stimme und sah Corrine. Sie erblickte Derek und schien zu erstarren.

»Du hast *ihn* mitgebracht?«

Derek versteifte sich. Es war kein Geheimnis für mich, dass er und Corrine nicht unbedingt die besten Freunde waren, und es überraschte mich stets, wie offen Corrine mit ihrer Abneigung ihm gegenüber umging.

»Warte auf mich! Ich werde gleich bei dir sein.«

Corrine verschwand, und Derek schaute mich an. »Es war also die Hexe, die dir die Idee gegeben hat, hierher zu kommen?«

»Als ich sie besucht habe, hat sie mir geraten, hierher zu gehen — um ein genaues Bild davon zu bekommen, wie die Natürlichen leben.«

»Die Natürlichen und die Einwanderer.« Er sprach jedes Wort mit Bitterkeit aus — und sogar mit einem Hauch von Verachtung. Ich fragte mich warum. Erneut fielen mir die Kinder auf der Ebene unter uns ins Auge. Beide hatten ihre großen, braunen Augen auf uns gerichtet. Das kleine Mädchen klammerte sich fest an ihren Bruder. Mir fiel auf, dass sie beide zu Derek schauten. Sie hatten große Angst. Der Junge flüsterte dem Mädchen etwas ins Ohr, und sie wichen langsam zurück, bevor sie sich umdrehten und in einen Tunnel hineinliefen.

»Du hättest mir sagen sollen, dass seine Königliche Hoheit hierher kommen würde. Wir hätten irgendeine Art von herzlichem Willkommen vorbereitet. Die Höhergestellten besuchen nur selten die Katakomben.«

Ich drehte mich um einhundertachtzig Grad und sah, wie Corrine hinter uns stand.

Derek weigerte sich jedoch zunächst, der wunderschönen Hexe in die Augen zu schauen. Nur langsam drehte er sich herum, bevor er Corrine finster anstarrte.

»Dir auch einen guten Tag.«

Sie duellierten sich mit Blicken, bevor beide ihre Aufmerksamkeit auf mich richteten.

»Du hast also endlich beschlossen, die Katakomben zu besuchen«, schalt Corrine.

»Nun, erstmal war da Viviennes Gedenkzeremonie. Ich musste mich daran gewöhnen, wieder zurück zu sein... Ich...«

»Pst, Sofia! Du fängst an zu plappern, wenn du versuchst, dich zu rechtfertigen.« Corrine beäugte mich, bevor sie Derek noch einmal einen misstrauischen Blick zuwarf. »Folgt mir! Ich möchte euch jemanden vorstellen.«

Als Corrine uns an der runden Kante entlang führte, an der wir standen, konnte ich Dereks Unbehagen spüren. Ich fragte mich, ob es ihm schwer fiel, sich in Gegenwart all dieser Menschen aufzuhalten. Instinktiv ergriff ich seine Hand und drückte sie. Sein Griff um meine Hand herum festigte sich. Ich schaute mich an diesem Ort um, der von Finsternis umgeben war.

»Wie kommen alle ohne das Sonnenlicht zurecht?« Während der Monate, die ich mit Derek hier verbracht hatte, bevor ich das Schattenreich verlassen hatte, wurde uns zusammen mit anderen Nährstoffen auch Vitamin D gegeben — ich fragte mich, ob diese Behandlung allen Menschen zuteil wurde.

»Die meisten Menschen, die hier in den Katakomben leben, wurden hier geboren«, erklärte Corrine. »Es ist schwer, etwas zu vermissen, das sie niemals gekannt haben. Sie erhalten das Vitamin D durch Ergänzungsmittel. Der Mangel an Sonnenlicht schwächt sie jedoch auf eine Weise, die künstliche Nährstoffe niemals ausgleichen könnten. Die durchschnittliche Lebensdauer der Menschen auf dieser Insel ist nicht sehr lang.«

Ich warf Derek einen kurzen Blick zu und erinnerte mich an den Sonnenraum und all die Mühe, die es gekostet hatte, ihm nur kurz die Sonne zu zeigen. Verglichen mit den eintönigen Lebensbedingungen der menschlichen Sklaven im Schattenreich schien die Fülle in seinem Penthouse ein Luxus zu sein.

Corrine ging eine hölzerne Wendeltreppe hinunter, die zu der Ebene unter uns führte. Wir folgten ihr. Ich konnte neugierige Blicke auf uns spüren, als wir hinter Corrine hergingen, die sich nicht einmal die Mühe machte zu prüfen, ob wir ihr immer noch folgten.

»Ein Vampir und seine Einwanderin«, flüsterte eine junge Frau einer älteren mit grauem Haar zu.

»Wunderhübsche junge Frau«, antwortete die ältere Frau. »Armes Ding.«

Dereks Griff um meine Hand herum festigte sich gerade genug, sodass ich seine Anspannung spüren konnte, doch nicht so sehr, um schmerzhaft zu sein.

Wir folgten Corrine weiter, als sie auf einen Tunnel zuging, der breiter war, als der, in dem wir hierhergelangt waren. Es war der gleiche Tunnel, in dem die Kinder verschwunden waren. Wir kamen an mehreren gewölbten Eingängen vorbei. Ich strengte mich an, um zu erkennen, was sich dahinter befand, doch ich sah nur Dunkelheit. Corrine ging weiter, bis sie vor einem dieser Eingänge anhielt. Wir blickten durch die Tür und sahen die beiden Kinder von vorher, wie sie sich an ihre Mutter schmiegten — eine wunderschöne Frau mit dunklem, kastanienbraunem Haar und einem traurigen Lächeln. Kummer erfüllte ihren Blick. Innerhalb dieses Raumes, von dem ich annahm, dass er ihr Zuhause darstellte, befanden sich drei Pritschen, die denen in den Zellen sehr ähnlich waren. In der Mitte des Raumes stand ein alter Tisch, auf dem eine einzige Kerze flackerte.

Corrine musste bemerkt haben, dass ich die Kerze anstarrte. »Nicht alle Bereiche der Katakomben haben Elektrizität —

obwohl das Elektrizitätswerk des Schattenreiches ohne menschliche Arbeiter nicht einmal existieren würde. Diejenigen, denen keine Elektrizität zur Verfügung steht, bekommen jede Woche eine Ration Kerzen — Kerzen, die ebenfalls von *Menschen* hergestellt werden.« Ihr Blick ruhte auf Derek.

Ich ließ meinen Blick zwischen meinen beiden Gefährten hin und her wandern und verlagerte mein Gewicht von einem Fuß auf den anderen. »Wie erzeugen sie Elektrizität?«

Dieses Mal antwortete Derek mir. »Wir haben uns bemüht sicherzustellen, dass das Schattenreich so unabhängig ist wie möglich. Die Insel hat ihr eigenes Elektrizitätswerk, Farmen und Fabriken, die erst durch die Menschen möglich gemacht wurden, die auf der Insel leben.«

»Wenn die Insel ein bestimmtes Expertenwissen benötigt«, fügte Corrine hinzu, »entführen die Vampire jemanden, der das hat. Kein entführter Mensch ist jemals in der Lage gewesen, die Insel zu verlassen. Außer Ben und dir.«

Bei dieser Feststellung warf ich Derek einen dankbaren Blick zu. Er schaute nicht einmal in meine Richtung. Corrine zuckte mit den Schultern und betrat den Raum. Die Frau mit dem kastanienbraunen Haar spendete ihren Kindern flüsternd Trost, bevor sie zu uns aufschaute. In ihren Augen war Angst zu erkennen — zehnfach verstärkt, als sie Derek im Türrahmen stehen sah.

»Corrine...« Mit bebenden Lippen schüttelte sie ihren Kopf. »Bitte...«

»Keine Sorge, Lily. Er ist nicht wegen dir oder deiner Kinder hier.«

Derek zuckte zusammen. Er ließ meine Hand los. Ich schaute zu ihm hoch und ließ eine Hand an seinem Ellbogen entlangguleiten, bevor ich Corrine nach drinnen folgte. Er blieb in der Tür stehen.

»Ich bin Sofia«, stellte ich mich vor, während ich die beiden kleinen Kinder betrachtete.

»Lily.« Sie lächelte schwach, doch sie sah immer noch mitgenommen aus, und ihr Blick raste zwischen mir und Derek hin und her. »Dies sind meine Kinder. Rob und Madeline.«

»Wie alt sind sie?«, fragte ich.

Ihr schien mein Interesse an ihren Kindern nicht zu gefallen. Die meisten Mütter, die ich kannte — Amelia zum Beispiel — genossen jede Möglichkeit, über ihre Kinder zu sprechen. Doch nicht Lily. Sie schlang ihre Arme um ihre Kinder herum und schluckte schwer, bevor sie antwortete: »Rob ist sieben. Madeline ist fünf.«

»Entspann dich, Liebes! Sie ist das Mädchen, von dem ich dir erzählt habe«, versuchte Corrine sie zu beruhigen. Diese Information machte Lily nur noch nervöser. Ihr Blick fiel auf Derek.

»Das bedeutet, er ist…«

Corrine nickte. »Derek Novak.«

Tränen begannen, Lily in die Augen zu steigen. »Ich kann meine Kinder nicht verlieren!«

»Warum solltest du auch, Lily? Niemand wird sie dir…«

Ich wurde von dem schmerzvollen Blick zum Schweigen gebracht, den sie erst mir entgegen warf und dann ihren Kindern. »Du verstehst nicht, Sofia. Du bist eine Einwanderin. Du wurdest nicht hier geboren. Du weißt nicht, wie es ist. Ich habe Angst um meine Kinder, denn genau wie mein Mann es war, sind auch sie wunderschön. Schönheit ist nichts, was man seinen Kindern wünschen würde. Nicht hier im Schattenreich. Schönheit bedeutet Tod.«

Ich schaute Corrine fragend an, da ich mir nicht sicher war, wie ich das verstehen sollte, was mir gerade gesagt worden war. *Lilys Mann…* war?

»Nachdem der Prinz alle menschlichen Entführungen verboten hat, sah einer der Vampirinnen, wie Lilys Mann in der Fabrik arbeitete. Da er ihr gefiel, nahm sie ihn zum Sklaven. Einige Tage später wurde Lily seine Leiche zurückgegeben. Lilys ältester Sohn, Gavin, hat nun den Platz des Vaters in der Fabrik eingenommen.«

Corrine ließ sanft ihre Hand über Lilys Haar streichen. »Niemand wird dir Rob und Madeline wegnehmen. Nicht heute. Für den Augenblick bist du sicher.«

Lily nickte, doch nicht ohne Derek noch einmal einen flüchtigen Blick zuzuwerfen.

Ich schaute erneut auf die beiden Kinder. Lily hatte Recht, sie waren wunderschön. Als ich ihren Anblick in mir aufnahm, hatte ich große Mühe zu atmen. *Das hier ist falsch. So soll es nicht sein.* Ich ergriff Lilys Hand.

»Ich werde tun, was auch immer in meiner Macht steht, um dafür zu sorgen, dass niemand jemals Hand an deine Kinder anlegt, Lily.«

»Danke.« Sie umarmte mich.

Als sie mir etwas ins Ohr flüsterte, verkrampfte ich mich. Sie fasste meine größte Angst in Worte.

»Sei nicht naiv, Sofia! Vampire werden ihrer Haustiere stets überdrüssig. Der Prinz wird irgendwann genug von dir haben. Was dann?«

KAPITEL 44: DEREK

Als ich dort stand und hörte, wie die Frau ihre Angst um die Sicherheit ihrer Kinder ausdrückte, erinnerte ich mich daran, warum ich bisher noch nie die Katakomben besucht hatte. Dieser Ort gab mir das Gefühl, hilflos zu sein, wenn es darum ging, den Menschen auf dieser Insel in ihrer Not beizustehen.

Wir waren Vampire. Wir ernährten uns von Blut, um zu überleben. Das war unser Fluch.

Rob und Madeline. Sie waren in der Tat wunderschöne Kinder, die sich eines Tages zu gutaussehenden Erwachsenen entwickeln würden. Lily hatte einen guten Grund, Angst zu haben. *Verdammt, sie sollte ebenso um sich selbst fürchten.* Mir fiel auf, wie hübsch sie war.

Sie zog Sofia in eine Umarmung und flüsterte ihr etwas ins Ohr. Sofia versteifte sich. Sie wich vor der jungen Frau zurück und zuckte zusammen, als Corrine eine Hand auf ihre Schulter legte. Ich runzelte die Stirn.

»Es war schön, dich kennenzulernen, Lily.« Sofias Stimme war heiser und gebrochen.

Ich bemerkte den Kloß in meinem Hals, als sie sich herumdrehte und mich mit so einem gequälten Ausdruck anschaute, dass ich einen Schritt zurücktreten musste. Angst, tiefe Trauer und tausende von Zweifeln — von denen ich wahrscheinlich keinen einzigen besänftigen konnte — vermischten sich in ihren glitzernden, grünen Augen.

Schweigend ging Sofia auf mich zu. Sie warf keinen einzigen Blick in meine Richtung. Sie rauschte an mir vorbei, wobei ihre zierlichen Finger sich beim Gehen zu Fäusten ballten. Corrine und ich folgten ihr.

»Was glaubst du, damit erreichen zu können, wenn du sie ermutigst, hierher zu kommen und diese Menschen zu treffen?«, fragte ich die Hexe mit eiskalter Stimme.

»Wenn das hier ihr Zuhause werden soll, kann sie nicht die Augen vor dem verschließen, was innerhalb dieser Mauern vor sich geht.« Corrine sprach wie immer in Rätseln, doch ich wusste, dass ihre Worte einen tieferen Sinn hatten. Sie sprach mit einer Weisheit, die niemand anderes besaß. »Was sie nach dieser Begegnung tut, wird den Unterschied zwischen dem, wer sie ist, und dem, wer du bist, definieren.«

Durch zusammengekniffene Zähne hindurch antwortete ich: »Und was genau meinst du damit, Hexe?«

»Du konntest daneben stehen und zuschauen, wie im Laufe der Jahrhunderte tausende von Menschen abgeschlachtet wurden. Nun werden wir herausfinden, ob sie ebenfalls dazu in der Lage ist.«

Ihre Worte waren wie ein Schlag in die Magengrube — einer, der mein Blut zum Kochen brachte, als es mir in den Kopf stieg. »Und was dann? Was soll das, Corrine?« Sofia ging mehrere Schritte vor uns. Während ich das Schwingen ihrer Hüften und die Anmut, die sie an sich hatte, beobachtete, machte die Vorstellung mich krank, sie zu verlieren. *Ist das die Absicht der Hexe? Dass ich Sofia verliere?*

»Viviennes Prophezeiung von dir kann niemals erfüllt werden, solange die junge Frau, von der Cora gesprochen hat, nicht ihren Teil dazu beiträgt. Wenn Sofia diese junge Frau ist, kann sie nicht erreichen, was ihr auferlegt wurde, solange ihre Gefühle für dich sie blenden.«

Mein Verstand begann zu rasen. *Wovon redet sie da?* »Cora hat von einer jungen Frau gesprochen?«

»Ich habe genug gesagt.«

»Nein, das hast du nicht, Corrine! Du hast zur gleichen Zeit zu viel und zu wenig gesagt. Du kannst nicht einfach ohne weitere Erklärung so etwas von dir geben.«

»Alles wird sich zum rechten Zeitpunkt entfalten.« Corrine hielt an, als sie sah, wo Sofia hinging. »Ich glaube, sie möchte sich unter vier Augen mit dir unterhalten.«

Sofia suchte sich mit gleichmäßigen, zielgerichteten Schritten ihren Weg aus den Katakomben heraus. Ihre Schultern hoben und senkten sich. Ich fragte mich, ob sie schluchzte. Voller Zorn auf die Hexe beschleunigte ich mein Tempo, um Sofia einzuholen, bevor sie den Tunnel erreichte, der uns aus den Quartieren der menschlichen Sklaven hinausführte.

»Sofia...«

Ich hielt ihren Arm fest, doch sie drückte meine Hand weg. Die Vorstellung, dass sie wütend auf mich sein könnte, verdarb mir die

Laune. Ich hielt mit ihr Schritt, bis wir schließlich das Ende des Tunnels erreichten und sie direkt auf den Ausgang der Schwarzen Höhen zuging. In dem Moment, als wir den Wald erreichten und die frische Nachtluft einatmeten, wirbelte Sofia herum, um mir ins Gesicht zu schauen. Der gequälte Blick in ihren Augen ruhte wie eine Last auf meinen Schultern. Ich schluckte schwer.

»Du bist der Herrscher des Schattenreiches, Derek. Ein mächtiger Vampir. Du wirst von allen gefürchtet. Ich habe gesehen, wie sie vor dir erzittern.« Sie zeigte in Richtung der Höhlen. »Wie konntest du *das* nur zulassen? Sind das nicht ebenfalls deine Untertanen?«

Etwas schnürte mir den Hals zu, und ich merkte, wie ich vorübergehend verstummte. *Warum muss ich mich ihr gegenüber rechtfertigen? Sie ist hier ein Niemand. Ich kann ihr meinen Willen aufzwingen, genauso wie ich es mit jedem anderen auf der Insel tun kann.* Ich verdrängte diese Gedanken, bevor sie mit mir durchgehen konnten. *Sei kein Narr, Derek! Vivienne hat sich für Sofia geopfert, und Corrine hat angedeutet, dass dieses Mädchen von größerer Wichtigkeit ist, als du ursprünglich angenommen hattest. Sie ist sehr viel mehr wert als all diese Menschen zusammengenommen.*

Ich schaute sie für einen Augenblick an und bemerkte die Wut, die ihr Gesicht verunzierte. *Sie ist sehr viel mehr wert als alle Bewohner des Schattenreiches zusammen.* Dieser Gedanke ließ mir einen Schauer den Rücken hinunterlaufen. Dass jemand mir *so* viel bedeutete, war ein Gefühl, das mir vollkommen fremd war.

»Nun?« Sie wartete immer noch auf eine Antwort von mir.

»Was erwartest du von mir, Sofia?«

»Ich weiß nicht… Etwas! Irgendetwas!«

»Ich bin nicht allmächtig, Sofia. Ich kann die Vampire nicht davon abhalten, ihre Begierde zu befriedigen und von Menschen zu trinken. Ich kann mich kaum selbst beherrschen.« Ich trat einen Schritt nach vorn und hoffte, dass sie mich verstehen würde.

Sie hob beide Hände in die Luft, als würde sie mich abwehren wollen. »In den Chroniken des Schattenreiches, die du mir im Leuchtturm gezeigt hast, stand geschrieben, dass die meisten von euch zum ersten Mal in der Schlacht des Ersten Blutes menschliches Blut vergossen haben. Wie konntet ihr davor überleben?«

»Tierblut.« Ich verzog das Gesicht.

»Ihr habt damit überlebt, bevor die Jäger euch gezwungen haben, diesen mörderischen Pfad einzuschlagen, warum könnt ihr es nicht wieder tun?«

Du verstehst das nicht, Sofia. Tierblut ernährt, doch es kann niemals befriedigen. Nicht viele können diese Art von Leben ertragen.«

»Leben?« Sie war außer sich vor Wut. »Wie kannst du diese Art von Existenz nur Leben nennen? Ihr fahrt damit fort zu töten, selbst wenn es eine Alternative zu all diesem Blutvergießen gibt.«

Mir fiel keine Antwort ein.

»Gibt es hier keinen einzigen Vampir, der sich ausschließlich von Tierblut ernährt?«

»Vivienne. Sie hat noch niemals von einem Menschen getrunken… zumindest nicht, soweit ich weiß.« Ich sehnte mich nach der Gesellschaft meiner Zwillingsschwester. Sie hätte die richtigen Worte gewusst, um mein Gewissen zu beruhigen. Doch vielleicht war genau das Sofias Bestimmung: mich von meinen Ausreden und Ausflüchten wegzuziehen.

»Wenn sie das tun konnte, warum kann der Rest von euch es nicht?«

»Das ist nicht so einfach. Du musst das verstehen, Sofia! Die Vampire werden sich gegen uns wenden, wenn wir das Schicksal der Menschen über ihr eigenes stellen. Wir können nicht einfach…«

Sofia schüttelte ihren Kopf. »Wenn eine Witwe ihre Kinder anschaut und nur Angst und Sorgen findet, weil sie sie für hübsch hält… etwas stimmt daran nicht, und du weißt das.« Sie fuhr sich mit der Zunge über ihre Lippen und ließ eine Hand durch ihre langen, roten Locken gleiten. Sie ließ für einen kurzen Moment ihren Blick auf mir ruhen. »Ich kann dich im Moment nicht einmal anschauen.«

Sie begann, sich in die dunklen Wälder aufzumachen.

»Wohin gehst du?«, rief ich ihr nach.

»Einfach nur weg von dir. Wage es *nicht*, mir zu folgen!«

Dickköpfiger Mensch. Ich stöhnte innerlich, während ein Teil von mir ihr Verstand einprügeln wollte, und ein anderer Teil von mir von der Hilflosigkeit, die ich empfand, erschöpft war und einfach nur von ihr weg wollte. Selbst ich fand meine Erklärungen schwach.

Ich beobachtete, wie ihre Gestalt sich in der Ferne verlor und baute darauf, dass ihre Verbindung zu mir sie vor Gefahren schützen würde. Noch nie zuvor hatte ich über das Wohl der Menschen nachgedacht, die im Schattenreich lebten. Sie waren stets ein Mittel zum Zweck gewesen — wobei der Zweck darin bestand, unsere Art sicher und zufrieden zu stellen. Als ich dort stand und darüber nachdachte, ob ich Sofia nachlaufen sollte, wusste ich, dass mich das Schicksal der Menschen verfolgen würde, solange sie sich in meiner Nähe aufhielt.

Noch lange, nachdem sie gegangen war, war ich unfähig, mich vom Fleck zu bewegen. Ein Grauen überkam mich, als mir klar wurde: *Eine selektive Auswahl ist unvermeidbar. Was wird sie von mir denken, wenn sie das herausfindet?*

KAPITEL 45: SOFIA

Ich folgte dem Pfad durch den Wald, obwohl ich mir nicht sicher war, wo ich hingehen sollte oder was ich vorhatte. Mein Körper zitterte. Das Pochen in meinen Adern weigerte sich abzuklingen. Ich wusste nicht einmal, auf wen ich wütend war. War es auf Derek und die Ausreden, die er für jede Grausamkeit hatte, die im Schattenreich verübt wurde? Oder war es auf mich und all die Zweifel, die ich in Bezug auf das hatte, was ich auf dieser verrückten Insel tun sollte?

Als ich schließlich das Tal erreichte, war ich erschöpft von meinem Spaziergang. Ich konnte nur an Derek denken. *Was ist los mit mir? Wie kann ich für jemanden wie ihn so viel empfinden?*

Ich schaute streng geradeaus, als ich über die gepflasterten Straßen des Tals ging. Ich war so abgelenkt, dass ich nicht einmal eine bekannte Gestalt bemerkte, bis ich quasi in sie hineinlief. Als ich schließlich die üppigen blonden Locken, das hübsche, runde

Gesicht und diese großen Augen bemerkte, erstarrte ich. *Claudia.* Ein breites und boshaftes Lächeln formte sich auf ihren Lippen, als sie mich sah.

»Nun, wenn das nicht der kleine Zweig persönlich ist.« Sie ließ ihre Finger durch mein Haar gleiten. »Das Haustier des Prinzen spaziert im Schattenreich herum, als würde ihr die Insel gehören.«

Ich trat einen Schritt von ihr weg, da ihre Berührung mich beunruhigte. Ich starrte sie an und sammelte all meine Selbstkontrolle zusammen, um mich davon abzuhalten, meinem Ärger über das, was sie meinem lieben Ben angetan hatte, Luft zu machen — nur noch eine weitere Gräueltat, vor der Derek ein Auge zugedrückt hatte.

»Ich möchte keinen Ärger.«

»Ich ebenso wenig.« Sie hob ihre Augenbrauen und beugte ihren Kopf zur Seite. »Grüß mir den Prinzen! Richte ihm aus, dass er jederzeit mein Bett teilen kann, wenn es ihm beliebt.« Claudia lächelte, doch ihre Augen glitzerten voller Arglist. »Das schulde ich ihm, nachdem er für meine schnelle Freilassung aus den Zellen gesorgt hat.«

Ich schluckte schwer. Ihre Worte stachen wie ein Dolch durch mein Herz hindurch. Ich versuchte so zu tun, als wäre ich unberührt, doch der Gedanke daran, dass irgendein anderes Mädchen mit ihm das Bett teilte, verursachte ein flaues Gefühl in meinem Magen.

»Du glaubst doch wohl nicht, dass du die Einzige bist, die in Derek Novaks Bett schläft, oder?« Jede einzelne Stichelei hinterließ eine Wunde. »Armes, kleines Ding. Dachtest du, er wäre in dich verliebt? Dass sein Herz nur allein für dich schlägt? Ich weiß nicht, was für eine Art von Vergnügen du ihm bereitest, dass er sich zu jemandem wie dir so hingezogen fühlt, doch du bist nur ein vorübergehender Zeitvertreib… einer, der ihn schon sehr bald langweilen wird.«

Ich zwang mich zu einem Lächeln und zeigte ihr ein kurzes Nicken. »Ich werde meinen Weg fortsetzen.« Ich versuchte, mich daran zu erinnern, dass ich nichts ernst nehmen sollte, was Claudia sagte, doch die Worte nagten an mir, als ich an ihr vorbeiging.

Ich war erst einige Schritte gegangen, als ich die Kette bemerkte, die sie in der Hand hielt. Als sie daran zog, erfüllte das Geräusch von Metall die Luft, und ein junger Mann mit rotem Haar stolperte hinter ihr her. Die Kette war an einem Halsband befestigt, das er trug.

Er schaute mich mit bekannten Augen an, als er nach vorn taumelte. Er war etwa in meinem Alter — groß, schlank und attraktiv und hatte schwielige Hände und Augen, die für ein Leben, das so kurz war wie seines, schon zu viel gesehen hatten.

Bevor ich es mir anders überlegen konnte, kamen mir die Worte schon über die Lippen. »Claudia, warte!«

Sowohl Claudia als auch der junge Mann hielten an.

»Wer ist das?«, fragte ich.

Claudia hob die Augenbrauen. »Ein Sklave. *Mein* Sklave. Ist er auch dein bester Freund? Willst du ihn mir ebenfalls wegnehmen, so wie du es mit Ben getan hat? Wo ist er überhaupt? Ich vermisse ihn. Weißt du, ich finde es eigentlich ziemlich merkwürdig, dass ich nicht nach ihm verlange. Wenn er sich immer noch auf der Insel aufhält, sollte allein seine Gegenwart mir den Verstand rauben wegen meines Verlangens, meinen Appetit auf ihn zu befriedigen.«

Sie weiß immer noch nicht, dass Ben und ich geflohen sind. Ich blieb entschlossen. Der Gedanke daran, was sie diesem jungen Mann antun könnte, hatte meinen Entschluss gefestigt.

»Wie heißt du?«

Sein Blick schweifte zwischen Claudia und mir hin und her. Ich suchte nach einem Anzeichen von Angst, konnte in seinen Augen jedoch keine entdecken. Lediglich Verachtung.

»Gavin.«

Der Name kam mir vertraut vor. Ich schnappte nach Luft. *Lilys Sohn.*

»Ich besaß seinen Vater. Es macht doch nur Sinn, dass ich ihn auch besitze, oder nicht?« Claudia begann, ihre Finger über Gavins Arme gleiten zu lassen, wobei ihr Blick hitzig und voller Leidenschaft war, als sie ihn beäugte. Ich ballte die Fäuste und trat einen Schritt nach vorn, um mich durchzusetzen.

»Ich verlange, dass du ihn gehen lässt!«

Claudias braune Augen weiteten sich. »Du *verlangst*? Für wen hältst du dich, du kleines Miststück?«

»Ich fordere ihn für den Prinzen. Du weißt doch inzwischen, wie wichtig es für Seine Hoheit ist, dass ich zufriedengestellt werde oder nicht?« Obwohl ich den größten Bluff meines Lebens abzog, gewann ich an Selbstbewusstsein, trat einen Schritt nach vorn und schubste Claudia von dem Jungen weg.

Eher aus Überraschung als aufgrund meiner Stärke stolperte sie nach hinten. In dem Moment, als sie sich wieder fing, flammte Wut in ihren Augen auf. Ihr tobendes Auftreten ließ mein Blut erstarren. Ihre Fingernägel verwandelten sich in Klauen, die sie dafür verwendete, Gavins Oberkörper scheußliche Wunden zuzufügen. Er schrie, und ihre Augen flackerten bei dem Anblick seines Blutes voller Freude, bevor sie sich auf mich stürzte. Ihre Hände fanden meinen Hals und drückten mich nach hinten, bis mein Rücken auf die Mauer eines der in der Nähe stehenden Gebäude traf.

»Du überschreitest deine Grenzen, Sklavin. Es spielt keine Rolle, wem du gehörst. Du bist trotzdem eine Sklavin.« Sie drückte eine Klaue gegen meinen Hals und drohte, mir eine blutende Wunde zuzufügen.

Ich lächelte sie höhnisch an und heuchelte Selbstvertrauen. »Mach nur weiter, Claudia! Tu es! Schauen wir mal, was Derek dir antut, wenn er das herausfindet.«

Ihre Hand ergriff meinen Unterkiefer, bevor ein irrsinniges Lächeln sich auf ihren Lippen formte. »Ich denke, das Gleiche, was er mir das letzte Mal angetan hat, als ich mich ihm widersetzte. Ich kann ertragen, was auch immer er sich für mich ausdenkt, kleines Mädchen. Ich kann die Hiebe erdulden. Ich kann die Gefängniszelle erdulden. Ich kann es erdulden, wenn er mich auf die gleiche Weise benutzt wie dich. Ich bin durch die Hölle gegangen, also denk nach, Rotschopf! Willst du mich wirklich noch einmal bedrohen?«

In dem Moment verstand ich, wie jemand wie sie in der Lage gewesen war, meinen besten Freund klein zu kriegen. Ihre Gebrochenheit machte sie empfänglich für die reinste Bösartigkeit, und in ihren Augen war nicht das kleinste Anzeichen von Schuldgefühlen oder sogar Zweifel zu erkennen. *Die Verwundeten können ohne zu sagen die schmerzhaftesten Wunden zufügen.* Sie würde nicht zögern, mich zu töten, daher gab ich nur noch wenige Worte von mir.

»Lass Gavin gehen! Es ist dir untersagt, ihn oder seine Familie noch einmal anzurühren.«

Ihr Handrücken prallte auf meiner Wange auf, und ich fiel auf den Boden. Sie stand über mir und wollte mir mit ihren Klauen gerade ins Gesicht schlagen, als jemand sie zurück gegen die Wand stieß, an die sie mich erst vor wenigen Augenblicken gedrückt hatte.

Derek presste sich gegen sie und hielt sie so an Ort und Stelle. »Habe ich es nicht deutlich gemacht, dass sie nicht angerührt werden darf?«

Gavin lag auf dem Boden und erholte sich von seinen Schmerzen. Ich legte meine Arme um ihn herum und half ihm, sich aufzusetzen. Inzwischen hatte eine Menge an Vampiren begonnen, uns zu umkreisen. Mehr als einer von ihnen beäugte gierig Gavins blutigen Oberkörper. Schützend stellte ich mich vor ihm auf.

»Sie verlangt, mir meinen Sklaven wegzunehmen. Dazu hat sie kein Recht. Ich habe lediglich mein Eigentum verteidigt.«

»Er ist Lilys Sohn. Ich kann den Gedanken nicht ertragen, dass er das gleiche Schicksal erleiden muss wie Ben«, fuhr ich dazwischen.

Dereks Schultern hoben und senkten sich, und die Muskeln in seinem Rücken spannten sich an. Stille erfüllte die Luft, als er die Entscheidung verkündete, die es zu treffen galt. Er ließ Claudia los und trat von der Vampirin weg. »Tu, was sie sagt, Claudia!«

»Was?«, fauchte Claudia. »Ihr vergesst, wen ihr geschworen habt zu beschützen, Prinz!«

»Ich habe niemals geschworen, *dich* zu beschützen, Claudia.«

»Was hat sie getan, dass ihr so entzückt von ihr seid, dass ihr sogar Vampiren befehlt, sich ihren Launen zu beugen?«

»Mein Wort ist auf der Insel Gesetz. Sie ist die Frau, die ich liebe. Daher sollen ihre Worte im Schattenreich ebenfalls Gesetz sein… *es sei denn*, ich befehle etwas anderes. Verstehst du das?«

Ich erstarrte. *Die Frau, die ich liebe.* Die Worte hallten in meinem Kopf wider — so laut und deutlich, dass ich kaum den Rest von dem verstand, was er sagte.

»Die Frau, die du *liebst*? Hast du an sie gedacht, als du mich in meiner Zelle besucht hast und…«

»Schweig, Claudia! Ich verliere die Geduld.«

Mir brach das Herz, als Derek sie unterbrach. Es war die Bestätigung für mich, dass Claudia die Wahrheit darüber gesagt hatte, dass Derek mit ihr ins Bett gestiegen war. Der Gedanke an das letzte Mal, als ich sie zusammen gesehen hatte, und die Art und Weise, wie Derek sie gehalten hatte, als er sie gebeten hatte, ihm Ben um meinetwillen zu überlassen, ließ meine Eifersucht wieder aufflackern. Ich hasste das Gefühl, das er mir vermittelte. Zerrissenheit. Ich wollte glauben, dass er mich liebte, doch wie konnte er das?

Claudia warf erst Derek und dann mir einen finsteren Blick zu. »Eines Tages wirst du deine wohlverdiente Strafe bekommen, Rotschopf. Du wirst schon sehen!«

»Genug! Geh einfach, Claudia!« Derek drehte sich schließlich herum, um mich anzuschauen, und ich merkte, wie ich zitterte, als er mich forschend anblickte. »Ist alles in Ordnung, Sofia?«

Ich nickte.

»Du musst keine Angst mehr vor ihr haben. Ich bin jetzt hier.«

Der Einzige, den ich auf dieser Insel fürchte, bist du, Derek. Ich hatte es zugelassen, dass er mein Herz und meine Seele eroberte. Er vereinnahmte mich. Das machte mir große Angst, denn trotz meiner Instinkte, dass er ein guter Mann war, für den es sich zu kämpfen lohnte, deuteten die Umstände, die uns umgaben, etwas anderes an.

Furcht umgab mich, denn als er mich umarmte und mir tröstende Worte ins Ohr flüsterte, fragte ich mich: *Was, wenn ich es zugelassen habe, mich in ein vollkommenes Monster zu verlieben?*

KAPITEL 46: LUCAS

Ich stand neben einer flackernden Laterne in Amsterdam und zog an einer Zigarette. Die Suche nach meinem Vater entpuppte sich als ein größeres Unterfangen, als ich ursprünglich vermutet hatte. Ich hoffte, dies würde mein letzter Halt sein.

Ich war hier, um mich mit einer alten Bekannten, Natalie Borgia zu treffen. Die umwerfende italienische Vampirin gehörte keinem der Zirkel an. Sie war eine der wenigen alleinlebenden Vampire, und die Einzige, die die Standorte aller Zirkel kannte und der der Eintritt in alle gestattet war. Sie war eine einzigartige Diplomatin, eine Frau, die ich sowohl unwiderstehlich als auch unerreichbar fand.

»Lucas Novak.« Natalie näherte sich und ich bemerkte, dass sie ihr dunkles, braunes Haar hochgesteckt hatte und ihre verführerischen Kurven von einem eleganten, roten Mantel umhüllt wurden.

»Hallo, meine Hübsche«, lächelte ich.

Sie rollte mit den Augen und starrte mich mit ausdruckslosem Gesicht an. »Du siehst ziemlich scheiße aus.« Sie nahm mir die Zigarette aus dem Mund, warf sie auf den Boden und zerdrückte sie mit ihrem Absatz.

»Es ist nicht sehr diplomatisch, so etwas zu sagen, Natalie.«

»Also bitte, Lucas, wir wissen beide, dass Diplomatie an dir verloren geht.«

Wir begannen, über eine kleine Brücke in Richtung eines Straßencafés zu gehen, damit wir uns unterhalten konnten. In dem Moment, als wir es uns bequem gemacht hatten, verschränkte sie ihre Beine und bedeutete mir zu sprechen.

»Ich bin sehr beschäftigt, also fass dich kurz! Und bitte, mach mich nicht an! Wir wissen beide, dass das zu nichts führt.«

Ich runzelte die Stirn. »Bilde dir nicht zu viel ein, Natalie! Ich will nur meinen Vater finden. Und du bist am besten befähigt, mir zu sagen, wo er ist.«

»Ich weiß nicht, wo er sich in diesem Augenblick aufhält, doch ich habe ihn kontaktiert, nachdem du dich mit mir in Verbindung gesetzt hast. Er kann sich im Moment nicht mit dir treffen.«

Mein Blut begann zu kochen. »Wie bitte?«

»Es hat sich herumgesprochen, Lucas. Du bist kein sehr feinsinniges Wesen, und du hast bereits all die Kontakte bemüht, die du außerhalb deines Zirkels hast. Und zu deinem Nachteil bist du auch nicht sehr beliebt. Im Vergleich zu deinem Bruder und deiner Schwester verblasst du.«

»Es ist mir egal, was die Leute über mich denken. Wo ist mein Vater? Warum will er sich nicht mit mir treffen?« Meine Hände klammerten sich um die Kante des Metalltisches zwischen uns.

»Dein Vater fürchtet, dass deine Gegenwart nur das gefährdet, was er versucht, mit den anderen Zirkeln aufzubauen. Er hält es für das Beste, dass du ins Schattenreich zurückkehrst und die Probleme selbst löst, die du mit deinem Bruder hast.«

»Er versteht nicht. Ich kann nicht dorthin zurückkehren. Derek würde mich umbringen.« Ich schlug mit der Hand auf den Tisch, sodass eine Kellnerin, die gerade unsere Bestellung aufnehmen wollte, zurückwich und uns allein ließ. »Warum tut er das? Warum wenden sich alle gegen mich?«

»Ich leite nur die Nachricht weiter, die mir mitgeteilt wurde, Lucas.« Sie behandelte mich so oberflächlich, dass ich mich fragte, wo all ihre diplomatischen Fähigkeiten geblieben waren. »Ich werde dafür sorgen, dass dein Vater von deiner Antwort erfährt.«

Ich bemühte mich sehr, sie nicht anzugreifen. Sie war mindestens ein Jahrhundert älter als ich. Ich würde garantiert verlieren.

»Was soll ich jetzt tun?«

»Das hängt nur von dir ab.« Natalie zuckte mit den Schultern. »Doch ich habe noch eine weitere Nachricht für dich. Von Borys Maslen.«

»*Borys Maslen?*«

»Wie ich schon angedeutet habe, hat sich dein Außenseiterstatus bei allen Zirkeln herumgesprochen.«

Mir drehte sich der Kopf. Der Gedanke, dass mein Vater sich gegen mich wenden könnte, war etwas, das ich niemals für möglich gehalten hätte. Und nun versuchte auch noch der schlimmste Widersacher unserer Familie, Kontakt mit mir aufzunehmen.

»Was will er von mir?«

»Er bietet dir eine Zuflucht in der Oase an.«

Die Welt ist verrückt geworden. »Im Austausch für was?«

»Loyalität den Maslens gegenüber.«

Darüber musste ich lachen. »Loyalität? Denen gegenüber?«

»Also, was willst du mir damit sagen, Lucas? Bedeutet das, du lehnst das Angebot ab?«

Ich dachte eine Weile darüber nach und schüttelte dann meinen Kopf. »Ich glaube, meine Wahl wurde in dem Moment für mich getroffen, als meine Familie mir den Rücken zugekehrt hat. Teile Borys Maslen mit, dass ich den ersten Flug nach Kairo nehmen werde! Und sorge außerdem dafür, dass mein Vater erfährt, dass ich mich den Maslens angeschlossen habe!«

Natalie nickte. Ihr Ausdruck blieb unverändert. Kein Urteil. Keine Verdammung. Sie war nur ein Kanal, unsere Kommunikationszentrale. »Ich werde dafür sorgen, dass er die Nachricht erhält. Noch etwas anderes?«

»Ja. Sag meinem Vater, dass es nur eine Person gibt, die die Schuld an unserem Streit trägt, und das ist Derek. Er ist von einer menschlichen Sklavin mit dem Namen Sofia Claremont besessen. Sag meinem Vater, er solle sich vor ihr in Acht nehmen!«

»Selbstverständlich.« Natalie stand auf. »Wenn das alles ist, dann auf Wiedersehen, Lucas. Ich hoffe, du wirst Erfolg haben.« Ohne auf eine Antwort zu warten ging sie davon.

Mein Blick folgte ihr, bis sie verschwunden war. Ich lächelte. Ich kannte den Schaden, den mein Vater Sofia zufügen würde, allein auf der Basis der Nachricht, die ich ihm durch Natalie zukommen ließ. Die Überzeugung, dass ich dazu beigetragen hatte, sowohl ihr als auch Dereks Leben etwas armseliger zu gestalten, genügte mir als Trost.

Die Gedanken an Sofia ließen mein Blut pulsieren und meine Sinne prickeln. »Eines Tages wirst du mir gehören, Sofia. Oh ja, du wirst mir gehören!«

KAPITEL 47: DEREK

Die Neuigkeit, dass Sofia sich einem Vampir — und dann noch einem Mitglied der Höhergestellten — widersetzt hatte und ungeschoren davon gekommen war, verbreitete sich in Windeseile auf der Insel. Schon bald danach folgte Entrüstung.

»Was, wenn die anderen Menschen ihrem Beispiel folgen und beschließen, dass sie sich ihren Gebietern widersetzen können?«, brachte Felix, ein weniger vertrauenswürdiges Mitglied der Höhergestellten, während einer Ratssitzung in der Kuppel vor.

»Wir können uns einen erneuten menschlichen Aufstand nicht leisten«, äußerte Xavier seine Besorgnis — eine, die ich teilte.

Felix schnaubte, während er seine Hände in die Höhe hielt. »Ein menschlicher Aufstand! Vielleicht wäre das das Beste. Da alle Entführungen untersagt wurden, würde ein Aufstand uns auf Jahre hinaus all das Blut geben, das wir bräuchten.«

Eli, der Einzige auf dem Podium inmitten der Diskussion, die auf den Sitzen des Rates entsprungen war, starrte Felix an, als wäre der verrückt geworden. Trotz der Spannung im Raum entging es mir nicht. Er sah Felix immer an, als würde er für den Mann keine Geduld aufbringen können. »Es gibt einen Grund, warum wir es bisher vermieden haben, die Natürlichen anzutasten, Prinz. Sie sind das Rückgrat der Insel. All die Arbeit, die nötig ist, um die Unabhängigkeit des Schattenreiches zu erhalten, wird von den Menschen verrichtet, die den Generationen von Menschen entsprungen sind, die sich der Arbeit verpflichtet fühlen, die ihnen auf dieser Insel gegeben wurde.«

»Wir können nicht damit fortfahren, Menschen von der Außenwelt zu entführen, wenn es das ist, was du andeuten willst, Eli.« In diesem Punkt war ich unnachgiebig. »Sie bringen das Schattenreich in Gefahr, indem sie die Entdeckung durch die Jäger riskieren.«

»Wir entführen Menschen schon seit Jahren, Derek«, schaltete Cameron sich ein. »Wir sind noch niemals entdeckt worden. Die Späher sind so gut ausgebildet, dass sie kein Risiko eingehen.«

»Die Jäger werden mit jeder Minute mächtiger. Wir können uns nicht weiter auf unser Glück verlassen. Eli kann das auf der Grundlage der wenigen Informationen bezeugen, die er aus einem von ihnen herausquetschen konnte, den wir gefangen genommen hatten.«

»Und schon wieder ein menschlicher Sklave, den du zu bevorzugen scheinst«, fauchte Claudia. »Ich werde dafür bestraft, einem Angehörigen unserer eigenen Art geholfen zu haben – unserem Prinzen, deinem eigenen Bruder. Diese Sklaven widersetzen sich allem, wofür wir stehen, und doch wird ihnen die Freiheit gewährt.«

»Es sind meine Sklaven, und ich werde mit ihnen tun, was ich für richtig halte. Das ist das Ende der Diskussion.« Ich stand auf, um meine Position zu unterstreichen. »Es wird keine weiteren Entführungen geben, und solange wir noch Blutreserven von der letzten selektiven Auswahl in unseren Kühlkammern haben, werden keine weiteren Menschen aus den Katakomben genommen.«

»Und wenn das Blut knapp wird?«, fragte Xavier.

Mir zog sich der Magen bei dem Gedanken daran zusammen, was notwendig sein würde. »Dann führen wir eine weitere selektive Auswahl durch.«

»Ich will frisches Blut«, forderte Felix, der von dem Jubel und Getöse unterstützt wurde, die durch die Kuppel hallten.

»Deine Wünsche interessieren mich nicht, Felix. Die Bedürfnisse der Insel haben größere Priorität.«

»Wir fürchten, dass die menschliche Sklavin, die du bevorzugst — Sofia, oder nicht? — dich geschwächt hat, Prinz.« Er erhob sich von seinem Platz und ging auf das Podium zu.

Ich fürchtete das Gleiche. Die Schuldgefühle, der Druck und die Scham, die ich jedes Mal spürte, wenn Sofia mich bat, das Königreich zu verändern, waren eine große Last auf meinen Schultern. Sie verstand den Druck nicht, ein Königreich zu beherrschen, seinen Untertanen zu dienen und in ihrem Interesse schwierige Entscheidungen zu treffen. Und doch berührte sie mich wie keine andere. Selbst nachdem sie die vergangenen Tage damit verbracht hatte, meine Existenz zu ignorieren und aus Gründen, die ich mir nicht erklären konnte, kaum ein Wort mit mir gesprochen hatte, befriedigte es mich, einfach nur zu wissen, dass sie da war.

Ich starrte Felix für einen Augenblick an, bevor ich auf ihn zusprang und meine Klauen in seinem Brustkorb vergrub. Furcht leuchtete in seinen Augen auf, als ihm klar wurde, dass er zu weit gegangen war und dass ich mit meinen bloßen Händen sein Genick brechen konnte.

»Wenn du dieses Thema noch einmal anschneidest, Felix, werde ich dir demonstrieren, wie schwach ich wirklich bin, indem ich dir eigenhändig dein Herz herausreiße. Ihr Name soll dir niemals wieder über die Lippen kommen. Hast du verstanden?«

Er nickte. »Ja. Natürlich. Ich entschuldige mich.«

Ohne einen weiteren Versuch, mich an den Rest des Rates zu wenden, verließ ich gefolgt von Cameron und Liana die Kuppel.

»Du spielst mit dem Feuer, Prinz«, warnte Cameron mich, als er an meine Seite trat, während Liana sich auf die andere stellte.

»Es hat schon seit Jahrhunderten nicht mehr so viel Unruhe unter den Vampiren gegeben«, fügte Liana hinzu. »Es gibt Gerüchte, dass einige der Höhergestellten bereits Späher ausgesandt haben, um deinen Vater zu finden und ihn hierher zurückzuholen, um dich unter Kontrolle zu bringen.«

»Komm zur Sache!«

»Du darfst dir die Höhergestellten nicht zu Feinden machen, Derek!« Camerons Stimme klang besorgt. »Selbst denjenigen, die dir gegenüber von Anfang an loyal gewesen sind — die Vaughns und Lazaroffs — fällt es zunehmend schwerer, dich zu verteidigen.«

»Was soll ich deiner Meinung nach tun, Cameron? Wir beide wissen, dass das Blatt sich in Kürze wenden wird. Krieg ist unumgänglich. Darin hast du mir zugestimmt, oder nicht?«

»Ja, das habe ich, doch die Wichtigkeit, die du diesem Mädchen zukommen lässt… genug, um dir Claudia und selbst deinen eigenen Bruder zum Feind zu machen…«, Cameron hielt inne, »… ist sie es wert, Prinz?«

Ich warf einem meiner liebsten Kameraden einen andauernden Blick entgegen, bevor ich seufzte. Ich musste ehrlich sein — wenn schon nicht mit ihnen, dann zumindest mit mir selbst. War Sofia es wirklich wert, das zu verlieren, dessen Aufbau unsere Art Jahrhunderte gekostet hatte?

KAPITEL 48: SOFIA

Vivienne starrte auf ihr Spiegelbild. Sie seufzte, als sie ihr langes, dunkles Haar frisierte. Das violette Trägerkleidchen, das sie trug, hob nicht nur ihre blasse Haut hervor, sondern auch ihre Augen, die im Kerzenlicht eher lila als blau erschienen. Sie sah umwerfend aus, doch auf ihrem Gesicht war kein bisschen Freude zu sehen. Stattdessen schien sie ängstlich zu sein.

Ein Klopfen ließ sie herumwirbeln. Xavier erschien in der Tür. Sein dunkles Haar war kurz geschnitten, und seine Augen verrieten, wie sehr er sie anhimmelte.

»Sie sind hier«, verkündete er. »Dein Vater hat mich gebeten, dich in die Kuppel zu begleiten.« Die Art, wie er sprach, ließ erkennen, dass keiner von ihnen die Gäste gern hatte.

»Hat mein Vater vergessen, was ich in den Händen dieses Monsters bereits erdulden musste?« Vivienne ließ beide Hände über ihren schlanken Körper gleiten und glättete winzige Falten in ihrem Kleid.

Xaviers Blick verdunkelte sich, und Trauer überschattete sein attraktives Gesicht. »Vivienne…«

Sie nickte bitter. »Es muss geschehen. Ich vermute, zwischen den Maslens und den Novaks müssen friedliche Beziehungen aufgebaut werden. Ich kann mich nur nicht gegen den Gedanken wehren, dass Derek es Borys Maslen niemals gestatten würde, der Insel auch nur nahe zu kommen, wenn er wach wäre.«

»Um deinem Vater gegenüber fair zu sein, es wurden Vorsichtsmaßnahmen getroffen, damit Borys und seine Begleiter sich nicht daran erinnern werden, wie sie hierher zurückkehren können, sollte eine friedliche Vereinbarung zwischen den Klanen nicht zu Stande kommen.« Xavier seufzte. »Und doch wissen wir beide, dass dein Vater und dein älterer Bruder selbst zusammen nur einen Abklatsch des Herrschers darstellen, den dein Zwillingsbruder verkörpert.«

»Sei vorsichtig, damit sie nicht hören, was du sagst. Vaters und Lucas Abneigung gegen Derek ist schon groß genug.«

Schweigend starrten sie sich einige Sekunden lang an, wobei sie beide in ihren eigenen Gedanken verloren zu sein schienen, bis Xavier die Stille durchbrach. »Vivienne, wir müssen gehen.«

Eilig trat Vivienne nach vorn. »Natürlich.«

Als sie die Tür erreichte und erwartete, dass Xavier ihr folgte, blieb er stehen.

»Was ist los?« Viviennes blauvioletter Blick wurde von noch mehr Angst erfüllt.

»Borys hat mir erzählt, dass Ingrid Maslen das hier geschickt hat, damit du es trägst.« Er zögerte und zitterte ein wenig, als er einen roten Samtbeutel aus seiner Tasche hervorholte. Er überreichte ihn Vivienne.

Vivienne hob eine Augenbraue an. »Ingrid Maslen? Sein neues Mädchen? Sie ist zusammen mit ihm hier?«

Xavier schüttelte seinen Kopf. »Nein, er würde es niemals riskieren, jemand so Wertvolles wie sie zu verlieren.« Er schaute auf den Beutel. »Er hat gesagt, dass Ingrid darauf bestehen würde, dass du das hier bekommst. Er sagt, dass es rechtmäßig dir gehört.«

Vivienne schluckte, bevor sie den Beutel von Xavier entgegennahm. Sie öffnete den Knoten, der den Beutel verschlossen hielt, wobei ihre Finger zitterten. Sie holte eine umwerfende Halskette mit einem großen rubinroten, herzförmigen Anhänger hervor. Zorn flackerte in ihren Augen auf, als Tränen begannen, an ihren Wangen hinunterzulaufen. Während sie die Halskette umklammert hielt, schrie sie mit solchen Qualen auf, dass Xavier einen Schritt zurücktrat.

»Vivienne, was...«

Das Schmuckstück prallte gegen ihren Spiegel. Glas zerschellte auf dem Boden. Vivienne marschierte an Xavier vorbei. »Wie kann er es wagen!«

Von den vielen Erinnerungen, die Vivienne mit mir geteilt hatte, kam mir diese Begegnung mit Xavier — ein Vampir, den ich erst vor kurzem während der Vorbereitungen für Viviennes Gedenkzeremonie kennengelernt hatte — ins Gedächtnis zurück. Ich konnte sie nicht ignorieren, denn allein die Erwähnung der Namen Borys und Ingrid Maslen sandte einen Schauer meinen Rücken hinunter. *Wer sind die Maslens? Was hatte es mit der Halskette auf sich, dass Vivienne so wütend wurde? Weiß Derek von ihnen? Sollte ich Xavier nach diesem Tag fragen?* Die Erinnerung begleitete mich, doch die einzige Person, die meine Fragen hätte beantworten können, war nirgendwo in Sicht. *Vivienne... warum in aller Welt hast du all diese Erinnerungen in meinem Kopf abgeladen? Ich werde aus ihnen einfach nicht schlau.*

»Erde an Sofia Claremont.« Paige wedelte mit ihrer Hand vor meinem Gesicht hin und her. »Bist du noch bei uns, Sofia?«

Ich blinzelte einige Male, und mir wurde bewusst, dass ich nach einem Besuch des Tals, um einige neue Kleider zu besorgen, mit meinen Freundinnen zusammen auf dem Rückweg war. Nach Ashleys Freilassung waren sie etwas freundlicher zu mir.

»Oh… Was?«

»Du verlierst dich immer wieder in deinen Gedanken«, kicherte Ashley. »Ist alles in Ordnung?«

»Ich habe nur…« Ich wusste nicht, wie ich erklären sollte, was Vivienne mit mir getan hatte. »Es geht mir gut.«

»Sprichst du immer noch nicht wieder mit Derek?«, fragte Rosa.

Ich nickte. Nach dieser Begegnung mit Claudia war ich wieder in eines der Gästezimmer gezogen.

»Warum? Er hat dir *schon wieder* gegen Claudia beigestanden.« Paige starrte mich an, als hätte ich den Verstand verloren. »Du solltest ihn belohnen, anstatt ihn zu bestrafen.«

Ich verlangsamte meine Schritte, als wir an den Wäldern vorbeigingen, die zu den Behausungen führten, bevor ich die Frage aussprach, vor der ich am meisten Angst hatte.

»Stimmt es, dass Derek mit anderen Frauen geschlafen hat?«

Wir blieben alle stehen, und sie tauschten besorgte Blicke aus. Ihre Reaktion beantwortete meine Frage. Schmerz ergriff mein Herz. Plötzlich hatte ich Schwierigkeiten zu atmen.

»Sofia…« Rosa, die Sensibelste und Sanfteste unter uns, strich mit ihrer Hand über meinen Arm.

»Ich weiß nicht einmal, warum ich so verstört bin. Es ist ja nicht so, als wären wir ein Paar, und außerdem habe ich ihn verlassen.«

»Sofia, er ist ein Vampir, der schon seit Jahrhunderten auf der Erde lebt. Es ist erstaunlich, dass er so eine Loyalität und Zuneigung für dich entwickelt hat, doch was auch immer zwischen euch beiden vorgeht, es kann unmöglich andauern«, erklärte mir Paige, wie immer die Stimme der Vernunft. »Er ist ein Vampir. Du bist ein Mensch. Solche Beziehungen — wenn man sie überhaupt so nennen kann — halten nicht lange an.«

Von einer lieben Freundin so unsanft in die Realität zurückgezogen zu werden genügte, um all das zu erschüttern, an das ich geglaubt hatte. Ich wusste nicht, was eine angemessene Reaktion sein könnte, doch für mich machte es das, was ich mit Derek hatte, nur noch wertvoller — als wäre die Zeit, die mir mit ihm verblieb, nur geliehen und ich müsste das Beste aus ihr machen.

Ich begann weiterzugehen, da ich nicht wusste, wie ich antworten sollte. Sie folgten mir, doch die Stimmung war angespannt.

Zu meiner Erleichterung brach Ashley schließlich die Stille. »Falls es dir etwas bedeutet, Sofia, er ist anders, wenn du in der Nähe bist. Er scheint nicht mehr so dunkel zu sein im Vergleich zu der Zeit, als du nicht hier warst.« Sie rieb sich mit der Handfläche über ihren Nacken. »Schau, ich will nicht behaupten zu verstehen, wie Derek Novaks Verstand funktioniert, doch vielleicht… nur vielleicht… hatte er Vivienne gebeten, ihm diese Mädchen zu schicken, sodass er von dir abgelenkt würde.«

Sie war die Letzte, von der ich erwartet hätte, sie würde Derek verteidigen. Doch es erstaunte mich, dass sie es tat.

»Ich denke, was ich damit sagen will, ist, derjenige, der am besten dafür geeignet ist, dir diese Fragen zu beantworten, ist er selbst.«

Wir erreichten schließlich den Aufzug, der uns zu dem Gang

bringen würde, der zu Dereks Penthouse führte. Wir schwiegen, während der Fahrstuhl bis ganz nach oben zu den Spitzen der riesigen Rotbuchen fuhr, die Dereks Zuhause trugen. Es dauerte nicht lange, bevor wir den Flur betraten, der ins Wohnzimmer führte. Ich atmete tief ein, als wir Derek dort wartend vorfanden. Er stand mit geballten Fäusten und angespannten Muskeln in der Mitte des Raumes.

»Wo warst du?«, fragte er.

»Wir sind in die Katakomben gegangen, um uns davon zu überzeugen, dass Gavin begonnen hat, sich von den Schnitten zu erholen, die Claudia ihm zugefügt hat, und dann haben wir im Tal eine Pause eingelegt.« Ich zeigte auf die Einkaufstüten, die wir in der Hand hielten.

Er machte sich nicht einmal die Mühe, sich die Taschen anzuschauen. Sein Blick bohrte sich in mich hinein, und plötzlich fühlte ich mich verletzlich — als würde allein sein Starren mich brechen können. »Lasst uns allein!«, befahl er.

Ashley nahm mir die Einkaufstüten aus der Hand, und alle drei zogen sich in ihre Zimmer zurück, um mich mit dem nachdenklichen Vampir allein zu lassen, der mich mit einem Blick betrachtete, als wäre ich ein Festmahl, an dem er sich laben wollte.

Derek trat einen Schritt nach vorn — langsam und zögerlich. Wenige Zentimeter vor mir hielt er an, doch er war nahe genug, dass ich mir seiner Anspannung und seiner stoßweisen Atmung bewusst war. Ich konnte spüren, wie mächtig er war und wie klein ich im Vergleich zu ihm erschien, und aus irgendeinem Grund konnte ich mich nicht dazu überwinden, ihm ins Gesicht zu schauen. Stattdessen richtete ich meinen Blick auf seinen Oberkörper und fragte mich, was ihm im Kopf herumging.

Ich erstarrte, als er begann, mich zu umrunden, während er

seine Hände hinter seinem Rücken verschränkt hielt. Sein Blick war immer noch auf mich gerichtet. Ich wäre am liebsten vor ihm zurückgewichen.

»Du zitterst.«

Das war mir nicht einmal aufgefallen.

»Warum? Seit wann fürchtest du dich vor mir, Sofia?«

War es, weil die letzten paar Tage mir deutlich gezeigt hatten, wozu er fähig war? War es, weil die naive Blase schließlich zerplatzt war und ich in ihm nun das sah, was er wirklich war? Ich wusste es nicht, und doch fürchtete ich mich vor ihm, und ich hasste es. Ich wollte ihn genauso sehen wie zuvor — fähig, Gutes zu tun — doch alles, was ich sah, als ich ihn anschaute, war ein mächtiger Vampir, ein Prinz des Schattenreiches, dessen Launen sich von einem Moment auf den anderen ändern konnten.

»Es tut mir leid«, war das Einzige, was mir einfiel.

Er hörte auf, mich zu umrunden, und hielt neben mir an, wobei sein Gesicht sich so nahe an meinem befand, dass ich seinen kühlen Atem an meiner Schläfe spüren konnte. »Es tut dir leid? Was genau tut dir leid, Sofia?«

Und wieder wusste ich nicht, wie ich antworten sollte, also versiegelte ich meine Lippen und weigerte mich, mir mein Grab noch tiefer zu schaufeln.

»Seitdem du hier angekommen bist, habe ich dich und deinen Feldzug, die Menschen des Schattenreiches zu retten, unterstützt, und wie dankst du mir das?« Eine seiner großen Hände suchte sich ihren Weg um meine Taille herum. Seine andere Hand umfasste meinen Kiefer, während sein Daumen über meine Unterlippe glitt.

Ich wollte vor ihm zurückweichen, doch seine Berührung ließ mich erstarren.

Er drehte mich herum, damit ich ihm gegenüber stand. Er hob mein Kinn an, sodass ich ihm in die Augen schaute. »Warum schließt du mich aus, Sofia?«

Bevor ich es verhindern konnte, lief eine Träne meine Wange hinunter. Ich wusste, dass er nicht verstehen konnte, was ich durchmachte. Ich konnte es nicht einmal mir selbst gegenüber zugeben, dass ich Angst davor hatte, ihn zu verlieren. Ich fürchtete, wenn ich mit meinem »Feldzug, die Menschen des Schattenreiches zu retten« fortfuhr, wie er es so treffend genannt hatte, bedeutete das, dass ich ihn verlieren könnte. Ich fürchtete mich davor, wie seine Berührung in mir ein schmerzendes Verlangen auslöste. Ich fürchtete mich davor, wie sehr die Vorstellung, dass er mit irgendjemand anderem als mir zusammen war, mich innerlich zerriss. Ich fürchtete mich davor, ihn so sehr zu schätzen, nur um ihn dann wieder zu verlieren — etwas, von dem alle behaupteten, es sei unumgänglich.

Ich hatte keine Angst vor Derek Novak. Ich hatte nur Angst davor, was es für mich bedeuten könnte, ihn zu lieben.

KAPITEL 49: DEREK

Das Rätsel mit dem Namen Sofia Claremont stand zitternd vor mir und war bei meinem Anblick den Tränen nahe. Ich hätte alles dafür gegeben, um auch nur einen kurzen Blick auf das werfen zu können, was in ihrem Kopf vorging. War sie so enttäuscht von mir, dass sie es immer noch nicht ertragen konnte, mich anzuschauen, selbst nachdem ich mich gegen Claudia auf ihre Seite gestellt hatte? War sie sich des Drucks nicht bewusst, dem ich aufgrund dieser Entscheidung ausgesetzt war?

Ihre grünen Augen, die vor lauter Tränen glitzerten, bohrten sich direkt durch mich hindurch, und wieder einmal fragte ich mich, warum sie so eine Wirkung auf mich hatte. Warum war ich bereit, ihretwegen meine gesamte Welt auf den Kopf zu stellen? Und warum schien ihr nichts von alledem zu genügen?

Was würde ich dafür geben, wenn du mich so betrachten würdest, wie du es früher getan hast... Meine Hand an ihrer Taille festigte sich, und sie verkrampfte sich noch mehr. »Warum sträubst du dich gegen meine Berührung?«

Diese war nur eine weitere Frage, die sie nicht beantworten wollte. Es fühlte sich so an, als würde sie mir durch die Finger gleiten, und erneut verfolgte mich diese Frage. *Bist du es wert, Sofia?*

Meine Verwirrung wich erst dem Frust und dann der Wut über ihr Schweigen und der Art, wie sie sich mir gegenüber verhielt. Mein Griff an ihrem Kiefer verfestigte sich. Die Angst, die in ihren Augen aufflackerte, feuerte meine Entschlossenheit an. Ich zog ihren Körper dicht an meinen heran und stürzte mich auf ihre Lippen. Ihre Tränen fühlten sich heiß auf meiner Haut an. Sie brannten.

Sie sträubte sich nicht, doch sie reagierte auch nicht. Sie hing einfach nur schlaff in meinen Armen und ließ mir meinen Willen. Als ich ihre Taille unter meinen Handflächen spürte und merkte, dass meine Hände unter ihre Bluse krochen, wusste ich, dass ich mit dem Feuer spielte. Ich konnte mir in ihrer Gegenwart selbst nicht mehr trauen.

Sie schnappte nach Luft, als mein Mund sich von ihrem löste. Ich setzte ihre Füße auf den Boden und trat einen Schritt von ihr weg. Ich fürchtete mich vor dem, was ich ihr antun könnte. Ihre Knie wurden weich, doch ich versuchte nicht, sie zu stützen. Die Vorstellung, sie zu berühren, machte mich nervös.

Dieses Mal zitterte ich ebenfalls und war mir vollkommen bewusst, wie machtlos sie mir gegenüber war, und doch, ob sie es nun wusste oder nicht, übte sie eine Macht über mich aus wie noch niemals jemand anderes zuvor.

Allein der Anblick ihrer geschwollenen Lippen erinnerte mich an die Wärme ihres Blutes und die Kälte von meinem. Es war nicht richtig, dass wir zusammen waren, und doch konnte ich mir ein Leben getrennt von ihr nicht vorstellen.

Ihre Stimme klang gebrochen, als sie es schließlich fertigbrachte zu sprechen. »Was bin ich für dich, Derek?«

Mein Leben. Dieser Gedanke war wie ein Schlag, der mir den Wind aus den Segeln nahm. Ich starrte Sofia an und nahm ihre Schönheit in mir auf, angefangen bei den winzigen Sommersprossen auf ihren Wangen über ihre schlanke Figur wie die einer Sanduhr bis hin zu ihren weichen Füßen. Sie war mein Leben, und das wollte ich ihr gerade sagen, doch mein Schweigen dauerte länger an als ihre Geduld, und sie trat einen Schritt von mir weg.

»Bin ich nur dein menschliches Haustier? Deine Sklavin? Dein Spielzeug? Wirst du eines Tages meiner überdrüssig sein? Was wird aus mir werden, wenn dieser Tag gekommen ist? Wirst du mich genauso entsorgen wie du es mit jedem anderen Menschen auf dieser Insel tun würdest?«

Mir stockte der Atem, als ich merkte, wie umwerfend sie aussah — mit ihren roten Locken, die wie Feuer ihr blasses Gesicht umrahmten, und ihren Augen, die noch vor wenigen Momenten teilnahmslos waren, doch nun voller Zorn glühten. Ihre Schönheit lenkte mich von dieser Absurdität ab. Sie bedeutete die Welt für mich, und soweit es mich betraf, waren ihre Ängste zwar verständlich, doch unbegründet. Ich lächelte, als ihre Lippen sich schließlich zu einem kleinen Schmollen formten.

»Du hast die Angewohnheit, eine Frage nach der anderen zu stellen, bevor du dir überhaupt erst einmal die Antworten anhörst. Ist dir das eigentlich bewusst?«

Sie starrte mich an. »Mach dich nicht darüber lustig, Derek! Du hältst mein Leben und das all der anderen Menschen auf dieser

Insel in deinen Händen. Kannst du es mir verdenken, wenn ich mich vor dir fürchte?«

Ich verzog keine Miene und umfasste mit beiden Händen ihr Gesicht. »Was muss ich tun, um deine Angst zu lindern, Sofia? Du bedeutest mir alles. Ich habe noch nie in meinem Leben eine Frau geliebt. Nicht bis du aufgetaucht bist und…«

Sie zog meine Hände von sich weg, als würde meine Berührung sie irgendwie verbrennen. »Sag so etwas nicht!« Sie trat von mir weg. Ihre Lippen zitterten, als sie sprach. »Es sei denn, du meinst es ehrlich.«

Ihr Zurückweichen verwirrte mich, und es dauerte ein paar Sekunden, bevor ich die Bedeutung ihrer Worte verstand. Doch sobald das geschehen war, breitete sich eine Klarheit in mir aus. Ich bewegte mich auf sie zu und neigte ihr Kinn nach oben. Sie drehte ihr Gesicht zur Seite und weigerte sich, mich anzuschauen. Ich benutzte meinen Daumen, um ihr Gesicht in meine Richtung zu bewegen, um sie dazu zu bringen, mich anzusehen. Als sie das tat, küsste ich sie — so zärtlich wie ich nur konnte — auf die Stirn, ihre Schläfe, ihre Wange und dann auf ihren Lippen.

»Ich liebe dich, Sofia«, flüsterte ich. »Und ich glaube wirklich daran, dass ich für den Rest meines Lebens niemals mehr eine andere Frau lieben könnte. Zum ersten Mal in den letzten fünfhundert Jahren bin ich für meine Unsterblichkeit wirklich dankbar, denn ohne sie hätte ich dich niemals gefunden.«

Die Worte platzten ohne zu zögern aus mir heraus, doch ich hätte niemals daran gedacht, dass sie nicht das Gleiche empfinden könnte, bis ich ihr mein Herz ausschüttete. Ich fühlte mich wie ein Narr unter ihrem Blick, und ihr Schweigen brachte mich fast um.

»Zum Teufel noch mal, Sofia! Sag etwas!«

Alles, was ich von ihr bekam, war ein sanftes, süßes Lächeln, als ihre Hände mich berührten. Wortlos führte sie mich in mein Schlafzimmer. Sie entblößte sich vor mir und legte sich in die Mitte meines Bettes. Ihre Hingabe war meine Herausforderung. In meinen Händen war sie eine zerbrechliche Porzellanpuppe, eine, die ich liebte, eine, die ich nicht zerschmettern durfte. Ich gab mir große Mühe, so zärtlich zu ihr zu sein, wie ich nur konnte, da ich Angst hatte, ihr wehzutun. Ihr Schmerzensschrei weckte Schuldgefühle in mir, als ihre Jungfräulichkeit unter meinem Druck nachgab. Und doch wusste ich irgendwo zwischen dem Wohlgefallen und dem Schmerz, dass alles gut werden würde, als ihre warmen Lippen an meinem Ohrläppchen entlangglitten und ihre Arme meinen Hals umklammerten.

Sie flüsterte: »Ich liebe dich auch, Derek.«

KAPITEL 50: SOFIA

Als ich aufwachte und meine Augen noch geschlossen waren, halb schlafend, halb wachend, wurde ich von einem leichten Schmerz zwischen meinen Beinen gegrüßt. *Was habe ich getan?*

Ich hielt meine Augen geschlossen, während ich darüber nachdachte, was ich zugelassen hatte. Mein Kopf ruhte auf seinem Arm. *Steinhart. Nicht unbedingt das bequemste Kissen.* Ich konnte das Gewicht seines Armes auf meiner Taille spüren, während seine Finger über die Spitzen meines langen Haares strichen. Ich spürte, wie sein Brustkorb sich hob und senkte. Ich hielt meine Hände vor mir, sodass sie das Einzige waren, das unsere nackten Körper voneinander trennte. Die Erinnerung an seinen trainierten Körper, seine Stärke, seine strahlend blauen Augen, die Art und Weise, wie er mich gehalten hat und die Kontrolle, die er ausgeübt hat, sendete ein Zittern durch meinen Körper.

Ich erinnerte mich an das, was Ben mir nach unserer Flucht

aus dem Schattenreich am Strand erzählt hatte. *Sandburgen fallen immer in sich zusammen, Sofia... Du kannst dich genauso gut so schnell wie möglich von ihr verabschieden.*

Ich öffnete meine Augen und bemerkte, wie ruhig Derek aussah, wenn er schlief. Ich konnte mich nicht entsinnen, jemals vor ihm aufgewacht zu sein. Es fühlte sich wie das erste Mal an, dass ich ihn im Tiefschlaf sah, wie er zufriedener aussah, als ich ihn je zuvor gesehen hatte. Ich bemerkte ein leichtes Lächeln auf seinen Lippen, und mein Herz schlug höher.

Was ich mit dir habe... ist es eine Sandburg? Werde ich eines Tages zusehen müssen, wie sie durch den Lauf der Zeit und die Wellen der Natur zerstört wird?

Ich hob seinen Arm von meiner Taille an, wobei ich darauf achtete, ihn nicht zu wecken. Ich setzte mich auf die Bettkante und stöhnte bei dem leichten Schmerz in meinem Körper. Ich stand auf, hob meine schwarze Spitzenunterwäsche vom Boden auf und zog sie mir über. Während ich meinen Körper mit einem seidenen Morgenmantel bedeckte, ließ ich meinen Blick auf Derek gerichtet und versuchte, mich daran zu erinnern, was in mich gefahren war, als ich mich am Abend zuvor vor ihm entblößt hatte.

Er war unsterblich, und ich war es nicht. Ich würde eines Tages alt werden, und er würde der Gleiche bleiben. Ich fürchtete mich vor dem Tag, an dem er meiner überdrüssig würde. Was wir hatten, war eine Burg aus Sand, wunderschön, und doch nur vorübergehend. *Warum hast du dich ihm dann auf diese Weise geschenkt, Sofia?*

So leise wie möglich ging ich in mein Schlafzimmer und holte mein Skizzenbuch und meinen Bleistift hervor. Ich kehrte in sein Schlafzimmer zurück und war erleichtert zu sehen, dass er immer noch schlief. Ich sah den Tropfen Blut auf seinem Bettlaken, der mich daran erinnerte, was ich für ihn geopfert hatte.

Ich zog den roten Ottoman aus Samt nahe an die Bettkante heran, setzte mich ihm gegenüber hin und begann, ihn zu zeichnen. Niemals wollte ich diesen Augenblick vergessen. Ich wusste, warum ich mich ihm hingegeben hatte, und ich bereute es nicht. *Nur weil Sandburgen vorübergehend sind, hat das noch niemals jemanden davon abgehalten, sie so wunderschön wie möglich zu gestalten.* Als ich ihn zeichnete, konnte ich die Wahrheit nicht länger leugnen, die mir direkt ins Gesicht starrte. Ich war in Derek Novak verliebt, und die Vorstellung, dass er meine Gefühle erwiderte, erfüllte mich mit Freude.

Während ich mich auf die Zeichnung konzentrierte, merkte ich nicht, dass er aufgewacht war, bis ich hochschaute und sah, dass sein umwerfender Blick auf mir ruhte.

»Du bist so wunderschön.« Seine Lider waren schwer, und seine Stimme war heiser.

Ich errötete und zwinkerte ihm zu, bevor ich damit fortfuhr, meiner Zeichnung den letzten Schliff zu geben.

»Komm her!« Er klopfte auf den leeren Platz auf dem Bett neben sich. »Was tust du so weit weg von mir?«

»Ich erschaffe ein Meisterstück.« Ich grinste und verschränkte meine Beine, als ich meine Zeichnung in die Luft hob, um sie besser begutachten zu können.

»Zeig es mir!« Er sprach mit seiner typischen, autoritären Stimme.

Ich schmollte. »Nein.«

»Wirst du wohl hier herkommen, Sofia!« Einen Augenblick später grinste er und sprach das magische Wort. »Bitte!«

Ich legte meinen Bleistift auf den Nachttisch neben mir und

bewegte mich in Richtung Bett. Ich setzte mich auf die Kante, während ich mein Skizzenbuch immer noch in der Hand hielt. Als ich mich nahe genug befand, zog er mich mit einer schnellen Bewegung auf das Bett neben sich.

Bevor ich Einwände erheben konnte, entriss er mir das Buch und legte sich flach auf seinen Rücken. Übermut stand ihm ins Gesicht geschrieben, als er auf eine Reaktion von mir wartete. Ich rollte mich auf dem Bett neben ihm zusammen und gab ihm mein Einverständnis.

»Mach nur! Schau es dir an!«

Als Derek seinen Blick auf meine jüngste Zeichnung richtete, spürte ich Schmetterlinge in meinem Bauch, während ich auf seinem Gesicht nach einer Reaktion suchte.

»Sofia, das ist… unglaublich. Ich hatte keine Ahnung, dass du zeichnen kannst.«

Ich lächelte und erinnerte mich an das, was er zu mir gesagt hatte, als ich ihn das erste Mal dabei beobachtet hatte, wie er eine Melodie auf seinem Flügel spielte. *»Es gibt vieles, was du von mir nicht weißt.«* Ich rollte mich auf den Bauch und ließ meinen Arm und mein Kinn auf seiner Brust und seiner Schulter ruhen, während ich seine Reaktion betrachtete, als er meine Zeichnungen durchblätterte.

Ich kannte jede Skizze auswendig. Sie enthielten liebevolle Erinnerungen an ihn. *Ein gezeichnetes Exemplar des Polaroidbildes, das Corrine mir geschickt hatte. Der verwirrte Blick auf seinem Gesicht, als er versuchte herauszufinden, wie ein Smartphone zu benutzen ist. Seine Finger auf dem Flügel. Unsere Hände, die sich mit verschlungenen Fingern umklammerten. Die Art und Weise, wie er aussah, als er während unserer ersten Nacht im Schattenreich auf dem Balkon stand und die unglaubliche Aussicht in sich aufnahm.*

Nachdem er sich all meine Zeichnungen angeschaut hatte, beäugte er mich fragend, als wollte er wissen, was das alles zu bedeuten hatte.

»Ich habe niemals aufgehört, an dich zu denken.«

Schuldgefühle waren ihm ins Gesicht geschrieben. Mir zog sich der Magen zusammen. Er legte das Skizzenbuch zur Seite und ließ eine Hand über mein Haar gleiten. Seine Finger zitterten. Ich strich mit meiner Hand über seinen nackten Brustkorb. All diese Male, die Ben versucht hatte, mich ins Bett zu bekommen, hatte ich durchgehalten. Damals hatte ich es nicht gewusst, doch nun verstand ich es. Ich habe auf Derek gewartet. Er war der Mann, mit dem ich das hier teilen wollte, und doch erschütterte mich die Besorgnis, die über seinem Antlitz schwebte.

»Was ist los, Derek?«

»Du warst ebenfalls permanent in meinen Gedanken, Sofia. Glaub mir, wenn ich das sage! Doch während du weg warst, habe ich mich einfach… ich habe mich einfach verloren. Ich kann nicht einmal…«

Vivienne, Corrine, die Mädchen… sie alle haben gesagt, dass er anders war, während er von mir getrennt war, doch es bedeutete mir noch sehr viel mehr, es aus seinem Mund zu hören. »Ich bin jetzt hier. Und ich werde bleiben, solange du mich hier haben willst.«

»Versprichst du, mich niemals wieder zu verlassen?«

Ich zögerte nicht einmal. »Das verspreche ich.«

»Wie konntest du mir vertrauen, Sofia? Wie konntest du mir genügend vertrauen, um mir all das zu geben, was du bist?«

Bevor die Unsicherheit mich überkommen konnte, spürte ich seine Lippen auf meinen und seine Finger in meinem Haar. Ich reagierte auf seinen Kuss und fragte mich, ob ich ihn jemals vollkommen verstehen würde, obwohl mir das in dem Augenblick nicht wichtig war. Er war ein Rätsel für mich, bei dessen Lösung ich mir gern Zeit nehmen wollte.

Als unsere Lippen sich trennten, schlug ich ihm mit der Handfläche auf die Schulter. Natürlich tat meine Handfläche mehr weh als seine Schulter. Und doch warf er mir einen finsteren Blick zu und strich über die angegriffene Stelle.

»Wofür zum Teufel war das?«

»Du kannst mir nicht solche Fragen stellen und mich dann einfach küssen, ohne auf eine Antwort zu warten, Derek!«

»Ach ja?« Belustigung flackerte in seinen Augen auf. Der jungenhafte Charme, den er nur selten zeigte, trat während unserer seltenen Augenblicke der Intimität an die Oberfläche. »Was kann ich denn noch nicht tun? Klär mich auf!«

»Ich meine es ernst.« Ich runzelte die Stirn.

Er versuchte, keine Miene zu verziehen, und brach trotzdem in lautes Gelächter aus, während seine Hand an meiner Taille hinunter bis auf meine Hüften glitt. »Nun, kannst du es mir verübeln, wenn ich meine Hände nicht von dir lassen kann? Nachdem du mich letzte Nacht verführt hast?«

Ich errötete, während ich so tat, als fühlte ich mich beleidigt. »Ich habe dich *nicht* verführt.«

»Das muss dir nicht peinlich sein, Sofia! Von dem Moment an, als ich dich das erste Mal gesehen habe, warst du die Verführung in Person.«

»Solche Dinge darfst du nicht sagen.«

»Warum nicht?« Er hob seine Augenbrauen.

»Weil ich niemals weiß, wie ich darauf reagieren soll.«

Er lächelte. »Aber es stimmt. Ich wollte dich die ganze Zeit über haben. Ich glaube nicht einmal, dass dir klar ist, wie attraktiv du bist, Sofia. Hast du eine Vorstellung davon, durch welche Hölle du mich jede Nacht geschickt hast, die du hier in meinem Bett verbracht hast? Die Art von Selbstkontrolle, die ich brauchte, um dich nicht zu besitzen?«

»Ist es das, was ich bin? Dein Eigentum?«

»Das bist du schon, seitdem du diese Insel betreten hast. Ich habe dir wieder und wieder gesagt, dass du mir gehörst, doch das scheint nicht in deinen Dickkopf hineingehen zu wollen.«

Ich hätte mich über die Art und Weise ärgern sollen, wie er schon wieder von mir sprach, als wäre ich ein Objekt, das er besitzen könnte, doch ich hatte vergessen, wie oft ich ihm schon klargemacht hatte, dass ich ihm nicht gehörte. Und außerdem fühlte es sich in dem Augenblick so an, als würde ich ihm gehören. Und doch musste mein eigensinniges Selbst es einfach klarstellen. »Ich gehöre nicht *dir*, Derek.«

»Ach ja?«, forderte er mich heraus.

»Ich gehöre *zu* dir.«

Er grinste. »Also gut, solange ich weiß, dass du bei mir bist.« Er schlang seine Arme um mich herum und zog mich nahe an sich heran. Ich schnappte etwas nach Luft, als seine Hand auf einer wunden Stelle auf meinem Rücken zur Ruhe kam.

Seine Augen zeigten Überraschung, und er kniff die Augenbrauen zusammen, als er mich dazu brachte, mich auf den Bauch zu legen, sodass er meinen Rücken untersuchen konnte. Ich hörte, wie ihm ein Stöhnen entwich, als er meinen Morgenmantel anhob, um einen besseren Blick erhaschen zu können.

»Sofia, es tut mir leid. Ich habe versucht, vorsichtig zu sein…«

»Es geht mir gut.« *Es ist ja nicht so, als hätte diese Insel mir nicht bereits andere Schmerzen zugefügt. Welchen Schmerzen auch immer du mich aussetzt, ist gar nichts im Vergleich.* Ich konnte spüren, wie mir das Blut in die Wangen stieg, als ich mich an das Vergnügen erinnerte, das wir miteinander erlebt hatten. Ich wollte die gute Stimmung nicht verderben, in der wir uns beide befanden.

»Muss ich wieder dein Blut trinken?« Ich rollte mit den Augen. »Wenn das so weitergeht, bin ich in dieser Beziehung eher ein Vampir als du.«

Die einzige Antwort, die ich auf meine Sticheleien bekam, war ein Knurren. Er stand auf und schnitt sich in die Handfläche. Vorsichtig half er mir auf, und ich setzte mich auf die Bettkante.

»Mach dir keine Vorwürfe, Derek! Ich spüre kaum Schmerzen.«

Er streckte mir seine Hand entgegen und wieder einmal trank ich von ihm.

»Ich bin schon so viele Male daran gescheitert, dich zu beschützen. Und nun kann ich dich nicht einmal vor mir selbst beschützen.«

Der Schmerz in meinem Körper klang in dem Augenblick ab, als sein Blut durch mich hindurchfloss. Ich erhob mich vom Bett, bedeckte mich mit dem Laken und schlang das gleiche Laken um ihn herum, als ich mich nahe an ihn heran stellte.

»Selbstmitleid steht dir nicht, Derek. Du hast mich schon viele Male beschützt. Wenn du nicht gewesen wärst, wäre ich mit Sicherheit nicht hier. Und außerdem, wann hast du das letzte Mal mit einem Menschen geschlafen, ohne von ihr zu trinken?«

Dieser Gedanke ließ ihn verkrampfen.

»Ich spürte deine Fänge an meinem Hals, als du gerade meine Haut durchstoßen wolltest, doch du hast es nicht getan. Du kannst dich selbst kontrollieren, wie ich es schon immer gewusst habe… und wie ich es auch jetzt weiß.«

Ich führte ihn in die Dusche, und nachdem wir ein weiteres

Mal im Bett herumtollt waren, machten wir uns auf den Weg zum Frühstück, da unser Appetit aufeinander vorübergehend gesättigt war und wir uns unserem tatsächlichen Hunger hingeben mussten. Ich ging aus dem ganzen recht unbeschadet hervor, und er schien in Bezug auf seine Selbstkontrolle zuversichtlicher zu sein.

»Marmelade und Butter auf Toast… davon bekommst du wohl nie genug«, bemerkte er, als ich einen Bissen von meinem Lieblingsfrühstück nahm.

»Genau so wie du *davon* niemals genug bekommst.« Ich zeigte auf sein Glas mit Blut. »Du solltest mal mein Frühstück probieren! Es schmeckt wirklich gut.«

Bevor er mich davon abhalten konnte, schob ich ihm ein Stück meines Marmeladenbrotes in den Mund. Derek saß wie angewurzelt dort, während seine strahlend blauen Augen mich voller Schock anstarrten und der Toast begann, innerhalb seines halbgeöffneten Mundes durchzuweichen. Er sah so aus, als würde er jeden Augenblick in Flammen aufgehen.

»Du kaust, und dann schluckst du, Derek. Hast du vergessen, wie man isst?«

Ich blinzelte ihn neckend an, bevor ich schließlich in schallendes Gelächter ausbrach. Ich fragte mich in dem Augenblick, was ich mir mit ihm doch alles erlauben konnte. Er griff über den Tisch hinüber nach meinem Teller und spuckte den Toast über mein nur halbverspeistes Frühstück.

»Derek, iih! Warum hast du das getan?«

»Entweder das, oder ich bringe dich dazu, *mein* Frühstück zu probieren.« Er hob sein Glas mit Blut in die Luft und blinzelte mir zu.

Ich rümpfte die Nase und schaute ihn finster an. »Nein danke.«

Ein selbstgefälliges Grinsen formte sich auf seinen Lippen, als er die Arme über seiner Brust verschränkte. »Das dachte ich mir.«

»Nun musst du mir ein neues Frühstück zubereiten.« Ich schob ihm meinen Teller entgegen.

»Was ist an diesem hier auszusetzen?«

»Es befindet sich überall deine Spucke darauf.«

»Es zu essen wäre genauso, wie mich zu küssen.«

»Das ist eklig.«

»Geschieht dir recht.« Er grinste. »Und fürs Protokoll, ich habe noch keine Beschwerden von dir gehört, dass es ekelhaft ist, wenn ich dich küsse.«

»Ach ja?« Herausfordernd hob ich meine Augenbrauen an. »Nun, es ist möglich, dass ich die Vorstellung, dich zu küssen, ekelhaft finde, bis du mir Frühstück machst.« Ich zwinkerte ihm zu.

Er rollte mit den Augen und nahm meinen Teller vom Tisch. Triumphierend lächelte ich ihn an.

»Was ich nicht alles für dich tue«, murmelte er in sich hinein.

Schnell bereitete er mir mein Frühstück zu, da er genau wusste, wie ich es mochte, wenn man bedachte, wie viele Male er mir schon dabei zugeschaut hatte, während ich die gleiche Mahlzeit für mich zubereitet hatte. Dann bot er mir das frisch zubereitete Marmeladenbrot an, doch nicht bevor er mich direkt auf den Mund küsste, während er den Teller auf dem Tisch abstellte.

Was er nicht alles für mich tut, das mir den Atem raubt... Ich war kaum wieder zu mir gekommen, als ich eine Furcht in seinen Augen entdeckte.

»Was ist los?«

»Es ist gerade jemand hereingekommen.« Er ging aus der

Küche hinaus ins Wohnzimmer, wo tatsächlich die Haustür offenstand. Er nahm meine Hand und raste zurück ins Schlafzimmer.

Neben dem Bett stand ein Mann mit den gleichen strahlend blauen Augen wie die von Derek. Sein graumeliertes Haar und seine Gesichtszüge gaben einen klaren Hinweis darauf, dass er mit Derek verwandt war, daher war ich keineswegs überrascht, als Derek ihn mit: »Vater?«, ansprach.

KAPITEL 51: DEREK

Als ich sah, wie Gregor Novak dort in der Mitte meines Schlafzimmers stand, befahl mein erster Instinkt mir, Sofia zu beschützen, und ich war mir nicht einmal sicher warum. Er war mein Vater. *Warum würde ich sie vor ihm beschützen müssen?*

Und doch zog mein Magen sich zusammen, als sein Blick an mir vorüber schweifte und auf ihr ruhen blieb.

»Ist sie das? Die Schönheit, über die alle sprechen? Diejenige, die dich dazu gebracht hat, dich gegen deinen eigenen Bruder zu stellen? Diejenige, für die deine Schwester ihr Leben gegeben hat, um sie zu dir zurückzubringen?« Er beäugte Sofia, als wäre sie das Widerwärtigste, das er jemals gesehen hatte. »Sie scheint mir nichts Besonderes zu sein. Attraktiv ja, doch sie hebt sich nun wirklich nicht von all den anderen Hübschen ab, die du schon in deinem Bett gehabt hast, was bringt dich also dazu, die Welt auf den Kopf zu stellen, nur um sie zu bekommen?«

Ich schob sie hinter mich, um sie vor meinem eigenen Vater abzuschirmen. Ihre Hände klammerten sich an meine, als ich ihm die Stirn bot.

»Warum bist du hierher zurückgekehrt?«

»Vivienne wurde von den Jägern gefangen genommen. Lucas hat sich den Maslens angeschlossen, und mir sind erschreckende Neuigkeiten zu Ohren gekommen, dass du mein Königreich in den Ruin führst, nur um dich den Launen eines menschlichen Frauenzimmers zu beugen.«

Ich könnte dir ganz leicht dein Königreich wegnehmen, und du weißt es.

»Was meinst du damit, Lucas hat sich den Maslens angeschlossen?«

»Borys Maslen und seine Babyvampirin Ingrid haben es geschafft, ihn davon zu überzeugen, sich ihrem Zirkel anzuschließen, und nachdem du ihn *ihretwegen* hast jagen lassen, hat er dieses Angebot nur allzu gern angenommen.«

»Das hat er sich selbst zuzuschreiben. Ich habe ihn davor gewarnt, sie anzufassen.«

»Borys und Ingrid Maslen«, murmelte Sofia hinter mir und weckte sowohl mein Interesse als auch das meines Vaters, sodass unsere Blicke sich auf sie richteten.

»Du hast von ihnen gehört?«, fragte ich.

»Eine von Viviennes Erinnerungen hat sich in letzter Zeit stets wiederholt. Sie ist von dem Tag, an dem Borys Maslen die Insel besuchte. Borys hat ihr eine Halskette mit einem rubinroten Anhänger gegeben. Das trieb sie in den Wahnsinn. Ich verstehe nicht genau warum. Ihre Namen… besonders der von Borys… sie kommen mir merkwürdig bekannt vor.«

»Meine Tochter hat *dir* ihre Erinnerungen gegeben?«, fauchte Gregor.

»Nicht alle, nur…«

Ich unterbrach Sofias Erklärungen. »Du hast Borys Maslen gestattet, die Insel zu betreten? Nach allem, was er Vivienne angetan hat?«

»Schau mich nicht so an, Derek! Du bist vor all dem Durcheinander geflohen, und wir mussten damit fertig werden. Wage es ja nicht, mich so anzuschauen, als wärst du besser als ich, denn ich war Mann genug, um mich den Problemen zu stellen, vor denen du davongelaufen bist. Diese Insel hat nur wegen mir, Lucas und Vivienne überlebt. Du wachst nach vierhundert Jahren auf und steuerst das Königreich nun ins Verderben.«

»Ich versuche, das Schattenreich zu retten, denn du hast zugelassen, dass es aufgrund all seiner Genusssucht an Stärke verliert. *Das* ist der wahre Grund, warum du in dem Versuch herumlaufen musst, dich mit anderen Vampirzirkeln zu verbünden, die nichts anderes begehren als unseren Untergang.«

»Genusssucht? Wie die Entführungen der Menschen? Das waren keine Genüsse, Derek. Das waren Notwendigkeiten. Wir haben getan, was nötig war, um überleben zu können.«

»Die Jäger stellten die einzige menschliche Gefahr dar, mit der wir zu rechnen hatten. Als du begonnen hast, Teenager zu entführen, um die Harems einzurichten, hast du die gesamte Welt in eine Bedrohung für die Insel verwandelt. Wie kann dir das nicht klar sein? Vor deiner Herrschaft haben wir niemals das Leben von jemandem beenden müssen, der kein Jäger war.«

»Sei kein Heuchler, Sohn! Die junge Schönheit, deren Schutz dir so sehr am Herzen liegt, ist nur aufgrund dieser Entführungen hier. Ist es nicht ihr süßes, junges Blut, das dein Bett beschmutzt? Du hattest schon immer eine Vorliebe für Jungfrauen. Vielleicht wird sie nun, da du sie hattest, für uns alle eine geringere Gefahr darstellen.«

Hinter mir stockte Sofias Atem. Der Gedanke daran, welche Wirkung die Worte meines Vaters auf sie haben könnten, brachte mich fast um.

»Sprich niemals wieder auf diese Weise über sie, Vater! Oder noch besser, sprich überhaupt nicht von ihr, es sei denn, du möchtest sehen, wie ich die Macht einsetze, die ich immer noch über dich habe.«

»Wie kannst du es wagen!« Mein Vater ballte seine Hände zu Fäusten, und er sah so aus, als wollte er mich angreifen, doch stattdessen richtete er seinen Zorn gegen Sofia. »Hüte dich vor dem Tag, an dem er sein Interesse an dir verliert, kleines Mädchen! Ich bezweifle, dass er dich dann noch beschützen wird.«

Ich trat nach vorn, wobei meine geballten Fäuste eine deutliche Warnung darstellten, dass er seine Grenzen überschritt. »Ich *liebe* sie. Du von allen Wesen solltest mich gut genug kennen, um zu wissen, was diese Aussage bedeutet. Sie ist das Mädchen, das ich liebe, und wenn du jemals die Hand gegen sie erhebst, glaub mir, dann werde ich mich gegen *dich* stellen.«

In dem Moment, als mir dieses Geständnis über die Lippen kam, weiteten seine Augen sich voller Schock. Er schaute Sofia an, als hätte diese sich gerade in eine riesige Bedrohung seines Lebens verwandelt, und ich hatte keinen Zweifel daran, dass es etwas mit dem zu tun hatte, was Corrine nach unserem Besuch der Katakomben zu mir gesagt hatte: *Viviennes Prophezeiung von dir kann niemals erfüllt werden, solange die junge Frau, von der Cora gesprochen hat, nicht ihren Teil dazu beiträgt.*

Zu dem Zeitpunkt hatte ich die Situation nicht so ganz verstanden, in der ich mich befand, doch aufgrund der Reaktion meines Vaters musste ich annehmen, dass Sofia sehr viel wichtiger war, als ich bisher geglaubt hatte. Und das lag nicht nur daran, dass ich sie so sehr ins Herz geschlossen hatte. Sie war so viel mehr, und ich sollte schon bald herausfinden wie und warum.

In dem Moment jedoch wusste ich, dass mir noch nie zuvor ein Wesen so viel bedeutet hatte wie Sofia Claremont.

EPILOG: LUCAS

Die Oase, die unterirdischen ägyptischen Gräber, die nun das Zuhause des Maslenzirkels darstellten, war genauso faszinierend, wie all die Gerüchte sie beschrieben. Das dreieckige Tor, die sieben Ebenen, der runde, gläserne Fahrstuhl, die erlesenen, königlichen Unterkünfte… all das stellte eine angemessene Heimat für den zweitmächtigsten Vampirzirkel der Erde dar.

Ich war nicht allzu froh darüber, mich in der ausgedehnten Wüste von Ägypten aufzuhalten, doch ich hatte auch nicht vor, mich zu beschweren. Die Oase war der einzige Ort, an dem ich mich verstecken konnte – ganz besonders, nachdem die Maslens mir eine Zuflucht angeboten hatten, nachdem mein eigener Zirkel, mein eigenes Fleisch und Blut, sich gegen mich gestellt hatte.

Zwei Wächter führten mich in eine große, üppige Kammer, in deren Mitte sich ein schwarzer Thron bestehend aus menschlichen Schädeln befand. Borys Maslen sah immer noch genauso aus wie vor hunderten von Jahren – dunkles, schmutzig-braunes Haar, dunkelbraune, fast schwarze Augen, ein untersetzter und doch gut gebauter Körper, breit und muskulös. Ich erinnerte mich an seine Besessenheit mit meiner Schwester und konnte nicht anders, als mir vorzustellen, wie zerbrechlich Vivienne im Vergleich zu ihm aussah.

Er saß mit einem selbstgefälligen Lächeln auf seinem Gesicht auf dem Thron aus Schädeln, während er beobachtete, wie ich näher an ihn herangeführt wurde. »Der große Lucas Novak kehrt seiner eigenen Sippe den Rücken zu, um sich den Maslens anzuschließen… Ich hätte niemals erwartet, diesen Tag einmal zu erleben.«

»Ich bin gekommen, um die Zuflucht einzufordern, die du mir angeboten hast«, antwortete ich trocken.

»Ich bin mir sicher, du verstehst, dass Zuflucht ihren Preis hat?«, fragte er. »Immerhin bist du ein Novak. Einer, dem ich nicht vollkommen vertrauen kann.«

»Natürlich.«

»Dann beantworte mir zuerst einige Fragen!« Borys erhob sich von seinem Platz und trat die Stufen hinunter, die auf mich zuführten. »Ist es wahr? Dein Bruder ist schließlich erwacht?«

»Es ist wahr. Ist das eine Angelegenheit, die dich betrifft?«

»Sollte sie das tun? Nach all seiner Schlaferei bezweifle ich, dass dein Bruder noch eine große Gefahr darstellt.« Er begann, mich wie ein Geier zu umkreisen.

Ich höhnte. »Sei kein Narr, Borys! Wir spielen schon seit hunderten von Jahren dieses Spiel. Du weißt, wozu mein Bruder fähig ist. Und außerdem sind seine Macht und sein Einfluss nicht die einzigen Gründe, warum du erzittern solltest. Er hat das Mädchen gefunden, von dem die Prophezeiung sagt, es wird seine

Herrschaft errichten und allen Vampiren wahren Schutz bieten. Er liebt sie, dessen bin ich mir sicher.«

»Wahren Schutz? Und doch kommst du zu mir, um eine Zuflucht zu finden?«

»Lass uns einfach sagen, dass ich genauso wenig wie du möchte, dass mein Bruder Erfolg hat.«

»Nun gut. Wer ist das Mädchen, von dem du sprichst? Dieses Mädchen, von dem du behauptest, Derek fühlt sich zu ihr hingezogen?«

»Ihr Name ist Sofia Claremont.«

Bei der Erwähnung von Sofias Namen verzog Borys Maslens Gesicht sich voller Zorn. »Wie kann er es wagen! Wie kann dein Bruder es wagen, sie anzurühren! Sie gehörte mir! Das Claremont-Mädchen *gehört* mir!«

Er warf mich auf den Boden und begann, mir ins Gesicht zu schlagen. Ich verstand weder, woher er überhaupt wusste, wer Sofia war, noch hatte ich eine Ahnung, warum sie so wichtig für ihn war. Natürlich wusste ich, dass sie diese unerklärliche Art an sich hatte, die auch mich angezogen hatte, doch was hatte sie an sich, dass meine gesamte Welt dazu gebracht hatte, sich um sie zu drehen?

Ich schmecke Blut auf meinen Lippen, als Borys mit seinem Angriff fortfuhr. Ich konnte nur daran denken, wie sehr ich mir wünschte, dass dieses Blut Sofia gehörte. *Was würde ich dafür geben, sie noch einmal zu kosten.* Ich war mir sicher, dass Borys Angriffe nicht aufhören würden, bis er mir das Gehirn zu Brei geschlagen hätte, als eine scharfe, weibliche Stimme seinen Namen rief.

»Borys! Was tust du da?«

Borys hörte umgehend damit auf, mich zu schlagen, und drehte sich zu ihr. »Er hat Sofia. Derek Novak hat sie! Sie gehört mir, Ingrid. Sofia Claremont gehört *mir*!«

»Natürlich tut sie das. Sofia gehört dir, Borys. Wir werden sie zurückbekommen.« Ingrid sprach beruhigend auf ihn ein, wie eine Mutter, die ihren kleinen Jungen besänftigte.

Ingrid Maslen. Die neueste Vampirin in seinem Zirkel. Ich zitterte, als ich diesen Namen hörte und an all die Gerüchte erinnert wurde, die mit ihm verbunden waren. Ich taumelte auf meine Füße. Erzählungen über Ingrid Maslens Schönheit und wie es dazu kam, dass sie zu einem Mitglied des Maslen-Klans geworden war, kamen mir zurück ins Gedächtnis, und ich konnte es nicht abwarten, einen Blick auf sie zu werfen.

Ihr Gesicht wurde von Borys großem, imposantem Körper verdeckt, als sie ihn umarmte und ihm beruhigende Worte ins Ohr flüsterte. Etwas, das Borys sagte, weckte meine Aufmerksamkeit und sandte einen Schauer meinen Rücken hinunter.

Er löste sich von ihr und sagte: »Du hast sie mir gegeben, Ingrid. Du erinnerst dich daran.«

»Natürlich… das habe ich.«

Ich bemühte mich, einen kurzen Blick auf Ingrid werfen zu können, und stutzte. Sie war das Ebenbild von Sofia, wenn auch eine ältere Version. Ihr Blick fiel auf mich, und sie strich an Borys vorbei direkt zu mir.

»Entweder erzählst du uns, was wir wissen müssen, Novak, oder ich werde die Mittel einsetzen, die *ich* kenne, um dir die Informationen zu entlocken. So oder so werden wir Sofia deinem Bruder wegnehmen und sie hierher bringen, wo sie hingehört.«

»Wer bist du?«

»Es dürfte genügen zu sagen, dass ich einst Camilla Claremont war…«

SEID IHR BEREIT FÜR DEN NÄCHSTEN TEIL DER GESCHICHTE VON DEREK UND SOFIA?

Seid ihr bereit für den nächsten Teil der Geschichte von Derek und Sofia?

Das Schattenreich der Vampire 3: Eine Burg aus Sand ist bereits veröffentlicht!

Geht zu www.bellaforrest.de/bella.

Wir treffen uns im Schattenreich!

Alles Liebe

Bella

PS: Wenn Ihr stets über meine neuesten Veröffentlichungen informiert werden möchtet, dann tragt Euch in meiner VIP-Liste ein! Geht zu **www.bellaforrest.de**, tragt Eure E-Mail-Adresse ein, und Ihr werdet die Ersten sein, die es erfahren, wenn ein neues Buch herauskommt.

LIES MEHR VON BELLA FORREST!

DIE SCHATTENREICH-SAGA

Das Schattenreich der Vampire (Teil 1)

Ein Schattenreich voller Blut (Teil 2)

Eine Burg aus Sand (Teil 3)

Im Schatten des Lichts (Teil 4)

Der Glanz der Sonne (Teil 5)

Das Tor zur Nacht (Teil 6)

Der Anbruch des Tages (Teil 7)

MACHTSPIEL DER GESCHLECHTER

(The Gender Game)

Machtspiel der Geschlechter (Buch 1)

Geheimnis der Geschlechter (Buch 2)

Die Geschlechterlüge (Buch 3)

Krieg der Geschlechter (Buch 4)

Untergang der Geschlechter (Buch 5)

Die Geschlechterstrategie (Buch 6)

Jenseits der Geschlechter (Buch 7)

DAS MÄDCHEN, DAS ZU DENKEN WAGTE

Das Mädchen, das zu denken wagte (Buch 1)

Die aktuelle Liste von Bellas Büchern: www.bellaforrest.de/bella

Tragt euch außerdem auf ihrer Mailingliste ein, um stets über ihre aktuellen Veröffentlichungen informiert zu werden: www.bellaforrest.de

Printed by BoD™ in Norderstedt, Germany

9 781947 607309